U0003239

大唐雙龍傳

【修訂版】

黃易作品集

卷十二

【目錄】

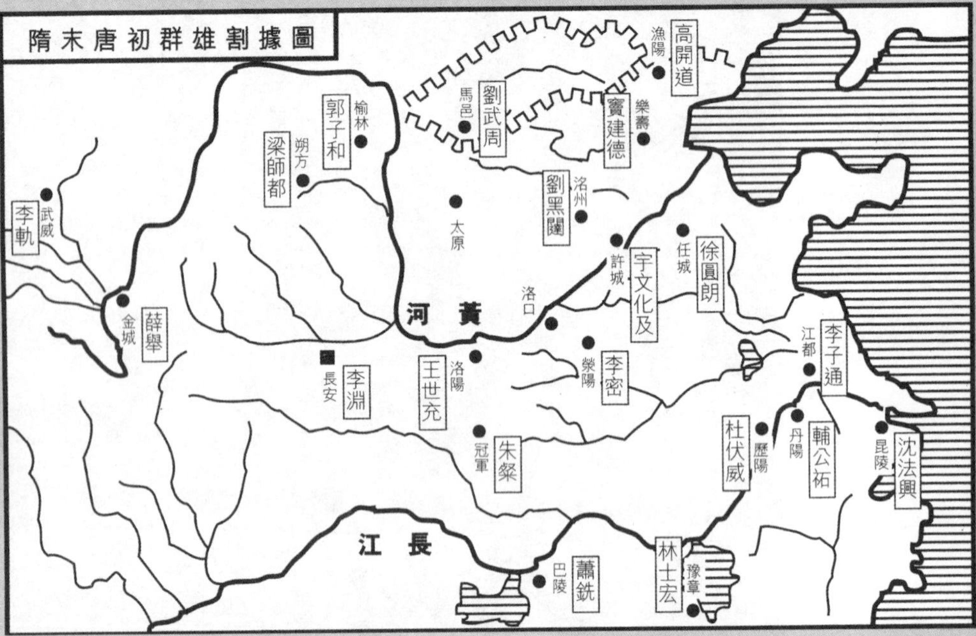

隋末唐初群雄割據圖
高開道
漁陽
劉武周
馬邑
竇建德
樂壽
郭子和
榆林
梁師都
朔方
李軌
武威
劉黑闥
洺州
太原
宇文化及
許城
徐圓朗
任城
薛舉
金城
洛口
黃河
李子通
江都
李密
滎陽
李淵
長安
王世充
洛陽
朱粲
冠軍
杜伏威
歷陽
輔公祏
丹陽
沈法興
昆陵
長江
蕭銑
巴陵
林士宏
豫章

第一章 楊公寶庫

黃易作品集

第一章　楊公寶庫

寇仲從未見過的燦爛笑容，首次出現在尤楚紅的老臉上。忽然間深刻的皺紋像完全消失不見，這武功高絕的老婆子似尋回她失去已久的青春。橫看豎看，她只是個慈祥的老太婆。縱然是敵非友，寇仲仍爲能解除一位老人家被纏繞大半生頑疾所帶來的苦楚而感到欣悅。旁邊的獨孤峰和獨孤鳳對他佩服得五體投地，數十年來，他們請遍各地名醫來治尤楚紅，只有寇仲針到病除，至少沒有再次發作。寇仲連施五針，感到在這一刻他確是如假包換的神醫，雖未能根除尤楚紅的喘症，至少可大幅減少她病發的次數。

尤楚紅感激的道：「莫神醫是老身的救命恩人，這兩晚我一睡至天明，是三十多年來從未有過的事。」

寇仲把雷九指教下的醫理搬出來充撐場面道：「太夫人之頑疾，皆因練功出岔子，令肺腎兩經受損。醫書有云：肺爲五臟之華蓋，腎爲元氣之根本；肺氣不降，腎氣不納，頑痰隨氣上泛，形成咳喘之患。我現在施針對症，令肺腎相交，只要以後調養得宜，說不定終可完全復原。」

獨孤峰大訝道：「很多大夫都探到是肺腎兩經出問題，爲何卻總是束手無策？」

寇仲暗罵自己多嘴，胡謅道：「由於太夫人是練功出問題，與內氣有關，一般大夫怎懂得醫治。寒家專講以武入醫，恰好可以應付。」

尤楚紅點頭道：「神醫的內功是正宗的道家路子，精純無比，不在鳳兒之下。」寇仲暗忖自己雖斂去一半功力，仍瞞不過她這個大行家。

獨孤鳳雙目亮起來，道：「這叫天外有天，人外有人嘛。若莫先生向武學發展，必是一等一的高手。請問先生，婆婆該如何調養？」

寇仲等的正是這句話，正容道：「首先千萬勿與人動手，更不能動氣，除此之外，必須飲食正常，睡眠充足。嘿！水質最重要，會直接影響腎的功能。」

尤楚紅雙目精光一閃，狠狠道：「殺了那個賤人，我尤楚紅金盤洗手又如何？」

獨孤峰忙道：「娘親請勿爲此傷神，交給我們去辦吧！」

寇仲聽得暗暗驚心，直覺感到那賤人指的是沈落雁，因爲獨孤霸命喪她手上，不由得有點後悔將此事告訴尤楚紅，但那時人在洛陽，兼與沈落雁鬥得如火如荼，怎想得到現今的變化。

獨孤鳳也勸道：「婆婆自己身體要緊，定要聽從先生的吩咐。」

尤楚紅露出頹喪神色，嘆一口氣，轉向寇仲道：「莫神醫勿要見怪，此是寒家恨事，我最恩怨分明，別人對我如何，我就如何回報。」寇仲只好唯唯諾諾，心想定要設法警告沈落雁，著她防備。

獨孤峰道：「先生特別提及食用的水質，不知有甚麼好的提議。無論是天下那一道名泉，我們也有辦法把泉水運來長安。」只是這幾句話，就知百足之蟲，死而不殭，獨孤閥在各地仍有一定的影響力。否則若名泉在王世充的領土內，他如何能定期取水運來長安。

寇仲正中下懷道：「未必須捨近求遠，請問貴府內用的水來自何處？」

獨孤鳳哪想得到他別有居心，坦然答道：「西寄園內共有四口水井，分處東南西北四方，據說是與堪輿風水之術有關。其中以北井的水最甜美。」

寇仲壓下心中狂喜，故作驚訝的道：「竟有四口水井之多，眞奇怪！」

獨孤峰笑道：「我們已視爲平常，但奇怪是昨晚三口水井結冰，獨北井沒有結冰，還因下雪的關係，水位漲了近兩尺。」

寇仲差點要抱起獨孤峰親一口，因爲不用他去看已曉得是怎麼一回事。他和雷九指想法相同，寶庫的入口既用水力開啓，進入的地方當和水有關。建成元吉曾遍查與楊素有關的宅院，這西寄園當然不能倖免，查不到的原因在於秘道尙未啓動。魯妙子又最愛利用大自然的力量，水井下面當然是與地下河道相通，也是入口最佳的掩護。

寇仲道：「可否帶小人去檢驗北井的水質，若沒有問題，就不用勞師動衆的遠道取水。」

獨孤鳳喜孜孜的跳起來，欣然道：「讓鳳兒領路吧！」

徐子陵來到雲帥藏身的秘巢，與他見面。寒暄一番，兩人坐下，徐子陵道：「雲國師滿意與秦王的見面嗎？」

雲帥點頭道：「李世民確是人中之龍，難怪頡利對他顧忌如此之深。起先我還以爲他是愛空言仁義之輩，事實大出我意料之外，除少帥外，確沒有甚麼人夠資格作他的對手。」

徐子陵訝道：「想不到國師對寇仲有這麼高的評價。」

雲帥傲然道：「像我們般身居高位者，第一件事須學懂相人，沒眼光的注定必敗無疑。李世民正是個有眼光的人，只看他的手下，便知道他深明用人之道。」

徐子陵道：「這麼說，軍師是決定與秦王合作，並肩對付頡利。」

雲帥道：「此事仍言之過早，我回去後，將如實向敝主稟報經過，一切由他決定。假若有一天統一天下的是寇仲而非李世民，我們仍有合作的機會。」

徐子陵微笑道：「將來的事，誰能未卜先知，不過眼前卻有個合作的機會。」

雲帥嘆道：「不是我長他人的志氣，滅自己的威風，縱使我們三人聯手，恐怕仍殺不死石之軒。他的魔功已超越一般武學的常軌，不是以眾欺寡可把他收拾的。」

徐子陵淡然道：「趙德言又如何？」雲帥雄軀一震，雙目精光驟盛，朝徐子陵瞧來。

寇仲回到沙家，給三夫人召去說話，再三挽留。希望他能在長安多住一段時間。經寇仲費盡唇舌，又答應兩年內會「雲遊」回來長安，才勉強脫身。回房途中碰到沙福，見他臉色陰沉，又像非常忙碌的樣子，奇道：「發生甚麼事？」

沙福狠狠道：「二夫人有個婢子挾帶私逃，偷了二夫人一批首飾，現在大姑爺發散人手找她，我看她逃不了多遠。」

寇仲醒悟過來，暗叫婠妖女厲害，這一招是對症下藥，爭取他的好感。他想起二夫人那個艷婢，不過名字卻忘掉。心知肚明就算常何出馬，亦截不回詐作挾帶私逃的陰癸派內鬼，安慰沙福兩句後，回房一看，果然婠婠正在房內恭候他的大駕。

婠婠若無其事的道：「少帥該滿意了吧！我們遵照吩咐，把布在沙家的人撤走，以示合作的誠意，並保證以後不干犯沙家。」

寇仲坐下，苦笑道：「小弟非常感激。」

婠婠道：「外面的刀又變回井中月，少帥可否解釋是怎麼一回事？」

寇仲道：「是香玉山和趙德言弄的鬼，大姐可知他們是甚麼關係？」

婠婠顯然對他說實話非常欣賞。笑道：「香玉山已拜在趙德言門下，成爲趙德言唯一的嫡傳弟子，你們想殺他，恐怕不再像以前般容易。」

寇仲道：「我們在全無防備下，給這兩個天殺的混蛋，擄走雷九指，還下以甚麼他娘的『七針制神』極刑，現在人雖被我們救回來，但他仍不能言不能動，假若婠大姐你能告訴我們解刑之法，初三晚我們就可把聖舍利送到你的玉手上。」

婠婠聽得臉色微變，不悅道：「你想不顧承諾，改去與虎謀皮，和趙德言交易嗎？」

寇仲心忖趙德言這頭老虎，並不見得比陰癸派那頭老虎更好對付或是更兇，無論和誰交易，都是與虎謀皮。哈哈一笑道：「我寇仲怎甘心這麼給趙德言牽著鼻子走，我和他及香小子是只有怨而沒有恩，與婠大姐至少怨中仍帶點交情。可是事非得已，假設婠大姐未能提供解刑之法，那婠大姐只好接受我們的安排，但保證只要令師肯出動，又有我和子陵相助，最後聖舍利仍會落在你們手裏。」

婠婠臉色數變，最後不知是否想到別的主意，道：「你們是否查到進入寶庫的入口。」

寇仲微笑道：「我敢對天立誓，確是如此，但婠大姐萬勿跟蹤我們，否則協議作廢。」

婠婠甜甜一笑，道：「好吧！我回去向師尊請教，若有解刑之法，立即通知少帥，那一切難題均可迎刃而解。究竟是誰懂得這種失傳已久的刑術呢？」

寇仲道：「我們比你更想知道這個人是誰。」

婠婠道：「趙德言在魔門中是有名輕諾寡信的人，小心點防他。少帥若沒有急事，請勿離開沙家，我或者很快有好消息帶回來哩！」

婠婠去後，寇仲伸個懶腰，整個人輕鬆起來。他和徐子陵的計劃既是妙想天開，更是切實可行，把黑白正邪兩道的頂尖人物全計算在內，並使他們互作鷸蚌相爭，大大有利他們的取寶計劃。若進入秘道前可順手宰掉安隆，報石之軒殺尤鳥倦之恨，自然更為理想。想起徐子陵，心中湧起濃烈的感激。苦非有徐子陵，他這回到長安尋寶只會弄得一塌糊塗，難以收拾。西寄園北井下會是怎樣一番光景呢？

明天李淵將率領文武百官，兒子李世民、李元吉到終南山別宮進行一年一度的春狩，楊文幹則會趁他們紮營鹿谷時發動突襲。那邊廂殺個如火如荼時，長安城內則是正邪爭奪異寶「邪帝舍利」的慘烈戰場。在這種錯綜複雜的形勢下，寶庫的東西將會秘密給運走，只要能送到彭梁，他寇仲就可展開爭霸天下的大業。子陵若不離開，會更是理想。只可惜現實總不能事事如人所願。

常何的聲音在門外響起道：「莫兄！」

寇仲暗嘆一聲，應道：「進來吧！」

徐子陵來到玉鶴庵，通傳後見到師妃暄，後者神色平靜，淡淡道：「為何忽然把雷先生送走？」

徐子陵輕描淡寫的道：「我們自己可以辦到的事，怎敢有勞小姐。」

師妃暄在他旁隔几坐下，訝道：「子陵的口氣為何忽然如此見外？」

徐子陵忍下問她今早到甚麼地方去的衝動，道：「師小姐有沒有方法，可在初三晚戌時前，請來四大聖僧又或了空大師呢？」心中暗嘆，想不到在形勢所迫下，連師妃暄他亦不得不算計。不過這叫「你做初一，小弟做十五」，也沒甚麼可說的。

師妃暄嬌軀微顫道：「你們終於尋得寶庫所在嗎？」

徐子陵點頭道：「確是如此，我們還要設局令祝玉妍、趙德言和石之軒爲『邪帝舍利』你爭我奪，正式決裂。師小姐若不想舍利最後落在任何一人手上，必須爲此出手。」師妃暄愕然朝他瞧來，忽然間，她再不明白徐子陵。

徐子陵在一所由高占道安排的普通民居與寇仲碰頭，兩人均非常小心，肯定沒有人跟蹤，仍施展種種惑敵的方法，這才悄悄入屋。寇仲稍遲片刻，入廳時徐子陵挺立窗前，凝望大雪後的晴空。鞭炮和小孩的歡笑聲仍不時從里巷間傳來，充滿春節送舊迎新的氣氛。

寇仲來到徐子陵身後，怕驚擾他地放輕聲音道：「不是在想石青璇吧！她是否眞的長得很標致，比之師妃暄如何？」

徐子陵嘆一口氣，緩緩道：「我誰都沒有想，腦海裏空白一片。」

寇仲道：「有時我覺得老天爺太不公平。爲何有些人長得高大好看，一些人卻完全不吸引人！」

徐子陵點頭道：「人打出世就不公平，不但有美醜之分，更有智愚之別；像李世民本身得天獨厚，更長於權貴之家，時運一到，就成爲未來霸主的格局。若你仲少和他掉轉身分，師妃暄支持的再非李世民，而是你仲少爺哩！」

寇仲道：「說得好！我寇仲正是不信邪。況且老天爺旨意難測，誰說得定將來的結果。好啦！你那方面進展如何？」

徐子陵道：「一切依計劃進行。」

寇仲大喜道：「雲帥肯點頭嗎？」

徐子陵道：「若能殺死趙德言，將是他這次到中原最出乎意外的大收穫，何樂而不爲。像雲帥這種人，和他說甚麼都沒用，只有動之以利害，才能把他打動。你試試說服他去對付石之軒看看，縱有血海深仇又如何？」

寇仲笑道：「陵少看得非常通透，師仙子又有甚麼反應？」

徐子陵道：「她感到我們很不妥當，不過照看似仍未猜得我們收到風，知悉她請出寧道奇來對付我們。」

寇仲道：「只是對付我小寇仲吧！她還捨不得對付她的子陵兄。」

徐子陵氣道：「還要說這種無聊話。若有選擇，我絕不會算計去對付她。」

寇仲道：「問題是她先算計我們。以師妃暄的立場，絕不容邪帝舍利落入魔門任何一方手上，皆因後果難測。坦白說，我也希望舍利給師妃暄或寧道奇搶走，否則我們亦不會有甚麼好日子過。」

徐子陵道：「聽你的口氣，該找到入口了吧！」

寇仲欣然道：「幸不辱命，我敢寫包單是西寄園的北井，昨晚不但水位忽然高漲，且此井深達五丈，比其他水井要多深兩丈，只此已惹人懷疑。」

徐子陵道：「甚麼時候進去？」

寇仲道：「那要看安隆運數如何？假設他黃昏前到澡堂去，我們順手幹掉他才入寶庫。」

徐子陵道：「你不怕節外生枝嗎？」

寇仲道：「這非是節外生枝，而是惑敵之計。我們不妨公然以本身的樣相，在大庭廣衆擊殺安隆。誰想得到接著我們立即進入寶庫？」

徐子陵皺眉道：「你的計劃似乎很牽強，況且你這莫神醫忽然消失，不怕惹人起疑？」

寇仲嘆道：「我是要爲你出一口鳥氣，還點顏色給石之軒看。至於莫神醫，你更不用擔心，因爲李淵想正式委任我爲太醫，所以我好應該留書出走，表明自己雲遊濟世的志向。哈！」

徐子陵苦笑道：「假若你留書出走，而我們今晚出盡法寶仍不能進入寶庫，豈非弄巧成拙。」

寇仲正容道：「若進不了寶庫，我們立即就走。小弟回彭梁後把少帥軍散伙，恭請李小子去接收。老天爺要這麼待我，我寇仲尙有甚麼話好說的。」

寇仲回到沙府，沙福截著他道：「青青夫人那邊派人傳來口信，請你今天有空到她那裏打個轉。」事實上除夕晚喜兒向他傳過話，說青青想見他。不過這兩天他確無法抽身。思忖間，沙福又道：「聽大姑爺說，皇上有意任命先生爲太醫，嘿！皇命難違，先生是否會取消雲遊四海的計劃？」

寇仲壓低聲音道：「你說小命要緊，還是皇命重要？」沙福愕然無語。寇仲拍拍他肩頭，逕自回房。跨過門檻前，他早有心理準備，好應付婠婠。以陰癸派一向的作風，當然不是那麼容易對付，輕易聽從他寇仲的安排。照寇仲估計，不論是祝玉妍又或趙德言，其野心應不會止於只取得邪帝舍利，而是人和財物都不肯放過。不單要把寶庫內的兵器財寶全部奪取，更要置他和徐子陵於死地。

他寇仲和徐子陵兩人，已成爲魔門最大的威脅。因爲每一天他們都以超乎任何人理解的速度往武道上邁進，照此推斷，很自然的終有一天，即使祝玉妍、石之軒之輩，亦要在他們手底下俯首稱臣。試問魔門中人誰希望事情發展到這地步。果然婠婠在內房床上玉體橫陳的候他大駕，笑意殷殷的道：「祝師請你們把人交給她，她保證可解去『七針制神』之術，你們大可以放心，不用再受趙德言威脅啦。」

寇仲好整以暇的在她對面坐下，微笑道：「大姐你是否在說笑？不如這樣吧：你把令師請來，我和小陵在旁監察，如此天公地道，婠大姐意下如何？」

婠婠黛眉淺蹙，爲難的道：「要解開此類控制神魂的異術，必須心無旁騖，不能有外人在場，更須有可信任的人護法。你們既要師尊到你們指定的地點去，更要在旁監察，怎行得通？」

寇仲哂道：「我們千辛萬苦把人救回來，你說是否會蠢得就這麼把人送出去。另有折衷的辦法，就是你們把解針之法告訴我們，由我們自行動手。勿忘記小弟既能冒充神醫，對經絡穴位怎樣都有兩手吧！」

婠婠心平氣和的道：「師尊必須看過雷先生的情況，始能下手解救。其中有很多玄妙處，實是說之不盡。假若就那麼提供一個解法，把人醫壞，徒然令我們之間生出誤會。」

寇仲堅決搖頭道：「你們早有一次不恪守承諾的前科，教我如何能在與人命攸關的事上毫無保留的信任你們。」

婠婠在床沿坐起嬌軀，俏臉回復一貫恬靜無波的篤定神態，並帶著一種教人心寒的冷靜，淡淡道：「你是要不信守誓約啦？」

熟悉她的寇仲知她動了眞怒，會隨時出手，一邊提聚功力，一邊冷笑道：「我寇仲答應過的事，從來不會反悔。我和你立的誓約，只是把聖舍利交到你婠大姐手上。只要你肯依我的安排，我寇仲可擔保把聖舍利送到你手中，至於你們能否保存聖舍利就要看你們的本事。」

婠婠一對美眸芒光閃閃，與他對視片刻，道：「你們可知自己正一步一步的踏進趙德言的陷阱去。沒有人比我們更清楚趙德言的作風，他不但不會救人，還要把你兩個無知的小子殺掉，獨吞聖舍利和寶庫。」

寇仲搖頭嘆道：「說到底，你們仍是害怕趙德言。算我看走眼吧！好！爲免你說我寇仲不守信用齒，無論你參加或不參加我的計劃，我也會把聖舍利交給你。」

婠婠面色緩和下來，幽幽嘆道：「過度自信會把人害死的。趙德言是魔門出名難纏的人物，豈會任你們擺佈。這樣吧：我們手頭上有個能以假亂眞的黃晶石，就用它來掉包，讓你們去向趙德言交易。那就算趙德言違諾，你們也不致讓他佔盡便宜，又可完成我們的誓約。」

寇仲心叫厲害，暗忖若讓婠婠同進寶庫，說不定她會拿此贋品把舍利掉包，以她的身手，而他們又沒特別爲意，確有機會辦到。沉吟道：「邪帝舍利乃魔門異寶，說不定你們魔門中人會對它有特別的感應，爲策萬全，我看必須以眞舍利去作交易，然後另謀護寶和脫身良法。否則到時我們不但要設法突圍，還要保著雷老哥，誰來可憐我們？此計萬萬不行。」

婠婠嗔道：「左不行，右也不行，你究竟在動甚麼歪腦筋。」

寇仲俯前少許，肅容道：「我這計劃既大膽又可行，靈感來自當年藺相如攜和氏璧見秦始皇嬴政，趙德言比之嬴政至少差一大截吧。只要舍利在我手上，趙德言必須乖乖救人，否則一拍兩散，來個如假包換的玉石俱焚。只要婠大姐們在適當時機現身，取走舍利，那時我們全力搶人，你們則設法護寶，並把趙德言牽制，豈不兩全其美。最理想當然是順手把趙德言幹掉，那要看老趙他的運數啦！」

婠婠皺眉道：「你倒想得天眞，雷九指看來死定哩！」

寇仲裝出胸有成竹的樣子，道：「未必！否則縱使我們眞以舍利作交易，雷大哥亦要性命不保。一手交人，一手交貨，清脆俐落，婠大姐明白沒有？」

婠婠輕輕一嘆道：「你們準備何時與趙德言交易？」

寇仲毫不猶豫的道：「明晚戌時初布政坊的突厥外賓館後院，我們此刻可再詳論細節，約定種種暗號，俾雙方配合得天衣無縫，皆大歡喜。」

婠婠道：「在對方的地頭交易，是否聰明之舉？現在主動權穩握在你們手上，換過另一個地方，對你們會有利無害。」

寇仲幾可肯定陰癸派在別無他法下，只有在他們與趙德言作交易前下手強奪一途。那時他們爲要照顧雷九指，將完全處於捱揍的劣局，使得對方不但可輕易搶得舍利，還可順手把他們幹掉。不論是祝玉妍、趙德言或石之軒，誰肯甘於只取得邪帝舍利，而坐看寇仲把大批兵器財寶運離長安，最後更極有可能落入李閥手內。他們爲要跟蹤寇仲和徐子陵，即使出動最頂尖的高手亦未必辦得到；可是要神不知鬼不覺的監視高占道等人，卻是綽有餘裕。

魔門三大巨頭正處於一種微妙的均衡狀態下，表面看來趙德言似是最弱，其排名亦在祝玉妍和石之軒之下，但因有突厥人在背後撐他的腰，兼有康鞘利、可達志和大批突厥高手助陣，登時令魔門勢力最強的陰癸派也不敢輕覷他們。而最重要的一點，在現今的形勢下，身爲當今實力最強的霸主李淵亦不敢開罪突厥大汗，何況是祝玉妍和石之軒。這一切全在寇仲算計之中，婠婠的反應當然亦在意料之內。

寇仲嘆道：「明早李淵將率文武百官到終南山腳舉行一年一度的春狩，長安城會由李建成全權負責，那時長安城將是長林軍的天下，有甚麼地方不是可達志所控制的地頭。所以照我看再不用節外生枝，就在外賓館和老趙作交易；我敢斷言就算他有三頭六臂，亦要給我們玩弄於股掌之上。」

婠婠無可奈何的道：「好吧！你們要玩火，我們姑且奉陪，不過你勿要耍甚麼花樣，否則我們會不擇手段的作出報復，凡與你們有關係的人，都會成爲我們辣手對付的目標。」

徐子陵查看過秘道的出入口，回到廳內與高占道三人商議，道：「從水道把東西運走是最便捷的方法，但也最易令敵人有可尋之跡，變成最危險的方法。」

高占道苦笑道：「我們計劃時，還以爲一切可在靜悄悄下進行，怎想得到會如目前般攪得滿城風雨，人人虎視眈眈。」

徐子陵道：「我們可以低估李元吉，甚或李建成。但絕不能低估天策府，其謀臣如杜如晦之輩，武功雖不行，卻是才智高絕。李世民想也不想的一口答應在我們運寶離城後才動手，肯定是胸有成竹，不怕我們飛到哪裏去。」

牛奉義充滿信心的道：「我們尚有陸路方面的應變計劃，必要時可採迂迴曲折的路線，巧布疑陣，只要能越出唐室的勢力範圍，我們便能安返彭梁。」

徐子陵道：「假設我們的兄弟中，有人給敵人收買，結果會是如何呢？」

三人你眼望我眼。

高占道道：「這不太可能吧？我們兄弟大家曾同生共死，怎會有此種不義之徒。」

徐子陵道：「人心難測，兼之長期居於長安，目睹唐室如日中天的氣象，思想改變並不出奇。」

查傑道：「天策府曉得我們同興社和寇爺、徐爺的關係，只是幾天的事。而我們又迅速把人撤走，李世民想把人收買，亦來不及措辦。」

牛奉義點頭道：「我們已非常小心，留在長安的十五名兄弟，是信賴得過的。更關鍵處是行動時互相照應，沒有人能有機會單獨去見某方面的人。」

徐子陵正容道：「我或者只是多疑，仍留長安的兄弟該沒有問題，撤往城外的兄弟卻很難說。李世民最善收買人心，兼且對本地的幫會一向留意，懂得向誰入手，高官厚利引誘下，人心改變亦是常情，所以我們不能不防他一手，甚至可反過來利用這破綻。」

高占道道：「徐爺對此有甚麼指示？」

徐子陵道：「到我們進入寶庫，完全掌握要運送財貨的數量規模，我們始可釐定運寶大計。但對分散城外的兄弟則必須先作出部署，趁敵人不曾採取任何行動之前，分配妥當。」

高占道三人聽得糊塗起來。徐子陵剛說過怕有幫中兄弟給敵人收買，現在又說要先分配他們，豈非會早一步把秘密部署洩露給敵人曉得嗎？但各人再深入思量，亦認同徐子陵的話非是無的放矢。李世民乃現成的霸主，投靠他可立即獲得大利益，效忠寇仲有何結果卻仍屬未知之數，假設李世民有意收買，說不定眞能把一些意志薄弱的幫中兄弟打動。局勢的發展，再沒有人敢說所有兄弟仍在全面控制下。

徐子陵淡然道：「或者我的擔心是多餘的。但肯定的一點是撤往城外的三股人，部分或全體均在敵人的嚴密監視下，所以我們可透過策動他們，進行惑敵之計，令敵人摸錯門路。」

牛奉義面色微變道：「那他們豈非正身陷險境。」

徐子陵道：「短期內將不會有任何危險。對我和少帥來說，兄弟們的安全比寶庫更重要。只要我們確定如何進行後，他們就可化整爲零，全體分散並立即撤離關中，到關外再集合。」

高占道等瞠目以對。就算加上寇仲和徐子陵，他們也只得二十個人，任每人多長出三頭六臂，對運走龐大的財貨兵器，仍是力有未逮。

徐子陵微微一笑道：「我們要確定的是寶庫內的情況，瞧瞧老謀深算的楊素，是否有運走兵器的任何穩妥計劃，而我們亦不用一次把所有東西全部運走，只要把東西轉移到另一個處所，待風聲過後，再設法運出，那將大出敵人意料之外。」

這正是給沈落雁提醒後，徐子陵和寇仲想出來的花樣。高占道三人豁然大悟，原本苦思不得的變成實際可行。不由得士氣大振，更感覺追隨寇徐兩人，是正確的選擇。只有多方惑敵，他們始有望活著回到彭梁，捨此再無他途。

太陽終於沒在西山之下，自午後開始，天上雲層變得厚重，晴朗的天氣只是曇花一現。徐子陵和寇仲坐在飯館內一角，叫來饅頭小菜，在進水井探險尋寶前先來個餵飽肚子的壯舉。今天是年初二，開舖營業的店子不多，此爲其中之一，故擠滿食客。斜對面就是獨孤家西寄園的後牆。店舖和大酒家雖集中在東西兩市，這樣的食店卻因應需求，散布全城的里坊內。而客棧則多設於朱雀大街那類通衢大道。

寇仲看看包好放在一旁的井中月和裝滿探險工具的布袋，笑道：「我的出走留書，放在枕頭下面，這麼愉快輕鬆的離開，對我和沙家均有利無害。另外還有兩封信，一封給李淵一封給李建成，免得常何費唇舌解釋，一次寫三封信，用足我整個時辰，眞辛苦。」咬一口饅頭，又道：「祝玉妍、石之軒和趙德言當然不是善男信女，表面上行事作風也很接近，總愛使陰謀手段，處事狠辣絕情，但我總覺得他們仍有很大的分別，陵少以爲如何？」

徐子陵道：「我對趙德言並不熟悉，不過只看他忽然使出擄人勒索這一招，更以『七針制神』來對付雷老哥，手段陰損卻直接，確有兩軍對壘、力爭勝券的味道，可見此人既有膽色更有冒險拚搏的精神，我們和他交手，要留神他這種作風和性格。」

寇仲道：「祝玉妍比諸他又如何？」

徐子陵沉吟道：「祝玉妍似不像她擺出來的樣子那麼無情，事實上她是個感情豐富的人，至少對岳山和石之軒她便顯得不太理智。只是坐在她的位置，不能不把眞正的感情隱藏起來，裝出冷酷絕情的模樣。要眞說冷酷無情，還得數石之軒。不過就算石之軒，仍過不了他女兒父女之情那一關。」

寇仲點頭道：「我完全同意你的話。只看祝玉妍悉心栽培出一個婠婠，而石之軒則對兩個徒弟左防右防，更令兩徒爲《不死印卷》鬥個你死我活，可知石之軒是個只顧自己的人。至於趙德言則是另一類人，陰險狡詐更過祝石兩人，絕不會因一時衝動或憤怒失去自制，爲了個人的野心全不理別人的死活，否則不會助紂爲虐，幫頡利進侵中原。」

徐子陵給他斟茶，笑道：「爲甚麼忽然這麼有興趣討論他們性格上的分別。」

寇仲雙目閃亮，壓低聲音道：「我在找尋他們性格上的弱點，看看是否有可資利用的地方。我對石之軒最模糊，你曾跟他三度交手，該比我清楚些。」

徐子陵道：「他說話不多，我的直覺是他自視極高、孤傲離群，看不起任何人。事實上有資格作他對手的，確沒多少個。」

寇仲思索道：「縱使知道他們性格上的分別，但在精心策劃的行動中，仍起不了甚麼作用，你明白我的意思嗎？」徐子陵點頭表示明白，因爲當一個人理智地去計算時，會盡量不被情緒和自身性格所牽制，兼之要有空間容納別的意見，會把個人的主觀減至較低的程度。

寇仲成竹在胸的道：「可是當他們發覺所有原本擬好的計劃全派不上用場，情況將是另一回事。所以我們必須製造出這種形勢，令各方敵人在變化驟生之際，沒空經深思熟慮便要付諸行動，那我們就有可乘之機。」

徐子陵笑道：「少說廢話，先到下面看看是怎麼一回事，再決定該怎麼辦吧！」

兩人先後翻過院牆，躲在一堆草樹叢裏，兩丈許外就是目標的北井。

寇仲低聲道：「我眞擔心下面沒有入口，那時怎麼辦才好？」

徐子陵明白他患得患失的心情，安慰道：「這可能性微乎其微，但肯定要考考你這不肖徒兒在機關學下的工夫，去吧！」

兩人掠過兩丈的距離，縱身入井。井水冰寒刺骨。他們閉氣下沉，直達井底，這處光線難到，兼在水內，何況更是晚夜之時，視力全派不上用場，只能憑感覺行事。井底忽然開闊，果然不出所料，井底與一條地下河道相連。若換過是李建成派來的人，此時定弄不清楚該往地底河道哪一方摸索，但兩人既肯定寶庫該在無漏寺的地下，方向明確，遂朝那邊潛去。在狹窄崎嶇，伸手不見五指的河道潛游摸索近十丈後，徐子陵輕扯寇仲一下，表示不對勁。寇仲立即會意，因爲不是人人都像他們有長時間水內閉氣，只靠內呼吸的本領，所以若入口離井底太遠，實在太沒有道理。且地底河不斷深入下斜，豈非離地面愈來愈遠。片刻後兩人重在井底冒出頭來。

寇仲道：「肯定不在地底河內，因爲地下河會因泥土的變化而改道，所以有些井會忽然乾涸，入口當在底部井壁的某一處。」

徐子陵調勻氣息道：「由現在開始，我再不靠你甚麼勞什子的機關學，因爲小弟左足踢到的，肯定是入口的開關。」

寇仲大喜道：「不要動！」反身鑽回井底去，循徐子陵的腳摸到有問題的一方石塊，果然從井壁上突了兩寸許出來，剛才若非注意力全集中往地底河，該不會大意錯過。寇仲心叫一聲老天爺保佑，向半尺見方的石塊用力按去。在兩人期待下，「軋軋」聲響，在井底的窄長空間份外刺耳。在浮在井水面的徐子陵頭頂處，井壁緩緩凹陷下去，露出僅可容一人通過的入口。

寇仲浮起來，喜道：「我的娘，終於成功哩！」

徐子陵嘆道：「我沒有信心。」

寇仲愕然道：「要信心來幹嘛？入口正在眼前，只要不是沒手沒腳，便可以爬進去。」

徐子陵哂道：「我不是對寶庫沒信心，而是對你的機關學沒信心。」

寇仲心情大佳，沒暇計較他的揶揄，笑道：「吉人自有天相，我剛才只是沒有表現的機會，陵少爺，讓小弟打頭陣吧！」領先貼壁而上，鑽進黑沉沉的小方洞去。

通道先往上斜斜伸延達五丈，又改爲向下斜伸，且頗爲陡峭。秘道四壁出奇地沒有長滿苔菌一類最喜濕暗的植物，空氣悶濁得可令人窒息，幸好兩人有轉外呼吸爲內呼吸的「胎息」絕技，索性像在水底內般閉氣而行。如此往下膝行十多丈後，寇仲倏地停下。得意洋洋的道：「又有一顆掣鈕，兄弟！這回我沒有失威吧？」

徐子陵知他學乖了，不敢錯過任何異樣的情況，在後面點頭道：「你是專家，一切由你決定，不用徵詢我這外行人的意見。」

寇仲好整以暇的大發議論道：「只是這條花崗石築成的秘道，已是巧奪天工，當年不知動用多少人力物力，最難得的是牽涉和動用到這麼多人，竟能瞞得過楊堅？由此可見楊素當時必是權傾天下。」說話間，用力把凸出左壁的掣鈕如法炮製的用力下按。「軋軋」聲再響。兩人身處的一截通道忽然移動起來，帶著兩人往下滑行。

此一變化大出兩人意料之外，心叫不妥時，壁底下傳出滑輪磨擦花崗岩的難聽「吱吱」聲，更因窄僅容身的通道大幅限制他們活動應變的能力，欲退無從下，驚駭之中，這截忽然變成能活動的通道，帶著身不由己的兩人往下滑衝，且不住加速。兩人心叫我命休矣，「轟」的一聲，活動通道在俯衝近二十丈後，不知撞在甚麼地方，驀地煞止。他們卻沒有通道煞停的好運道，給強猛的衝力撞帶至茫茫黑暗中另一空間，身子凌空下跌，「蓬蓬」兩聲，分別一頭栽進一幅像魚網般的東西內。彈起又再跌下，震得兩大年輕高手渾身痠麻，暈頭轉向，不知人間何世。他們的噩夢尚未完結，網子忽往下墮，疾跌近丈後，隨跌勢網子往上束收，到跌定的一刻，剛好把兩人網個結實，動彈不得，你的頭緊貼我的腳。自出道以來，從未窩囊狼狽至乎此等田地。地下河水流動的聲音，在這絕對黑暗的空間底下響起，淙淙作聲。網子搖搖晃晃下，左旋右轉，似永遠不會停下來。

寇仲嘆道：「我現在終於明白魯大師書中寫的甚麼『機關之學，心戰爲主，詭變副之，其他均等而下之』的道理，第一個掣鈕安全，教人怎想到第二個掣鈕竟是這麼娘的一個陷阱。」迴音陣陣，可見地穴之廣。

徐子陵沉聲道：「不要呼吸，這裏充滿沼氣，多吸半口都有問題。」

網子轉勢已盡，又往反方向轉回去，由緩至快。虛懸在伸手不見五指的地底洞穴中，即使絕代武學大宗師，亦要失去位置方向的感覺。

寇仲道：「你呼吸過嗎？否則怎曉得？」

徐子陵苦笑道：「我想試試這空間有否通氣口，唉！若我所料不差，剛才像傾倒廢物般把我們拋進來的穴口，該已封閉，若非如此，地道內就該充滿沼氣。」早前在地道內的空氣雖然悶濁，卻沒有能令人中毒致命的沼氣。

寇仲道：「唯一的好運道，是這張網子非是像美人兒軍師那張網般以天蠶絲料織成，而是用粗牛筋精製，不過經過這麼多年，已出現朽腐的情況，只要我發神力一掙，保證寸寸碎裂，可是在這種情況下，怎敢輕舉妄動，陵少怎麼說？」

徐子陵道：「現在我們唯一的希望，是尋回剛才的來路，你不是把魯先生的遺卷反覆看過十多遍嗎？快用你的小腦袋想想吧。」

寇仲道：「小腦袋能想出甚麼東西來？但小眼睛卻可看到很多東西，我隨身帶有十多把火熠子，全部以防水油布包好，不怕浸壞。唉！要不要冒這個險呢？我們的閉氣神功絕捱不了多久。」

徐子陵明白他的意思，搖頭道：「在有沼氣的地洞，最忌點火，你的火熠可留待我們自盡時再用吧！這次看來眞是一語成讖，分別只在就算我們有鑼有鼓可打，也是叫天不應，叫地不靈。」

寇仲漫無目的朝上方的黑暗投上一眼，笑道：「我們若能重返地面，告訴在朱雀大街行來行去的人，下面有這麼一個天地，保證沒有人肯相信。來吧！我們先離開這裏。」

網子終於靜止下來。「嗤嗤」連聲。寇仲一口氣發出數十線指風，激撞往四方，射上洞壁，沙石碎濺。忽然「噹」的一聲！寇仲喜道：「成哩！」徐子陵亦聽出其中一縷指風聲音有異，大有可能是觸到密封洞口的鋼板，否則不會生出金鐵類的鳴響。兩人感官何等敏銳，及時把握到鋼板的位置。網子又再晃動。徐子陵寶瓶印氣疾發，回撞力帶得網子往鋼板方向盪過去。兩人同時運勁，果如寇仲所料，網子寸寸碎裂。凌空提氣，借著盪勢，寇仲和徐子陵有如脫籠之鳥，靈巧的往鋼板所在撲去，成功吸附在鋼板兩旁凹凸巉岩的洞壁處。

徐子陵伸手敲敲鋼板，道：「寇大師，怎樣開門？」

寇仲道：「魯大師在機關學一書開宗明義說過，土木機關乃陰損之學，爲積天德，須在絕處予人一線生機，依他這個作風，這地穴內必有啓關之法，問題是我們能否找出來吧！」

徐子陵沉吟道：「要在這麼一個寬廣不可測的地穴尋找一個按鈕，在找到前我們早憋不住氣一命嗚呼。所以魯先生若眞的留下生路，這個按鈕的位置該是可推想出來的。哎！慘啦！」

寇仲虎軀一震，朝漆黑的上方瞧去，點頭道：「對！必是在壁頂吊索的地方。唉！剛才若不把索網震得粉碎有多好。」

徐子陵騰出右手，發射指風，好半晌才撞上頂壁，「篤」的一聲。兩人爲之愕然，聽回響這裏離穴頂的距離至少有十丈之遙。

寇仲一言不發往上攀去，不片刻又降回原處，苦笑道：「愈往上爬愈是光滑，濕漉漉的，以我的壁虎功恐怕亦捱不到洞頂的中央去。最糟是這般運功非常損耗眞元，令我更憋不住氣。幸好老子尚有最後一招，哈！」

徐子陵不用他說明，探手到他揹在背上的囊子裏取出長索，苦笑道：「我才不信你的索子有十丈長。我的娘！只得這麼的兩丈許，有甚麼用？」

寇仲胸有成竹的道：「請摸清楚點，我還有一條呢，我寇老仲做人最公平，怎會不預留你陵少的一份。」

徐子陵探手再摸，果然尚有另一條牛筋索，哂道：「又關你的事，裏面的東西是占道給我們準備的。」

寇仲微笑道：「誰準備都好啦，一條縛在我腰際，另一端你拿在手上，不用我說陵少也該知道怎麼辦吧！先來個『仙人探路』。」朝著上方指風連發。若非兩人能以指風作探子，換過其他人，在這種情況下肯定一籌莫展。

寇仲道：「找到啦！指風撞上去的感覺完全不同，來吧！」

兩人同時發力，掌心吐勁，彈離洞壁，往後方上空背撞而去。倏忽間他們來到地穴中央處，寇仲凌空換氣，往上騰升，手中兩丈長索揮個筆直，朝目標射去，猛地刺個正著。若有人在旁觀看，必會為他們在如此伸手不見五指的黑暗中，在連串動作與移位後，仍能分毫不差的找上目標而嘆為觀止。在徐子陵只覺是理所當然，猛換一口真氣，朝鋼板旁的洞壁撲過去。寇仲就借索拉之力，成功撲附原處。「軋軋」聲再起。鋼板終於重新開啓。兩人均有筋疲力竭的感覺，先後爬回洞內，不知是否因他們的重量觸動壁底的機關，鋼板竟又落下，把洞口封閉。

寇仲提議道：「我快憋不住氣哩！不如先爬回井底，喘順口氣，再回來尋找入口吧！」徐子陵的情況比他好不了多少，當然同意，忙一先一後往原路爬回去。先爬上再滑下，終回到井底的入口處，頓時驚駭欲絕，因井底的出口竟然已被封閉。徐子陵一言不發，掉轉頭再往內爬，若再找不到入口，他們將永遠離不開這裏。

徐子陵想也不想，向按鈕下按。時間無多，他們的內呼吸再也支持不了多久，不容他們選擇考慮。這掣鈕離剛才他們陷進網內的按鈕只有多十步的距離，假若仍是個陷阱，只好怨自己命數該絕。在兩人頭皮發麻地期待下，機括聲響起，前方一壁凹陷進去，現出一個方洞。

寇仲從徐子陵旁硬擠過去，斬釘截鐵的道：「讓我打頭陣。」

徐子陵拿他沒法，道：「小心點！」緊跟在寇仲身後鑽進去，空間擴闊，變成可容人直立行走的廊道，筆直往上延伸，盡端是濛濛青光。

寇仲不能置信的呆瞪光源，緩緩起立，道：「是否因我待在黑暗太久，竟然生出錯覺。」

徐子陵也站起身，搖頭道：「你沒有看錯，那的確是光，但絕不是燈光。」

此廊道空氣雖說不上清新，但顯然有良好的通風設備，不會氣悶。寇仲貪婪的呼吸著，道：「這回我們肯定摸對門路。」言罷昂然朝光源前進，但這次卻是小心翼翼，惟恐會行差踏錯，失足成恨。

寇仲叫道：「我的娘！這是否傳說的夜明珠，每邊六顆，拿這批貨出去賣，夠我們下半生豐衣足食哩！」盡端是道鋼門，還有個鋼環，門外兩側各嵌著六顆青光閃亮的明珠，光度雖不強，已足可令兩人視物如白晝。

徐子陵忽然虎軀劇震，道：「看！」寇仲隨他目光往門側左壁望去，只見光滑的花崗石壁被人以匕首一類的東西硬刻出一行字，寫著：「高麗羅刹女曾到此地」九個字。

寇仲湧出熱淚，顫聲道：「是娘寫的。」

徐子陵雙目射出濃烈的感情，伸手輕撫留字，道：「娘若曉得我們終於瞧到她留下的字跡，必欣慰非常。」

寇仲激動得說不出話來，想起當時傅君婥的音容笑貌，臨終的遺言，這些年來他們的經歷，豈無感慨。

徐子陵輕推他肩頭道：「進去吧！」

兩人再度展開搜索，肯定沒有其他掣鈕後，寇仲嘆道：「在魯大師的機關學遺卷裏，有一章專論門環的，啓門的手法有十多種，若手法錯誤，會觸動機關，後果難料。」

徐子陵皺眉道：「可有方法去測試這門環正確的開啓方法嗎？」

寇仲苦笑道：「我不知是否天性沒興趣研究機關之學，雖曾多番閱讀，仍像水過鴨背，沒有甚麼心得。讓我想想看。」忽然探手拿著鋼環。

徐子陵嚇了一跳，道：「你想幹甚麼？」

寇仲哈哈笑道：「放心吧！我記起哩！若能把鋼環拉出來，那將剩下兩種開門的方法，試試無礙吧？拉不動再試其他的方法。」不待徐子陵提供意見，一把將門環拉後，露出連著鋼環的鋼索。寇仲喜道：「成功哩！」

徐子陵點頭道：「算你有點道行，剩下來的是哪兩種啓門法？」

寇仲頹然道：「就是向左扭還是往右旋，今晚我的運氣不大濟事，由你來決定吧！」

徐子陵失聲道：「這就是你的所謂機關學嗎？我情願去賭番攤或買骰子點數。」

寇仲尷尬道：「該有測試的方法，只是魯大師他老人家沒教過我，碰碰運氣吧！我們至少有一半的成功機會。」

徐子陵下意識的往上下張望，希望可預知會發生的災難，搖頭道：「早知如此，拿井中月威脅我也不會陪你到這裏受難，轉左吧！唉！眞給你氣死。」

寇仲愼重的左右手互換，把門環轉動，到第三轉時，鋼門傳來「哟」的一聲，清脆響亮。兩人凝止下來，把警覺提至巔峰。寇仲哈哈一笑道：「還是你行，成哩！」試推鋼門，果然應手而開，順著地軌的鋼鑄滑珠大開方便之門。另一條廊道出現眼前，末端沒入暗黑裏，令人難測遠近深淺，但撲面而來的空氣更覺清新。

寇仲把手一讓，躬身道：「陵少請進寶庫！」

徐子陵正要跨步入門，忽然機括疾響。兩人同時色變時，異變突來。十枝特長特粗的精鋼箭矢，似是雜亂無章的從另一端暗黑處疾射而至，破空聲帶起激厲的呼嘯聲，在這寂靜的地下廊道更份外刺耳，塡滿廊道僅容人立的空間，除非他們能變成紙張般薄，否則休想避過。此種由機括發動的超級勁弩，比諸一般弩弓發出的弩箭，要厲害百倍。唯一躲避之法，是立即把門關上，躲在門後，就算身手比他們差，只要反應夠快，時間上仍能容許。

可是兩人早有經驗，隱隱感到這麼容易的方法實不合魯妙子的風格，明顯是他故意在機括聲響和鋼箭破空而出間留下一線空隙，讓人可作出思索和反應。只要不是太愚鈍的人，武功上又有一定的功底，肯定可用門擋箭。但誰敢保證鋼門不會因拉扯而再自動關緊，永遠不能打開。這些念頭像電光石火般在兩人腦海掠過，立即付諸行動。要一次擋十枝這樣的勁箭，即使兩人同心合力，亦力有未逮。換過是其他人，沒有他們能在如此暗弱光線下視物如白晝的本領，連看清楚勁箭來勢也有問題，更遑論擋箭。

寇仲的井中月離背而出，往下撲去，急呼道：「我下你上！」徐子陵和他默契之佳，已達心意相通的境界，毫不猶豫的撲往他背上，寇仲刀鞘出擊之際，他則兩掌削劈，側掃緊貼身上的兩根勁箭。「叮叮」兩聲，寇仲的刀和鞘分別命中貼地射來的兩枝勁箭，徐子陵卻命中較高處的兩箭，其他六箭則在他們上方呼嘯而過，確險至極點。他們用的是卸勁的手法，令箭頭失準錯開，餘勢不止下，竟硬生生破壁深入盈寸，想想花崗石的堅硬，可推想勁箭的力道。四條手臂登時痠麻至沒有感覺的程度。看著箭尾仍在晃動，均有劫後餘生的感覺。

徐子陵從寇仲背上爬起來，苦笑道：「下次記得是右轉。」

寇仲一邊搓揉麻木不仁的手臂，一邊還刀入鞘，目光往地面搜尋，搖頭道：「門環我們是轉對方向，不過卻踏錯一步，你看，門後這截地板的石質與別的不同，我們不知就裏的踏上去，所以引發機關。」

徐子陵生出步步驚心的感覺。嘆道：「魯先生似乎把這地庫變成一個機關學的死亡遊戲和測試場，他日你若能重返人世，該可算學成出師哩！」

寇仲信心十足的道：「放心吧！我們不但能找得寶庫，更可安全回去。」

徐子陵笑道：「你這小子真古怪，換過其他人如此處處碰壁，必是信心盡失，你反而增加信心，不是古怪是甚麼？」

寇仲欣然道：「我卻認爲自己是逢關破關，成積斐然，哈！裏面該是寶庫吧！」

「嚓！」寇仲掏出火熠子燃亮，只見長廊盡處是一面布滿發射小孔的牆壁，怕不有三十個以上的箭孔，假若每個箭孔射出一箭，三十多枝那樣的勁箭同時發射，那除了以門擋箭外，實再無他法。兩人看得倒抽一口涼氣。

寇仲咋舌道：「我們是走運哩！其中一些機括定因日久失修射不出箭來，否則我們要如你所說般回到井底敲牆打壁的請鳳姐兒來救我們。」

徐子陵亦看得頭皮發麻，道：「或者其他箭矢是讓另一些的尋寶人消受，這麼看，娘該曉得這裏的機關布置，否則地上就有射出來的箭矢。」寇仲點頭同意，舉起火熠步步爲營的深進。當抵達長廊盡處，左方出現另一廊道，連接另一空間。寇仲喜道：「到啦！」

他們飽受教訓，再不敢大意粗心，偏是這截廊道卻無驚無險。穿過廊道後，寇仲高舉火熠，兩人定睛一看，立時愕然以對。不是因爲地庫內太多寶物兵器，而是太少，與他們想像中的楊公寶庫，有十萬八千里的遙遠距離。這是一個寬闊的密封地室，室頂四角均有通氣口，兩邊平排放置共十多個該是裝載奇珍異寶的箱子，貼牆有數十個兵器架，放滿各種兵器，但都只是普通貨色，且全部生銹發霉，拿去送人也沒有人要。

寇仲抓頭道：「這是怎麼一回事？天下聞名的楊公寶庫就是這個樣子，這批兵器弓箭就算沒有生銹，最多只能供數百人用。」

徐子陵把其中一個箱蓋揭起，裏面全是古玉珍玩一類的東西，看來都價值不菲。直到把十多個箱子逐一看過，寇仲頹然在一個箱子坐下，嘆道：「我們若把這十五箱東西運出去，或許可變得比沙天南富有，卻絕不能憑它成爲天下霸主。照我猜，這該是楊素抄人家時私自留下的貴重物品。唉！在這等時勢，要變賣這批東西並不容易。」

徐子陵在對面的箱子坐下，看著寇仲換過一扇新的火熠，道：「邪帝舍利在哪裏？」

寇仲一拍額頭，嘰嘰怪笑道：「說得好！這其實是另一種更厲害的心戰。換過是別的人，能尋到這裏，見到這批寶貝，已欣喜如狂，當自己尋得楊公寶庫。而事實上，眞正的寶庫絕非這個。唉！究竟在哪裏呢？」

徐子陵微笑道：「這回眞要考你的功夫。」

寇仲和徐子陵檢查過假庫的每一寸牆壁後，一無所得的原位坐下。

寇仲嘆道：「小弟只剩下一個火熠，燒完就要去拆夜明珠。坦白說，眼前最値錢的該是那十二顆夜明珠，只它們可當得上奇珍異寶的稱號。」

徐子陵道：「眞庫肯定不在假庫之內，假若我們有方法進入箭孔後另藏機關的地方，說不定可找到入眞庫的通路。」

寇仲一震道：「這麼簡單的事，爲何我卻想不到？魯大師在他的遺卷中曾說過，機關雖可廣布不同地方，但必須有個機關室總其成，利用滑軸絞索機括等控制全局，此開彼闔，比他奶奶的還要複雜。唉！這總機關室在哪裏呢？雷老兄若有給我們準備鑿石的工具，我們就可找面牆來鑿鑿看。」

徐子陵哂道：「雷大哥怎想得到你的機關學這麼窩囊，來吧！我們去研究一下那些箭孔。」

「嚓！」火熠燃亮。寇仲凝坐不動，雙目閃閃發亮，爍動著智慧的光芒，正在大動腦筋。他是不能不用心思索。由於他們觸動機關，水井的原路出口已被封閉，現在即使肯放棄，也沒有逃生出路。只有找到眞庫，他們才有機會離開。寇仲忽然彈起，來到徐子陵旁坐下，道：「借手掌來一用。」

徐子陵少時常和他玩這類遊戲，攤開右掌道：「火熠頂多可燒半晌辰光，不如我們到門外去借夜明珠的光吧！」

寇仲道：「門忽然關上怎麼辦？」伸手在他掌上畫下個十字。

徐子陵不解道：「這算甚麼？」

寇仲得意洋洋的道：「魯師有云：凡在地底建密室牢窨，必先定位，定位者定向也，以十字為東西南北，其他可依此十字而立位，尺寸遂能分毫不差。你看吧！進來的廊道和通往假庫的廊道若能反向伸延，剛好形成一個十字。」

徐子陵點頭道：「果然有點功夫，為何剛才卻想不到？」

寇仲給他硬揭瘡疤，尷尬道：「人在絕境時，自然須掙扎求存，來吧！」

兩人回到密布箭孔的牆壁，背後對正長廊和盡端敞開的鐵門。

寇仲拿眼靠孔窺視，打個哆嗦的彈開道：「我的娘！你說得沒錯，孔內還有箭，隨時可射出來。」

徐子陵訝道：「這麼說，不但牆壁單薄，箭頭和箭孔該有一段距離，否則火熠光怎照得進去，讓你看到箭矢。」

寇仲道：「相距最少一尺，說不定這塊壁是能活動的，遺卷裏只有七、八種活壁的裝嵌法，希望不會再觸動機關吧！那小弟就可逐法去試。」接著興奮起來，道：「第一法叫往內推，底下若有輪軸，會滑進去，現出通往福地的康莊坦途。」邊說邊舉手推牆。機括聲起。

兩人魂飛魄散下，齊往左邊通往假庫的廊道倒退過去，火熠甩手飛脫，撞在右邊牆上，火花四濺。十枝勁箭激射而出，呼嘯而去。「轟！」兩人伏在地上你眼望我眼，驚魂甫定下，寇仲探頭去看，鋼門竟然關上，再見不到夜明珠的亮光。撞毀的火熠熄滅，陷進伸手不見五指的漆黑中。兩人首次後悔沒把夜明珠摘下來，以作緊急應變之用。

徐子陵道：「既做了初一，不如再做十五，我們再推一下，讓壁內的箭射精光再說。」寇仲道：「好主意！」就那麼抬腿伸腳，在箭壁狠踢一記。「噹噹」聲連串響起，射出的箭全部命中鋼門。再踢兩腳，箭牆再無反應。兩人跳起來，摸黑移到箭牆前。

徐子陵笑道：「這次尋寶，確是驚險有趣，若你的啓門法再不靈光，我們恐怕要爲『人爲財死』這老生常談的諺語，以自身作個永垂不朽的見證。」

寇仲道：「放心吧！除非是石之軒，否則師傅怎捨得害死徒弟，我呸！」用力猛按，牆壁果然應手陷入兩寸。寇仲大喜道：「下面果然有輪軸，現在只要把牆壁托高，可變成活門，我們是龍是蛇，就要看這一關。」言罷把兩指分兩邊插進箭孔，運勁上托。牆壁往上升起，徐子陵忙伸手抓著活壁底部，助寇仲一臂之力。軸輪滑動的吱吱聲中，兩人的唯一希望是它乖乖的往上升去。

寇仲忽地縮回手指，喝道：「停！」石門只有一半縮退進頂壁內，徐子陵道：「甚麼事？」

寇仲猶有餘悸的道：「夠進去便成，還是把活壁還原妥當點。」徐子陵大表贊成，到兩人鑽進去後，活壁回落下來，再被推回原位。黑暗中，兩人四處摸索，只是不敢去碰那發箭的機關。這是個寬約二十步的正方形地室，空氣流暢，令兩人覺得找對地方。

寇仲忽然低呼道：「成哩！這裏再有面活壁，我們有救了。」

徐子陵不解道：「推也推不動，怎算是活的？」

寇仲興奮的解釋道：「推不動是因此活壁特別厚重，魯大師曾提過這一種活門，穿過後該再沒有機關設施，這是他的慣技。」

徐子陵奇道：「爲何你忽然變得如此精明，竟能發現出這麼全無異樣的一道活壁，現在是否該合力去推。」

黑暗中，寇仲正對牆壁敲敲打打，擺出一副師傅般的樣兒，得意道：「這叫福至心靈，又叫垂死掙扎，這一幅活壁質地與別的不同，透露出秘密。幸好看不到東西，且心中認定『十字布局』的存在，這活壁後若有通道，不是剛好與進來的廊道連成一條直線嗎？來！你的手按在這裏。」

兩人四掌按在活壁左方邊沿處，心叫老天爺保佑，大喝一聲，運勁發力。活壁文風不動。

寇仲道：「或者該試推另一邊。」仍是推之不動，毫無反應。寇仲嚷道：「不可能的，這明明是道活壁。」

徐子陵研究一番，同意道：「這六尺見方的一截牆壁確與旁邊的牆壁石質有異，會不會有壁鎖一類的布置？」

寇仲頹然道：「壁腳牆頂全給小弟摸遍，仍是一無所獲。」

徐子陵道：「魯先生在遺卷有關門鎖的一章，你能否背唸出來聽聽？」

寇仲苦笑道：「明白的早給我牢記在心，只怕唸出來沒有甚麼用。」

徐子陵一震道：「那即是說，你有不明白的地方？」

寇仲道：「這個不在話下，文字是死的，活人去看當然會出問題。」

徐子陵失笑道：「虧你還說得理所當然，一副錯不在我的樣兒。快唸不明白的來聽聽，否則我們只有拿生了銹的兵器來鑿牆。」

寇仲沉吟半晌，道：「不明白的只有幾句，其中兩句提及一種『互鎖』，甚麼『啓此關彼』，大約是這樣，你看在這情況下是否有用？」

徐子陵把「啓此關彼」反覆唸了三遍，虎軀一震道：「我明白啦！」

寇仲大喜道：「謝天謝地，這麼啞謎式的話你也能掌握到，早該把遺卷交由你負責細讀。」

徐子陵道：「不要高興得那麼早，我只是想到地庫所有廊道密室若以一個東西南北十字軸作布局，那對著假庫廊道的那端當有另一條廊道，封道的活壁該與眼前的這片活壁有『互鎖』的關係，你認為如何？」

寇仲拍腿道：「有道理，這兩道互鎖的活壁把十字軸的西南軸和東北軸分隔成兩區，西南軸這邊既是入口，更是用來騙人的，所以把假庫放在這邊。這樣的設計，確把『心戰』發揮得淋漓盡致。」

兩人摸索著來到對正假庫的一塊牆壁前，研究半晌，已可肯定這是片活壁，證明徐子陵的推論正確，只是仍是無法開啓。

寇仲道：「若我沒猜錯，娘只曾到過假庫來。」

徐子陵道：「你的意思是否這兩道互鎖的活壁，須兩人同時啓動，才能解鎖，因娘是單獨來尋寶，所以沒法到另一邊去？」

寇仲嘆道：「和你說話最有樂趣，他日你離開後，我定會感到寂寞。」

徐子陵哂道：「你哪有空閒感受寂寞呢？少說廢話，我負責北壁，該如何解鎖？」

寇仲道：「無論此壁彼壁，都是光光滑滑，就算魯大師親臨，亦惟有往內推一法，你想到其他方法嗎？」

徐子陵笑道：「這麼多廢話。」摸著牆壁去了。

片刻後，徐子陵的聲音傳回來道：「準備！推！」「咔嚓」一聲，兩壁同時陷入寸許。

寇仲高呼道：「成哩！待我過來再說。」來到徐子陵旁，道：「西區該位於無漏寺之下，北區自然應是機關樞紐的開關室。照『啓此關彼』的提示，這兩扇活門只能開啓其一，當我們進入機關室，便可把所有通道打開，這推論有點道理吧！唉！我受夠哩！再不想犯錯。」

徐子陵也心大心細，苦笑道：「你的推論似乎頗有道理。唉！我也受夠了！」

寇仲哈哈一笑道：「大丈夫馬革裹屍，視死如歸，我呸！」就那麼以肩頭往活壁撞去，「隆隆」聲響，活壁往內搖擺，兩人立不住腳，朝內傾跌。「蓬！」活壁在兩人身後關上，竟又「咔嚓」一聲上了鎖，巧妙至令人難以相信。像歷史重演般，一道長廊往前延伸，盡端是夜明珠的濛濛青光。

寇仲爬起來道：「希望不是另一道箭閘。」

徐子陵借著微弱的青光，細察地面道：「看到嗎？地面似是用兩種不同深淺的灰磚舖成的，和剛才的廊道不同。」

寇仲定神一看，喜道：「果然如此，我們找對地方哩！」

徐子陵奇道：「若不是你早先頻頻出錯，只聽你這麼說，還以爲你手上有張藏寶圖。」

寇仲興奮的道：「事實上魯大師的機關學遺卷就等於一張尋寶圖，只是我看不懂而已！這種地紋布局，已近尾聲，即使踏錯，只是觸動警號，以防有人偷偷進入機關室，把在寶庫內的人困死。魯大師還說這雖是小玩意，卻有很大的預防作用。」

徐子陵道：「那應該踏深色的磚，還是淺色的磚？」

寇仲抓頭道：「這個他沒有說清楚，自古成功在嘗試，試試看如何？」

徐子陵笑道：「你不是一直勇於嘗試嗎？爲何卻像要我拿主意的模樣。」

寇仲哈哈一笑道：「我在機關學上的信心，早被這裏的機關陷阱徹底摧毀，更不敢相信自己的運道，所以這回由你作出選擇。」

徐子陵伸足在深色的磚輕點一下，道：「應是深色的磚有問題，點上去有少許浮動的感覺。」

寇仲道：「那就對哩！當整個人踏上去時，重量會令方磚下沉一、兩分，觸動警鈴。」

徐子陵試舉步踏上一方淺色的磚，全神戒備的靜立片刻，道：「走吧！」

兩人踏著淺色磚步步爲營的往前推進，約五十步後，左右兩排各三顆夜明珠的映照下，果然是一道鋼門，沒有鋼環，只有個圓形的掣鈕，邊沿滿布刻數，共四十九格，鈕的上方還有個紅色的圓點刻在門壁上。兩人瞧得眉頭大皺。

寇仲見徐子陵往他投來詢問的目光，道：「這是魯大師發明的另一種鈕鎖，鈕掣上刻有度數，名爲『天地鎖』，甚麼『天往左旋，地往右旋』，又甚麼『天一地二，天三地四』，看得人頭大如斗，不明所以。嘿！幸好面對這天地鎖時，我忽然又有點明白。」

徐子陵不解道：「我給你弄糊塗了，魯先生的秘笈不是一本教人如何設置機關的書嗎？爲何聽你的說話，卻只像教人如何開門關門，開鎖上鎖，只像一本教人偷東西的秘笈。」

寇仲坦白招供道：「秘本內確有詳列各種機關布置，還有圖繪解說，可是那麼紙上談兵，小弟又生性愚魯，故只能看個一知半解，還不斷淡忘，最後索性送給陳老謀這眞正的專家去看。這回最失策是沒請他老人家來。」

徐子陵灑然笑道：「差點給你氣死。這或者是最後一關，我們必須想辦法解鎖破關。」

寇仲露出苦思的神色，道：「鎖內的構造非常複雜巧妙，不過卻非是無跡可尋，因爲當正確的刻數觸動鎖鈕，會發出與別的不同的聲音，這可是魯大師自己說的。」

徐子陵道：「這就易辦，寇大師請動手。」

寇仲蹲下來，緩緩扭動掣鈕，唸唸有詞的道：「先試試『天一地二』，先往左旋，我的娘！肯定是這個刻數。」當刻數二十一經過紅點，竟發出輕微異響，但若非兩人有心留意，必會錯過。寇仲用力按下，發出「啲」一聲脆響。

寇仲哈哈笑道：「我們終於從小扒手升格爲神偷，連這種怪鎖也懂得開。」

徐子陵沒好氣的道：「門開後再吹大氣吧！」

寇仲又喃喃道：「地往右旋！」

反方向把掣鈕扭回去，到四十七度，異響再起，按下去又是另一聲機括響音。

寇仲回頭緊張的道：「再來個地二該成了吧？」

徐子陵啞然失笑道：「你竟來問我？」

寇仲猛一咬牙，續往右轉，到四十七度再按一下。「咔嚓！」只要不是聾子，就該曉得鎖被解開。

寇仲神氣的站起身，拂掉身上的塵屑，兩手按在門上，用力一推。鋼門應手內移，現出一個方廣僅十步的小室。小室中央處有個水井般的設施，井上有個大絞盤，盤上捲有一小截粗如兒臂的鐵鍊。在幾經挫折和苦難後，他們終於闖入聞名天下楊公寶庫的機關主控室。

徐子陵和寇仲轉動絞盤，盤上的鐵鍊不斷增多。另一端顯然連繫著輪軸一類的布置，只容他們逐分逐寸的把鍊子絞上來。「咔！」鍊子再絞不動。寇仲忙把絞柄鎖死。兩人你眼望我眼，靜心守候。好半晌後，腳下深處忽然傳來如悶雷般的「隆隆」異響。

寇仲大喜道：「是水流聲！」

徐子陵道：「機關是利用水力發動的。」

寇仲擔心的道：「希望石之軒沒有在方丈室打坐，否則憑他的功力，地底的震動絕瞞不過他。」

徐子陵冷哼道：「知道又如何？他懂得下來嗎？」

「軋軋」之聲連串響起。寶庫的開關終於啓動。

寇仲往門外走去，笑道：「這次學乖啦！先來個一人一顆夜明珠，陵少意下如何？算不上是貪心吧！」

分隔西南軸和東北軸的兩扇連鎖活壁同時開啓，現出通往東區寶庫的秘道。兩人穿過長廊，來到一個圓形的石室，石室中央有張圓形的石桌，置有八張石椅，桌面繪有一張圖文並茂繕析詳盡的寶庫地形圖，更顯示出寶庫與地面上長安城的關係。這正圓形的地室另有四道普通的木門，分別通往四個藏寶室，桌下尙備有火石、火熠和紙煤，以供點燃平均分布在四周室壁上的八盞牆燈。燈火大明後，兩人逐室搜索，爲之嘆爲觀止，始知楊公寶庫，確是名不虛傳。四座石室，每室寬廣達百步，三座藏兵器，一座藏的是以黃金爲主的財寶。所有兵器，均以防腐防銹的特製油布包裹妥當，安放在數以千計的堅固木箱內。粗略估計，只強弩勁弓已達三千張以上，箭矢不計其數。其他甲冑、刀、槍、劍、戟各類兵器，更是數以萬計，足可裝配一個萬人勁旅有餘。兩人回到石桌坐下時，心中仍震撼不已。

寇仲讚嘆道：「楊素確有眼光，庫內的兵器全是上等的優質貨。」

徐子陵正用神觀看繪在石桌面的地圖，道：「魯先生把舍利藏在哪裏呢？」他們雖然沒有且更不可能把藏在四座地庫的過萬個木箱逐一打開，已可肯定邪帝舍利另有秘密收藏點。甚至楊素當年亦不曉得魯妙子把這魔門中人夢寐以求的異寶，偷偷收入庫內某處。

寇仲嘆道：「我暫時沒精神去想這勞什子舍利，你看出甚麼竅妙來？」

徐子陵道：「老天爺確把你照顧得無微不至，共有四條地道，入口分別在四庫之內，其中一條直達城外一座小丘處。」

寇仲大喜道：「這叫皇天不負有心人。」旋又嘆道：「不過要運走這麼大批黃金兵器，雙龍幫全軍出動，也力所難及。若要一次運走，組成的騾馬隊至少有十多里長，這樣去搬東西，只是個大笑話。就算走水路，至少也要十條八條超級大貨船。」

徐子陵仍在細讀圖旁的說明文字，道：「通往城外的秘道設有車軌和運貨的鐵車，只要絞動拉索，可把兵器迅速運往城外。只是所謂迅速，恐怕至少要一兩天的時間。」

寇仲指著通往城外秘道和寶庫間的一個方格狀空間，道：「這看來是另一個地室。」

徐子陵正讀至開啓地道的方法，道：「先不理其他事，這裏有一套封庫的方法，可以讓我們把位於西南軸的假庫和眞庫分隔開來，就算有人曉得西寄園的入口，亦摸不到這邊來。」

寇仲當然明白他意之所指，一掌朝桌邊拍下去，剛想叫絕，面上現出古怪神色。

徐子陵訝道：「甚麼事？」

寇仲俯身往從地板撐出、承托著石桌的獨腳望去。道：「這桌子有點古怪，拍上去時傳入手掌的震盪力，似是可以活動的樣子。」

徐子陵一震道：「莫不是這石桌是環鎖的另一變體花招，可以開啓某暗格秘牢？」

寇仲跳起來道：「定是如此！」雙手抓著桌沿，朝上拔起。桌子應手上升兩寸，發出一聲輕響。你眼望我眼下，寇仲道：「左旋還是右轉？」

徐子陵苦笑道：「該沒箭射來吧！」

寇仲唱喏道：「那就來個天旋左轉。」圓桌下發出輪軸磨擦的聲音，往左旋去。桌旁一方地板往下沉去，現出內裏窄小的空間。

徐子陵走到小方洞旁，探頭下望，道：「有個封蓋的銅製小罐子。」

寇仲道：「我不敢放手，你打開來看看。」

徐子陵蹲跪探手，忽又把手縮回來，道：「記得當日在淨念禪院，了空把和氏璧藏在銅殿內，使我們感應不到和氏璧嗎？」

寇仲點頭道：「對！若把蓋子打開，石之軒說不定可能感應到。」

徐子陵又伸手下去，不是要把桶蓋揭開，而是挽上手中秤秤，試探桶子的重量。寇仲見他沒有作聲，忍不住問道：「怎麼樣？」徐子陵長身而起，道：「先把秘洞關上。」寇仲依言封洞，待一切回復原狀，兩人重新坐下。

徐子陵道：「桶子最少重百斤。」

寇仲嚇了一跳，道：「有這麼重？」

徐子陵道：「裏面肯定有球狀的物體，浸在奇怪的溶液內，這定是令尤鳥倦等人感應不到舍利所在的獨門秘法。」

寇仲道：「但剛才爲何你神情有異，我還以爲你是中邪。」

徐子陵道：「和中邪差不多，當我摸上銅罐的挽手時，腦海竟出現充滿血腥的可怕情狀，耳內更似聽到千萬冤魂索命的厲呼，好半晌才消去。」

寇仲打個寒噤道：「這麼邪！」

徐子陵道：「現在恐怕快天亮了，先決定怎樣行動。」

寇仲目光落回桌面的繪圖上，道：「另三條地道分別是通往西寄園——哈！這不是沙府嗎？又有這麼巧的。」

徐子陵笑道：「你若沒留書出走，回家倒方便。」

寇仲正研究最後一條地道的出口，皺眉道：「這不是個出口，但卻可直通永安渠。」思索半晌，寇仲斷然道：「我留在這裏設法弄清楚所有機關布置，麻煩陵少利用永安渠的出口，領占道等偷偷進來，待我們先立於不敗之地後，才去想其他傷精神的事。」

第二章

庫內有庫

黃易 作品集

第二章　庫內有庫

寇仲送走徐子陵後，先把東北和西南兩區重新分隔，只留下東壁作唯一貫通兩區的出入口。為安全計，活壁仍是關閉，只是沒有上鎖。接著他朝通往城外的秘道入口走去，依魯妙子留下的指示開啓秘道的隱門，果然如他所料，是另一間相連的密室，另一邊才是通往城外秘道的入口。在火熠光下，這間只有鄰庫八分之一大的小室放置了大小不一共八個桃木箱，令寇仲好奇心大起，決定先查看箱內的東西，才到秘道的另一端探察情況。這時他對整個楊公寶庫已有較深入的了解，且愈清楚其中的情況，愈為整個地下建構的匠心獨運，鬼斧神工而讚嘆。

不過若非有當時權傾天下的楊素全力支持籌劃，兼且長安又是在興建中的城市，想這麼神不知鬼不覺的在地底建一座寶庫，誰都辦不到。楊素在這場與楊堅的權力角逐中，成為最後的勝利者，透過楊廣把楊堅害死，楊公寶庫備而不用，後隨楊素之子楊玄感之死而成為一個謎般的傳說。不知如何輾轉把秘密傳到高麗去。於是傅君婥奉師命來到中原，且大有可能是作探路的先鋒，目的是把楊公寶庫內的兵器財寶，秘密運返高麗。可惜傅君婥只能進入地庫的西南軸，目睹假庫的情況當然是大失所望。只順手取走一批珍寶，希望在江湖引起大亂。其中自有些轉折的際遇，那就非寇仲所能憑空猜估。例如傅君婥的師妹傅君瑜，便似對楊公寶庫茫無所知，這是寇仲難以解釋的。

寇仲打開第一個箱的蓋子，裏面竟是幾套摺疊整齊的衣服，拿起一看，只是普通商旅慣穿的服飾，手工質料不見出色。不用說是供楊素緊急時作逃亡掩人耳目之用，這傢伙的確設想周到。衣服下赫然有兩個面具，只望一眼寇仲已知是出自魯妙子的妙手，大喜過望，剛好和徐子陵一人一張，比得到整箱黃金更令他欣喜，連忙納入囊中收藏妥當。接著把其他箱子逐一打開，兩箱是眞正價値連城的罕有珍寶，琳琅滿目，以寇仲的定力，亦要爲之目眩神迷，喜出望外。另外五箱全是各式兵器，無論一刀一盾，均大有名堂，顯然是楊素珍藏的歷代神兵利器，任取其一，也是練武者夢寐以求的異寶。寇仲大感不虛此行，心想只要讓高占道等人任選其心頭所愛，必可教他們歡欣若狂。

順步再到通往城外的秘道入口，火熠光映照下，兩條鐵軌延伸而去，軌上停放著十多輛鐵製車廂，每車十輪，結構堅固，可盛載重物。正要提氣疾行，到另一端出口看看，忽然「噹」的一聲，嚇得他彈跳起來，茫然不知發生甚麼事。

徐子陵從永安渠的出口離開，此地道設計巧妙，出口在渠壁的水底下，只最後一截斜道浸在水裏。整座楊公寶庫最令人叫絕的地方，是在啓動總樞紐前，所有秘道均被封閉，等於把寶庫隱形。除非把整座長安城的地下掘開，而當然沒有人會這麼做。寶庫的整個通氣系統，則與無漏寺天衣無縫的結成一體。上回徐子陵和雷九指除方丈室外，踏遍整座無漏寺仍沒發覺這方面的絲毫蛛絲馬跡，便可知其設計的隱秘和功妙。

徐子陵索性沿渠潛游一段水程，到最接近高占道等人的藏身處才從水底冒出來。天上正下著微微細雪，仍是夜深人靜的理想時刻。心忖幸好黃昏後立即進入寶庫，否則現在該是光天化日。他身穿的水靠是由高占道請這方面的巧匠特製，顏色灰黑，借著夜色，配上徐子陵迅如鬼魅的夜行騰縱術，確有潛蹤隱跡的作用。

今晚巡城的衛隊明顯比昨晚增多和嚴密，當然難不倒徐子陵這年輕一輩的頂尖高手，他竄高伏低，忽停忽走，不到一盞熱茶的工夫，避過幾起巡城軍後，抵達可遙瞰高占道等藏身宅院的一處屋脊。徐子陵目光首先落到設置在主宅正門簷上的雄雞瓦當裝飾，心中一震，立即曉得有問題。這是他和高占道約定的傳訊方法，若一切無恙，雄雞會正向前方。如若偏右，表示形勢危急，他們可能來不及逃走；假設偏左，他們仍有從地道脫身的時間。

宅院烏燈黑火，與四鄰的房舍相比沒有任何特別礙眼處，但徐子陵卻深深感受到其中的重重危機。偏向左方的瓦雞，把凶兆清楚具體的顯示出來。究竟敵人是哪一方的人馬？無論對方是誰，能於這要命時刻發動，把他們鉗制，為的肯定是楊公寶庫。高占道等人曾經他們指點武功，這些年又日夕苦修，要把他們一網成擒，怕只有石之軒、祝玉妍、婠婠、趙德言、可達志那般級數的高手始有可能辦到。

不過他立即把趙德言和石之軒兩方勢力剔除。前者自以為穩操勝券，不愁他們不交易；後者則該因尚未感應到邪帝舍利出土，故不會輕舉妄動。想到這裏，他敢肯定高占道是給祝玉妍制伏，她們曉得他們今晚會進入寶庫，又不願明刀明槍的和趙德言爭個你死我活，只好先發制人，逼他們把舍利先交出來，甚至要他們供出進入寶庫的方法。想通這點後，徐子陵深吸一口氣，騰身而起，橫過近十丈的空間，落在宅院正門前，若無其事的推門入屋。燈火亮起。

婠婠甜美的聲音在他後方道：「子陵辛苦哩！坐下來喝杯熱茶吧！看你濕淋淋的樣子，真教人憐惜！」

縱使徐子陵作足心理準備，入目的形勢仍瞧得他頭皮發麻。高占道等十八個人橫七豎八的倒在大廳一角，人人昏迷不醒，縱然沒有人監管，可是憑徐子陵一人，能救得多少個？在廳子中央的圓桌處，坐有臉蒙重紗的祝玉妍、邊不負、辟守玄、聞采婷、霞長老五大陰癸派巨頭，正優閒的品嘗香茗，似對徐子陵的駕臨不屑一顧。退路則給封死。

祝玉妍透過重紗朝他望來，淡淡道：「你的兄弟在哪裏？」

邊不負冷哼道：「一句謊話一條人命，你最好考慮清楚再答。」

婠婠飄到他身後，幽幽道：「不要怪我們沒有遵守諾言，是你們先出爾反爾，我們被迫使出非常手段。」

徐子陵暗捏不動根本印，裝出一個苦澀的笑容，點頭道：「好！這回算我們一敗塗地，開出放人的條件吧！」來回在高占道等人身上掃過多遍，到肯定他們只是穴道被制，然後收回目光。

祝玉妍語氣轉厲，仍是那句話，道：「你的兄弟在哪裏？」

徐子陵從容笑道：「我們似乎仍未談妥條件，對嗎？」

「雲雨雙修」辟守玄豎起拇指讚道：「有膽色！」

聞采婷向祝玉妍道：「不如我們先把這小子擒下，免得要看他的臉色。」

徐子陵心中好笑，曉得聞采婷只是虛聲恫嚇。並非說祝玉妍一方沒此能力，而是一旦動手，極可能驚動巡城的軍隊，對雙方都不會有半點好處。

婠婠在他背後扮作好人般柔聲道：「子陵是聰明人，該清楚在目前的情況下，不可能有第二個選擇。」

祝玉妍冷冷道：「乖乖給我把寶庫和舍利交出來，否則只是死路一條。」

徐子陵啞然失笑道：「動手吧！憑你老人家這麼一番空口白話，我就會乖乖吐露嗎？我決意死戰，寇仲日後自會替我取回公道。」除了看不見祝玉妍和身後婠婠的表情，邊不負等全是面無表情，但徐子陵卻直覺感應到他們心內的震盪，知道自己這記反客爲主的虛招，擊中他們的要害。

婠婠在他身後嗔道：「有事好商量，何須動輒講生講死的。」

徐子陵斷然道：「我再沒耐性磨纏下去，若你們不能開出令我滿意的條件，只好來個玉石俱焚，看看你們是否有本領把我留下來。你們若把人殺掉，寇仲自會把邪帝舍利毀去，教你們永遠得不到。」

祝玉妍發出一陣低沉的冷笑，點頭道：「好！你確有談條件和講價錢的資格，寇仲是否仍留在寶庫內？」

徐子陵答道：「宗主若立即趕去，有五成機會可與他碰頭。」

祝玉妍一字一字的緩緩道：「這樣吧，我以陰癸派之主立下咒誓，只要你肯坦白說出如何進入寶庫，我可保證不傷害寇仲，這裏的十八個人亦全部交還予你。他們的生死，由你一句話決定。」

徐子陵道：「既由宗主親口立誓保證，當然不會食言。由這裏到寶庫入口，只是一盞熱茶內的工夫，所以兩盞熱茶後，仍不見宗主回來，該知我並沒有說謊，其他人須立即離開，在兩個時辰內不得干擾我們。」

一直沒作聲的霞長老道：「既然距離此處不遠，我們可派人去查看，確定你徐子陵沒有說謊，立即可以放人。」

徐子陵搖頭道：「這是在下自保的一個條件，去的須是祝宗主、婠小姐兩人。」

祝玉妍點頭道：「這條件尙可接受。」轉向辟守玄道：「若我們兩刻鐘後仍未回來，表示我們已進寶庫，你們立即離開，不得有違。」辟守玄雖是祝玉妍的師叔，亦只有點頭聽命的份兒。祝玉妍表示誠意後，向徐子陵道：「說吧！」

徐子陵壓低聲音道：「入口就在獨孤閥西寄園北井內。」接著毫不隱瞞說出井口的位置，及掣鈕所在，連鋼閘的開啓方法一併道出。聽到入口在井底，比照徐子陵身上水靠沾濕的情況，衆人至少信足五成。

邊不負沉聲道：「裏面尚有甚麼陷阱機關。」

徐子陵道：「機關都給我們破去，諸位不用擔心。」

祝玉妍倏地立起，道：「你說出的布置，確是那老不死的作風，希望你沒有說謊！」

定下神來，寇仲才想到是有人觸動地庫的警報系統，首先想到的是進入主控樞紐那深淺不同顏色的廊道，立時大吃一驚，心忖若給人潛入樞紐室，關閉機關，後果可能非常嚴重。此時他無暇計較爲何會發生這麼可怕的事，或是甚麼人會神通廣大至此？只知應立即趕到控制室阻止事情的發生。他展開身法，瞬間來到唯一仍可通到箭室的活壁處，撞壁而入。下一刻他立在廊道盡處，活壁天衣無縫的關上，身後是有箭孔的牆壁，右方是進入假庫的入口，正面對著鋼閘。鋼門剛好張開，火熠光映進來。寇仲恍然大悟，警報不是來自通往總樞紐室的廊道，而是來自鋼閘之外。

寇仲本仍可來得及退回活壁的另一端，不過活壁移動的聲音，會洩露出他絕不願說出的秘密。只好硬著頭皮，卓立廊道盡處，迎接凶多吉少的未來命運。火熠光下，三個人閃身而入，見到寇仲不但沒有訝異，帶頭的更哈哈笑道：「少帥想不到吧！這次看你能逃到哪裏去？」說話的正是齊王李元吉，身後兩人分別是戴上頭罩，一身夜行衣的楊虛彥，另一人則是老朋友南海派的年輕掌門人梅珣。憑這三個人的實力，他寇仲就算有徐子陵幫忙，怕仍是輸多贏少。

到此刻寇仲仍弄不清楚對方怎會掌握到秘道的入口，問題肯定出在他和徐子陵身上，否則李元吉早可尋到寶庫，至少可找到假庫。寇仲感到自己未必輸掉全局，哈哈笑道：「幸會幸會，這次確是狹路相逢，只好來個手底下見眞章，看看誰能活著出去？」

楊虛彥沉聲道：「徐子陵在哪裏？」

寇仲故作驚訝道：「這麼說，你們並非見到子陵從井口爬出去才懂得進來啊。」

李元吉微一愕然，道：「先宰掉你也不錯。任你們奸比狡狐，也想不到我會使人輪班監聽地底的情況。西寄園一向是我疑心的地方，尤其是北井，只是查不到入口，少帥這次是幫了本王一個大忙。」

寇仲聽他口氣，心中一動，猜到李元吉此來極可能是瞞著李淵以至於李建成，欲把楊公寶庫據爲己有。所以來的只有三個人，梅珣或者眞心助他，楊虛彥肯定別有居心。同時暗怪自己大意。像長安這種大城，均有監聽地底的布置，以防敵人掘地道攻城，所以要監聽他們到地下尋寶，現成方便。

李元吉一振手提的裂馬槍，豪氣干雲的道：「今晚非是一般的江湖仇殺，沒有甚麼規矩可說的，寇仲你若肯自盡，我李元吉敬你是條漢子，會讓你保留全屍。」

寇仲仰天大笑道：「廢話！不是你死就是我活。看你在這環境使出回馬槍可令我一開眼界！」

「鏘！」井中月離鞘而出。楊虛彥低叱一聲，在李元吉旁搶出，影子劍法全力展開，往寇仲攻來。梅珣負責高舉火熠，在最後方押陣。受到廊道空間的限制，李元吉他們只能使車輪戰法，輪番強攻，看寇仲能支持多久。

寇仲虎背猛撞在箭壁處。「轟！」鋼閘關閉。寇仲大喝道：「現在無論是生是死，誰都出不去了。」

梅珣叫道：「沒有可能的。」

李元吉把鋼門反覆研究，仍找不到任何開關鈕鍵，厲聲道：「虛彥！絕不能讓他走掉。」

此時寇仲和楊虛彥刀來劍往狠拚十多招，互有攻守，誰都占不到上風。聽到李元吉情急下的怒喝，寇仲哈哈笑道：「原來外面再沒你的手下，嘿！」楊虛彥劍光劇盛，登時令他難以續說下去，運刀掃開楊虛彥精妙絕倫的一劍。

李元吉雙目精光陡增，提著裂馬槍逼近戰圈，暴叱如雷，喝道：「虛彥讓開！」楊虛彥應命後撤，李元吉身隨槍走，反映著火熠光的槍鋒像一道電火般，直向長廊盡處的寇仲射去。寇仲早領教過他神勇蓋世的武功，本來要躲這一槍並不難，只須退往通往假庫的廊道，立可化險為夷。只是他絕不能這麼做，因為後果會不堪設想。首先他會失去從活壁這唯一生路逃走的機會，那當然是下下之策，若被李元吉發現眞庫，他所有努力更盡付東流，還平白便宜了李閥。其次，如他被李元吉接下來不可阻遏的槍勢硬逼得退入寶庫，那形勢立會逆轉，寬敞的空間，將容許梅珣和楊虛彥加入戰圈，他寇仲哪還有命。所以無論如何，他都要硬擋李元吉這挾怒而來，勢不可當的一槍。

槍勁把寇仲完全籠罩，來勢凌厲無匹，槍尖在廊道的空間依循一道充滿力學美感的弧線，疾取寇仲胸口要害。由於槍勁高度集中在裂馬槍的鋒尖，配合著迅若石火的速度，寇仲想卸勁借力亦有所不能，猛喝一聲，井中月化繁為簡，先高舉過頭，再隨寇仲標前的勢子，直線劈出，正中槍鋒。「嗆！」兩人毫無取巧的硬拚一招，均似若觸電，分往反方向跌退。

寇仲整條持刀的右臂瘦麻起來。李元吉這一槍是蓄勢以發，兼又挾怒出手，確是氣勢如虹，有橫掃千軍之勇。兼且長槍最善攻堅，在廊道狹窄的空間，這優點更是發揮盡致。寇仲則是在力戰楊虛彥之際，倉卒下應變迎敵，相比下自然吃虧。一股無可卸洩的力道，帶得他身不由主的往後拋退，重重撞在箭壁上。李元吉亦蹬蹬的往後跌退，寇仲的功力，比起上回交手，又見精進，能毫不閃躲地硬架他一槍，大出他意料之外。事前他是滿有信心連寧道奇也不敢像寇仲這般接他一槍的。

兩人的交鋒發生在瞬眼之間，此時楊虛彥仍在後退的勢子。他像李元吉般，估計寇仲會閃開躲避，那李元吉就可再挾這一槍的餘威，殺得寇仲只有招架之功，再無還手之力，豈知寇仲會結結實實的硬拚一招。梅珣見機不可失，把火熠子拋給楊虛彥，狂喝道：「讓我來！」提槍衝前，趁寇仲狼狽撞牆的時刻，繼李元吉後作出搶攻。「砰！」寇仲終撞上箭壁，撞得他差點眞氣渙散，尙未定過神來，梅珣名震南方的金槍，在三丈外的李元吉旁照頭刺來，勁氣先發，把他完全緊鎖，顯示出不在李元吉和楊虛彥之下的驚人功力。

「咔嚓！」背後機括聲響。李元吉等三人聞聲愕然，寇仲卻是魂飛魄散，曉得箭壁內的弩箭機極有可能仍有發射的能力。不知是否因年月過久，故其中一些箭機失靈，可是經寇仲如此猛力撞擊，失靈的箭機又恢復發射的能力。寇仲再沒時間去管其他事，往假庫方向側跌閃避。「嗤嗤嗤！」三枝勁箭從箭孔平排射出。火熠撞向牆腳。首先遇險的是梅珣，因他離箭壁最近，根本來不及硬擋，只好往後仰倒，其中一枝勁箭就在他鼻尖擦過，狠狠射在遭劫的鋼門上，發出「噹」的一聲巨響，另兩枝則分別向楊虛彥和李元吉射去，兩人勉力擋格，狼狽非常。

火熠熄滅，廊道陷進伸手不見五指的黑暗中。忽然間，誰都不敢發出任何聲息。在這敵我難分的黑暗中，如若寇仲存心偷襲，會是非常難應付的局面。就在這要命的時刻，鋼門外傳來鎖環扯動的聲音。寇仲心叫不妙，心想原來對方尚有援兵，眼前唯一方法，就是從活壁溜走，再把活壁鎖死，不過這等於明告李元吉，這看似封閉的地方，事實上另有通道。匆忙下，他只能帶走寶庫內少許最貴重的東西，不過比之小命不保，仍是非常划算。

李元吉等想到的卻是來者必為徐子陵無疑，均心中叫好，若能趁徐子陵只顧開門而全無防備的剎那，以雷霆萬鈞之勢驟然施襲，將他擊斃，然後借門外夜明珠的光芒，看清形勢下掉過頭來收拾寇仲，會是最理想的結局。最接近寇仲的梅珣則全神貫注，留意寇仲的動靜，只要他出聲示警又或有任何動作，他將全力攔截，令他不能和徐子陵互相呼應。鋼門張開。出乎四人意料之外，門外黑漆一片，沒有半絲應有的亮光。李元吉和楊虛彥想到必是徐子陵聽到剛才勁箭射中鋼門的巨響，生出警覺，故以布帛一類東西遮蓋夜明珠，才會出現這種情況。他們積蓄的勁勢如箭在弦，不得不發，同時厲叱，一槍一劍，如水銀瀉地的朝門外攻去。

只有寇仲肯定門外來的不是徐子陵，此時更曉得非是李元吉方面的人。心中一動，井中月往前劈出，試探梅珣的位置和反應。

坐在一角的徐子陵起立，趨前淡淡道：「時間已至，諸位請依約離開。」四人交換個眼色，同時起立，接著移形換位，閃電搶往四角，把徐子陵團團圍困。徐子陵像早曉得會發生這種情況般，從容一笑道：「想悔約嗎？不怕應了咒誓。」

邊不負露出一個充滿嘲諷的笑容，陰惻惻的道：「小子你恁地天眞，換了你是我們，肯否讓曉得寶庫入口的人，在長安城隨處亂跑，胡亂說話？」

聞采婷嬌笑道：「小哥兒！我們並沒有絲毫違約之意，只是想讓你安安靜靜睡上一覺，待我們弄清楚寶庫的情況後，再容你和你的兄弟自由離開，算是合情合理吧！」說罷還送他一記媚眼，似對他很有意思。

徐子陵一邊運功對抗四人加諸他身上的龐大壓力，皺眉奇道：「你們沒想過如留不下晚輩，後果會是非常嚴重，情急下我只好通知天策府，一個不好，你們不只要失去寶庫，祝宗主還可能要飲恨庫內。」

霞長老冷然道：「別忘記寇仲仍在寶庫內，若你驚動李家的人，首先遭殃的就是他。」

徐子陵啞然失笑道：「這番話豈非前後矛盾，你們既然不怕我會驚動其他人，爲何現在又聲勢洶洶，一副要打要殺的樣兒。」

辟守玄冷笑道：「如若你一意反抗，我們在迫不得已下，只有痛下殺手。」

徐子陵搖頭嘆道：「坦白說，你們四人聯手，我脫身的機會的確相當渺茫，但要驚動城內的巡邏兵馬，卻可輕易辦到，你們想試試看嗎？」

辟守玄等聽得面面相覷，誰都知道要收拾徐子陵，肯定不是十招八招可辦得到，若他不顧寇仲生死，以內功逼出聲音，引來巡衛，確是後果難料。

徐子陵巧妙地利用當前的特別形勢，忽然又占在上風處。爲了讓四人下台，徐子陵悠然道：「這樣吧：我答應你們留在屋內，不踏出門外半步，直至天明，這樣不是兩全其美嗎？假若證實寇仲已落在你們手上，我更不會輕舉妄動，對吧！」這不失爲一個解決的辦法。爲顧及手下的安全，以徐子陵的爲人，絕不會往外硬闖。徐子陵不待他們說話，冷然道：「但你們必須退出這宅院的範圍，讓我把人救醒。四位意下如何？其他任何提議恕我不會接納。」

辟守玄以眼色徵詢其他人意見，發覺連對徐子陵恨之入骨的邊不負亦表示此乃唯一可行之法，無奈道：「好吧！依你之言，不過假若讓我們發覺你圖謀不軌，你的一衆兄弟將沒有一個能活命。」

法駕光臨的當然是位居「邪道八大高手」之首的「陰后」祝玉妍，她囑婠婠留守井口，自己則孤身下來，打定主意先收拾寇仲，方理其他的事。最好是寇仲以爲是徐子陵率領手下回來，誤會下被她所乘，可省掉不少手腳。六顆夜明珠是給她以指尖戳碎，好給寇仲一個意外的驚愕，令他措手不及。豈知鋼門打開，歡迎她的竟是凌厲至極的一槍一劍，幸好她亦是蓄勢以待，羅袖一揮，搭上李元吉先到的槍鋒，天魔功全力展開，硬把裂馬槍往橫移開，精確無誤的撞上楊虛彥的影子劍。

李元吉悶哼一聲，難過至極點，就算撞上銅牆鐵壁，他也不會這般難受。天魔勁令他有力難施，全身虛虛蕩蕩的，差點吐血受傷。假若他明知對手是「陰后」祝玉妍，反不會這麼一個照面就吃暗虧。楊虛彥的影子劍本有一往無前的氣勢，沒料到李元吉的裂馬槍忽地橫裏撞來，猝不及防下，長劍立被撞歪，整個人亦頓感空空蕩蕩，接下來的變化全被打亂。絕對的黑暗中，兩方都不曉得對手是誰，只都疑神疑鬼，混亂至極點。

事實上祝玉妍也大吃一驚，判斷出在這窄小的空間內，若要殺死這兩個神秘敵手，不是辦不到，而是必須付出沉重代價。她的感官何等靈敏，偵察到廊內尚有另兩個人，還在動手過招，其中一個該是寇仲，在這種形勢下，她怎肯冒負傷之險。李元吉和楊虛彥又重組攻勢反擊，祝玉妍雖恨得牙癢癢的，卻是無計可施，只好往後退卻。地庫內沒有一個人眞正明白發生甚麼事。

梅珣正靠壁貼立，聞得刀風之聲，覷準把握到的寇仲方位，一槍無聲無息的標刺而出。正暗幸得計，竟然刺在空處，尚未有機會變招，給寇仲重重一刀劈在金槍頭上，震得他金槍差些脫手墮地，駭然下往後退去。門外激戰之聲逐漸遠去，梅珣非是沒有還手之力，一來給寇仲搶占主動，二來弄不清楚敵我形勢，剛才李元吉還像吃了點虧，無心戀戰下，遂往門外且戰且退，心想只要能把守井口，寇仲將插翼難飛，自己犯不著和他在這暗黑中分個生死。

寇仲則心中叫妙，只要迫得梅珣到達通往地底河的秘道，或是返回井口，他就可折返庫內，由活壁離開，鎖壁後等於把敵人拒諸眞庫之外，縱然對方再來，也會以為「假庫」就是楊公寶藏的眞庫。更令敵人會認定他從地底河離開。事情的變化，出乎任何人料想之外。

徐子陵首先吹熄油燈，費一番工夫把高占道等逐一解穴救醒。制他們穴道的手法非常狠辣，要解開已不容易，就算解穴成功，衆人怕也要躺上幾天才能復原。幸好徐子陵對天魔功有一定的認識，兼之長生氣本身有療傷的神效，所以衆人雖不能完全復原，均可回復八、九成的功力。

徐子陵扼要向各人解釋情況後，高占道嘆道：「她們來得全無徵兆，幸好我當時正在室外，仍來得及以瓦雞示警，不過這已沒有分別。徐爺確是義薄雲天，竟不顧自身的安危進來和那群妖人交涉。」

徐子陵道：「幸好我有談判的條件，目前我們仍占在上風，只要能從秘道偷偷離開，潛入寶庫，就可大功告成。」

高占道欣然道：「這個沒有問題，徐爺請隨我們來。」

徐子陵心中好笑，假若待會兒辟守玄等妖人發覺看守的只是一座空蕩無人的房子，會是怎樣的一副表情？

徐子陵和高占道一衆從永安渠的入口潛回寶庫，寇仲正等得心焦如焚，見他們安然抵達，大喜過望。兩方面把遭遇說過，均互感僥倖，陰差陽錯下，只要李元吉以假庫爲眞庫，他們反得到障護。

寇仲道：「現在千萬不要弄出任何機關移動的聲音，否則絕瞞不過李元吉一方監聽地底動靜的專人耳目，所以現在兩條秘道仍保持開放，有機會才封閉通往永安渠的秘道。」

眞寶庫共有四條秘道，寇仲和徐子陵開啓了通往城外和永安渠的兩條秘道，其他兩道則保留原狀。但這並非說秘道出口是打開的，而是通過機關把塡塞入口的巨石移開。若想從秘道離去，尚另有一道巧妙的活門。

高占道皺眉道：「那我們怎樣把東西運走？」

寇仲胸有成竹道：「天亮後，長安城的街道將滿是此來彼往的行人車馬，那將是最好的掩護，我們在下面幹甚麼都不虞有人聽見。」

又問道：「還有多久才天亮？」

牛奉義答道：「該還有小半個時辰。」

查傑道：「安隆一直沒有出現。」

寇仲冷哼道：「算他命大。」他們昨天本打定主意宰掉安隆才入井探寶，豈知安隆並沒有到北里樂泉館，致英雄用武無之地。

寇仲向衆人欣然道：「往地道出口那邊有個超級寶庫，內藏數十件該屬極有名堂的神兵利器，爲酬謝各位兄弟，你們可去挑選一件趁手的。」高占道等無不欣喜若狂，對練武者來說，神兵利器乃可遇而不可求的東西，比任何珍寶更有價値，頓有入寶山果然沒空手而回的動人感覺。

衆人依循寇仲指示前去取寶後，寇仲從懷內掏出一張面具，笑道：「這本是楊素備作逃亡之用的，他既用不著，由你承受吧。」

徐子陵接過面具，愛不釋手的道：「多一張面具，等於多個身分，以往的面具曝光得太厲害，這一張正好作生力軍。」接著道：「你打算怎樣處置寶庫內的東西？」

寇仲嘆道：「要一次搬走這麼多東西，既不智又不可能。我只打算搬走超級寶庫內的超級兵器和超級珍寶，就算給李小子或任何人截到，因見我們收穫不多，只會以爲是原屬假庫的器物，仍猜不到另有乾坤。」

徐子陵道：「可想像李閥必會派人到地庫來作徹底的搜查，其中當然有通曉土木機關的內行人，說不定會發覺眞寶庫的秘密。」

寇仲道：「這個可能性微乎其微，我還有另一記絕招，就是剛才我趁李元吉等退往井口後，把通往充滿沼氣那個洞穴的鋼門打開，現在隔壁該灌滿沼氣，只有能長時間閉氣的高手才能進入，像劉政會那類專家在清除沼氣前，惟有望門輕嘆。」

徐子陵愕然道：「這麼狠毒的招數，虧你想得出來。」

寇仲笑道：「我不是想出來的，事實上我絕非狠毒之人，故想不出狠毒的事。當時我是一心要製造出從地底河逃遁的假象，到沼氣湧入洞內，才想及此事。哈！希望李元吉不是持著火把鑽入地道，否則怕他的眼眉和頭髮勢將難保。」

徐子陵道：「這回你可能會牽累沙家。」

寇仲道：「放心吧！我立即趕回沙府，隨機應變，保證可蒙混過去。」

徐子陵道：「沙家上下都是老實人，你這小子可欺之以方，但你不怕婠婠來纏你嗎？」

寇仲傲然道：「邪帝舍利仍在我們手上，怕她甚麼？任婠妖女如何狡猾狠毒，亦只有被我玩弄於掌上的份兒。」頓了頓續道：「這裏可交由占道負責，你最好以雍秦的身分在各處露面，那就誰都不會想到假庫之外，另有眞庫，雲帥還要靠你去聯絡呢。」

寇仲潛回沙府，偷偷入房，往枕底一摸，出走的留書仍在，放下一件心事。此時天已微亮，仍有點飄雪，寇仲索性倒頭大睡，聽到沙福的驚呼，才醒過來。

一臉喜色的沙福道：「莫爺何時回來的？」

寇仲擁被坐起，道：「昨晚有沒有人找我？」

沙福道：「秀芳小姐和青青夫人分別派人來找過你。」寇仲心忖幸好自己是這副尊容，若戴的是像侯希白般模樣的面具，定惹來更多美人青睞，並讓人以爲是到處留情。

沙福追問道：「莫爺究竟到哪裏去，老爺他們還以爲你怕給挽留，來個不辭而別。」

寇仲道：「這幾天我肯定要趁皇上離城，溜之大吉，大舅爺有沒有找我？」

沙福道：「大舅爺昨晚輪值，沒有空閒。」

寇仲暗叫謝天謝地，壓低聲音道：「我昨天黃昏遇上天策府的李靖，給他硬架回府中喝酒，豈知三杯下肚，竟醉至不省人事，到早先醒來，才匆匆回府，是從後院爬進來的，因大老爺絕不喜歡我和天策府的人來往得這麼密切，你有甚麼方法幫我隱瞞？」

沙福眼也不眨的道：「這個容易，府內下人誰不尊敬莫爺，誰不肯爲莫爺盡力辦事，只要我打點一下，就說莫爺昨晚初更從秀芳小姐又或青青夫人處回來，包保沒人懷疑。」

寇仲欣然道：「說是去見秀芳小姐吧，有勞你老人家打點照拂。」

沙福嘆道：「這是小事。老爺自從知你要一意離開，很不高興呢。」

寇仲道：「我只是出去打個轉應應命運，有甚麼大不了。」

沙福壓低聲音道：「可是有消息說皇上要任命你爲御醫，莫爺這麼走掉，皇上不高興起來，說不定會怪罪大舅爺。」

寇仲倒沒想過這問題，眉頭一皺，計上心頭道：「你告訴老爺不用擔心，我待會兒入宮向張婕妤稟告陳情，她向皇上說一句話，比任何人說上千句更有用，包保大舅爺不受影響。」

沙福道：「那就要快點。聽說皇上今天要啓程往終南別宮，說不定會帶張貴妃同行的。」

寇仲心想楊公寶庫的事勢將紙包不住火，李淵不因此延遲起行才怪，點頭答應。沙福匆匆離開，爲他的謊話圓謊，減去寇仲一件心事。梳洗妥當，正要出門，婠婠芳駕光臨，見到寇仲神態安詳，像沒有任何事發生過的留在房內，難掩驚訝神色。寇仲亦想弄清楚她們和李元吉間發生過甚麼事，在一旁坐下道：「虧你還有臉來見我。」

婠婠在床沿坐下，幽幽怨怨，楚楚可憐的道：「你怎能怪人家，食言的是你，迫不得已下，我們只有採取自保的手段。」

寇仲攤手道：「好啦！現在來個一拍兩散，你沒有舍利，我失去寶藏，唯一可慶幸的是仍可吃飯走路。」

婠婠「噗哧」嬌笑道：「你該多謝我們才對，你的所謂秘密行動原來是這麼一回事，如非祝師剛好進入寶庫，引開李元吉，諒你寇仲插翼難飛。」接著攤開手掌道：「拿來！」

寇仲心中暗懍，婠婠方面肯定有人潛在李閥之內，才能在第一時間掌握到庫內的情況，並曉得他從地底河「逃生」，皺眉道：「你以爲舍利在我手上嗎？」

婠婠道：「你們兩人在李元吉尋得入口前，有足夠時間把寶庫倒翻過來看。我們見到子陵時，他穿的是緊身水靠，不可能把舍利藏在身上。既然不在他處，當然在你這裏。」

寇仲灑然笑道：「若非看在你仍能裝神弄鬼份上，眞不願再和你交易。但現在你只能聽我的，今晚戌時初在外賓館見吧！」

婠婠還要說話，足音傳來。寇仲向婠婠眨眨眼睛，迎出小廳去。下人來報，可達志在東廳等待他。寇仲早猜到他會聞風而至，欣然去了。

徐子陵變回岳山，在客棧耐心等待。果然天色大明，飄雪停下之際，大唐皇帝李淵換上騎獵裝束，龍駕光臨，劈頭便道：「楊公寶庫出土哩！」

徐子陵悠然瞧著李淵在他旁坐下，道：「有沒有抓到那兩個小子？」

李淵搖頭道：「算他們走運，分別從井口和地底河溜掉，楊素眞狡猾，竟來個庫內有庫，差點給瞞過。」

徐子陵立時渾身冒出冷汗，暗忖難道給他們發現眞庫所在？那高占道等豈非凶多吉少？可是聽他口氣，卻像沒抓到任何人。忙道：「甚麼庫內有庫。」

李淵不厭其詳的解釋道：「早在多年前，當楊玄感兵敗身亡，就有人來向我說，楊玄感生前曾說過『庫內有庫』這句話，所以我們進入寶庫後，特別留心，終在一個箱子下發現開啓下層的入口，裏面的兵器保存得很好，足可裝配整個千人軍隊。」

徐子陵暗鬆一口氣，心道原來如此。不由對魯妙子的「心戰術」佩服得五體投地，換作是他們，假設不幸地發現「庫下有庫」亦會奉假爲眞，就此鳴金收兵。沉聲道：「小刀這次大豐收哩！」

李淵點頭道：「確是意外之喜。遺憾處是抓不著那兩個神出鬼沒的小子，且要得到庫內的東西，尚要花費一番工夫，因爲目前庫內充滿沼氣，若非宮內藏有一顆夜明珠，進去亦看不見東西。」

徐子陵隱隱想到李元吉之所以糊塗得把祝玉妍當作是他徐子陵，必然是楊虛彥從中弄鬼，不讓李閥生出警覺，致破壞他楊氏爲舊朝復辟的陰謀。

李淵感激的道：「我李家的好運道，全拜大哥所賜，待我收服奸邪妖孽歸來，定要請大哥到宮內喝酒談心，以作慶祝。」

徐子陵嘆道：「我早沒有這種心情，小刀好好做你的皇帝吧！」

李淵一震道：「大哥要走嗎？」

徐子陵裝作老氣橫秋的道：「人生聚散無常，有甚麼還看不通想不透的！趁我岳山尚有點氣力，定要在死前完成一些未了之願。」

李淵呆了半晌，低聲道：「岳大哥要到嶺南決戰宋缺，小刀謹在此預祝成功。『天刀』宋缺乃中原武林百年難遇的奇材，現在更在背後大力支持寇仲，實我李家的心腹大患。」

徐子陵心想這正是師妃暄不惜一切阻止寇仲奪寶回彭梁的原因，寧道奇亦因此答應出手。宋缺加上寇仲，一旦尋得立足之地，成其氣候，天下間除李世民外，確難有能與匹敵之人。而李世民若非占上關中地利，兼根基深厚穩固，說不定亦要慘淡收場。李淵的擔心絕非過慮。

徐子陵目射遠方，緩緩而堅定的道：「這一戰我是不計成敗，不顧生死，只求一個痛快。」「痛快」兩字頗有不祥的意味，但李淵卻不敢點出來。「天刀」宋缺乃寧道奇那般級數的高手，自擊敗岳山名震天下後，從未嘗過敗績，即使魔門高手輩出，仍要乖乖避開他勢力範圍所在的嶺南一帶，免得觸怒這被譽爲天下第一用刀高手的超卓人物。

李閥招納晁公錯和南海派，背後自有因由，是希望他們可牽制宋閥。現在江湖四大門閥，獨孤閥因與王世充鬥爭失敗而式微；宇文閥連吃敗仗，聲勢如江河下瀉；李閥雖如日中天，可是宋閥穩踞南疆，宋缺仍在，一天不肯俯首稱臣，恐怕誰人要一統天下，仍是奈何不了他。宋缺欠的是一個肯爲他去打天下的人，沒有人比寇仲更勝任此職。正如宋缺女兒宋玉華所形容，宋缺見到寇仲，就像蜜蜂遇上蜜糖，沒有人能把他們分開。

徐子陵呆想片刻，沉聲道：「小刀去吧！老哥在這裏祝你馬到成功，一統天下。」

寇仲在可達志旁坐下，苦笑道：「你這麼大清早來找小弟，不怕啓人疑慮嗎？」

可達志長長吁出一口氣道：「可某不得不佩服少帥神通廣大，現在宮內盛傳少帥已葬身寶庫裏的沼氣洞內，只徐子陵安然逃脫，怎想得到少帥不但仍活得好好的，還似剛睡醒起來，春風滿面的樣子。」

寇仲笑道：「沒點道行，怎到江湖來混。」

可達志道：「少帥當然有高得令人難以相信的道行，只是言帥擔心，你們可能來不及帶走舍利。」

寇仲揚眉哈哈一笑，道：「有人在庫內找到舍利嗎？」順手掏出夜明珠，雖不能像先前於地庫的暗黑中光芒綻射的輝煌情景，但任誰都可憑看一眼判斷此乃稀世奇珍。事實勝於雄辯，可達志登時啞口無言。

寇仲把夜明珠納回懷內，道：「可兄請回去通知言帥，交易如期在今晚進行，千萬別耍花樣，否則他殺掉我們都得不到聖舍利，何況我寇仲更非可欺之輩。小弟現正百廢待舉，要立即去辦的事多不勝數，恕小弟失陪。」

可達志長身而起，雙目精光閃閃的打量寇仲，訝道：「少帥似乎對寶庫得而復失並不在意，究竟是怎麼一回事？」

寇仲陪他站起來，神秘兮兮的道：「入寶山豈有空手而回的道理，有錢自能使得鬼推磨，可兄對敝國的諺語這麼熟識，當明白這兩句話的含意。」可達志拿他沒法，一知半解的離開。

正要出門，沙福來道：「李靖將軍來哩！他說想看看你宿酒醒後，有沒有頭痛。我不敢讓老爺小姐曉得，請他到外院的小廳候莫爺大駕？」

寇仲暗讚李靖機伶，順著沙福的口氣助他圓謊，令胡謅出來的假話變得天衣無縫，匆匆往見，心知肚明這一關比可達志那一關更難過。

李淵去後，師妃暄法駕光臨，見到徐子陵的岳山，淡然道：「寇仲沒事吧？」

只從這句話，徐子陵曉得她和李世民有比他想像的更為密切和高效率的聯繫，所以她這麼快收到消息。微笑道：「托福！」

師妃暄秀眉深鎖的在他旁坐下，語氣卻很平靜，柔聲道：「子陵為何忽然間像對妃暄的態度有很大的改變呢？」

徐子陵心中湧起連自己也不十分明白的「痛快」，旋又排去雜念，岔開話題道：「邪帝舍利在我們手上，今晚的計劃會如期進行，小姐準備妥當嗎？」

師妃暄玉容回復一貫的古井不波，凝視他半晌，輕輕道：「眞的沒有第二個辦法？」

徐子陵若無其事的道：「只有這方法才可殺死香玉山，更可令魔門各派分裂，小姐有更好的提議嗎？」

師妃暄淡然道：「子陵為何對妃暄早先的問題避而不答？」

徐子陵苦笑道：「小姐教我怎樣回答呢？我們的問題是因目標有異，故在如何處置邪帝舍利上出現分歧。」

師妃暄輕嘆一口氣道：「毀去邪帝舍利只是舉手之勞，但卻可去一大患。」

徐子陵心想假若師小姐你沒有請出寧道奇來對付寇仲，他們說不定會這麼辦，可是眼前卻只有這個辦法，可把正邪最頂尖的幾個人，完全牽制。無論誰成功奪得邪帝舍利，均要忙於應付其他的人，無暇去管別的事。說到底，他和寇仲毫不害怕邪帝舍利落在魔門的人手裏，武道絕無一蹴可幾的速成法，和氏璧正是最好的例子。他們的造詣雖進展鈍緩，但每天都在進步中，根本不怕任何人。

徐子陵不想和師妃暄糾纏下去，他對師妃暄亦早已心死，平靜答道：「若小姐能說服寇仲，我徐子陵不會有何異議。」

師妃暄微微一怔，俏目往他瞧來，顯是隱隱捕捉到徐子陵對她態度改變的原因。好半晌，她才道：「現在寶庫得而復失，寇仲有甚麼打算？」

這是徐子陵最怕的一條問題，無論他如何不滿師妃暄密謀對付寇仲，對她說謊仍非所願。暗嘆一口氣，道：「小姐何不順道親自去問寇仲？」

師妃暄一對秀眸射出複雜的神色，幽幽淺嘆，道：「若可選擇，妃暄是絕不想更不願與你們爲敵，如事情眞的發展到那地步，子陵當知妃暄是情非得已。」徐子陵心中苦笑，當寇仲尋得楊公寶藏，這是必然的發展，誰都無可奈何！

師妃暄俏俏起立，美目一片悽迷，這是在她身上從未出現過的神情，唇角飄出一絲苦澀的笑意，淡然道：「不過妃暄對兩位這次義助秦王，仍是非常感激，子陵珍重。」言罷飄然而去。

徐子陵頭皮發麻的呆坐椅內。終於和師妃暄決裂，心中湧上不知從何說起的千百般感觸和傷情。他或者不致要與師妃暄正面爲敵，但寇仲勢將成爲她最大的敵人，再沒有像以前般有轉圜的餘地。自踏進楊公寶庫後，寇仲確走上他進軍爭霸天下大業的艱難道路，除非有人能把他擊倒，否則終有一天，他會成爲威懾天下的霸主。沒有人比他更清楚寇仲的實力，一旦他開展大業，每過一天，他的根基會多穩固一分，更加難被遏制。

李靖用神瞧著寇仲好半晌後，道：「昨晚究竟發生甚麼事？」

寇仲道：「我們運氣欠佳，被李元吉的人監聽到在地庫內的活動，所以——」

李靖打斷他道：「你說的現在全城皆知，我想問的是你既被迫逃進地底的沼洞去，爲何又這麼輕鬆出現在這裏。這比見不到你更令人感到意外。」

寇仲道：「這叫天無絕人之路，我的閉氣神功雖練得不錯，但仍無法永無休止的捱下去，只好順著地底河拚命游。哈！豈知竟能從城外一個小湖鑽出來。」

李靖目不轉睛的盯著他，顯然是無法判斷他說話的眞僞，兼且兩人關係微妙，若他逼得寇仲太緊，寇仲大有可能翻臉。一陣沉默後，李靖嘆道：「爲何小仲你好像並不因失去寶庫而有半點失望的神情呢？」

寇仲微笑道：「不是得，就是失，坦白說，庫內的東西除那幾箱珠寶還可以賣幾個子兒外，生銹的兵器送給我也嫌阻地方。他奶奶的楊公寶庫，竟是這麼一回事。」

李靖道：「果如秦王所料，你們並沒有發現庫內有庫。」

寇仲不用裝作的劇震失聲道：「甚麼？」

李靖道：「天亮前皇上親率秦王、齊王和十多名高手入內，本意是要把你們生擒，豈知你已從地底沼洞逃走，沼氣還不斷湧入庫內。皇上立即命人遍搜庫內，終在其中一箱珍寶下發現開啓下層眞寶庫的機關，發現一批可裝配整個千人軍隊的兵器革胄，你們這次確是入寶山空手而回。」

寇仲暗鬆一口氣，心道好險。也像徐子陵般想到如果先一步發現下層地庫的是他們，肯定會被魯妙子和楊素愚弄了。

李靖續道：「現在寶庫內的情況被列作最高機密，待封好通往沼洞的入口，抽盡沼氣，我們會派人下去徹底搜查，看看可否找得邪帝舍利，再交由師小姐送返靜齋，免留後患。」

寇仲至此才曉得師妃暄已把邪帝舍利一事告知李世民，在現今的情況下，李世民自然要如實上稟李淵。寇仲卻暗叫不妙，假若趙德言和可達志認定他們手上沒有邪帝舍利，今晚的「刺香大計」如何進行？敵人只會將計就計，布局全力把他們擊殺。可達志這小子眞陰險，剛才還詐傻扮懵，誘自己去訛騙他。事情忽然變得無比荒謬。

李靖此時對寇仲沒有進入「眞正的寶庫」一事深信不疑，見他一副失魂落魄的樣子，心生不忍，道：「佛家有言，每個人自身都是個寶庫，只要懂得取用，可終生受益無窮。天數有定，非是人力所能強求。小仲以後有甚麼打算？」

寇仲回過神來，勉強擠出一個苦澀的笑容，裝出心灰意冷，委靡不振的模樣，嘆道：「我現在只想遠離長安，以後不再回來。」

徐子陵獨坐房內，思潮起伏。經一番思索後，他才明白師妃暄先前爲何會表現得對自己那麼失望，事實上是一場誤會。他說的是實話，師妃暄卻當他騙她。也難怪她會這般想，因爲魯妙子若要收藏邪帝舍利，理所當然會藏在最秘密的地方，對師妃暄來說，庫內最秘密處，自然是下層寶庫。他和寇仲既懵然不知有下層寶庫的存在，怎能找出邪帝舍利。這樣情況下事情就變得非常嚴重。假若徐子陵睜大眼講謊話的宣稱舍利已在他們手上，豈非擺明想騙師妃暄入局，累她要和趙德言和祝玉妍硬拚一場。難怪她離開前露出那麼傷感難過的神色。對此徐子陵並不想解釋，自己既問心無愧，由得她怎麼想也算了。她對自己失望，自己何嘗不對她失望。

窗外傳來彈指之音。徐子陵整條脊骨冰涼起來。甚麼人來到窗後，他仍是一無所覺？旋又心中一動，冷然道：「我早猜到你會來的，進來吧！」

窗門張開，人影一閃，臉覆重紗的祝玉妍現身房內，柔聲道：「你憑甚麼猜到我會來呢？今日的岳山再非昔日的岳山，大清早先後有大唐皇帝和靜齋數百年來最傑出的傳人來拜候你。」

徐子陵冷笑道：「小妍你若想從我口中打聽任何事，恐怕不但找錯地方，更找錯了人。」

祝玉妍移到他身前，語氣轉寒道：「你這不近人情的性格何時改得過來，信否我把明月的女兒殺掉，看看你如何傷心難過。」

徐子陵雙目射出「岳山式」的凌厲精光，不眨半下的盯著祝玉妍，沒說半句話，卻比說任何話更可令對方感到壓力。

祝玉妍忽然背轉身，直抵窗前，似要離開，又改變主意，幽幽嘆道：「我只是一時氣話，聽說你曾和石之軒劇戰一場，對嗎？」

徐子陵保持岳山陰冷沉狠的表情，沉聲道：「若我鬥不過石之軒，恐怕你也不會來吧？」

祝玉妍旋風般轉過身來，怒道：「我今天來並非要央你出手幫忙，我祝玉妍縱橫天下，誰能奈何得了我？」

徐子陵點頭道：「說得好！字字擲地有聲。不過假如石之軒得到聖舍利，能統一魔道的再非你祝玉妍，而是石之軒。你就是爲此事來求我岳山，對嗎？」

祝玉妍搖頭嬌笑道：「你仍是那麼自以爲是。李淵沒告訴你嗎？現在庫內充滿沼氣，誰敢冒險進入？所以這並非我當務之急。」

徐子陵心中暗罵自己糊塗，他本以爲祝玉妍來央他開口向李淵求取庫內密藏某處的邪帝舍利，一時忘記了楊文幹正密謀刺殺李淵和李世民，如若成功，長安會亂成一團，到時舍利誰屬，就要看誰的道行最高。當然！這是假設邪帝舍利眞的仍在寶庫內。皺眉道：「既非爲邪帝舍利，你來找我幹甚麼？」

祝玉妍默然片晌，柔聲道：「我來找你，是念在一夜夫妻百夜恩，請你立即離開長安，否則你將永無再戰宋缺的機會。」頓了頓後嘆道：「你可以聽一次我的話嗎？事實上我從未做過任何對不起你的事情。」

徐子陵弄不清楚她說話的眞正含意，只好含糊其詞道：「誰想殺我岳山？」

祝玉妍發出銀鈴般的笑聲，接著以寒若冰雪的語調一字一字緩緩道：「岳山你聽著，要殺你的人多著哩！石之軒、趙德言，還有晁公錯。李淵因寶庫之事，把春狩推遲兩個時辰，當他離開後，長安城將落入長林軍的手上，那時你將變成四面受敵。若你只懂逞匹夫之勇，該明白會有甚麼後果。言盡於此，你好自爲之吧！」說罷穿窗而出，消沒不見。

寇仲現在不但是長安名人，更是皇宮熟客，首次獨赴皇宮，不用報上大名，守衛已把他認出來，還特別請出負責朱雀門的兵尉級將官，來招呼寇仲，令他受寵若驚。橫貫廣場上，春狩的隊伍整裝待發，除健馬偶爾發出呼嘯外，數千人不作一聲，亦沒有人露出不耐煩或散漫的等待神色，可見人馬訓練精良，不愧大唐雄師。比起彭梁所謂受過幾天訓練的烏合之衆，確是天與地之比。在少帥軍內，只有宣永的部隊算得上是精銳。希望在他離開後，虛行之、宣永等能好好把握這段太平日子，提升少帥軍的質素和作戰能力。假如能立即把眞庫內龐大的財富兵器運返彭梁，他的少帥軍肯定實力大增，在亂世中，沒有東西比黃金和上等兵器甲冑更爲實用。左思右想間，領路的外城衛依規矩地把他交給承天門的郎將，郎將知他不但是常何的老朋友，更是皇上和二貴妃身邊前的紅人，自然敬禮有加，親自領他往內宮謁見張婕妤。

忽然迎頭一群人聲勢浩大的朝他走過來，寇仲尚未弄清楚是怎麼一回事，郎將慌忙把他扯到一旁，道：「皇上駕到，快跪下。」依皇宮規矩，凡把守城門城牆和城樓的侍衛，即使見到皇帝，只需致敬而不用施跪禮，但若像這麼在路上遇上，不但要避道，更要跪地垂首，不准平視直望。軒昂的開路隊伍過後，李淵的聲音在寇仲身前響起道：「停下！」有人立即領命喝停，衆兵猛一踏步，倏然而止，整齊劃一。

李淵訝道：「這位不是莫先生嗎？請立即起來，先生是我大唐的貴賓，不用執君臣之禮。」

寇仲裝作慌慌張張的站起來，目光一掃，發覺李建成，李世民、李元吉全在他左右，後面還有一群大臣，包括他的老朋友劉政會，其他尚有裴寂、劉文靜，蕭瑀、陳叔達、封德彝等近臣，看來剛開過緊急會議，目前正往廣場與春狩的隊伍會合，出發往終南別宮。不由得心中叫好，這麼適逢其會的現身，除知情者如李世民外，誰都不會懷疑他是寇仲的化身。因爲在李淵等的猜測內，縱然他能僥倖生離沼洞，亦絕無可能這麼快趕回來。

李建成視他爲己系的人，開口幫他說話道：「莫先生這些天來四處奔波，忙於濟世，太辛苦啦！」

寇仲打蛇隨棍上，躬身道：「謝皇上和太子殿下的關心，小人這次入宮，是想看看張夫人調養的情況，順道辭行。」

李淵愕然道：「先生即將遠行嗎？」

寇仲忙把李建成拉下水，道：「小人曾向太子殿下稟告，因小人命有剋星，三十歲前不宜在任何地方長久停留，所以這幾天會離開長安，到別處歷練。此乃家叔吩咐，小人不敢違命。」

李淵朝李建成瞧去，李建成心中暗罵，偏是確有此事，無奈下道：「莫先生曾向王兒提過此事，只是沒想過先生這麼快便要起行，故沒向王父稟報。」

李淵亦拿他沒法，只好道：「先生今年貴庚？」

寇仲硬著頭皮道：「小人今年二十八歲。」若非有李淵在，群臣和衆兵保證嘩然起鬨，因他的樣子橫看豎看也超過三十五歲。

李淵道：「莫先生原來這麼年輕，那即是尚有兩年四處遊歷濟世的時光。令叔乃高人異士，既有此嚴命，背後必有深意。兩年後先生周遊而回，朕必不會薄待你。起駕！」

徐子陵的岳山匆匆離開長安，打個轉又以雍秦的身分折返城內，由於出入城的文件雷九指爲他準備充足妥當，故過關不成問題。雖在戰亂之際，關中仍算太平，長安爲促進強大的經濟貿易，故保持城關開放，只要依規矩辦妥入城手續，繳納入城稅，外地人到長安不會受到留難。入城後，在約定處發現李靖要緊急見他的暗記，忙匆匆到李靖的將軍府見他。

李靖正準備出門，見他來到，改乘馬車，道：「我本以爲秦王會留我在此，好與你們聯絡接觸，豈知秦王剛才忽然改變主意，要我夫婦隨他到終南山去，此事令我的心很不舒服。」

徐子陵同情的道：「李大哥爲我們的事，作出很大的犧牲，希望不會影響李大哥和世民兄的關係。」

心中想到大有可能是因師妃暄和李世民說過話，使李世民狠下決心對付他們，遂把李靖夫婦調離長安，以免節外生枝。

里巷深處仍偶爾傳來鞭炮聲，自不及前兩天的頻繁熱鬧。

李靖斷然道：「大家兄弟，不用說這些話。這次若非你們仗義幫忙，後果不堪設想。」

徐子陵道：「事情有何進展？」

李靖胸有成竹的道：「一切全在我們的控制下，現在只等楊文幹去偷沙家那批火器，交收時來個人贓並獲，我們就可把京兆聯一舉蕩平，逮捕任何牽連在內的人。」

徐子陵喜道：「找到沙家的火器庫啦！」

李靖傲然道：「在我們的地頭，這種小事怎難得倒我們。唉！正因這原因，我才不放心你們。現在楊公寶庫已成泡影，爲何小仲仍沒有絲毫收手的意思？」

這問題教徐子陵如何答他，只好道：「一時間他很難接受這事實，過幾天冷靜下來，說不定有別的想法。」

李靖苦笑道：「可是照我看秦王仍認爲小仲不會罷休，一旦變成正面衝突，事情本身的推展會改變人的觀感和意願，當變得只有仇恨而沒有交情時，一切將失去控制。」

徐子陵心中暗嘆，自寇仲決意爭霸天下，事情正朝這方向推展。

李靖頹然道：「起始時，天策府大部分人對秦王這麼看得起你們，都不以爲然。可是事實不斷證明秦王對你們的看法是正確的，所以你們已成爲天策府群將最顧忌的人，知道一旦讓你們取得立足據點，會成爲最可怕的敵人。」

徐子陵苦笑道：「他們不用把我計算在內吧？」

李靖道：「他們並不曉得你和寇仲的關係，但曉得又如何呢？誰不怕若只殺寇仲，將來會遭到你的報復！現在無論朝內朝外，你兩人已被視為繼寧道奇和宋缺後，這幾代的人中最傑出的高手。假以時日，更不得了。」

徐子陵愕然道：「我們被捧得太高啦！」

馬車在城門前停下，李靖雙目射出深刻的感情，眼眶一紅，悽然道：「我已失去一個好妹子，再不想失去兩個好兄弟，想起將來或要對仗沙場，更令人神傷魂斷，希望那一天永遠不要來臨。子陵保重。」強忍著英雄熱淚，下車改乘戰馬，出城去了。

第三章

乃與君絕

第三章　乃與君絕

張婕妤今天的心情不佳，原來李淵本答應帶她和尹德妃同赴終南別宮，豈知今早臨時改變主意，命兩個愛妃留在長安。見張婕妤前，鄭公公再三對寇仲提出警告，若無必要，最好改天入宮求見。更暗示說如非看在寇仲份上，絕不肯通傳。否則張婕妤一旦遷怒於他，鄭公公就要倒足霉頭。寇仲聽他說得這般嚴重，亦想打退堂鼓。不過記起常何說的「張婕妤一句話抵得上李建成十句話」，只好硬著頭皮去見張婕妤，因爲鄭公公被遷怒事小，遷怒於常何和沙家則事大。權衡輕重下，怎樣都要冒這個險。

等了片刻，鄭公公來到外廳道：「夫人確對先生另眼相看，知是先生來，所有事都暫且拋開，要先見先生。」

寇仲很想問張婕妤究竟拋開了甚麼事？卻知這般問於禮不合，只好旁敲側擊道：「夫人的氣平了嗎？」

鄭公公惶恐道：「她剛摔碎一個皇上送她的大食國花瓶，還不准人收拾，你說她的氣平了嗎？」

寇仲差點掉頭要走，只是既已通傳，變得勢成騎虎，心想在這種情況下說自己要離開長安，她會有甚麼反應呢？

鄭公公道：「來吧！勿要讓夫人久等。」

寇仲腦海中只有「自作孽，不可活」六個字，頭皮發麻的進入內院。張婕妤接見他的書齋顯然非是她摔東西洩憤之處。地板乾乾淨淨的，左右侍候的婢子人人心驚肉跳的垂首肅立，唯一敢望的東西就是地板。張婕妤氣鼓鼓的坐在太師椅內，對寇仲勉強點頭，冷冷道：「先生請坐。」寇仲空有雄辯滔滔之才，但在這種情況下連大氣都不敢透一口，乖乖的在她對面坐下。

張婕妤望往窗外，忽然嘆一口氣，聲音轉柔，以仍帶有僵硬冰冷味道的語氣道：「先生沒有隨皇上到終南山嗎？」寇仲差點衝口而出說「張娘娘在這裏，小人怎敢遠離」，幸好想到說完這兩句漂亮的拍馬屁大話後，辭行的話怎再說得出口，只好搖搖頭。

張婕妤秀眉一皺，冷冷道：「先生來找我究竟有甚麼事？」旋又覺得自己對這救命恩人語氣重了，歉然道：「先生勿要見怪，我心情不好。」

寇仲苦笑道：「小人正因見夫人今天心情欠佳，本有事情奉稟，也嚇得說不出話來。」張婕妤微感愕然，目光移往鄭公公去，後者立即垂下目光。

張婕妤嬌叱道：「你們通通給我滾出去，我要單獨和先生說話。」鄭公公等能離開這裏，都不知有多麼感激寇仲的帶挈，忙作鳥獸散。

齋內只剩兩人，張婕妤離開座椅，一手按桌，帶怒道：「莫先生你來給人家評評理，那董妃算甚麼東西，皇上竟捨我和尹德妃獨帶她往終南去，不分尊卑先後，天下間哪有如此不公平不合理的事。」

寇仲聽得目瞪口呆，始知原來如此。不過張婕妤雖顯出她潑辣的一面，卻仍是姿色可觀，另有一番美人嬌嗔的動人神態。不問可知，李淵要把兩位寵妃留在宮內，是爲她們的安全著想，讓董淑妮同行，極可能是因洞悉她與楊虛彥的關係。至於事實是否如此，就要李淵本人才知道。

張婕妤愈說愈氣，秀目通紅，狠狠道：「秦王把這狐狸精從洛陽帶回來，我和尹德妃早猜到她是不安好心，想迷惑皇上，實在太可惡啦！」

寇仲怕她哭將起來，那就更難收拾，辭行的話還如何說出口，忙道：「娘娘請息怒，小人有另一番見解。」

張婕妤訝道：「甚麼見解？」

寇仲胡謅道：「小人剛才入宮，路上遇到皇上，當時尚有太子殿下在旁，小人說是要入宮見夫人，皇上露出非常關切夫人的神色，還千叮萬囑小人要好好侍候夫人，有太子殿下爲證。」他雖然蓄意誇大，但肯定李建成不會揭穿他。

張婕妤最怕是失寵，聞言半信半疑的道：「皇上眞的仍關心我，那爲甚麼啓程也不來向我道別？」

寇仲現在幾可肯定張婕妤非是陰癸派的臥底，因爲她的妒忌和訴苦無不出自肺腑，絕非作僞。遂加重語氣道：「假如小人沒有猜錯，皇上是怕見到夫人後會捨不得離開，又或忍不住要帶夫人同赴終南。至於原因在哪裏，就非小人所知……」接著壓低聲音道：「小人最善觀人之道，嘿！望聞問切的『望』就是指此。皇上因有心事，以致肝火上升，兩顴帶赤，此行到終南非像表面般簡單，且肯定牽涉到非常機密的事，夫人自己心內知道便成，千萬別透露給任可人曉得，包括尹德娘娘和太子殿下在內。否則難保皇上會眞的不高興。」

張婕妤露出凝重的神色，神不守舍的坐回椅內，點頭道：「給先生這麼說起，我也覺得皇上這幾天行爲古怪，好像心事重重？忽然又吩咐劉政會把左右兩宮通往正宮的側門封閉，忽然又召太子秦王等人去說話。最奇怪的是把玄武門總衛所交由裴寂負全責，建成太子只能管城防，都是不合情理的安排。」

寇仲暗罵李淵打草驚蛇，不過在他寇仲的立場來說，眞是管他娘的屁事。

張婕妤輕撫酥胸，長長吁出一口氣道：「現在我的心舒服多哩！先生不但懂醫病，還懂安人家的心。先生此來究竟有甚麼事呢？只要我力所能及，定會給先生盡心辦好。」

寇仲暗鬆一口氣，施盡渾身解數後，終爭到一個說話的良機。

徐子陵與雲帥碰頭，後者道：「我還以爲再見不到你。」

徐子陵知憑他的絕世輕功，確有本領在暗中窺探唐軍的動靜。道：「國師看到甚麼呢？」

雲帥在高挺和輪廓分明的鼻子襯托下顯得更深邃的眼睛，現出一絲令人難以捉摸把握，帶點狡黠的神色，盯著徐子陵道：「我聽到獨孤家的西寄園傳出一下強烈的破門聲，趕往近處，見到李元吉和獨孤家的人全聚在後院井口的四周，接著李淵和大批禁衛趕來，究竟是怎麼一回事？」

只聽他能隨口說出獨孤府的名稱，便知他下過工夫調查。破門惹起注意的不用說是祝玉妍，她寧願邪帝舍利暫時落入李家手上，亦勝過被楊虛彥得到。徐子陵忽然有點後悔與雲帥合作，從他剛才一瞬即逝的眼神，使他直覺感到他所有行事都基於利益而出發，必要時可隨時翻臉無情。他以波斯人居西突厥國師之位，與趙德言漢人爲東突厥國師非常近似。只是這種相近足可令徐子陵起戒心。假若他也對邪帝舍利生出野心，會是非常頭痛的事。忽然間他猛下決心，要把雲帥剔出這遊戲，事實上的而且確因形勢的變化，他們本是萬無一失的計劃，變得難以依計行事。

徐子陵點頭道：「昨晚發生很嚴重的意外，我們進入寶庫時，被李元吉監聽地底的人發現，幸好我們成功從地底河逃走。我這次來，就是要告訴雲帥計劃取消。」

雲帥一震道：「邪帝舍利呢？」

徐子陵更覺雲帥對舍利非是沒有貪念，但卻感到騙一個至少直到此刻仍和他們合作的人，是不義的事。微笑道：「舍利正在我們手上。」

雲帥愕然道：「既是如此，爲何要取消計劃。」

徐子陵搖頭失笑道：「問題是就算我們如何保證舍利在我們手內，仍沒有人肯相信。在這種情況下，我們若依原定計劃進行，等於把自己投進趙德言布下的羅網去。」

雲帥道：「假若李家的人在庫內搜不到舍利，怎麼會不相信？」

徐子陵道：「現在庫內充滿沼氣，李家的人只能匆匆下去看一遍，惡劣的環境不容他們作徹底的查探。」他沒有對雲帥說半句假話，只是把眞庫隱瞞。

雲帥沉吟片刻，問道：「邪帝舍利究竟是甚麼東西？」

徐子陵坦然道：「我尚未看過。」

雲帥失聲道：「甚麼？」

徐子陵壓低聲音道：「邪帝舍利給放在一個密封的銅製容器內，只有尺許高，裏面盛滿不知是甚麼的漿液。我們不敢把它打開，所以與邪帝舍利仍是緣慳一面。」

雲帥雙目射出銳利神光，似要把徐子陵看通看透，皺眉道：「你們對這魔門人人爭奪的異寶，沒有半點好奇心嗎？」

徐子陵灑然笑道：「眞的沒有。」

雲帥道：「你們既不要利用邪帝舍利去進行計劃，打算要怎樣處置它？」

徐子陵漫不經意的道：「或者找個地方埋掉算了，國師有甚麼好的提議？」

雲帥道：「我認爲仍可依計而行，只要舍利是眞舍利，我們仍可利用它操控局面，教趙德言中計。」

徐子陵道：「我要跟寇仲好好商量，今晚酉時前會給國師一個肯定的回覆。」

雲帥忽然嘆一口氣，道：「我有一件事想和你商量，假若一切依計劃行事，到人人出手搶奪邪帝舍利的一刻，我若加入搶奪，兩位可否助我一臂之力？」

徐子陵想不到他如此坦白，毫不掩飾，反大增好感。也坦誠答道：「我和寇仲最希望舍利能落在師妃暄手內，不過照目前的情況，她出現的機會並不大，在這種情況下，我們出手助你又如何。只不知國師有否想過後果呢？」

雲帥苦笑道：「後果是如若我成功得手，則返國之路將是九死一生，但對你們卻是有利無害。憑我的腳力，開始的一段路誰都截不住我。但由於我人生路不熟，始終有被趕上的危險，不過我仍認爲値得冒險一試。」

徐子陵道：「國師得到舍利，由於不懂汲取之法，會是得物無所用，還平白放過一個殺死趙德言的機會，似乎不大划算得來。」

雲帥道：「你先和寇仲商量是否實行原定計劃，到一切落實，我們再作仔細思量。」

徐子陵暗嘆一口氣，又記起「人爲財死，鳥爲食亡」兩句老生常談的話。

李淵的春狩隊伍浩浩蕩蕩的馳出朱雀大門，進入朱雀大街，庶民夾道歡送，鞭炮響個不絕，氣氛熱烈。自古以來，歷代帝王宗室對遊獵鍾愛者不乏其人，每個王朝都指定某一範圍爲皇家苑囿，閒人不准在區內狩獵。終南山就是大唐皇朝入主長安後選定的遊獵區。與遊獵有關的歷史變故不勝枚舉。遠古夏朝的天子太康，因沉迷狩獵，被東夷族的首領后羿趁他出獵發動叛變，自己登上皇座。不過后羿並沒有從中汲取教訓，亦迷於遊獵而不理國務，落得與太康同一悲慘下場。周朝更專門制定射禮和田獵的制度，把遊獵提升爲國家大事，乃至以之作爲一種選拔人才的方法。很多有爲的君主，都是遊獵迷，例如戰國時曾榮登霸主的楚莊王，漢朝的漢武帝，三國的曹操。不過最荒謬的是魏明帝曹叡，竟在洛陽東面的滎陽設禁苑，廣達千餘里，在其內養虎六百、狼三百、狐狸一萬，其他飛禽走獸更是不計其數，又不准當地百姓傷害苑裏的猛獸，猛獸遂四處傷人，弄得居民飽受其害。非但使人有苛政猛於虎的悲嘆，苛政還直接與猛虎惡獸扯上關係。李閥繼承田獵的傳統，視此爲國家興旺的象徵，田獵和美人，是李淵兩大樂此不疲的嗜好。不過這回田獵關乎正道與魔門的鬥爭，前朝和新朝的傾軋，自是樂趣大減。

寇仲跟在隊尾離宮，朝北里走去。心內不無感慨，旋又被另一種情緒取代。他要見的人是被譽爲天下第一名妓的尚秀芳，即使她昨晚沒遣人來找他，他亦感到有必要向她辭行。寇仲心內矛盾得要命，既想見到尚秀芳，迷醉在她動人的風情嬌態內，忘掉人世間醜惡的一面。卻又隱隱感到自己在玩火，一個不好，會有「焚身」之患。

蹄聲轟鳴。一輛馬車從皇城朱雀大門馳出，前後各有八名禁衛護駕，到寇仲旁倏然而止，秀寧公主的聲音從低垂的窗帘傳來道：「莫先生到哪裏去，可否讓秀寧送你一程呢？」身處通衢大道，別無選擇下，寇仲只好登上馬車，面對另一個他既想見又不願見的人。

徐子陵沿街疾行，目的地是北里的樂泉館，他本想潛返寶庫察看情況，可是在光天化日下，永安渠無論河面和兩岸均交通頻繁，他難道在衆目睽睽下躍往水內？刺殺安隆的機會愈趨渺茫，但仍有一線之機，只要他今天肯到樂泉館就成。橫豎閒來無事，遂到樂泉館踩踩場子，順道找間開業的食舖填飽肚子。以他現在的修爲，數天滴水不進也不成問題，但對吃東西仍是有樂趣和胃口，覺得是人生的一種享受。經過明堂窩和六福賭館，出入的人很多，已沒有前兩天的人龍，肯定大批賭客輸剩兩袖清風，再沒有能力來湊熱鬧。李世民是主張禁賭的。奈何明堂窩有尹德妃的惡霸父親尹祖文在背後撐腰，而李元吉則是六福的大後台，只看大仙胡佛和女兒胡小仙可公然出現皇宮的年夜宴，便知在太子黨和妃嬪黨的支持下，李淵容許兩大賭場的存在。從這點看，李淵非是個好皇帝。

思量間，嬌呼聲從六福賭館大門處傳來。徐子陵沒想到嬌聲呼喚的是自己，不回頭的繼續前進，到足音在後方追來，才停步回首。在年夜宴大出鋒頭的美妓紀倩嬌息喘喘的朝他急步趕來，惹得路人側目。徐子陵大感頭痛，因知此女難纏。

紀倩來到他旁，嗔道：「你這人怎麼啦？愈叫愈走的，人家不曉得你怎麼稱呼？」

徐子陵很想裝作認不得她，卻知此舉不合情理，因爲不論男女，只要看過漂亮如她紀倩一眼，絕不會忘記。訝道：「這位不是曾經在六福內見過的姑娘嗎？不知找在下有甚麼事呢？」

紀倩扯著他衣袖道：「找個地方坐下再說，總之不會是問你借銀子。」

徐子陵拿她沒法，被她扯得身不由己的去了。

車廂寬敞，只在兩端各設座位，寇仲本要在另一端與她對坐，李秀寧低聲道：「坐到我身旁來，方便說話。你要去哪裏？」

寇仲不想讓她曉得自己是去找尙秀芳，隨口道：「我要到北里的六福賭館。」暗忖在六福只要走過斜對面，就是上林苑。

李秀寧吩咐手下後，輕扭蠻腰，別過俏臉凝視他道：「秀寧還以爲你昨晚難逃災劫！到過下面的人都認爲你在沼洞生存的機會微乎其微，人家正爲你擔心，竟忽然收到你去見婕妤的消息。」

寇仲伸個懶腰，舒服的挨往背後的軟枕，微笑道：「我寇仲甚麼場面未見過，一個沼洞難不到我的。」

李秀寧訝道：「看你的樣子，似並沒有因失去寶藏而失望。唉！你腦袋的構造是否和常人不同呢？」

寇仲迎上她的美目，壓低聲音道：「我現在再沒時間去爲寶庫煩惱。更多謝公主關心。那消息公主是從何處得來的？」消息是指師妃暄請出寧道奇來對付寇仲一事。

李秀寧垂首道：「是柴紹從二王兄處聽回來的。你和徐子陵武功雖高，恐怕仍非寧道奇的對手。」

寇仲心中思量，假若李世民是故意讓柴紹告訴李秀寧，再由李秀寧通知他們，以離間徐子陵和師妃暄的關係，那李世民的心計就太厲害。

李秀寧又往他望來，秀眸射出焦灼不安的神色，道：「現在既然失去寶庫，少帥是否會考慮退出逐鹿？」

寇仲苦笑道：「我不想騙公主，事實上我再沒有退出的可能，除非把我殺死，否則我定會爲目標竭盡全力。」

李秀寧平靜下來，顯然對他終於心死。目光往前望去，點頭道：「人各有志，秀寧不能相強。」

馬車停下。寇仲心中暗嘆，這可能是最後一次與李秀寧以朋友的身分交談，下次見面，將是勢不兩立的敵人。低聲道：「公主珍重。」推門下車去了。

紀倩是酒家的熟客，輕易取得二樓的廂房，由她點酒菜，夥計退出後，道：「我叫紀倩，仁兄你高姓大名。」

紀倩一副江湖兒女的作風，爽朗豪邁之氣不讓男兒，徐子陵雖是被迫到這裏來，對她仍沒有惡感，道：「我叫雍秦。」

紀倩露出一絲狡猾的笑意，道：「其實人家早曉得你叫雍秦，剛才只是詐作不知，蝶夫人是否看上你？她的男人可不好惹，你小心永遠離不開長安。」

徐子陵微笑道：「紀姑娘又看上在下甚麼呢？不是只爲要我來這裏陪你吃頓酒飯吧？」

酒菜送到，兩人暫停說話。夥計離房，紀倩潔白纖美的手拿起酒壺，爲他倒酒，嬌笑道：「我看上的是你的賭術，可否傳我兩手，我可贈你三百兩黃金作傳藝的酬報，且保證你能安全離開長安。不是我危言聳聽，楊文幹下了追殺令，務要置你於死地。」

徐子陵暗忖這才合理。楊文幹既然邀得香玉山執行陰謀，事後他大可置身事外，更因藉著與李建成的關係，不單保留權力，還可乘機擴張實力，到完全控制形勢後，再把李建成除掉。在這種情況下，他當然要殺人滅口，避免李建成從徐子陵身上查出內情。如若突厥人眞的肯支持楊文幹，而李淵和李世民事前又全不知情，他確有成功的機會。

徐子陵淡淡笑道：「既然如此，姑娘爲何要來蹚這濁水，你難道不怕楊文幹？」

紀倩不解的打量他半晌，不答反問的訝道：「我知你是懂兩下子功夫的，可是京兆聯乃關中第一大幫，你若認爲自己可以免禍，不是沒有自知之明，就是以爲我紀倩在虛言恫嚇，究竟是屬於哪個原因？」

徐子陵啞然失笑道：「兩個原因都對。姑娘先答我一個問題，你爲何不惜重金要跟我學騙人的伎倆？」

紀倩道：「這個不用你理。唔！你這人看來是冥頑不靈。算了吧！你的死活我再不管。你有沒有興趣賺三百兩金子？」

徐子陵微笑道：「若我要賺點使用，大可到明堂窩或六福賭館碰手風，姑娘以爲然否？」

紀倩大嗔道：「怎麼說你都不明白，只要你踏進任何一間賭場，給京兆聯的人盯上定要小命不保。人家救了你一次，還不懂感恩。」

徐子陵訝道：「你甚麼時候救過我？」

紀倩沒好氣的道：「你的腦袋是否石頭造的？誰把你從賭場門口的鬼門關扯到這裏來，還任飲任食。好吧！五百兩金子，一口價，不要再扭扭捏捏像個娘兒似的，頂多本姑娘再陪你一晚。」

這次輪到徐子陵臉紅，幸有假面具護主，耳朵又給假髮遮掩。他尙是首次遇上言行放縱大膽如紀倩的女子。偏她又長得這般明豔動人，令人完全不會把粗俗或淫蕩與她扯上關係。想起年夜宴追求她的衆多公子哥兒，不由心中大訝，像她這樣當紅的名妓，竟要獻金獻身的來學賭術，肯定非是爲錢財或貪玩那麼簡單。

紀倩見他呆看著自己，嫣然一笑，橫他一個千嬌百媚的一眼，秋波流轉，呵氣如蘭的輕輕道：「不要以爲我紀倩是個很隨便的人，長安不知有多少男人想親近我，我卻連指尖都不讓他們碰上，你是不知有多麼幸運哩！」

徐子陵心中一動，壓低聲音道：「姑娘若肯賜告不惜一切要學在下這小玩藝的眞正原因，說不定在下不需姑娘付出任何代價，便把敝派的賭技傾囊相授。」

紀倩定神瞧他好半晌，忽然花枝亂顫的嬌笑起來，喘息細細媚態橫生的道：「唉！想不到我紀倩剛過年立即大走霉運，遇上個沒有男子氣的男人。」接著俏臉一沉，狠狠道：「你想探聽本姑娘的事嗎？你定是當我紀倩第一天到江湖來混。你最好立即滾離長安，否則休想本姑娘給你收屍。」言罷氣鼓鼓的拂袖離房，把門重重關上。

雖給她臭罵一頓，徐子陵仍從她的說話判斷出她是心地善良的人，所以不忘勸自己離開長安。徐子陵啞然一笑，舉筷向原封未動的滿桌餚菜進軍，橫豎肚子空空如也，亦不該浪費。

房門又張開。香風隨來，紀倩回到對面的位子坐下，訝道：「你這人很不簡單，明知大禍臨身，卻優優閒閒的坐在這裏大吃東西。」

徐子陵舉起酒杯，向她遙施敬禮，微笑道：「這叫今朝有酒今朝醉，借敬姑娘一杯。」

紀倩看著他把酒一口喝掉，放下酒杯時，黛眉輕蹙道：「樓下有張桌子坐的是四個京兆聯的人，都是他們聯內赫赫有名的高手，你想等到明天愁來明日當也不行。」

徐子陵拿起個饅頭，送到嘴邊狠嚼一口，灑然笑道：「姑娘爲何要回頭呢？開罪京兆聯對你並沒有好處。」

紀倩嘆道：「這或者是憐才吧！你是人家在賭場遇上最高明的賭徒，手法不著半點痕跡。好啦！最後一句話，你是否想財色兼收？」

寇仲抵達上林苑，報上來意，把門的大漢認得他是當今炙手可熱的紅人莫神醫，客氣得不得了。其中一漢領他往尚秀芳的臨時香居，還通風報信的道：「可達志大爺剛來求見小姐，現在尚未離開，莫爺或要稍候片刻。」寇仲暗忖哪裏有美女，哪裏就可見到可達志的蹤影，不過也不得不承認可達志有令任何美女傾心迷醉的魅力。

到達尚秀芳的別院，漢子把責任交給尚秀芳的婢女，由她招呼寇仲。

寇仲到廂廳坐下，等了近半個時辰，仍未被美人召見，不耐煩起來，想走時卻被婢子攔著，惶恐的道：「莫先生請待片刻，讓小婢再去通傳。」見到小婢慌張懼怕的樣子，寇仲只好按捺下心頭悶火，再次安坐。他倒非因覺得被冷落而使性子要走，而是時間寶貴，他還要去見青青，看這與他關係微妙的女子因何事屢次找他。豈知再等整刻鐘，尚秀芳仍未出現，寇仲再沒耐性呆等下去，對婢子道：「我待會兒再來吧！」

婢子駭然道：「小姐吩咐，要無論如何也把先生留下，她——」

寇仲微笑道：「是我無論如何要走，不關你的事。只要姐姐你如實報上，小姐是不會怪你的。」言罷灑然去了。

徐子陵風捲殘雲的把肚子塡飽，迎上紀倩緊盯他不放的眼神，從容笑道：「既然大禍臨頭，哪還有閒情財色兼收。待我過了樓下那一關再說吧！」

紀倩跺足嗔道：「眞的給你氣死，現在只有我可幫你，仍不明白嗎？」

徐子陵不解道：「姑娘憑甚麼來照拂我？」

紀倩挺起酥胸，傲然道：「在長安，誰敢不給我紀倩三分面子，只要你跟我在一起，誰都不敢動你。」

在一般的情況下，徐子陵亦相信紀倩說的非是虛言。只憑她能在宮廷表演歌舞，這身分地位便沒有人敢開罪她。可是眼前乃非常時期，恐怕紀倩也壓不住京兆聯的人。

徐子陵道：「這樣吧：我們來作個試驗，一起離開，假設京兆聯的人眞的因爲姑娘不來對付我，就傳姑娘那手玩藝。假如是相反的情況，姑娘須死去這條心，且要袖手不理我和京兆聯間的事。」

紀倩氣鼓鼓的道：「說到底你仍不肯信京兆聯的人想殺你，走吧！男子漢大丈夫，不要言而無信。」

寇仲來到風雅閣，立即被請到青青的香居，見到他，青青長長吁出一口氣，道：「你終於來哩！」

寇仲大訝道：「夫人這麼急欲見小人，又不是痛症發作，究竟是甚麼事呢？」

青青先命其他人退出廳外，捧來一個錦盒，放在桌上，含笑把盒子打開，內中有一卷帛畫似的東西，柔聲道：「這本來是展示在街頭的皇榜重金懸賞，我派人偷摘下來，先生自己打開看吧！」

寇仲嘆道：「不用看我也知道是誰這麼値錢？夫人眞厲害。你是甚麼時候生疑的？」

青青把玉手穿入他臂彎，另一手把錦盒掩上，挽著他直入閨房，在一角長椅並排坐下，欣然道：「第一次見到你，我感到那眼神似曾相識，最奇怪是你對我的過去瞭若指掌，語語中的。本來仍想不到會是你，幸好齊王告訴我你們潛來長安，只是苦於無法找到你們，幾件事合起來，我還不生疑嗎？後來更從齊王處曉得你們有易容之法，到大年夜宮廷宴那晚，你和子陵兩個站在一起，雖比以前長得高大，又神氣多了。但人家仍一眼把你們辨認出來。」

寇仲迎上她的目光，心中湧起親切溫馨的感受，但絕不涉及男女私情，就像往昔與素素相處的情景，緩緩把面具揭開除下。

青青雙目一紅，垂下螓首，輕輕道：「你們眞的不怪我以怨報恩？」

寇仲心道他和徐子陵早把她忘掉，還有甚麼恩恩怨怨！當然不會說出來，微笑道：「青姐只是下不了台階嘛！我們從沒有怪姐姐。」

青青回復生氣，艷光綻放，喜孜孜的道：「當我看到榜文，知道你們就是名震天下的『少帥』寇仲和徐子陵，我和喜兒開心得睡不著覺，又不敢跟別人說，更爲你們擔心。」

寇仲奇道：「你不時去看城內的皇榜嗎？」

青青「噗哧」嬌笑道：「是從不會去看。只是聽齊王提起你們，人家立即感到說的是你們。當年你們年紀雖小，但我和喜兒均曉得你們非是池中之物，只是沒想過會變成家喻戶曉的大英雄而已。子陵呢？」

寇仲道：「他很好，我曾向他提起遇上你們。順便問一句，喜兒是否和可達志那小子搭上？」

青青神色一黯，道：「我們這些以賣笑爲生的女子，有甚麼和誰搭上的？可達志是太子身邊的紅人，縱使心中不願，仍不敢開罪他吧。」

寇仲乘機問道：「喜兒是否認識一個叫查傑的後生小子？」

青青奇道：「你怎會知道此事？」

寇仲笑道：「查傑是我的兄弟，這小子相當不錯。」

青青掩口嬌笑，回復青樓女子的本色，半邊嬌軀挨過來，湊到他耳邊道：「少帥想當媒人嗎？不過喜兒怕未必願意呢。」

寇仲一呆道：「喜兒不喜歡小傑嗎？」

青青嘆道：「喜兒有點像當年的我，很容易對好看的男人生情，又易於相信人，怎麼說都改不了。她對查傑該是有點好感！不過這幾天她只把可達志掛在口邊，我勸她不聽，只好由得她去碰釘子。」

在現今的情況下，查傑既不宜亦無暇去顧及兒女私情，寇仲只好岔開道：「青姐現在貴爲著名的青樓老闆娘，結交的全是權貴中人，我和小陵非常欣慰，這幾天我們會離開長安，有機會再回來探望姐姐。」

青青道：「姐姐明白你們的處境，我眞的以你們爲榮，齊王那麼自視至高的人，提起你們時亦不得不承認你們是最難纏的敵手。噢！你們準備何時離開？」

寇仲感到自己毫無保留的信任她，就如信任素素那樣，坦白道：「快則今晚，遲則明朝，要視情況發展而定。」

青青失望的道：「那我和喜兒豈不是沒有時間侍候你們。」

寇仲嚇了一跳，忙道：「我們姐弟之情，有別尋常，何來甚麼侍候？」

青青微一錯愕，旋又欣悅的道：「青青今天才知道甚麼是眞正的英雄豪傑，其他的男人，無論口上說得多麼漂亮，說到底仍是對我們的身體感到最大的興趣。唉！喜兒不知到哪裏去了，知道錯過與你見面的機會，她會很失望的。」

寇仲把面具戴好，長身而起道：「此地一別，未知何日才是再見之期，青姐好好保重。」

青青猛地扯著他衣袖，站起來道：「差點忘記告訴你，齊王離京到終南山狩獵只是個幌子。事實上他出城後掉轉頭便潛回來，爲的是要在暗中謀算你們。」

寇仲心忖這才合理，與青青欣欣道別後離開。踏出風雅閣，他整個人輕鬆起來，鬥志昂揚。無論前途如何艱苦，他有信心逐一克服。

徐子陵和紀倩步下酒樓大門的台階，來到街上，午時剛過，這條北里最繁華的大街車水馬龍，行人熙來攘往，非常熱鬧。徐子陵負手大步沿街而走，紀倩要半奔半跑的趕在他身旁，邀功道：「你看！若非有本姑娘在旁，你恐怕永遠出不了那道大門。」徐子陵啞然失笑，沒有答她。紀倩忽然來個兩手扠腰，嬌喝道：「你不信嗎？快停下。」徐子陵終於停步，已是身在丈外。街上無論男女，都把目光投往艷光四射的紀倩身上，登徒子更看得目不轉睛，垂涎欲滴地飽餐秀色。

徐子陵無視旁人的目光，緩緩轉身道：「不信又如何？」

紀倩怒嗔道：「不信我就任得你自生自滅，做鬼也要做個後悔鬼。」

徐子陵移步來到她身前，淡淡一笑道：「無論有你或沒有你在我身旁，他們也不肯放過我，不信可試試看。」

紀倩好像首次認識他般，重新由上至下把他打量一遍，嘟著嘴兒道：「怎樣試？」

徐子陵仰天打個哈哈，道：「姑娘請隨我來。」

接著領路前行，專揀橫街窄巷走，來到一條行人稀疏的小橫街，倏地停下，道：「他們來哩！」

紀倩回頭一看，笑道：「胡謅，後面沒半個人影，你就算下不了台階，也不用說謊吧！」

徐子陵仰望晴空，悠然道：「你朝後再看一遍。」

紀倩半信半疑的回首再望，色變道：「兔崽子！竟敢不把我紀倩放在眼內。」四名大漢從後趕至。

紀倩擋在徐子陵背後，嗔道：「你們曉得我是誰嗎？」

另一大漢恭敬的道：「紀倩小姐艷名遠播，誰人不曉。」他表面畢恭畢敬，可是話中有刺，暗諷紀倩是個以色相馳名的妓女。對上這麼一個「不客氣」的老江湖，紀倩這小江湖登時語塞。

先頭發言的大漢道：「我們當然尊敬紀小姐，更尊敬莫爺，這回是奉蝶夫人之命前來，請莫爺移駕見個面。」另兩漢往旁散開，只看其來勢，便知是能應付任何場面的老江湖。

紀倩終於找到話說，沉聲道：「若只是請莫爺去見蝶夫人，需要這麼大陣仗？你以爲我不曉得你們是誰？」

先發言的大漢從容笑道：「小人左金龍，在京兆聯只是小角色，只因聯主提拔，才有機會在聯主身邊辦事，難得紀小姐曉得有我這號人物。」接著指著說話陰損的漢子道：「他叫李拔，在京兆聯亦只是跑龍套的小角色，聯內粗重的事全由我們負責，專誠來請莫爺去見夫人，有甚麼大陣仗可言，小姐謬獎啦！」

李拔陰惻惻笑道：「紀小姐名成利就，享慣清福，哪曉得我們這些四處奔波，刀頭舐血的人的苦處。」

紀倩終於臉色微變，曉得這些惡霸流氓，絕不賣她情面。不知如何是好時，徐子陵悠然轉過身來，移到紀倩旁，微笑道：「我們是第二次見面哩！」正是這兩個人，曾在門後偷襲徐子陵，還把刀子架上他的頸項。

左金龍抱拳道：「莫爺你好！夫人有急事找莫爺。」

徐子陵好整以暇的先瞧紀倩一眼，朝左金龍道：「告訴夫人，這兩天小弟剛好沒空，過兩天再說吧！」

李拔臉色一沉，冷笑道：「你好像不知道在對誰說話。」

徐子陵雙目精芒迸射，沉喝道：「著！」抬起右手。包括紀倩在內，五個人都生出難以形容的感覺。只見他手的動作似緩似快，令人難以捉摸。最駭人的是，明明可在彈指間完成的迅快動作，卻像漫無止境的漫長，當徐子陵把手提到胸口的高度，忽然五指移動，作出萬千變化，最後變成大拇指單獨向外，往李拔額頭按去。李拔這才驚覺徐子陵是針對他出手的。忙往後撤，人人均認爲李拔可避過這招似是緩慢笨拙的一指頭禪時，李拔已然中招，斷線風箏的往後拋跌，直挺挺的躺到地上。附近的行人嘩然退避。

左金龍和其餘兩漢不能置信的瞧著躺倒街頭的李拔，不知是否給嚇呆了，竟不懂動手反擊。紀倩把目光從李拔處移往徐子陵，目瞪口呆的瞧他。徐子陵以微笑回報。

左金龍清醒過來，怒叱一聲，掣出佩刀，喝道：「小子在使邪術。」另兩漢亦取出兵器，聯同左金龍把徐子陵和紀倩團團圍著，叱喝作勢。

徐子陵搖頭笑道：「明知我懂邪術，你們仍要來惹我，是否活得不耐煩呢？」舉足朝左金龍踢去。左金龍見他離自己足有半丈，這一腳怎能踢中自己，不過他非常小心，先喝一聲「兄弟上」，接著揮刀疾斬徐子陵踢來的一腳。另兩漢從後方兩側殺上，其中之一竟揮刀向紀倩迎頭劈下，務要分徐子陵的心，使他無法施展邪術。紀倩驚呼一聲，自然的往徐子陵靠過去。

徐子陵左手輕抄紀倩蠻腰，後兩漢的攻勢全部落空，眼睜睜瞧著徐子陵不知如何輕輕鬆鬆的晃到左金龍刀子劈空處，右腳原式不變的踹在他小腹處。左金龍應腳拋飛尋丈之多，爬不起來。徐子陵頑皮心起，放開紀倩時順手一帶，紀倩嬌軀旋轉起來，雖比不上穿上舞衣時旋動的髮袂飄揚，但這樣一個活色生香的美人兒在街頭妙態橫生，仍是引人入勝。紀倩第一個轉身，看到的是徐子陵退到兩漢刀鋒下，只要刀再劈下少許，徐子陵肯定小命難保。到身不由己的第二個旋轉，兩漢長刀甩手，踉蹌倒跌，已是潰不成軍之局。

徐子陵瀟灑的一個旋身轉回來，探手輕觸紀倩纖巧的腰肢，仍有騰雲駕霧感覺的紀倩旋勢竟像起始般忽然之間的倏地消失，美眸異采閃閃的瞧著徐子陵道：「你究竟是誰？」

徐子陵往後退開，既沒有加密加快步伐，可是剎那間遠抵兩丈開外，微笑道：「姑娘請速離險地。」

紀倩追之不及，跺足嗔道：「人家想向你拜師學藝啊！」

徐子陵轉身疾行，聲音傳回來道：「騙人的伎倆，就算非是存心不良，學之有害無益，請恕在下難以應命。」

紀倩瞧著徐子陵轉進另一道橫巷，兩名被擊倒的大漢正勉強爬起來，亦知不宜留此，跺足去了。

離開風雅閣，寇仲仍在思量青青說李元吉潛返長安，密謀對付他們的話。照道理，李元吉會比任何人更肯定他寇仲逃進地底沼洞去，就算大難不死逃出生天，出口亦要在城外的地底河流出地面某一遠處，短時間休想回城，甚至受了重傷。李元吉只要使人暗中留意城門出入的人，命守城和在哨樓的衛兵加強警覺，光天化日下，寇仲休想重返長安而不被發覺。所以李元吉目前針對的該是徐子陵。寇仲記起昨晚才叫徐子陵四處亮相，讓清楚他身分的人從而認定邪帝舍利在他們身上，因為那時並不曉得庫下有庫這回事。想到這裏，再沒興趣返回沙府。

徐子陵這一刻在甚麼地方呢？

離開打鬥現場和紀倩，徐子陵心中暗罵自己太過張揚，不過剛才被他擊倒的四個京兆聯好手，看似嚴重，其實只是被他擊中竅穴，在幾個時辰內會神志迷糊，難以向任何人敘述詳情，待他們清醒過來，那時「雍秦」將會消失，不留半點讓人追尋的痕跡。他忽然生出無家可歸的感覺。在長安這些日子，他總有落腳的地方，例如扮岳山時回東來客棧，否則便到侯希白的多情窩，又或雷九指在崇賢里的「行宮」，乃至高占道的藏身處，每個地方都可給他「家」的感覺。但現在卻是家不成家，再沒有一處地方是安全的。寶庫則要待入黑後才能潛進去。

偌大的長安城，仍是那麼熱鬧和充滿新春的氣氛，他感到的只是危機四伏的另一面。與街上其他人相比，他似若活在另一個只有仇殺爭強的人間世內。「庫下有庫」這個誤會，使他和寇仲暫時盡失優勢，認定邪帝舍利並不在他們手上的敵人，誰肯放虎歸山，縱龍出海。祝玉妍和趙德言仍未動手，只因弄不清楚為何寇仲能輕輕鬆鬆的返回長安城的地面，所以仍需少許時間去追查考慮。該到甚麼地方暫避風頭火勢？他發覺自己慣性的來到永安渠旁，心中苦笑，放慢腳步，沿岸漫行。永安大渠上的舟船往來，回復新春前的頻密情況，遠方天際積聚大團烏雲，顯示另一場大雪正在醞釀中，不久後會再次君臨這座早鋪上白色外衣的名城。

就在此時，一個熟悉的聲音從身後河面傳過來道：「小兄弟！可否登船一敘。」

徐子陵差點魂飛魄散，別頭瞧去，身穿儒服，狀若神仙中人的魔門大邪人石之軒正安坐一艘小艇上，優閒的撥動從船尾探入水面的單槳，雙目閃動著奇異的光芒。徐子陵心中叫苦，如若動手，不用三數招，石之軒立即可認出岳山原來是徐子陵的另一個化身，這是徐子陵最不願暴露的身分。緊握一下在袖內鑄上「雍秦」名號的一對護臂，徐子陵的心定下些兒，把心一橫跳上石之軒泊往岸旁的小艇，在艇頭坐下。

石之軒深深朝他凝視打量，嘴角露出一絲令人難解的笑意，木槳划進水內，艇子緩緩離岸。

蹄音轟鳴。寇仲心中暗嘆，停下步來。可達志和十多騎突厥騎士，馳至他旁勒馬停下，微笑道：「神醫請上馬。」

寇仲不悅道：「老子現在沒空，有甚麼事留到今晚再說吧！」心中暗懍，可達志這麼像隨時可找到他的樣子，肯定是一直有他的人在暗中監視自己，而他們更有一套在城內特別的通信方法，所以有現在般被截街頭的情況發生。

可達志跳下馬來，保持笑容地客氣的道：「莫先生萬勿誤會，可某只是想了解一下先生在寶庫內何處發現聖舍利，假若先生不願親向言帥解釋，我們可找個地方說話。一買一賣，講的是公平交易，先生好應解去我們的疑竇。」

寇仲當然曉得此刻動手對他毫無好處，還會牽累常何和沙家，拿他沒法，只好道：「橫豎小弟正餓著肚子，可兄有甚麼好提議？」

可達志道：「福聚樓今天開張營業，可某特別在那裏訂下枱子，好和先生飲酒談心，先生請！」

寇仲產生變成被押解的重犯的感覺，無奈上馬。

一段在徐子陵頭皮發麻，如坐針氈下渡過的沉默後，石之軒收回俯視河水的目光，仰天嘆道：「很快又有場大風雪。」徐子陵不知該怎樣回答他才對。

石之軒朝他望來，閒話家常的問道：「子陵爲何不留在巴蜀？」

徐子陵早猜到他看破自己的身分，但聽他親口道來，仍忍不住心內的震撼，深吸一口氣道：「我仍未想到要在任何一處停留下來。」

石之軒點頭沉重的道：「答得好！答得好！你曉得我是誰嗎？」

徐子陵道：「本來不曉得，現在知道啦。」

石之軒仰天長長呼出一口氣，眼神轉柔，似是喃喃自語的道：「青璇好嗎？」

徐子陵苦笑道：「我不知道，眞的不知道。」

石之軒目光倏地變得無比鋒利，似能直看進徐子陵的肺腑內去。平靜的道：「你聽過她的簫藝嗎？是怎樣的？」

冰寒的河風迎著船頭吹來，徐子陵感到背脊寒颼颼的，但一顆心卻熱起來，回憶起當日在成都獨尊堡近處聽石青璇憑窗奏簫的動人情景，一時竟渾忘對坐的乃天下武林無不畏懼的混世魔王「邪王」石之軒，輕輕道：「她的簫曲似是對命運的一種反抗。」

石之軒劇震道：「甚麼？」

徐子陵大訝之下朝石之軒瞧去。在這一刻，石之軒再沒有絲毫邪惡陰險的意味，只像一個畢生失意的離鄉遊子，在偶然的機會下，聽到來自早被遺忘的家鄉的珍貴信息，難以排遣心懷的愁緒。石之軒雙目湧現剪之不斷既深刻又複雜的感情，微泛淚光，唱道：「山無陵，江水為竭，冬雷震震，夏雨雪，天地合，乃得與君絕。」

無論徐子陵事前如何猜想石之軒的反應，仍猜不到他情緒會激動至慷慨悲歌。他的歌聲疲憊蒼涼，把他心內深藏的痛楚以一種近乎自戀和耽溺的方式釋放出來，像一段公告天下的懺情書，充滿灰黯艱澀的味道，誰能不為之動容。這幾句詩文是說只有高山變為平地，江水枯竭，冬天響雷，夏天大雪，天地合攏，才能與所愛斷絕情義。如此深情出現在一個親手設計害死嬌妻的大邪人身上，份外使人感到他的矛盾和自責。徐子陵無法把扮作岳山時心狠手辣的對手，與眼前這神傷魂斷，灑傲不群，又充滿才情，文質彬彬的人連繫起來，一時欲語無言。他首次體會到侯希白說石之軒有雙重性格的評語。

寇仲正憑窗下望，赫然見到徐子陵的雍秦正和一個陌生的中年儒士乘艇而過，心內的震駭實非任何言語可以形容。他直覺感到此人正是石之軒，因他曾從徐子陵口中聽過對石之軒衣著外貌的形容。幸好可達志坐的位置看不到河面的情景，兼且正在點菜，茫不知寇仲給嚇得出了渾身冷汗，魂飛魄散。

小艇在橋底停下。為怕惹人注目，可達志的手下在門外散去，沒有跟到二樓來。樓上鬧烘烘一片，坐滿客人，其中一桌是李密和晁公錯，只看李密沒被邀往春狩，可想見他在李閥眼中的地位。

可達志遣走夥計，向寇仲道：「對可某先前的問題，先生有甚麼話要說的呢？」

寇仲此時判斷出石之軒對徐子陵暫無惡意，雖仍大惑不解，但心兒總安定下來，腦筋轉到可達志身上，曉得自己若表示出不知庫下有庫的事，任自己說得天花亂墜，休想可達志肯信舍利在他手上。只恨若說自己知道庫下有庫，仍是不妥，因爲李閥方面的人早肯定他和徐子陵沒有進入下一層的寶庫，事實亦是如此。可達志擺明是一言不合，就揭破他的身分，免得他有機會逃離長安。

寇仲從容一笑，壓低聲音道：「敢問可兄，若我眞的是從沼洞逃生，現在能否和你坐在這裏喝酒聊天呢？咦！又下大雪哩！」

可達志往窗外望去，一球球的雪花從天上降下，比以往任何一場大雪更來勢凌厲。

徐子陵見過石之軒三種截然不同的面目：一派邪王本色、辣手無情的石之軒；佛光照人，橫看豎看都是得道高僧樣兒的無漏寺方丈；最後就是眼前這內心深藏無盡苦痛孤獨的落魄文士。大雪像兩道簾子般把橋底變成一個彷似與外世隔絕的天地，外面的世界變得模糊不清，失去所有實質的感覺。偶有其他船隻闖入，瞬又離開，短暫地把內外兩個天地連繫在一起。

石之軒低沉的聲音又在橋底的封閉空間響起，只聽他道：「自從她死後，我從未如此孤獨。我曾一遍又一遍的問自己，爲何我要這般做。我眞的不知道，眞的不知道——」他的聲音低沉下去，充滿深刻痛苦的自責和懊喪。

徐子陵呆看著他，眼前的一切毫不眞實，「邪王」石之軒竟在他面前懺悔自責，說出去包保沒有人相信。忽然間，他明白到他的破綻是他的而且確對石青璇的生母碧秀心動了眞情，他不是捨棄石青璇，而是怕面對石青璇。上乘先天內功最重心法修養，他是因心中死結難解，令不死印法出現破綻，致敗於寧道奇之手。而邪帝舍利可能是他唯一補救的方法。

徐子陵忍不住問道：「前輩怎樣看穿我的眞正身分？」

石之軒劇震一下，緩緩抬頭，雙目悲傷的情緒盡去，代之而起是銳利如刀刃的閃閃邪芒，目不轉睛的盯著他。徐子陵心叫不妙，怎料到平常不過的一句話，竟把另一個可怕的石之軒請神般的召回來。

可達志凝望窗外，緩緩道：「大雪總令我想起塞外的風沙，人世間令我心動的事數不出多少件；可是我卻會對著一團龍捲風下跪，爲裂破沙原上空的霹靂電閃熱血沸騰。在大自然的力量下，人是那麼渺小。這番心事我尙是首次向人透露，因爲閣下不但有資格作本人的敵手，更是個値得尊敬的硬漢子。」

寇仲微笑道：「原來可兄的飲酒談心不是說著玩的，讓小弟敬你一杯。」

兩人欣然舉杯相碰，飲至滴酒不剩，相視一笑，氣氛表面融洽無間，但雙方均看到對方眼內暗藏的濃烈殺機。

寇仲露出思索緬懷的神色，徐徐道：「猶記得功夫初成時，我在一個小谷之內，忽然間感到整個世界都與以前不同，我的感官像提升了層次，看到和感受到平時疏忽的事物，本來平凡不過的花草樹木，都像活過來似的，其肌理色彩，豐富動人至令人灑淚。但這感覺只維持幾天，一切又習以爲常，我仍很懷念那一刻的感覺。」

可達志拍案嘆道：「這正是所有人的通病，一旦習慣，便屬平常，再沒有任何新鮮感。女人亦如是，富貴榮華，亦不外如是。」

寇仲苦笑道：「若非我曉得你是甚麼人，定會以爲你想勸我退隱江湖。但問題是儘管失去新鮮感，但得而復失，打回原形，實比從沒得到更令人難以接受。試想可兄若被人廢去武功，可捱得多少天？」

可達志舉起酒壺，爲他斟酒，笑道：「說得好，確是不能回首。想到終有一天，能與你老哥分判生死，可某已對生命充滿渴望和期待。」

寇仲心道，說不定今晚將可如你所願，舉杯道：「這一杯就爲我們的未來乾杯。」

兩人轟然對飲，意態豪雄，不但旁人側目，惹得李密、晁公錯等也朝他們瞧來。寇仲暫得可達志的照拂，並不把任何人的注意眼光放在心上。

可達志湊近少許，低聲道：「我曾到下面看過，要從那沼洞逃生似近乎神蹟，若非有此了解，少帥以爲小弟仍有耐性在這裏跟你喝酒談心嗎？」

寇仲微笑道：「你倒夠坦白，我也就長話短說，我敢以人格擔保，今晚拿來的是千眞萬確的邪帝舍利，這種異寶豈是常物，想魚目混珠只是笑話。」

可達志雙目精芒劇盛，沉聲道：「如何可保證閣下不會爽約？」

寇仲傲然道：「我寇仲兩個字就是保證，否則我就是豬狗不如的東西。但你們勿要食言，如若既不肯救人，又要奪寶，甚至連我們都要幹掉，我會教你們非常後悔。」

可達志雙目閃過濃烈的殺意，冷笑道：「舍利既在你們手上，主動亦由你們掌握，我們還能幹出甚麼事來呢？兄弟放心吧！」

寇仲裝作漫不經意的把目光投往躍馬橋下，濛濛大雪中，小艇艇尾從橋底下露出小截。

徐子陵絲毫不讓的與石之軒對視。一絲陰冷的笑意在石之軒嘴角擴大，平靜的道：「聖舍利仍在下面，對嗎？」事實確是如此，只不過和石之軒想像中的情況有些小出入，徐子陵坦然點頭。

石之軒的瞳孔像一雙瞄準徐子陵的刃鋒，再不透露任何內心的情緒，另有種神秘莫測的冷狠沉著，更似與活人身上的血肉沒有任何相連，緩緩道：「看在你沒有騙我份上，我放你一條生路，立即滾得遠遠的，今晚城門關上後，若你仍在城內，休怪我石之軒沒警告過你。」

徐子陵從容笑道：「不是看在青璇份上嗎？」

石之軒劇震一下，傷感神色一閃即消，回復冰冷無情的神色，盯著他道：「不要讓我對你僅餘的一點好感也失去，對我來說，殺人是這世上少有的賞心樂事。」

連徐子陵亦在懷疑早前那個石之軒和現在眼前此君是否同一個人。搖頭嘆道：「我根本不需前輩的任何好感，更不願因別人的憐憫而得以苟且偷生。前輩若要殺我徐子陵，請隨便動手。」

石之軒哈哈一笑，連說三聲「好」後，微笑道：「殺人也是一種藝術，就這麼把你殺掉，實在是一種浪費，子陵後會有期。」

前一刻他還在船內安然端坐，下一刻他已消失在橋外的風雪中，彈起、後退、閃移連串複雜的動作，在刹那間完成，看得徐子陵整條脊骨涼颼颼的。幻魔身法，確是神乎其技。

徐子陵頭皮發麻的呆坐半晌，忽然心生警兆，寇仲鑽進橋底，坐到剛才石之軒的位置，笑嘻嘻道：「和你的未來岳父說了甚麼親熱話兒。」順手執槳，划進水內。小艇離開橋底，進入漫天雨雪中。

寇仲把艇子靠岸。大雪有如黑夜為他們提供最佳的掩護，現在他們要神不知鬼不覺的潛回地下寶庫，再非不可能的事。

寇仲道：「石之軒本來是要殺你的，卻忽然因你而勾起心事，最後把你放過。他明知你的性格，所以最後那番話是故意惹你激怒他，他便可沒顧忌的把你殺死。從這點推看，石青璇在他的邪心裏仍占著很重要的位置。」

徐子陵哂道：「不要擺出一副旁觀者清的樣子。你今晚眞的要依原定計劃行事嗎？我怕雲帥不是那麼可靠。」

寇仲不理會他的問題，進一步分析道：「他沒有見過你的廬山眞面目，若眞的關心女兒，好應該請你這未來快婿脫下面具給他過目。而他沒作這要求，正因他存心殺你，故不願有其他因素介入。」

徐子陵沒好氣道：「最後一次警告你，我和石青璇沒半點瓜葛。」

寇仲舉手投降道：「我只是想逗你開心，雲帥要造反隨便他。今晚是愈亂愈好，誰得到舍利都沒有好結果，寧道奇是唯一例外，因爲只有他才不懼石之軒，這麼邪門的東西，請恕小弟無福消受。」

徐子陵訝道：「你好像忘記還有個祝玉妍。」

寇仲抓頭道：「我總覺得石之軒比祝玉妍更厲害。好啦！我要回沙家打個轉，稍後在地下碰頭如何？」

徐子陵道：「我怕婠婠會害你。」

寇仲苦笑道：「說得對，現在形勢清楚明白，一旦婠妖女認定舍利不在我手上，定會不再留情把我殺死。問題是她會像趙德言般難下判斷。所以我是故意回沙府讓她可以找到我，設法令她相信舍利眞的在我手上，那今晚我們才有機會混水摸魚，溜之大吉。」

徐子陵道：「最怕是她們來個借刀殺人，利用李元吉來對付你。」

寇仲終於改變想法，點頭道：「你這小子肯定是第一流的說客，好吧！我和你一起回去。」

徐子陵道：「回去前我們要和雲帥弄妥今晚行事的細節。我們絕不宜被人看到走在一塊兒，小弟先行一步，你追在我身後來吧！」

徐子陵藉大雪的掩護，穿街過巷，忽行忽停，施盡渾身解數不讓人跟在身後。石之軒能在永安渠把他截個正著，令他大為震懍，如若對方因自己而找到雲帥，那他將會為此終生遺憾，石之軒絕不會對雲帥客氣的。來到雲帥秘宅的後院牆，徐子陵把感官的靈敏度催逼提升至以他目前功力所能臻至的極限，不要說宅內的情況，附近幾所鄰舍的虛實，亦避不過他的耳目。一切如常。他感到雲帥單獨一人在宅內候他。徐子陵踰牆入院，直趨廳堂。

一人昂然臨窗卓立，徐子陵雖腳落無聲，卻瞞不過他，在徐子陵踏入廳堂的一刻，旋風般轉過身來，長笑道：「縱使在下與子陵兄向為死敵，子陵兄仍是在下佩服的人之一。」此君年紀在二十七、八許間，高挺軒昂，身材完美至無可挑剔，渾身上下每寸肌肉都充滿力量，英俊中帶著高貴優雅的氣質，唯一的缺點是鼻樑過分高聳和彎鉤，令他本已鋒利的眼神更深邃難測，更使人感到他與生俱來的驕傲和只有自己不顧他人的自私自利本質。他左手拿著連鞘的長劍，散發著凜冽的殺氣。

徐子陵表面從容冷靜，心中卻翻起連天巨浪，叫苦不迭，點頭道：「虛彥兄你好！」忽然間他醒悟到問題出在雲帥身上而非他徐子陵身上。雲帥雖輕功蓋世，終瞞不過石之軒的耳目，被石之軒查到落腳之所。陰沉的石之軒沒有立即發難，明知他和寇仲與雲帥有聯繫，於是放長線釣大魚，今早徐子陵往見雲帥，遂被石之軒盯上。可以想像石之軒是遠遠吊著徐子陵，希望從他身上一併查到寇仲所在，幸好徐子陵和寇仲分頭活動，令石之軒誤以為寇仲不是葬身沼洞，就是尚未重返城內，才有河上見面之舉。石之軒顯然猜到他會再見雲帥，遂施借刀殺人之計，通知楊虛彥藉李元吉的力量把他幹掉。雲帥肯定凶多吉少。眼前此局擺明是針對他而設，他就算過得楊虛彥這一關，也過不了外面的重重包圍。唯一的生機就是尾隨而來的寇仲，希望他知機先一步發現李元吉方面的伏兵，否則他們將難逃大難。楊虛彥的影子劍尚未出鞘，氣勢已把他鎖緊，令他除動手外，再無別法。徐子陵緩緩解下面具，收在懷內。

楊虛彥從鞘內拔出佩劍，欣然笑道：「子陵兄進步之速，教人驚異，遙想當年在滎陽沈落雁的香居，在下影子劍出，子陵兄只有逃命的份兒。今天子陵兄能否保命逃生，須看子陵兄再有甚麼精進。」

徐子陵兩手縮入袖內，緊握左右精鋼護臂，不由得想起老爹杜伏威的「袖裏乾坤」，淡淡道：「虛彥兄的風度令小弟非常心折，竟對失去半截印卷的事不置一詞。」

楊虛彥聞言雙目立即殺機大盛，往左斜跨出一步，灑然笑道：「只要把子陵兄擒下，哪怕子陵兄不乖乖如實招出，子陵兄的想法為何恁地稚嫩。」

徐子陵往右踏步，啞然失笑道：「就算虛彥兄能把小弟生擒，恐仍要好夢難圓，虛彥兄想知道原因嗎？」

兩人一邊邁步在廳堂的有限空間盤旋，互尋對方的破綻空隙，一邊唇槍舌劍，力圖在對方的心志破開缺口，爭取主動進擊的良機。廳堂殺氣漫空，勁氣交擊，暫時誰都占不到上風。楊虛彥成為天下聞名的影子刺客之際，徐子陵仍只是藉藉無名之輩，現在卻能與對方平起平坐，一決生死，想想已足可自豪。

楊虛彥聞言冷哼道：「縱使毀掉又如何，石師不但答應把不死印法傳我，還決定親自下手收拾那叛徒。所以在下聽到子陵兄的話，覺得非常可笑。」

這番話不知是眞是假，但徐子陵聽入耳內，忍不住心中一震，知道要糟時，楊虛彥劍光大盛。漫空都是重重劍影，以徐子陵的眼力，亦看不出那一劍是虛，那一劍是實。在淩厲萬變的影子劍後，楊虛彥像空氣般消失。

寇仲伏在遠方一座高樓的瓦頂，任由雪花無休止的蓋往他身上，心內的震駭難以形容。他本意是要看看石之軒是否會跟在徐子陵身後，故意延遲進入雲帥院宅，豈知不到一刻鐘，四面八方同時現出敵蹤，人數達百人之衆，埋伏在附近宅院的瓦頂街巷，將雲帥的秘巢重重圍困。他認得的除李元吉、梅珣、宇文寶外，尚有晁公錯、李密、王伯當、「隴西派」的派主金大椿。不計李元吉的麾下好手，以這股實力，若正面交鋒，縱使寇仲出手，亦只是白白多賠一條命的份兒。可見李元吉這次是志在必得，不容徐子陵有任何逃生的機會。長林軍的人卻不見半個。

他伏身處恰好在李密、王伯當等十多人的後方，想闖入屋內與徐子陵會合已是非常困難，更遑論爲徐子陵打開一道缺口。但他並沒有因敵我懸殊而驚慌失措，他的心靜如井中之月，緩緩脫掉外袍，除下面具，把寶刀緩緩抽出。

雪下得更大更密。天色逐漸暗沉下去。寇仲無暇去想生死未卜的雲帥，只希望在屋內把徐子陵纏著的不是石之軒，否則明年今日，就是他兩兄弟的忌辰。

楊虛彥當然不是眞的消失，而是徐子陵雙目被他獨有的手法催發劍光劍氣所眩，配以他的幻魔身法，無法掌握到他的位置和形跡。自楊虛彥出道以來，飲恨在他這種別樹一幟的凌厲劍法下的俊傑豪雄，多不勝數。徐子陵無法搶得主動，一時處於捱打之局，只能純憑感覺的兩袖揮出。「叮叮！」袖內護臂先後擊中影子劍。這一著大出楊虛彥意料之外，哪想得到一向以空手對敵的徐子陵袖內暗藏護臂，無論在運力和招數上皆因錯估敵情而失準。劍影散去，楊虛彥銳氣大減。徐子陵一聲長笑，兩手從袖內探出，變化萬千的朝後撤的楊虛彥攻去。楊虛彥不慌不忙，冷哼一聲，瞬息間連劈兩劍，任徐子陵的招式如何玄奧莫測，仍被他破去。第三劍更是凌厲無匹，硬把徐子陵迫開。徐子陵想不到他如此強橫，兩手又縮回袖內，楊虛彥這次學乖了，閃電竄前，影子劍幻出千百劍芒，細碎鋒利的劍氣立即把徐子陵籠罩緊鎖。

徐子陵左袖拂散他的劍氣，另一袖拂上劍鋒，當楊虛彥以爲他會以袖內護臂再硬拚一招時，徐子陵使出卸勁法，利用袖子的柔軟帶得楊虛彥差點失去勢子，往他右側斜衝過去。楊虛彥駭然抽劍後撤，徐子陵一個翻騰，頭下腳上的飛臨楊虛彥上方，雙掌全力下擊。這數著交手以快打快，變招之速，令人難以捉摸。楊虛彥一陣冷笑，長劍化作一道電芒，沖天而上，竟然毫不理會壓下來的雙掌，若大家原式不變，他肯定要傷在徐子陵掌下，但他的影子劍將會由兩掌間貫入，洞穿徐子陵的面門。徐子陵亦要心中佩服，這可說是對方扭轉局勢的唯一方法。哈哈一笑，兩掌合攏，重重拍打在劍鋒處。氣勁交擊，狂飆往四外激濺散射，立時枱折椅翻，廳內家具首先遭殃。

楊虛彥往旁錯開，心叫不妙之際，徐子陵借反震之力，整個人像風車般凌空急旋，刹那間旋往窗外，落在院落內。楊虛彥全力展開幻魔身法，眨眼間穿窗而出，長劍直擊徐子陵。他本以爲徐子陵千辛萬苦從他劍勢的鎖纏下脫身，必會立即逃之夭夭。哪知徐子陵竟沉腰坐馬，一拳轟上他的劍尖。拳劍交觸，兩人有若觸電，同時口噴鮮血，徐子陵被震得「砰」一聲背脊撞上院牆，楊虛彥則給他硬轟得倒飛回屋內。徐子陵貼著牆壁往上彈射，長笑道：「今天恕小弟不再奉陪！」楊虛彥落入屋內微一蹌踉，徐子陵早升至牆頭，腳尖用力，斜沖而起。

李元吉的大喝聲響徹雪花漫空的黃昏，高呼道：「格殺勿論！」箭矢聲響，近百枝勁箭從附近瓦面和街巷射至，織成一片無所不包的箭網，向徐子陵射去。就在這命懸一髮的時刻，一團雪球不知從哪裏擲出，直送至徐子陵腳下。徐子陵早曉得寇仲會在暗中接應，輕踏雪球，感覺到雪球內暗含的強猛眞勁，再一陣長笑，借勁倏忽改向加速，在箭網布成前，橫過十多丈的遙闊空間，往鄰近的樓房頂竄去。

李密、王伯當和十多名高手同時在徐子陵撲去的樓房上現身，李密喝道：「看你這次能逃到哪裏去？」

另一團雪球又再雪中送炭的來到徐子陵前方腳下，出乎所有人意料之外，徐子陵不但沒有改變方向，還在踏雪借勁後，加速往兩丈許外的李密撲去，一副送上門受死的樣子。李密心中一動，大鳥般騰身而起，向徐子陵迎去，兩掌捲起狂猛的勁氣，務要在空中把徐子陵逼落地面，讓正從四處聚攏過來的己方人馬，把他困在重圍內。策略上確是無懈可擊，不愧是曾縱橫天下的一方霸主。李元吉是第一個趕到徐子陵下方的人，只要徐子陵被截下來，他敢寫保單可把徐子陵殺死。他雖明知一旁有徐子陵的同黨在暗中幫助徐子陵，但由於形勢混亂，一時間連對方的位置都摸不著，只好先把徐子陵困死，到時哪怕極可能是寇仲的徐子陵同黨不現身受死。晁公錯此時趕到雪球擲出的地方，卻連寇仲的影子都見不著，他是老江湖，立即騰身而起，到高處環目四顧，搜尋敵蹤。楊虛彥追了出來，往徐子陵所在趕去。

徐子陵離開雲帥的宅院後，就像磁石吸鐵般，牽動整個包圍網。全場只有寇仲一個人明白徐子陵的逃生策略，趁此黃昏大雪，天色昏暗的時刻，他就那麼的雜在敵人隊伍中，趕往接應徐子陵的最佳地點，令晁公錯的高空探索徒勞無功。到離李密尚有丈許距離，勁風壓體的一刻，徐子陵凌空換氣，施出雲帥啓蒙的迴飛之術，倏改方向，往外斜飛。正在竄房越屋趕來的梅珣和宇文寶，從側趕至，見徐子陵似要改向往他們處掠去，如獲至寶，同時騰身而起，全力截擊。李密撲過了頭，眼睜睜瞧著徐子陵斜移開去，一指點出，指風襲向徐子陵肩背，變招之快，且在凌空的當兒，在在顯示出他非是浪得虛名之輩。豈知徐子陵又迴飛過來，不但避過李密的指風，還教梅珣和宇文寶齊齊撲空。

徐子陵拐個彎，仍向沒有李密，只剩下王伯當作把關大將的十多名敵人撲去。隴西派派主金大椿和兩名徒弟「柳葉刀」刁昂、「齊眉棍」谷駒恰好趕至，加入王伯當的陣營，看得下方的李元吉心中大定，斷定無論徐子陵如何了得，仍闖不過這一關，大喝一聲，沖天而起，裂馬槍朝徐子陵後背攻去。寇仲就在這要命時刻，出現在王伯當等人後方，人隨刀走，井中月化作無可擋禦的長虹，往敵陣後方衝去。徐子陵心叫寇仲你來得好，雙拳轟出，分取敵方最強的王伯當和金大椿。即使把守屋頂是最強的晁公錯、楊虛彥、李元吉、梅珣或李密，在徐子陵和寇仲的前後夾擊下，亦要潰散避開，更何況是王伯當和金大椿這些較次的高手。

寇仲和徐子陵默契之佳，天下不作第三人想，見徐子陵把攻擊集中在王伯當和金大椿兩人身上，他立即推波助瀾，收窄井中月的攻擊範圍，所有變化，均針對兩人而發。王伯當和金大椿哪肯冒這個險，分別往左右避開。其他人見己方最強的兩個人分頭躲避，又見無論是凌空飛來的徐子陵，又或從後方突襲的寇仲都是勢不可當，一副與敵偕亡的狠勁，人人虛晃一招後，朝兩旁潰散。牢不可破的包圍網，終露出缺口。徐子陵踏足瓦面，與寇仲錯身而過，兩掌拍出，分別擊中再由左右攻來王伯當的雙尖矛和金大椿的長劍，硬把兩人已失銳氣的反攻瓦解。寇仲則直赴瓦緣，井中月疾揮，狠狠砍中李元吉刺來的裂馬槍頭，還大笑道：「齊王請回吧！」李元吉被迫得連人帶槍往下墮跌，偏是莫奈他何。晁公錯凌空而來，飛臨兩人上方。徐子陵和寇仲同時出擊，雙拳一刀，就算來的是寧道奇亦難以討好，何況是晁公錯，與徐子陵的雙拳硬拚一掌後，便借力飛開，否則寇仲的井中月大有可能把他的頭斬下來。兩人肩頭猛撞，借力騰飛，越過眾人頭頂，竟朝相反方向逸去。這一著又是大出眾人意料之外，一時之間都不知追趕誰才對。

李元吉大喝道：「追！」帶頭往寇仲追去。楊虛彥這才趕至，展開幻魔身法，倏忽間趕到徐子陵背後兩丈許處。形勢亂成一片。徐子陵自知若論輕功，實遜以輕功身法名震當代的楊虛彥一籌，不過他卻是有恃無恐，只要不給人截著，便大有逃生機會。

兩人分頭逃走，後面各有一群如狼似虎的強敵窮追不捨。雙方都是逢屋過屋，好像在比試輕功身法。片刻後徐子陵和寇仲分別繞了大半個圈，竟又走在一塊兒，前方就是躍馬橋。追得兩人最近的是楊虛彥，接著是晁公錯、李元吉、李密和梅珣，其他人依功力落後在遠方處。

此時天已盡黑，不過楊虛彥等追兵都有把握可在短時間內趕上兩人，不容他們脫身溜掉。敵人愈追愈近，兩人同聲發喊，從瓦頂躍往地上，肩頭再碰，速度陡增，拔身而起，往永安渠水投去。「咕咚」兩聲，齊齊沒入黑沉沉的河水去。

第四章

邪帝舍利

黄易 作品集

第四章　邪帝舍利

秘道出口關上後，兩人離開浸在渠水的一截斜道，各自挨牆坐下，精元幾近涸盡。先前劇烈的搏鬥、追逐、水內閉氣潛游，耗用他們大量的體力和眞元。

寇仲以屈曲的膝蓋把右手承托，喘著氣道：「今晚糟糕透頂，我還向可達志那小子誇下海口，今晚不去赴約就是豬狗不如的東西。唉！做豬做狗還是小事，希望雲老哥他吉人天相，逃走成功就好啦！」

他們原本的計劃是由雲帥喬裝雷九指，憑著邪帝舍利控制主動，以對付趙德言和香玉山。現在雲帥吉凶未卜，計劃將難以實行。如以高占道等其中之一去扮雷九指，只會害了他。假如侯希白仍在，會是另一個適當的人選。

徐子陵道：「那如何處置邪帝舍利？」

寇仲道：「有兩個解決的方法，一是任得舍利留在原處；二是你陵少拿它作順水人情，送給師妃暄。」

徐子陵嘆道：「你以爲師妃暄是可以賄賂的嗎？收了禮就放你這頭猛虎回山去興風作浪。」

寇仲道：「我倒沒想過這些，只是怕你難向仙子交代吧。」

徐子陵斷然道：「我和師妃暄再沒甚麼感情瓜葛，兩個解決的方法均非上策。只有令魔門各派系因爭奪舍利弄到自顧不暇，我們才有機會安然離開。」

寇仲點頭道：「說得對！這麼一個能令趙德言、祝玉妍和石之軒鬥個你死我活的千載良機，放過了實在可惜。陵少是否仍認爲我們該如期赴約。」

徐子陵道：「正是如此，沒有雷九指就沒有雷九指，到時可隨機應變，只要舍利在我們手上，哪容他們逞強。」

寇仲跳起來道：「時間無多，先看看占道他們進展如何。」

回到庫內，高占道等全集中到通往城外的秘道內，忙個天昏地暗，但運寶大行動已接近尾聲。高占道興奮的向兩人解釋他們經過深思熟慮後想出來的計劃：兵器暫時一件不帶，以黃金爲主的大批財物卻半件不留。

高占道道：「城外的出口隱蔽巧妙，我們把寶物藏在那裏，逐一分批運走。全部兄弟將分爲三組，每組都是獨立行動，並不曉得別人運走的方法和路線，那就算眞有內鬼，我們也可把損失減至最少。不過我和奉義他們均認爲兄弟會叛幫的機會不大。」

寇仲道：「用甚麼方法運走？」

高占道欣然道：「這些年來，我們試遍各種走私貨的方法，就揀其中最安全的一種，從水路和陸路把東西送往彭梁。只要京兆聯起兵事敗，關中勢必亂成一團，我們便有機可乘。加上兩位爺兒把對方的注意引開，我們成功的機會非常大，至少可把大部分的寶物運走。」

徐子陵點頭道：「成功的機會確很大，因爲現在人人以爲我們入寶山而空手回，所以把注意力轉移到我們兩人今後的行動上。」順便向高占道說出「庫下有庫」的事。

高占道大喜道：「那就更萬無一失，我們原本最怕是京兆聯的人，他們不但在關中勢力龐大，與關內外的幫會均有聯繫，對我們同興社又非常熟悉，我們任何行動，確難以避過他們耳目。幸好他們有此錯失，且自顧不暇，使我們不用擔心他們。」

寇仲道：「情況仍不宜過分樂觀，李世民委派龐玉和李世勣兩人專責對付我們，他們肯定會發動地方幫會並無微不至的留心我們的一舉一動，一旦讓他們發覺情況有異，說不定隱藏不住眞寶庫的秘密。」

高占道胸有成竹的道：「我們在設計走私貨的行動時，早想過會有這種情況。當時還以為運的是大批兵器，而非易於隱藏的黃金珍寶，除非老天爺故意和我們作對，否則該沒有問題。」

寇仲點頭道：「既然占道這麼有把握，一切依你的方法去辦。」

高占道去後，寇仲道：「陵少以為如何？」

徐子陵道：「防人之心不可無，占道要把所有財物一次運走，是明智之舉。」

寇仲點頭同意，雖說曉得眞寶庫秘密的十多名兄弟忠心耿耿，可是財寶的誘惑力實在太大，誰敢擔保日後沒有人私自潛回來，來個順手牽羊，只要取走半箱黃金，足夠終生花用不盡。至於留在庫內的兵器，除非是起兵打天下，否則拿一件半件去變賣不會值多少錢，要整批賣掉更屬天方夜譚，只是想搬離寶庫已非易事。

徐子陵微笑道：「放心吧！只看占道他們把同興社弄得這麼有聲有色，短短兩年內成為關中水運的領導人物，該知他們是出色的人材。而最重要的一點，是龐玉對我們和同興社的調查絕不敢張揚，以免被京兆聯甚或建成、元吉的人警覺因而不能發動所有地方幫會參與，威脅仍是有限的。」

寇仲欣然道：「經陵少這麼分析後，我也覺得成功的機會很大。哈！照你看，寧道奇今晚是否會出現呢？」

徐子陵嘆道：「師妃暄既然誤會我騙她，當不會去驚動他老人家。」

寇仲道：「她不是要請寧道奇來對付我嗎？今晚將是最好的機會，若讓我們這兩個逃跑專家離開長安，要再盯上我們可非易事。」

徐子陵道：「這個你要去問師妃暄或寵玉才成。」

寇仲嘆道：「我眞的希望當師妃暄發現舍利是眞舍利時，我能看到她的表情。我們陵少乃頂天立地的男子漢，怎會以謊言去騙一個──！嘿──一位仙子。」

徐子陵知他本想說「一個自己深愛的女子」諸如此類的話，只是臨時改口，沒好氣的道：「時間差不多了，把舍利起出來再說吧！」

比諸前兩夜新春佳節的情景，長安城今晚是另一番不同的熱鬧。永安渠兩端出城的水閘落下，沿岸燈火燭天，映得渠內的游魚清晰可見，漫空降下的雪花，反映著火把與風燈的光芒，雖比不上煙花的繽紛燦爛，其壯觀和規模卻遠非過眼即消的煙花所能比擬。兩岸盡是李元吉的手下和長林軍，李建成亦被驚動親來主持搜河行動，最不願意參與的可達志在別無選擇下，被迫陪在李建成身旁，還要擔心兩人被困在河內，不能踐約。換上水靠的長林軍逐段河道的在水下進行搜索，泊在岸旁的船隻全被驅走，無一倖免。由於李元吉肯定兩人並未離開永安渠，所以搜索的行動謹愼而有耐性，封鎖附近一帶的街巷，高處滿布箭手。城內唐軍的注意力都集中在這條貫通南北的大渠間，反便宜了從秘道出城，再潛返城內的寇仲和徐子陵。他們神不知鬼不覺的來到外賓館後院鄰近一座不知哪位達官貴人的豪宅頂上，隔遠窺探外賓館四周的形勢動靜。

寇仲把裝載邪帝舍利的銅罐放在屋背處，低聲道：「這東西眞邪門，挽著它不時有心驚肉跳的感覺。」

徐子陵正凝神遠眺，道：「若我所料無誤，祝妖婦和婠妖女該躲在某處，試圖在我們進入外賓館前先來個攔途截劫。」

寇仲笑道：「她們或會以爲舍利不在我們手上，又或我們仍給困在河底下。就算沒有以上這些錯誤判斷，至少認定我們會把雷老哥辛辛苦苦的抬著來，以致計算和部署失誤。」

徐子陵微笑道：「我們這次的尋寶是陰差陽錯占盡便宜，去吧！」

兩人騰身而起，流星般射往長街，幾個起落來到外賓館後院牆外，一個翻身，毫不停留的在院落內安然落下。

趙德言長笑聲起，現身在小樓門外台階處，施禮道：「兩位果然是信人，趙某佩服至極，只不知雷先生大駕何在？」

寇仲把銅罐放在腳前，雙手環抱，悠然道：「此事稍後再說，國師可否把能解『七針制神』毒刑的高人，請出來一見，以安我們的心？」

整座外賓館沒半點燈火，加上不住降下的雪花，更添肅殺荒寒、危機四伏的感覺。

趙德言上下打量徐子陵，不慌不忙的道：「這個沒有問題，只要驗明舍利眞僞，自會把人請出來讓兩位過目。」

背後康鞘利的聲音傳來道：「聖舍利肯定是假的，否則就不用以銅罐遮藏，又不把雷九指帶來了。」

寇仲頭也不回，哈哈笑道：「是眞是僞，立即可以證明。問題是你們根本沒有誠意，否則爲何把人請出來見個面亦推三搪四。」

趙德言啞然冷笑道：「我趙德言縱橫天下之時，你們仍未投胎轉世，現今竟敢前來騙我，這回要教你們來得去不得。」話尚未完，後方和小樓各湧出十多名突厥高手，把兩人重重圍困。寇仲和徐子陵卻仍是從容自若，絲毫沒有逃跑的意思，令趙德言大惑難解，隱隱感到占上風的反是對方。

趙德言傲然道：「爲免旁人說三道四，趙某人可予你們一個公平決鬥的機會，其他人都不許插手，你們誰陪我趙德言先玩一場？」

寇仲和徐子陵暗叫厲害，趙德言這招可說除笨有精，不但顯示出有穩勝他們任何之一的自信和氣度，最大作用是令兩人不能突圍逃走。而逃走則正是兩人的看家本領。

寇仲啞然失笑道：「我們今天來並非要和言帥你老人家分個生死勝敗，你難道連分辨舍利眞僞的時間和耐性也沒有？」

康鞘利在後方笑道：「收拾你們後，把銅罐溶掉鑄成銅球尚且來日方長，又何必急於分辨舍利的眞僞，少帥的話眞好笑。」

寇仲嘆道：「康兄似乎忘記我尚懂點功夫，只要抬腳一踹，保證可把罐內的舍利震個粉身碎骨，不信就動手！」

徐子陵微笑道：「早說過他們不會有交易的誠意，只有你不肯相信。來吧！先把舍利來個一了百了，再試試我們能否闖出去。」

趙德言舉手道：「且慢！假設你們能證明罐內裝的眞是聖舍利，一切仍依原定協議進行，趙某絕不食言。」

寇仲道：「這個容易。」

徐子陵一手把銅罐從地上提起，寇仲雙手抓緊罐蓋，運力一轉，「咔嚓」聲響，解開蓋鎖。事實上寇仲和徐子陵也緊張起來，因爲他們一直不敢啓蓋驗貨，並未摸通罐內的玄虛。趙德言不愧老狐狸，留意的不是銅罐，而是兩人的表情動靜。一衆突厥高手把警覺提至最高，嚴陣以待。院落寂靜無聲，只有雪花不斷落下，還有就是從永安渠遙傳過來的人聲水響。寇仲露出個燦爛的笑容，把蓋子整個拿起，兩人同朝罐內瞧去，均露出愕然神色，然後你眼望我眼。趙德言露出一絲曖昧的笑意，似乎帶點嘲弄的味道，寇仲和徐子陵交換個眼色，大感不妥，偏又不知問題出現在甚麼地方。

完全出乎兩人意料之外的，趙德言大喝道：「動手！」兩道黑黝黝幼如尾指的鋼鍊，從趙德言左、右袖內毒蛇般鑽出，鍊子頭是菱形尖錐，疾如流星的向兩人戳來，陰損毒辣至極點。這對奇門兵器在魔門與西域均名懾一時，名爲「百變菱槍」，可軟可硬，變化無窮，有鬼神莫測之機，是趙德言仗以成名的兵器，非但不懼神兵利器劈削，還是刀劍的剋星，給他以特別手法纏上，幾乎難逃甩手被奪的厄運。趙德言最厲害處，是在兩人絕想不到他會出手的情況下出手，占盡主動先手之利。眼看菱槍照著兩人面門電射而來，四周的突厥人和康鞘利則蜂擁而上，一副要把兩人分屍的洶湧情勢，寇仲想也不想，拿著蓋子的手一揮，銅蓋激旋，脫手反朝趙德言咽喉割去。「鏘！」井中月離鞘而出。趙德言兩手合攏，菱槍交叉，恰把蓋子擋個正著。

徐子陵大喝道：「看我的！」兩手一震，罐內竟湧出萬千銀點，往四周攻來的三十多名敵人激濺過去。康鞘利等哪想到徐子陵有此一著，又不知銀點是甚麼法寶，紛紛後撤，退得比剛才所站位置更遠。寇仲給激出眞火，正要持刀撲過去和趙德言見個眞章，趙德言看著灑往地上的銀點，仍保持半液態的雨滴狀，在鋪滿雪的地上四散滾動，大喝道：「停手。」菱槍回收袖內。

寇仲橫刀立在徐子陵旁，狀若天神，大怒道：「停你娘的手，今晚你不但得不到邪帝舍利，我還要取你狗命，教你永回不了突厥當甚麼勞什子國師。」徐子陵右手抱罐而立，神態從容，對強敵環伺毫不在意。

聽得寇仲對他的痛罵，趙德言雙目現出凶毒神色，點頭道：「我會記著寇仲你每一句話，不過若你仍想解去雷九指中的『七針制神』，須聽趙某人說的話。」

寇仲仰天笑道：「還有甚麼好說的，你擺明是不守承諾，既要我們的命，又要把舍利搶去。」

趙德言搖頭道：「這只是一場誤會，因趙某人以爲兩位是拿假貨來誆騙取巧，故有適才冒犯之舉。」

寇仲皺眉道：「那爲何忽然會變成一場誤會？」

趙德言指著地上的銀珠，沉聲道：「因爲罐內裝的是水銀，只有水銀才能掩蓋聖舍利的聖光和它的靈氣，只從這點看，浸在罐內水銀液中的當是聖舍利無疑。眞教人意想不到，你們究竟在甚麼地方把它尋得？」

兩人不約而同朝罐內瞧去，見到的仍是水銀，無燈無火下，黑沉一片。寇仲道：「少說廢話，現在你既然曉得聖舍利在我們手上，我們就來談一宗交易。」

康鞘利在後面喝道：「交易不是早談妥嗎？你給我們舍利，我們為雷九指解去極刑。」

寇仲得意的笑道：「你們那甚麼『七針制神』只是騙三歲孩兒的玩意，老子隨便在街上找個人來即可解掉。我要說的是另一宗交易，不答應我立即把舍利毀掉，然後再動手分個生死。」

趙德言微一錯愕，皺眉道：「少帥有甚麼新的提議，儘管說出來，趙某人洗耳恭聽。」

寇仲沉聲道：「簡單得很，你立即把香玉山那小賊交出來，這舍利就是你的。」

趙德言呆了一呆，接著欣然大笑道：「我還以為是怎麼一回事，少帥何不早點說，就此一言為定，請少帥先把聖舍利取出來亮相，以證水銀內真有聖舍利，我們立即把人交出。」接著大喝一聲，道：「玉山你給我滾出來。」一陣兵刃交擊的聲音從樓內傳出，不到半晌工夫，本就面青唇白的香玉山被兩名突厥大漢押著推出，來到趙德言旁。

這回輪到寇仲和徐子陵目瞪口呆，不是因趙德言對香玉山如此無情無義，而是因香玉山乃舊朝復辟大陰謀中的關鍵人物，趙德言這麼隨便把他犧牲，豈非令奸謀功敗垂成。寇仲和徐子陵大感不妥，只恨仍像剛才般一時想不出問題出在哪裏。

寇仲狠狠盯著香玉山，道：「香公子是否早猜到我們曉得你藏在屋內？」

香玉山慘然道：「你害得我這樣子，還要說風涼話。」當香玉山碰上徐子陵的眼神，立時打個寒噤，垂下頭去。他從未見過徐子陵這種眼神，沒有半絲喜怒哀樂，冰冷深邃得令人心悸膽寒。

大雪愈下愈密，人人身上披上厚厚雪花。

趙德言不耐煩的道：「閒話少說，少帥請把聖舍利取出來，我們立即把人送過來給你。」

寇仲仍看不穿這大邪人的後著，求助的朝徐子陵瞧去。徐子陵隨手一拋，銅罐落到兩人腳前，沒濺出半滴水銀。淡然道：「用刀把舍利挑出來。」

寇仲暗忖這是沒辦法中較安全的做法，邪帝舍利詭異難測，誰都不知深埋地下多年後，它會有甚麼變化？把井中月下探，伸進水銀液內。院內鴉雀無聲，包括香玉山在內，人人屏息以待。徐子陵不妥當的感覺更趨強烈。香玉山既是自身難保，為何竟仍對舍利的「出土」如斯期待和重視，他應沒有這「閒心」方合理。趙德言深沉如故，不透露出絲毫內心的情緒。這大邪人對舍利的認識，該是從尤鳥倦處聽回來的，但可肯定不曉得尤鳥倦那套能感應邪帝舍利的秘法，否則必會要求把舍利連銅罐一併接收。

黃芒倏現，把寇仲和徐子陵籠罩在詭異的暗黃色光內。在井中月刀鋒尖處，一個拳頭般大的黃晶體，剛離開罐內的水銀液。晶體似堅似柔，半透明的內部隱見緩緩流動似雲似霞的血紅色紋樣，散發著淡淡的黃光。邪帝舍利隨井中月慢慢升離罐口。趙德言眼中射出狂熱的厲芒，目不轉睛的盯著舍利。寇仲忽然虎軀劇震，像給人點中穴道般動作凝止。

香玉山猛挺身軀，大笑道：「你們中計哩！」趙德言首先發難，百變鍊子菱槍再從袖內射出，一上一下，分取寇仲面門和小腹下要害，說到就到，事前無半分徵兆，陰損厲害至極點。寇仲卻像一無所知，如中邪術般目瞪口呆的直勾勾盯著連在刀尖處的魔門異寶邪帝舍利。徐子陵當機立斷，在捲入混戰前身子一晃，擋在寇仲前方，左腳把銅罐挑起，罐內水銀像一道銀柱般往攻來的趙德言迎頭衝去，右手反手後拍，重重擊向舍利，務要把舍利這魔門凶物拍成碎粉，了此禍患，在此千鈞一髮的生死關頭，把寇仲解救出來。趙德言二度收回菱槍，往橫退開，避過襲來的水銀柱箭，大喝道：「動手！」

寇仲則是另一番光景。刀鋒觸碰到水銀內的舍利時，他仍沒有甚麼異樣的感覺，可是當他把舍利以黏訣挑離銀液，一股沉重如山，奇寒無比，邪異極點的至陰氣流，立即沿井中月如決堤巨浪般狂湧而來，若被侵入經脈，他肯定要全身經脈錯亂爆裂，不死亦落得殘廢。到此才知趙德言的詭計，難怪這麼大方的裝作肯把香玉山交出來，就是要在他猝不及防下，失去還手之力。寇仲全身玄功，全用在對抗邪帝舍利的異力上，失去保護自己的能力。「砰！」聚集徐子陵所有功力的一掌，疾拍在刀鋒處的邪帝舍利上。邪帝舍利黃光陡地以倍數劇增，竟是安然無損。寇仲和徐子陵同時劇震，觸電般分往前後仆跌倒拋。

邪帝舍利終離開刀鋒，掉往雪地。當徐子陵擊中舍利的一刻，舍利內出現奇妙難言的變化，就像往核心凹陷下去，變成一個無所不包、無所不容的奇異空間，無間亦有間，有限又無限。寇仲的眞氣狂湧入舍利時，徐子陵的眞氣亦一絲不留的被舍利汲個迨盡。兩人大叫不妙時，他們的眞氣狠狠在舍利的奇異空間內碰頭，若換過是另兩個人，等於被舍利牽著鼻子硬拚一招。可是他們的眞氣都是來自《長生訣》同一源頭，兼且一偏陽熱，一偏陰寒，相觸下不但不互相排斥，反變成一團螺旋勁氣，像太極內陰陽二氣生生不息，彈指間以驚人的高速連轉十多匝。接著就是趙德言目睹的舍利陡放光明，寇仲和徐子陵則感到舍利的核心像爆炸開來般，一股無可抗拒的巨力把兩人撞得朝反方向拋開，隱隱感到舍利不但把兩人同流合運後的氣勁分別送回體內，還多加了兩人不明白的驚人力量。兩人掉往地上時，渾體痠麻乏力，只要敵人的兵器此時招呼到身上，肯定必死無疑。

破風聲在上空響起，一道人影以任何人難以相信的高速，橫空而至，剎那間來到晶球墮地處，手中彎月刀旋飛一匝，芒氣大盛，把湧過來突厥方面的人馬盡數迫開，暫解分別仰臥和仆倒雪地上的寇仲和徐子陵殺身之厄，右腳把舍利挑起，變戲法般把舍利收進另一手提著的羊皮袋去，所有動作如行雲流水，沒有浪費半分時間。趙德言首先朝那人攻去，百變菱槍一纏往來人彎刀，另一揮打其拿著羊皮袋的左手，並大喝道：「雲帥大駕光臨，趙某人怎敢不竭誠款待。」

康鞘利是另一個沒有被雲帥刀氣迫開的人，知雲帥輕功冠絕天下，騰身而起，就在雲帥把舍利收進羊皮袋之際，飛臨雲帥斜後方兩丈許處，馬刀化作十多道芒影，罩頭往雲帥直壓下來。趙德言和康鞘利配合得天衣無縫，雲帥唯一方法就是往橫避開，不過無論閃往任何一個方向，勢將陷身其他突厥高手陣內，那時不要說逃走，保命亦大成問題。這批突厥高手人數不過三十，但無一不是精挑細選出來的精銳，加上悍勇兇狠，善於群戰，實力不容輕侮。香玉山剛才佯裝束手就縛沒有出手，此際見狀朝戰圈竄來，從懷內掏出見血封喉的鋒利匕首，目標卻非雲帥，而是伏在地上生死未卜的寇仲和徐子陵。事實上趙德言早打定主意，只要搶到近處，會先行一腳把最接近他的徐子陵踢斃，去此大患。

雲帥不愧爲名震西域的宗匠級人物，更表現出對寇仲和徐子陵的義氣，大喝道：「起來！」左手羊皮袋往後上方疾揮，右手彎月刀劃出芒虹，迎向鍊子菱槍。寇仲和徐子陵似給雲帥的喝聲驚醒，同時一顫。香玉山此時離徐子陵只有半丈的距離，以爲徐子陵會立即醒過來，竟不敢繼續撲過去，抖手射出匕首，直取徐子陵頸側要害，人卻往後急撤，一副貪生怕死的模樣。「蓬！」康鞘利的馬刀劈上雲帥貫滿眞勁的羊皮袋，給震得向後一個倒翻，落往遠處。「叮！」「叮！」雲帥腳踏奇步，在窄小的空間以絕世身法迅速晃動，迫得趙德言不住變招，仍給他的彎月刀連續命中他的菱槍尖鋒。不過趙德言亦知雲帥擋格他和康鞘利的聯攻，已出盡渾身解數，竟收起菱槍，一掌拍出，迫雲帥硬拚內功。這一掌看似平平無奇，其實乃趙德言畢生魔功精華所在，把敵手完全緊鎖籠罩，五指箕張，似緩似快，拙中見巧，變化無窮，乃趙德言壓箱底的本領「歸魂十八爪」的起手式「朱雀拒屍」。所謂「朱雀不垂者拒屍，如山高昂，頭不垂伏，如不肯受人之葬而拒之也」。

雲帥本待盡了對徐子陵和寇仲的道義後，立刻沖天而起，再以迴飛術脫身逃走。豈知趙德言爪勢一出，竟把他牽制得動彈不得，只恨此時再無暇去驚嘆這宿敵的超卓魔功，明知此招絕不該去硬拚，但已別無選擇，猛咬牙齦，彎月刀破空而去，迎擊「魔帥」趙德言凌厲無匹的一擊。驀地徐子陵一個翻身，險險避過香玉山射來的淬毒匕首。大吃一驚的是趙德言，他的注意力全集中到雲帥的彎月刀去，根本無暇去研究徐子陵眞正的狀況，只知他倒仆之勢忽變成仰臥，如若配合雲帥攻他下盤，那就大爲不妙，爲了不吃眼前虧，無奈下只好往後移退。雲帥終爭取得一線空隙，喝道：「兄弟走吧！」沖天便起。康鞘利和趙德言同聲怒叱，斜衝而上，希望能在雲帥全力展開身法前把他硬截下來。

香玉山見徐子陵轉身後再無動靜，對圍在四周的突厥高手喝道：「先幹掉這兩個小子。」豈知這群突厥高手只是新近方隨趙德言或康鞘利入關，沒人懂得漢語，且人人均知雲帥是西突厥的國師，乃最重要的死敵，竟沒有人理會香玉山，紛紛散開擴大包圍網，以阻止這以輕功名著西域的大敵逃出重圍。香玉山氣得差點把肺炸掉，惡向膽邊生，箭步搶前，提腳往徐子陵頂門天靈穴踹去。升至十丈高處的雲帥發出一陣長笑，瀟灑從容的還刀鞘內，再以牙咬住羊皮袋口，兩手像鳥翼般振動，一個迴旋，避過兩大勁敵的追擊，就那麼從高空瀉下，朝最接近的北院圍牆滑翔過去，姿態優美至極。

「砰！」香玉山重重一腳踢實在徐子陵頭頂，徐子陵沒有應腳頭骨碎裂，亦沒有頭破血流，原來他的頭髮根根豎起，形成一個保護罩，不但化去香玉山貫滿內功的一腳，還送出絲絲陰寒之氣，狠狠破開香玉山的護體眞氣，攻進他體內去。雖說氣功高明者能氣貫毛髮，甚至以長髮攻敵，可是像徐子陵這麼以頭髮反攻破敵，香玉山雖見多識廣，仍未聽過和見過。魂飛魄散，自作自受下，香玉山整條踢人的腿瘆麻刺痛，頓時踉蹌跌退，到十多步外「咕咚」一聲一屁股坐倒雪地，陰寒勁氣蔓延至大半邊身子。最接近他的是那兩名裝模作樣押他出來的突厥高手，他們本是奉趙德言之命負責保護他，見狀忙奔過來，一左一右把他扶起。徐子陵忽然跳將起來，不屑的往兩丈外的香玉山瞥過一眼後，移到寇仲身旁，一掌拍在仰躺地上寇仲的胸口。

此時雲帥快要落在牆頭處，只要足點牆頭，可生出新力，落荒逃去，心中暗喜時，忽見衣袂飄飛，重紗掩面，位列「邪道八大高手」之首的「陰后」祝玉妍，驀然現身牆上，纖手盤抱相迎，似要把雲帥抱個結實。雲帥能逃到這裏，已是出盡渾身解數，再無餘力凌空變招，曉得唯一保命之法，就是乖乖獻上啣在口上的羊皮袋，暗嘆一口氣，張口一吐，猛搖下頷，羊皮袋往祝玉妍投去。祝玉妍發出一陣銀鈴般的得意嬌笑，一手把羊皮袋接過，另一袖拂出，道：「難得你這麼乖，回去吧！」她確是手下留情，更是不安好心。以她的天魔大法，雖未必能置雲帥於死地，但要重創他卻是綽有餘裕，可是她此一拂旨在把雲帥送給從後趕來的趙德言和康鞘利等一眾突厥高手，好以雲帥牽制敵人。

另一邊的香玉山則大叫僥倖，當兩名突厥人好心把他扶起，寒氣已侵遍全身，可是他雖惡貫滿盈，尙命未該絕，忙把體內寒氣分別送入兩突厥人體內，以他們作替死鬼。在一般情況下香玉山的功力肯定辦不到此一著，可是徐子陵送入他體內的乃來自舍利奇陰奇寒的邪異眞氣，像寄生蟲般專找更理想的居所入侵，遂順勢朝那兩個不幸的突厥人沿其手臂經脈鑽進去，縱然兩人功力高於香玉山，仍爲他所趁。兩突厥高手觸電般左右倒跌，面無人色。寇仲剛好從地上跳起來，香玉山哪敢久留，忙朝己方人馬所在逃過去。

「蓬！」雲帥於忍痛割愛獻寶後一掌拍在祝玉妍揮來的羅袖處，被送得倒飛而回，向趙德言、康鞘利投去。假若趙德言此刻全力出手，加上康鞘利一眾突厥高手相助，肯定明年今夜是雲帥的忌辰，幸好趙德言志在舍利無心於此，竟從半空硬是改向下墜，直趨北牆，急喝道：「祝尊者請聽趙某人說幾句話。」

祝玉妍本要立即離開，但總不能連這幾分面子都不給趙德言，沒好氣的道：「有甚麼好說的，舍利給我，人給你，言帥總不能占盡天下所有便宜吧！沒我祝玉妍，你只怕是物人兩失。」

兵器交擊聲從趙德言後方傳來，顯是雲帥陷身重圍，正在浴血苦戰，趙德言卻沒有回頭看一眼的興趣，停在離牆頭十步許處，沉聲道：「聖舍利乃敝主準備獻給武尊作他老人家九十大壽的賀禮，祝尊者若這麼攜寶離開，德言只好回去如實報上，尊者請三思。」以祝玉妍的縱橫天下，亦不由得心底一陣猶豫，趙德言雖說得平淡客氣，但不啻告訴她若這麼奪走舍利，等於一舉開罪了整個東突厥，還與東突厥最頂尖的三個人趙德言、大汗頡利和「武尊」畢玄結下樑子，那可不是說著玩的。

後方的打鬥驀地趨劇，慘叫悲呼接連響起。祝玉妍淡淡道：「言帥再不過去幫忙，你的人恐怕沒多少個能剩下來，那兩個小子復原啦！」她終於下了決定。

趙德言怒叱一聲，斜衝而起，兩爪齊攻，施出「歸魂十八爪」的第二式「玄武悲泣」，其訣云：「玄武爲水，衰旺繫乎形應，以屈曲之玄爲有情，有是形則有是應。」忽然間他雙手左爪變爲直急衝射，湍怒有聲；另一手變得屈折彎曲，悠揚深緩。如此爪法，不是親眼目睹，誰都難以相信。

祝玉妍嬌笑道：「言帥功力大有精進，可喜可賀。恕玉妍不再奉陪！」飄身退離牆頭，往對街宅舍的瓦面投去。以她的「天魔大法」，竟不敢硬擋此招，只謀急退，好令趙德言難以窮追，可見趙德言此招如何厲害。兩大魔門巨頭，終因邪帝舍利正式決裂。

趙德言一點牆頭，增速往仍在淩空倒退的祝玉妍射去，長笑道：「能與祝尊者決一死戰，確是人生快事。聖門八大高手的排名已屬陳年舊事，應依最新情況重排名次，尊者以爲然否？」從第二式「玄武悲泣」變化爲最厲害的第十八式「青龍嫉主」，雙手先收回胸口，再捲纏而出。

祝玉妍知道自己是倒退飛掠，在速度上吃了大虧，肯定會給趙德言後發先至的一擊在半途趕上。當機立斷下把提著的羊皮袋橫揮拋擲，嬌呼道：「婠兒接著！」趙德言雙目凶光盡露，知道休想能把羊皮袋搶回來，原式不變的全力往祝玉妍攻去，將怨恨全發洩在她身上。

「邪帝舍利」原本是第一代邪帝謝泊，爲尋找一套有關醫學的帛書，無意中於一座屬於春秋戰國時代的古墓內發現的陪葬品。此墓位於古齊國境內，墓室宏大壯麗，陪葬品極盡奢華，只是生葬的駿馬竟達百匹之衆，可知墓穴的主人生前縱非王侯將相，權勢地位亦非常之高。謝泊雖因不容於當時獨尊儒學的正統社會，致憤世嫉俗，行爲怪異，本身卻非甚麼十惡不赦的邪人，獨寄情醫道，希望能通過醫術，破解魔門最神秘經典《道心種魔大法》之謎。邪帝舍利被謝泊發現時，是放在墓主所枕後頸之下，滿布血斑，晶瑩斑駁，因屬晶狀的半透明特質，故歸類爲黃晶，事實上它和任何黃晶石都有很大的差異。最惹起謝泊興趣的是此晶球似乎蘊含某一種奇異的力量，經謝泊長期試驗，得出一個驚人的發現，就是晶球擁有吸取和儲存人類眞元和精氣的奇異特性。這發現實是非同小可。

在魔門中，早流傳著吸取別人功力的各種邪功異法。但不論施術者如何高明，吸取他人眞氣只屬輔助或暫時性質，從沒有人能眞的把別人數十年功力永久性的據爲己有，並大幅和無休止地增加自己的功力。就算能辦到，由於眞氣本質的差異，只會是有害無益，動輒有走火入魔之禍。較高明是通過男女採補之術，吸取對方元陰元陽，但仍只是輔助性質，其中不無風險，非是上乘之道。但元精卻是玄之又玄的另一回事。道家有所謂三元，其在天爲日月星之三光，在地爲水火土之三要，在人爲精氣神之三物。而練精化氣，練氣化神，練神還虛，正是整個道家的修練過程。在元精、元氣、元神的三元中，元精乃一切的根本，元氣和元神是把元精修練提昇而得。元氣和元神因每個修行之士際遇和方法不同，各有差異，元精卻並無分歧。這一發現令謝泊欣喜如狂，經多年鑽研，終創出一種把元精注入晶球內的方法，那時他離大歸之期不遠，遂在臨終前把精元盡注球內，並囑下一代找出提取球內精元的方法。自此晶球被命名爲「聖帝舍利」。

這帶來魔門兩派六道中天邪道最頭痛的問題，像謝泊這樣博學多才，識見超凡，擁有大智大慧的人實數百年難得一見，歷代繼承者雖殫思竭慮，千方百計，仍像坐擁寶山，分享不到半個子兒好處。且因不得其法，令舍利不斷吸取各式各樣有害或無害的元氣，令問題更趨複雜，更難解決。不過歷代邪帝，只要非是橫死者，臨終前均依遺訓把元精注進舍利內，這亦成爲天邪道歷代宗主所選擇的辭世方式。因著種種變化，研究如何提取舍利元精成爲高度危險的事，一個不好，動輒有走火入魔之險。間或有人能提取舍利內有益的元氣，確能令功力倍增，這事實使歷代傳人更是鍥而不捨。至於如何提取舍利內的元精，則仍是一籌莫展。直至向雨田出，以天縱之才，修練「道心種魔大法」，忽然悟出提取舍利元精之法，謝泊的夢想終得以實現。這時向雨田卻因修種魔大法出岔子，又見尤鳥倦四徒沒有一個是成材的，臨終前把舍利交與魯妙子，囑他覓尋魔門其他派系有能之士，傳予舍利，俾可統一魔道，結束數百年來四分五裂，內鬥不休之局。最後魯妙子認爲魔門暫時無人有資格承受舍利，遂把舍利密藏楊公寶庫之內。

自知邪帝舍利的存在後，寇仲和徐子陵對舍利從未起過染指之心，若非趙德言憑著從尤鳥倦處得來有關邪帝舍利的資料，蓄意害他兩人，他們根本不會與舍利有直接的接觸。舍利內的雜氣是開放的，只有元精才是封閉，與舍利內龐大雜氣交通的方法，就是通過眞氣的交流。要汲取舍利內的雜氣實非困難，問題是無法控制雜氣輸來的分量和沒法子過濾隨之而來有害無益的死氣和邪氣。假若寇仲只是探手到罐內的水銀中把舍利取出，反不會發生任何事。可是寇仲是以井中月探進罐內以刀鋒挑起舍利，則必須氣貫刀身，以內氣把舍利黏吸，井中月遂變成一道橋樑，將寇仲和舍利全無隔閡的串連起來，寇仲哪能不立即著了道兒。舍利內的大量邪氣、死氣像永安渠的渠水般沿著這道由井中月搭成的橋樑勢不可當的往寇仲湧去，使他一時腦海內幻像叢生，像千萬冤魂齊來索命，寇仲能做到的只有拚盡全力，力圖把舍利湧過來的異氣逼返舍利內，所以像中邪般不能移動。

幸好此時徐子陵見勢不妙，當機立斷要把舍利毀去，全力擊向舍利，卻不知舍利因蘊藏元精，根本不是人力所能摧毀，而趙德言正因曉得此點，故毫無顧忌的放手強攻，且利用舍利這特點盡操主動，占盡上風，屢施殺著。徐子陵欲震碎舍利不成，眞氣狂湧進舍利內，出現自謝沿把元精注入舍利後，從未出現過的情況，就是他和寇仲兩人同時與舍利建立起交通往來的渠道。在寇仲方面，他感到從舍利湧來的異力忽地倒捲回流，哪能收得回眞氣，反而一發不可收拾的把眞氣全送入舍利去。

連謝沿和向雨田也沒想過的事此時卻在舍利內發生，兩人由於功力相若，同源而異質，兩股眞氣竟在舍利內匯聚成流，形成陰陽正反的渦旋，登時把蟄伏其中的元精大幅引發，決堤般往外宣洩到兩人身上。換過是別的人，就算高明如趙德言和祝玉妍，恐怕亦禁受不起這狂猛的衝擊，猶幸兩人經過和氏璧改造經脈後，堪堪可容納這一衝擊，否則會立即落得經脈損裂而亡之局。不過縱是如此，由於他們引發了舍利內大半的元精，送往他們體內時又夾雜大量來自歷代天邪道宗主的雜氣，寇仲和徐子陵仍是承受不起，震倒地上，體內經脈眞氣亂竄，瀕臨走火入魔之厄。

虧得香玉山生出歹念，徐子陵借機把正被體內本身眞氣強烈排斥的雜氣盡贈予他，與雜氣本質有異的元精立即跟他本身元精結合，功能體力回復過來。當他從地上彈起，雖沒驟覺功力陡增，卻感到整個人像脫胎換骨的與前有別，至於分別在哪裏，則一時又說不出來，因爲他並不明白元精貫體的道理。寇仲此時仍在水深火熱，隨時會走火入魔的困境中，幸好徐子陵積吸取和氏璧和邪帝舍利兩次前無古人的寶貴經驗，立即過去一掌拍在他背心，寇仲立時知機地把雜氣送往他身上。當徐子陵把從寇仲處汲取回來的邪異之氣以掌風逼出，一切已成定局。在沒有人知曉下，兩人分別吸取邪帝舍利內魔門中人夢寐以求高達七成的龐大元精，就像從楊公寶庫中取去七成的兵器黃金。

此時雲帥正陷入以康鞘利爲首的突厥高手的重圍苦戰內，他們顧不得找香玉山算賬，連忙趕過去援救雲帥。他們勢如破竹的破開一個缺口，心知不宜久戰，與雲帥會合後竄往北牆的方向，當躍上牆頭，剛好是趙德言凌空追擊祝玉妍，後者則把裝有舍利的羊皮袋拋給婠婠的關鍵時刻。

羊皮袋打著轉斜上近十丈的高空，往遠方落下去。大雪又濃又密，城中居民因大唐軍封路搜渠，若非必要，人人絕足戶外，大小街道靜如鬼域，只有馬嘶人聲，不時從永安渠一方傳過來。祝玉妍往街心墮下，全身衣袂拂揚，落往她身上的雪花，進入半丈範圍內就給勁氣激濺開去，情景詭異至極點。寇仲、徐子陵和雲帥見祝玉妍魔功如此厲害，都看得倒抽一口涼氣。

雲帥低喝道：「爲我押陣！」兩足一屈一伸，足尖再點，箭般彈離牆頭，騰空直往正在十多丈外的高空上翻滾的羊皮袋撲去。寇仲和徐子陵反手把康鞘利和另兩名高手擊下牆頭，交換個眼色，同時躍落街上，朝羊皮袋的預計落點疾掠過去。

大街上危機四伏，誰也不曉得是否會忽然有人從某處衝殺出來。白影一閃，赤足的婠婠幽靈般從一座華宅凌空飄出，迎往空中的羊皮袋，剎那間離羊皮袋只有三丈許的距離，由於羊皮袋正朝她的方向拋過去，肯定雲帥追到時她可安然攜寶離開。幾道人影從暗處衝出，赫然是陰癸派的四大元老高手邊不負、辟守玄、聞采亭和霞長老，他們非是要攔截三人，而是要在地面爲往空中接寶的婠婠押陣。

「蓬！」祝玉妍硬接趙德言凌厲無匹的「青龍嫉主」，被擊得往後飛退，以化解對方的勁氣，兩人旋又戰在一團，場面火爆眩目，勁氣交擊之聲連串響起，雪花激濺中，兩條人影兔起鶻落的展開激烈無比的劇戰，魔門宗師級的兩大絕頂高手，奇招異學層出不窮的作殊死決戰。這邊眼看羊皮袋要落入手上，忽然橫空劍光驟閃，天仙般的師妃暄凌空御劍而至，化作一道白芒，朝高空中的婠婠激射。若婠婠仍一意去接羊皮袋，肯定要飲恨在她命運注定的大敵劍下。婠婠當機立斷，嬌呼一聲「師伯公」，天魔帶從袖內射出，往師妃暄拂去。辟守玄立即騰身而起，往從高空落下的羊皮袋抓去，配合得無懈可擊。此時康鞘利等一衆突厥高手踰牆而出，康鞘利環目一掃，把握到形勢後，大喝道：「隨我來！」帶頭往羊皮袋所在處全速奔去。

此時長街的一端是祝玉妍與趙德言凶險的鏖戰，另一邊則是以羊皮袋爲中心的你爭我奪，形勢複雜，但陰癸派一方仍是占盡先機上風。

師妃暄在祝玉妍從雲帥手上奪得羊皮袋的一刻抵達現場，她本打定主意不到外賓館來，原因正如徐子陵所猜測的，是認爲徐子陵騙她。後來接到天策府的通知，曉得兩人中伏，逃進永安渠的渠水裏，終按捺不下對徐子陵的關心，暗中在旁監視建成、元吉大規模的搜渠行動。當她判斷出兩人該早已離渠時，立即趕往外賓館，見到祝玉妍把羊皮袋拋給婠婠，趙德言則找祝玉妍拚命。心內仍是半信半疑，未敢肯定羊皮袋內的是眞舍利。不過既然魔門中人不顧一切，大開殺戒的你爭我奪，她抱著寧可信其有不可信其無之心，全力出手攔截婠婠。

「啪！」天魔帶拂中劍鋒，師妃暄借力改變方向，身隨劍走，仍往羊皮袋淩空掠去，婠婠姿態瀟灑優美至極點，亦教人意想不到。婠婠吃虧在臨時變招迎敵，只能施出七成的功力，天魔帶拚上師妃暄全力的一劍，登時相形見絀，泛起強烈的波浪旋捲紋，婠婠往側飄墮。此時辟守玄趕至羊皮袋下方，只要升高丈許，可把羊皮袋抓個結實。他功力深厚，五指生勁，羊皮袋拋勢立止，如被磁攝的直往他掉下去。假若師妃暄要如他般爭奪羊皮袋，肯定慢他一線，可是師妃暄的目的只是要摧毀邪帝舍利，當然又是另一回事。

橫空而來的師妃暄一點不把從下方躍上來以隔空取物手法搶奪邪帝舍利的辟守玄放在心上，色空劍脫手射出，彷似一道閃電般破空而去，所到處雪花激飛，後發先至的在辟守玄只差寸許就可抓著羊皮袋邊沿的關鍵時刻，擊中羊皮袋。「轟！」袋劍交擊，發出一下出乎所有人意料之外的勁氣撞擊，低沉若悶雷的激響，羊皮袋被炸成漫天碎粉，黃芒盛射下，與周遭方圓三丈被勁氣震成漫天雪塵的雪花，往四外濺去。首先遭殃的是辟守玄，硬給震得往下墮跌。色空劍倒飛而回的同時，邪帝舍利化作黃芒，朝正御空趕來的雲帥射去，至奇怪是舍利的黃芒逐漸黯淡下去，似若有靈性的生物。師妃暄終於色變，知道錯怪徐子陵。一把接著色空劍，降往地面，至此才知邪帝舍利非是人力所能摧毀。

最高興的是雲帥，以爲鴻鵠將至，好運臨門，連忙保持勢子迎往舍利，立下決心只要舍利落入他手上，將不顧一切的遠颺千里，全速趕返西突厥。後面三丈外從地面追來的徐子陵和寇仲大驚失色，怕雲帥重蹈他們的覆轍，齊喝道：「碰不得！」雲帥乃才智高明之士，更曉得兩人不會騙他，又想起剛才兩人可怕的遭遇，靈機一觸，就那麼凌空卸下外袍，揮前往舍利捲去。

這邊變化，另一邊亦生出變化。趙德言本打定輸數，遂將怨恨發洩在祝玉妍身上，他一向不忿排名在祝玉妍和石之軒之下，所以數十年在東突厥潛修魔功，希望能攀上邪道八大高手的首席位置，此次和祝玉妍交手，雖仍未落在下風，但心知肚明仍是稍遜祝玉妍半籌，這時見到另一方出現轉機，無心戀戰，他仍保持主攻之勢，於是使個假身撤出戰圈，往舍利所在處趕去。祝玉妍要把他纏著是易如反掌，不過一來她仍未想收拾趙德言，更怕兩敗俱傷，又怕舍利重入寇仲和徐子陵之手，遂把趙德言放過，追在趙德言身後趕往現場。數方人馬，人人各施各法，目標都在正於大雪漫天上方疾飛的舍利。

雲帥和舍利在離地三丈的上空不斷接近，眼看雲帥可把舍利收進袍內，一道人影以沒有人能看得清楚的高速，從旁邊的院落撲出，以比雲帥更快的驚人速度，在雲帥外袍接觸舍利之前，一手把舍利抓個結實，橫過長街，落在對面另一座華宅的院牆上，仰天長笑，並把舍利送至眼前，雙目射出狂熱的異芒。赫然是「邪王」石之軒。雲帥失魂落魄的墮往地上，發覺所有人等無不呆在當場。憑他的幻魔身法和不死印法，就算全場所有人齊心合力，怕仍無法把他留下，何況大家互相對敵，各懷鬼胎。寇仲和徐子陵來到他身後，愕然相望，心中奇怪石之軒手抓舍利，卻全無異樣。

石之軒一副君臨天下的姿態，邪目緩緩掃過眾人，左手一揮，一道火光直衝上天，爆出一朵血紅的煙花，傲然道：「一年之後，我石之軒將會重出江湖，統一魔道，順我者昌，逆我者亡。」祝玉妍和趙德言同時怒叱一聲，往他掠去。所有人包括雲帥在內，此時如夢初醒的往牆頭上的石之軒擁去。石之軒一個倒翻，消沒牆後。

寇仲和徐子陵都頹然若失，茫不知舍利內七成精華，早給他們攝入體內。師妃暄的聲音在兩人身後響起，淡淡道：「這是否你們希望的結果呢？」兩人無言以對，回頭看時，師妃暄仙蹤杳然。

兩人飛簷越壁，橫過大雪茫茫的朱雀大街，往永安渠的方向撲去。他們渾身浴血，多處負傷，走投無路。敵人的包圍網不住以他們爲中心移動收窄，這從火炬光由四方八面逼近可清楚看得出來。長安城乃長林軍的地頭，對城內的形勢瞭如指掌，又有可達志，梅珣等才智雙全之士在背後指揮，更發揮出驚人的高效率。

石之軒看似漫不經意的隨手一揮，將煙花訊號在高空放送，實是一石二鳥厲害之極的殺著。這正是建成和元吉約定在晚上找到寇仲和徐子陵時的示警方法，血紅的煙花在雪夜的上空爆開，光傳數里之外，登時惹得正處於高度備戰狀態下的長林軍轉移注意力。全城響起緊急的鑼聲，家家戶戶門窗緊閉，城牆上守兵人人抖擻精神，嚴陣以待。石之軒此著不但令寇仲和徐子陵陷進到達長安後的最大危機中，更令對他窮追不捨的祝玉妍、趙德言等遇上解決不了的煩惱，難以肆無忌憚的在城內你追我逐。假若寇仲和徐子陵被殺，石之軒將成爲唯一的得益者和勝利者。兩人聽得蹄聲轟隆，直往他們方向馳來，已知不妙，當機立斷，立即硬闖城牆。

長安乃洛陽和揚州外最巍峨堅固的大城，外城牆高達三十丈外，即使輕功高明如雲帥，又或像寇徐兩人般有凌空換氣的本領，不借助工具，亦休想能踰牆而出。就算沒有人看管，想離城仍要花一番工夫，何況在經驗豐富的守城兵將嚴陣以待下。兩人二度搶上城牆，想憑勾索硬闖出城，都無功而還，被守兵以強弩勁箭，拒鉤長矛，滾油石灰等硬逼回來，且受了點輕傷，更暴露行藏，讓敵人確切掌握他們在城內的位置。街道被封鎖，所有制高點均有敵人放哨監視，無論兩人朝任何方向逃走，都有燈號在指示他們的行蹤。數度與追兵相遇鏖戰，猶幸尚能避開對方有高手助陣的主力，僥倖突圍，但兩人已多處負傷，感到自己正是網中窮途末路的魚兒，待敵人把網兒收緊，將是他們敗亡的一刻。在別無選擇下，他們只有往唯一生路永安渠闖去，不過就算他們能成功投進渠水裏，並再進寶庫，然後穿過秘道離城，寶庫的秘密勢將不保，因爲誰都能猜到渠內有逃生的秘道。

他們只好施展惑敵之計，首先裝作往南門硬闖，引得追兵群起追來，才突然躍下地面，冒雪專挑狹小的里巷左穿右轉的潛往躍馬橋方向。若非碰上今晚大雪，火炬光不能傳遠，視野模糊，憑他們如何機靈，恐怕亦早落入敵人的重圍內。兩人一先一後的躍上屋脊，探頭往永安渠瞧去，立時倒抽一口涼氣。只見永安渠旁守兵密佈，火把光照得兩岸和渠水明如白晝，李建成換上戎服，正在躍馬橋上發號施令，身旁則是薛萬徹、爾文煥、喬公山等一眾心腹大將。兩人看得頭皮發麻，心中叫苦。先不說借水遁非是容易，就算能成功投渠，在水下也避不開敵人的勁箭。這情況合情合理，他們先前既能借永安渠逃走，敵人當然不會容許此事再次發生。在戰略上，穩守這道橫貫長安城南北的最大河渠，可把他們能活動的範圍大幅收窄。此路不通，等於判了兩人極刑。

破風聲在左側響起，他們駭然瞧去，大雪濛濛中，十多條人影正在遠方逢屋過屋的朝他們筆直趕來，顯是發現他們的位置。

寇仲倒抽一口涼氣道：「我的娘，假設我們找戶人家躲進去，會有甚麼後果？」

徐子陵苦笑道：「大概可把小命延長一個半個時辰。」

寇仲心中一動，道：「隨我來！」

徐子陵弄不清楚他的脫身妙計，只好隨他翻落瓦面，轉個彎，橫街一端另有十多道人影朝他們奔來，三支火炬照得他們無所遁形。敵人在收緊包圍網後，進一步採取更有效的策略，派出由數十名高手組成的若干搜索隊，靈活的在包圍網內搜索他們，只要纏上或逼得他們慌不擇路的投入包圍網，將是他們死期的來臨。

帶頭的赫然是「金槍」梅珣和「長白雙凶」符眞、符彥昆仲，其他無一不是身手不凡的好手。寇仲本想硬闖突圍，殺傷他幾個人來出氣，可是見到帶頭的是梅珣，立即改變主意，橫竄躍上屋頂，見到四面八方都有人趕來，約有五、六組之衆，心中喚娘，領著徐子陵從院宅另一邊躍落橫巷，左穿右插，施盡渾身解數的往南門再度闖去，途中數次躲進民宅的院落裏，讓敵人追過了頭。徐子陵大惑不解，因爲這和送死沒有甚麼分別。寇仲忽然又折回朝躍馬橋的方向潛去，這更是驚險重重，步步惟艱，因爲敵人的包圍網往南面移來收窄，他們能活動的範圍更少了。兩人竄上瓦面暗黑處，前方就是躍馬橋和永安渠，火把光照得天上降下的雪花閃閃生輝，燦爛悅目，但對他們卻是最壞的兆頭。火光在四面八方不斷逼近，他們雖仗靈活的身法和超凡的靈覺，與敵人大玩捉迷藏，但好景難再，依這形勢發展下去，最多只能再捱小半個時辰。

寇仲環目一掃，見最接近的搜索隊仍在五十丈外，欣然道：「成哩！我們可以找個地方睡他娘的一覺。來吧！」翻落瓦面，領著「一頭霧水」的徐子陵蛇行鼠竄，到翻入無漏寺的院牆，徐子陵始恍然大悟，心中叫妙。寇仲想睡覺的地方當然是無漏寺的方丈室，這是個沒有人能猜得到躲藏避世的桃花源。在平時此舉是絕不可能，可是石之軒的大德聖僧此時肯定不會在室內坐關，在未來的一年亦不會在裏面

「參禪」。以石之軒的爲人，連徒弟都不肯信任，得到舍利後肯定會在城內另覓秘處藏身，而不會逃回原先的藏身之所。大德聖僧乃長安城德高望重的人，他的閉關修禪全城皆知，建成、元吉怎都不會懷疑到這「聖地」來。

片晌後，兩人來到方丈室外，此屋設計特別，除了一道大門外，沒有半扇門窗，只在近屋簷處開有拳頭般大的通氣口。最頭痛是門環以鐵鍊銅鎖封門，要削斷鐵鍊不難，但若讓人發覺鍊鎖已毀，不猜得他們會偷進去才怪。

寇仲道：「肯定有秘密通道進入，否則老石如何可輕易的進進出出。」

徐子陵皺眉道：「出口肯定在無漏寺外。」他曾遍搜全寺，沒有發現地道入口，故斷定出入口在寺外的地方。時間和形勢不容許他們再去寺外尋覓秘道入口。

寇仲拿起銅鎖，道：「這是連環子母扣鎖，陳老謀曾教過我開鎖之法，麻煩陵少找根合用的樹枝來。」徐子陵領命而去，不片刻把幼枝交到寇仲手上，寇仲把勁氣注入枝內，探進鎖孔，幾下手勢，「啪」的一聲，鎖頭鬆脫。

徐子陵苦笑道：「你認爲我們辦得到嗎？」

寇仲道：「沒試過怎曉得。」

兩人脫下外袍，把門外的雪漬腳印掃抹乾淨，進入方丈室。時值深夜，又是天氣嚴寒，出家人不理塵世事，外面雖鬧得天翻地覆，寺內僧人均躲在溫暖的被窩內參睡禪。方丈室寬廣的禪房空無一物，只有一個蒲團，若非曉得石之軒就是大德聖僧，定會認爲大德名實相副，確爲不折不扣的聖僧。

寇仲緩緩把門關上，低聲道：「來吧！」徐子陵把雙掌按在他背上，內力源源輸入，但緊接著兩人渾身一震，同時「咦」了一聲。

以往在同樣的情況下，功力的輸送只是單向的，由徐子陵把眞氣送入寇仲經脈內，與寇仲的眞氣結合，大幅增強寇仲的功力，然後由寇仲把眞氣回輸過來。可是這次作法如舊，卻變成雙向的發展，眞氣結合後，竟天然流轉的立時回輸進徐子陵體內去，如此流轉不停，每運轉一次，凝聚的眞氣都有擴展之勢。寇仲無暇去想，卻信心大增，閉上眼睛，雙掌按上大木門，眞氣透門延往門外的鐵鍊。此乃隔空御物的本領，內功有一定成就的人才可辦到，不過借物傳力難度又高上一線，像如此在看不見的情況下隔門移動沉重的鐵鍊，還要扣回鐵鎖，回復先前的形狀，則肯定是聞所未聞，從未發生過的事。即使兩人聯手合力，徐子陵仍無把握能否辦到，所以他先前曾對寇仲表示懷疑。現在兩人雖不明原因何在，但他們功力結合後再非一加一等於二那麼簡單，而是作倍數的提升，使近乎不可能的事變成可能。

寇仲的感覺藉眞氣的輸送延伸往門外，就像當神醫時內察別人體內的經脈般，雖看不見，卻能洞悉無遺。兩條下垂的鐵鍊似被一隻無形的手拿著般往上提起，形成一個交叉狀，一端還吊著個重達十多斤的巨型銅鎖，與鍊子被遙控至可以鎖上的位置。即使寇仲有徐子陵支援，此時仍大感吃不消，心叫一聲「天靈靈」，勉強送出最後一股內勁。「咔嚓！」銅鎖天從人願的鎖實鍊子。兩人同時往後坐倒，渾身乏力，比與石之軒或祝玉妍大戰三百回合更要疲累。

好半晌後，寇仲在暗黑中喘息道：「這是怎麼一回事？」

徐子陵道：「或者是因我們的功力又有突破，所以出現這種奇怪的現象，幸好如此，否則我們休想能隔門鎖上這麼麻煩的巨鎖。」

寇仲搖頭道：「照我看該是和舍利有關。早先我們在城內東奔西跑的與敵人捉迷藏，又和敵人數番惡戰，換了以前，早力盡筋疲，但我們這回仍像個沒事人似的，不關舍利的事還會關甚麼的事？」

徐子陵待要說話，門外傳來足音風聲。兩人你眼望我眼，緊張起來，若給人識破他們藏身室內，確是如籠中之鳥，插翼難飛，立即閉上呼吸。

足音響起，一個祥和的聲音道：「阿彌陀佛，這是敝寺主持大德聖僧閉關潛修的方丈室，四壁密封，只有這道上鎖的大門可供出入，外人絕進去不了，請齊王明察。」

可達志的聲音道：「稟告齊王，屋頂和牆身都沒有問題。」

梅珣的聲音道：「眞奇怪，明明看到他們來到這附近失去蹤影，卻找不到他們。」

接著傳來銅鎖和鍊子碰撞的聲音，顯是人在察視門鎖。徐子陵忽然想起一大破綻，閃電移往蒲團坐下，發出深長細密的呼吸聲。寇仲這才醒覺，暗抹一把冷汗，繼續屏止呼吸，讓徐子陵扮演「大德」的呼吸。果然木門發出微響，表示敵人一如他們所料中的耳貼木門，察聽室內的情況。

李元吉的聲音終於響起，道：「大師放心，我們當然不敢驚動聖僧參禪，你們這裏共有多少位師傅，麻煩大師將他們集中往大殿，好方便我們搜查其他地方。」

聲音逐漸遠去。寇仲往冰冷的地面躺下去，喃喃道：「睡一覺後才去想怎樣找尋秘道的入口吧！」

徐子陵掏出夜明珠，光耀禪室，微笑道：「何用尋找，密室入口就在蒲團之下。」

寇仲坐起來，訝道：「密室？也是合情合理，老石至少該有個地方更換衣服，否則怎到外面去見人。」

徐子陵搖頭道：「我不是猜出來的。而是像你剛才隔門關鎖般把眞氣游進地底去，探知內中的情況，若非眞氣難以及遠，否則我說不定可查知秘道通往何處。」

寇仲興奮的來到他旁盤膝坐下，道：「你還敢說不是和舍利有關係嗎？以前我們哪有這般厲害。不過眞奇怪，我並不覺得眞氣功力方面有甚麼長進。」

徐子陵道：「毫不奇怪，我們的長進是在固本培元方面，假如說和氏寶璧擴闊我們經脈的容量和流量，舍利就是增加我們能量的源頭，以後功效會隨修練時間逐漸顯現出來。」

寇仲大喜道：「說得好！石之軒是否會只搶得舍利的空殼，而內中之實都給我們汲掉呢？」

徐子陵頽然道：「照看我們只是搶喝了一大口，石之軒會因舍利而彌補他不死印法的破綻。無論我們在未來的一年如何進步，由於功力相差太遠，再遇上他時仍是吃不完兜著走。眞氣內力仍須與心法招式和戰略配合，我情願對上祝玉妍的天魔大法，也不願硬撼他的不死印。」

寇仲冷哼道：「只要是人想出來的東西，就不可能完美無瑕，不死印總會有破綻。」

徐子陵苦笑道：「不死印第一訣是察敵，就是把我們這隔壁窺物的異能活用在與人對敵上，當石之軒以內氣探查我時，我亦生出感應對他作反查探，否則我早在安隆的酒倉內一命嗚呼。」

寇仲咋舌道：「原來石之軒已臻此等境界，幸好我們也不賴。我的娘！試想若我們與敵接觸，每一下都預先察知對方下一步的動靜，豈非可占盡先機。」

徐子陵道：「這種察敵其實會令人分心，只可偶一爲之，否則有害無益。且若對上像祝玉妍、婠婠那類高手，由於其護體眞氣壁壘森嚴，豈容隨意窺探。反而是對著石之軒時會有意想不到的作用。」

寇仲點頭道：「說得對，打鬥時最重一往無前的氣勢和直覺的反應，若整天想著偷看人家下一式是大鵬展翅還是老樹盤根，尚有何奧妙可言。」

徐子陵失笑道：「你這小子眞會誇大，頂多不過可感應到對方內功輕重緩急的分布，怎能測出別人是用甚麼招式。」

寇仲伸個懶腰道：「給你說得我睡意全消，不如到下面看看如何？」

徐子陵道：「這入口被石之軒從內以門閂鎖死，要下去將費上一番工夫。」

寇仲哂道：「憑我們現在的功力，就算是鐵造的門閂也可震斷。」

徐子陵沒好氣道：「比你的手臂還要粗的門閂你有本事震斷嗎？那小弟甘拜下風。」

寇仲尷尬道：「有這麼粗嗎？」

徐子陵把夜明珠啣在唇間，移開蒲團。

寇仲伸手撫地，讚道：「這入口竟不見接縫，完全摸不出來。」

徐子陵忽然道：「今晚我們究竟做對還是做錯呢？」

寇仲凝望他好半晌，苦笑道：「可說成功了大半，至少令魔門三大勢力難再合作下去。壞處就是想不到讓石之軒不費吹灰之力的撿了個大便宜。假如舍利落在陰癸派手上，石之軒和趙德言拚命去搶，會是另一回事，這就叫人算不如天算。」

徐子陵嘆道：「我們可能還幫了可達志和香玉山另一個大忙。」

寇仲一震道：「說得對，香玉山和可達志肯定會退出楊文幹的叛變陰謀，反令李小子不能乘機把他們毀掉。」

徐子陵耳中響起師妃暄臨別的說話，心中暗嘆，道：「預備好了嗎？」

寇仲把手掌按在他背心，點頭道：「下手吧！」

第五章

殺出長安

黃易 作品集

第五章　殺出長安

在夜明珠的青光照耀下，一道石階由蒲團下的秘道口往下延伸，接連一間丈許見方的小密室。確如寇仲早先戲言的，其布置正是作更衣易容之用。向東的室壁是秘道的入口，只有五尺多高，像徐子陵、寇仲這種體型雄偉的軒昂男兒，必須弓背屈膝始可穿行。

寇仲鑽入密室，一屁股在對著鏡台的椅子坐下，望著銅鏡內自己的尊容笑道：「這裏易容的裝備一應俱全，只不知老石是否會一時興起，扮個娘兒來玩玩？」

徐子陵隨他身後進入密室，先向黑漆漆的秘道瞥上一眼，道：「你若想知道答案，可打開這個衣物箱瞧瞧，看有沒有娘兒的衣飾。」

另兩邊牆壁，靠牆放著兩個大箱子，打開來全是各類形式的衣飾服裝，其中一箱竟是大唐兵的軍服。寇仲喜道：「明天我們就靠這些東西，易容改裝離開長安。」

徐子陵道：「我們最好不要動這裏任何東西，那就算石之軒日後回來，亦不曉得我們知道他是大德聖僧的秘密。」

寇仲訝道：「你認為石之軒還會回來嗎？」

徐子陵道：「難說得很，石之軒有一年後重出江湖之語，與他每年新春出關之期吻合，可見他捨不得大德這個辛辛苦苦建立和營造出來的身分。」

寇仲道：「他的枯禪根本是騙人的。唉！如不能借用他的東西，我們這麼滿身血污，如何到外面去見人？」

徐子陵坐在寇仲背後的箱子上，挨往室壁，思索道：「你說雲帥能否脫身？」

寇仲道：「那要看他是否知機，大唐軍全給我們牽制，雲帥的輕功又確有一手，逃跑的本領該不遜於我們。爲何忽然想起他來？」

徐子陵沒有答他，沉吟道：「建成、元吉的搜索不能永無休止的繼續下去，但加強城防，派重兵駐守城門卻可輕易辦到。所以離城的最佳方法，仍數地庫內的離城秘道。」

寇仲道：「那是最安全的方法，卻非最佳方法。首先我們能這麼神不知鬼不覺的溜掉，誰都會疑神疑鬼。若沒有我們在永安渠神秘失蹤，後來又再出現的前科，仍不成問題。現在卻是另一回事。何況我們的責任是要蓄意引開所有人的注意力，好方便占道他們運走黃金珍寶。」

徐子陵凝望掌心的夜明珠，道：「我們先看看另一端的出口在甚麼地方，然後再想方法如何？」

寇仲跳將起來，道：「好主意。」

兩人運足耳力，肯定上面沒有人後，緩緩把出口的蓋子推上揭開，探頭一看，竟是間擺滿一櫃櫃藏書的書齋。秘道比兩人想像的要長，足有近十丈的距離。方丈室位於無漏寺的後院，靠近東外牆，牆外是寬約三丈的橫街，照距離計，這書齋該位於對街的宅院裏。

寇仲低聲道：「這地方住的人多多少少與石之軒有些關係。」

徐子陵移到對著齋門的窗子旁，推開少許，朝外瞧去，雪花仍不住降下，院牆外傳來人聲馬嘶，顯見對這一區的搜查，仍是方興未艾。

寇仲來到他旁，道：「正開始逐屋逐戶的搜查哩！搜完就該收隊。」

鄰舍傳來叩門聲，有人高喝道：「追捕欽犯，快開門！」

徐子陵微笑道：「他們該光顧過我們這座秘道別院。」

寇仲欣然道：「應該引他們再來搜查一遍，若發現秘道，大德聖僧將變成個聲譽掃地的狗肉和尚。」

徐子陵道：「回去再說！」

回到秘道入口，微僅可聞的足音在門外響起，兩人大吃一驚，只聽足音便知來的是一等一的高手，且有兩人之眾，嚇得他們立即以最快身法閃回秘道去。蓋子剛關上，齋門被推開。

安隆的聲音在上面響起道：「差點給那兩個小子累死，甚麼地方不好逃，卻逃到這邊來。哈！他們這次該是在劫難逃。」

另女子的聲音道：「婠婠卻沒有隆師叔那麼有信心，說不定他們早已離城。」

下面的寇仲和徐子陵大感意外，想不到榮姣姣和安隆會躲在這裏。看來安隆亦不曉得齋內有通往無漏寺方丈室的秘道，否則不會領榮姣姣到這裏來說話。到現在他們仍弄不清楚榮姣姣和陰癸派的關係，不過只看榮姣姣與安隆的關係這般密切，可推想老君廟應較傾向石之軒一方。魔門兩派六道關係錯綜複雜，撲朔迷離。

安隆道：「虛彥剛才使人來報，石大哥已奪得舍利，姣姣明早須立刻坐船離開長安。」

榮姣姣道：「師叔會和姣姣一道離開嗎？」

安隆壓低聲音道：「我還有些事情處理，須多留一天。」

榮姣姣道：「師叔是否要對付周老嘆？」

安隆冷哼道：「周老嘆對聖舍利絕不會死心。留下他始終是個禍患，何況是石大哥的吩附，金環眞由你負責，到大河後抛下水中去餵魚，乾淨俐落。天邪道從此就完蛋啦！哈！」

忽然響起衣衫磨擦的聲音，聽得下面兩人面面相覷，不敢相信耳朵。上一刻還師叔前師叔後的喚著，此一刻榮妖女已坐入安隆懷裏親熱廝纏，兼且他們曉得榮妖女早和楊虛彥有上一手，更感難以接受這變化。

榮姣姣嬌喘著道：「聽到殺人，姣姣就禁不住興奮。」

安隆淫笑道：「早知你是騷貨，先前還一本正經說要找個秘密的地方說話，原來只是要師叔安慰你。」

兩人都清楚安隆這時是副甚麼樣子，想想都覺噁心，悄悄潛回方丈室。

寇仲道：「要不要幹掉安隆才走？」

徐子陵搖頭道：「目前我們自身難保，殺死安隆就沒法坐榮妖女的便宜船離開，對嗎？」

寇仲道：「一點不錯，榮妖女乃特殊人物，有楊虛彥打點照拂，我們借此過關當不成問題。不過這樣溜走，與從寶庫秘道離開並沒有分別，仍是會令人對我們的行藏生疑。」

徐子陵笑道：「要引人注意還不容易？少說廢話，我們趁還有點時間，先養足精神，然後看看到甚麼地方偷兩套體面點的衣服，再進行我們的離城壯舉。」

翌日清晨，長安城一切如舊，街道上沒有盤查行人車輛的關卡，也不覺巡城的士兵有大幅增加的情況。事實上卻是外弛內張。大唐軍向有不擾民的良好名聲，李建成乃愛惜羽毛的人，不願李淵、李世民甫離城，自己立即背上這項罪名。昨晚是不得已而為之，今天卻是不敢造次。更重要的原因，是一般截搜逃犯的措施布置，對武功才智高明如寇仲和徐子陵，根本不起作用。所以李建成決定首先加強水陸兩路的出入審查，另一方面則由明轉暗，發動地方幫會留意所有疑人。除非兩人足不出戶，否則休想避過他們的耳目。

大雪在天亮前停下，整座大城舖上高可及膝的積雪，車馬難行，令交通陷於癱瘓，人人忙於清理積雪，情況頗為混亂。想離城的人只好改採水道，永安渠北端安定里的客貨碼頭擠滿人，僧多粥少下，輪不到船位的人只好苦候。徐子陵和寇仲若想在這種情況下潛上泊在碼頭的任何一艘船隻，肯定沒法辦到。幸好他們為避人耳目，天亮前趁搜得筋疲力盡的大唐兵收隊的良機，駕輕就熟的先一步躲到船上，靜候榮妖女的大駕。他們本弄不清楚這條大船究竟是屬於楊虛彥還是榮姣姣的？到昨晚聽得安隆著榮姣姣向金環真下毒手，至少肯定榮姣姣將乘此船返回洛陽。兩人藏身在金環真那個艙房內，外面不時傳進人來人往的聲音，卻沒有人入房察看。

徐子陵來到正憑窗監視對岸動靜的寇仲身旁，低聲道：「這女人雖非甚麼善男信女，但始終沒有甚麼大惡行，看著她糊裏糊塗的慘死，總覺不太忍心。」

寇仲苦笑道：「我也想過這問題，但當想到她沒有惡跡，皆因她這些年來被陰癸派逼得透不過氣來，故沒有機會作惡，若把她救回來，她將來四處害人，我們豈非罪孽深重。」

徐子陵道：「她經過這麼嚴重的打擊，說不定性情有點改變，只要我們告訴她周老嘆有生命危險，她勢必盡力去營救丈夫，肯定可令安隆有很大的麻煩。」

寇仲點頭道：「我明白你的心情，先試試看能否救醒她。假若她冥頑不靈，我們就再把她弄昏，任她自生自滅。」

兩人來至床沿，寇仲仍不脫「神醫」莫一心的本色，伸出三指搭在她的腕脈上。好半晌後咋舌道：「厲害！這種封穴手法我尚是第一次遇上，把她的眞氣完全鎖死，手不過肘，足不過膝，五臟不通，使她無法憑本身氣血的運行甦醒過來。」

徐子陵道：「有辦法嗎？」

寇仲微笑道：「只我一個人，或者沒有辦法，可是有我們揚州雙龍合璧，天下無敵，除了像七針制神那類邪門玩意，有甚麼點穴截脈的手法是我們解不了的。先把她弄醒再說。」

兩人把她從床上扶起，分坐兩邊，各伸一手抓著她肩頭，送進內氣。不片刻金環眞嬌軀一震，睜開雙目，仰起垂下的頭，正要呼叫，給寇仲一把掩著，湊到她耳旁道：「千萬不要弄出任何聲音，我們是來救你的。」金環眞眼珠亂轉，接著定過神來，微一點頭，表示明白。寇仲緩緩移開手掌。

金環眞仍是非常虛弱，艱難的道：「你們是誰？」

寇仲道：「我是寇仲，他是徐子陵，聽過沒有？」

金環眞反冷靜下來，點頭道：「當然聽過，你們為何要救我？」

徐子陵道：「金大姐為何落至這等田地？」

金環眞聽他喚自己作金大姐，本露出欣悅神色，到徐子陵把話說完，眼神轉厲，咬牙切齒的道：「是那天殺的辟塵害我們，我定要為老嘆報仇。」

寇仲和徐子陵心中恍然，在腦海中勾劃出事情的來龍去脈，她和周老嘆去向辟塵求助，卻被辟塵出賣，還把金環眞送來給石之軒作人情。由此推斷，辟塵是像安隆般臣服於「邪王」石之軒。

寇仲道：「你的周老嘆沒有死，不過如果黃昏前你仍未能找到他，他就死定哩！」

金環眞嬌軀劇震，雙目射出焦灼關心的神色。

寇仲扼要解釋，尚未說完，金環眞眼角淌下淚球，悽然道：「現在我四肢乏力，恐怕走路也須人扶持，怎樣去警告他呢？」

徐子陵道：「只要你肯答應從今以後不妄殺無辜，我們助你恢復功力又有何難哉。」

寇仲正容道：「如若我們發覺你違背承諾，那無論你躲到天涯海角，我們也會尋你算賬。你既知我們是誰，亦應知沒有甚麼事情是我們辦不到的。」

金環眞低聲道：「你們爲甚麼要助我？」

徐子陵苦笑道：「但願我們能有個答案。或者這就叫甚麼惻隱之心，人皆有之吧！」

金環眞悽然一笑道：「原來世上眞的還有像你們這麼好的人，我們兩夫婦終日去算人，最後只是把自己算倒，好吧！我金環眞從今日開始，絕不妄殺一人，否則將永不超生。你們的大恩大德，我夫婦必有回報的一天。」

兩人感受到她的誠意，再不搭話，眞氣緩緩輸入，助她活血行經，提聚功力。也不知過了多少時間，船身一顫，終於啓碇開航。足音響起，直抵門外。徐子陵和寇仲閃電移到艙門左右兩旁，嚴陣以待。金環眞躺回被窩裏，詐作昏迷。「咔嚓！」房門被推開。兩人已可嗅到榮妖女身上的香氣。就在這緊張時刻，急促的足音由遠而近。

榮姣姣停步問道：「甚麼事？」

「砰！」房門重新關上。

男子的聲音在外邊道：「小姐！上船的兵衛，堅持要把船查看一遍。」

榮姣姣不悅道：「他們知否我是董貴妃的貴賓，竟這麼斗膽。」

她的手下道：「他們很清楚我們的身分，不斷道歉，說是太子殿下的嚴令，他們必須執行。」

徐子陵和寇仲暗叫厲害，這才曉得每一艘離開長安的船，都有唐兵上船搜查，肯定沒有問題，再在關口下船放行。

榮姣姣嬌笑道：「搜便搜吧！他們要搜的只是那兩個天殺的小子，其他人都不會在意。」

足音遠去。金環眞從床上坐起，駭然道：「怎麼辦？」

寇仲微笑道：「我們活動筋骨時，金大姐該知應怎麼辦吧！」

金環眞微一錯愕，她亦是膽大妄爲的人，旋即眼中露出欣賞的神色和笑意，點頭道：「寇仲、徐子陵，果然是名不虛傳之輩。」

徐子陵道：「若我們沒有猜錯，安隆與令夫約會的地點大有可能是北里的欒泉館。」

足音再響，至少有十人之眾，接著是房門打開的聲音。

寇仲哈哈一笑，就那麼推門而出，卓立廊道之中，大喝道：「是誰想找我寇仲？」

站在榮姣姣身旁的赫然是喬公山，驟見寇仲，一時驚駭得目瞪口呆，忘記該作何反應。榮妖女則面無人色，方寸全亂。

「鏘！」井中月離鞘而出，遙指以榮姣姣和喬公山為首的十多人，凜冽的刀氣，像一堵牆般壓過去，在猝不及防下，人人如身置冰窖，不敢移動，恐怕雖只是點頭彈指的動作，也會引來寇仲眷顧有加的攻擊。四名大漢出現在寇仲背後處，同時厲叱，刀劍並舉的朝寇仲的寬背攻去，豈知人影一閃，他們看到的再非寇仲的背脊，而是從容自若的徐子陵。由於徐子陵閃出來的時間玄奧微妙，先攻來的兩人竟沒有變招的機會，忽然發覺手中兵器力道全消，落入徐子陵晶瑩如玉、完美無瑕、修長有力的手內。

徐子陵灑然笑道：「大人在說話，小孩子竟敢過來騷擾，討打！」

攻來的大漢雖是老江湖，仍未曉得貫注在刀劍上的氣勁被徐子陵悉數借走，駭然下再運力欲抽回刀劍，忽然胸口如受雷擊，往後拋跌，硬倒在背後兩名夥伴身上，四人齊聲慘哼，滾作一團，再沒有人能爬起來。徐子陵把搶來的兵器隨手擲出，剛從下層擁上來，連情況也未看清楚的另兩名榮姣姣手下，給刀把劍柄分別擊中肩井穴，內力襲體，頹然倒地。後方的威脅，一下子給徐子陵掃清。徐子陵的戲語，乃寇仲和他當年在揚州當小扒手時最愛說的話，寇仲聽得頑皮之心大起，昔日的小流氓情性又在心內復活，加緊催發刀氣，長笑道：「小姐請恕寇仲違命，你雖叫小弟躲藏起來，可是我寇仲豈是東躲西藏之輩，就算走也要光明正大的走。」

榮姣姣氣得差點吐血，大怒道：「你莫要含血噴人。」她不但全無防備，沒有兵器隨身，更給寇仲搶制主動，故雖怒火中燒，仍不敢反攻以明志。

寇仲呵呵笑道：「小姐不用說這些話，只要我把老喬帶來的人全部滅口，誰會曉得我們的關係呢？」又喝道：「喬公山，著你在房內的手下不要輕舉妄動，否則第一個遭殃的就是你。」

喬公山雙目凶光大盛，厲叱道：「上！」口中說「上」，自己卻往後疾退。寇仲的井中月在氣機牽引下，化作滾滾刀光，往敵人捲去。榮姣姣嬌叱一聲，硬是撞破左壁，避進艙房內。兩名長林軍首當其衝，勉強提刀迎戰，其他人不是滾進兩邊房間，就像喬公山般狼狽後撤，希望能退往船面，那時要打要逃，將由自己決定。廊內亂得像末日的來臨，充滿驚惶和恐懼。刀光到處，人仰馬翻，尚幸寇仲非是濫殺之人，表面雖氣勢洶洶，下手卻非常有分寸，只以內力封閉被擊中者的穴道，那可比殺傷敵人更是難度倍增。窗門碎聲連串響起，顯是有人破窗跳渠逃命。

忽然間廊內敵人不是中刀倒地，就是退往兩邊艙房奪窗逃命，只剩喬公山一人往敞開的艙門急退。寇仲一聲長笑，井中月化作「擊奇」，人隨刀走，往喬公山射去。喬公山感到寇仲的刀氣將他遙鎖不放，雖只差兩步就可退出船艙，但這兩步卻像咫尺天涯，難越雷池，無奈下拔出佩刀，奮起全力拚命擋格。金環真此時從床上躍起，正要尋榮姣姣晦氣，徐子陵攔門道：「金大姐若此時不走，就不用走啦！」金環真明白他的意思，此處乃大唐朝的地頭，一旦惹得大唐軍群起而來，那時唯一生路就只離城遠遁一途，她勢將沒法營救周老嘆，低聲道：「你們小心。」穿窗去了。

「噹！」火花迸濺。喬公山應刀斷線風箏般拋往門外，仰跌甲板上，還連翻七、八轉，到撞上帆桅的下座，才停得下來。守在船面的六、七名長林兵，到此刻仍未真正弄清楚艙裏面發生何事，見喬公山倒地葫蘆般滾出來，駭然下擋在跌得七葷八素的喬公山面前，擺開護駕的陣勢。寇仲好整以暇的提刀跨出艙門，環目一掃，兩岸鑼鼓齊鳴，馬奔人跑，大戰一觸即發。跳下渠道逃生的拚命往岸邊游去，榮妖女則出現在西岸處。船上的水手船伕當然半個不留，只要看看兩邊的長林兵人人彎弓搭箭，瞄準大船，誰都明白這是個不宜久留的險地。

「砰！」徐子陵弓背撞破艙頂，來到二樓舵室前方，往船頭方向瞧去，還有五十多丈就可穿過渠口的關防，但這卻是沒有可能踰越的難關。在渠口兩旁，依城牆而築是兩座石堡，上有絞盤，以索控制封渠鐵柵的升降，鐵柵此時緩緩降下，肯定可在大船出關前把前路封閉。石堡上置有投石機，全部蓄勢待發。關防兩邊更是密布箭手，嚴陣以待。一隊人馬從東岸沿渠奔來，帶頭者赫然是李元吉、可達志和梅珣，只這三大高手，已夠他們應付。

無人控制的大船，順水順風的往關口衝去，一副不成功便成仁的壯烈氣勢。箭矢聲響，數以百計的勁箭分從兩岸射來，襲向寇仲和在上層艙面的徐子陵。寇仲湧起刀光，輕輕鬆鬆震下所射來的箭矢，他勝在背後有船艙掩護，只應付從兩側射來的箭矢自是容易。徐子陵則缺乏他的有利形勢，變成衆矢之的，立即從破洞鑽回艙內，躲避箭矢。七名長林兵同時發喊，朝寇仲攻去，喬公山嘴帶血污的勉力爬起來。寇仲井中月劃出，帶起一匝刀光，敵兵紛被擋開，潰不成軍。接著寇仲箭步標前，井中月左右開弓，兩名長林兵應刀拋跌，他又抬腳踢倒另一人。

李元吉的怒喝聲傳來道：「立即離船。」衆兵恨不得李元吉有這最受他們歡迎的命令，立即一哄而散，亡命的躍離大船。寇仲並不理會，長刀揮擊，照頭照面往剛爬起來的喬公山劈去。喬公山勉力舉刀一格，「鏘」的一聲，大刀硬生生被寇仲砍斷，心嘆必死，豈知寇仲刀勢一轉，不著痕跡的抵在他咽喉處，好像他本來就打算這麼辦似的。刀法之妙，教人難以相信。

喬公山現出硬漢本色，狠狠道：「殺啊！不是手軟吧？」

寇仲完全無視兩岸的緊張形勢，微笑道：「我和你往日無冤，近日無仇，殺你幹啥！」一腳飛出，喬公山應腳側拋，掉往渠水去，窩囊至極點。被他早先擊倒的三人連爬帶滾的奔到船沿，離船墮水逃命。沒有顧忌下，兩岸箭矢飛蝗般灑過來。

寇仲直退至船艙入口外，一邊撥箭，一邊大笑道：「齊王眞客氣，不用送啦！」

李元吉一衆恰恰趕至，與離關口只二十多丈的大船並行飛馳，李元吉厲喝道：「說得好！本王確是來送行，不過卻是要送你們到地府去。」

寇仲喝過去道：「究竟是西方極樂還是十八層下的阿鼻地獄？我們走著瞧！」說罷退入艙內。

徐子陵剛爲被寇仲點倒的長林兵解開穴道，迫他們跳窗逃命，此時與寇仲會合，道：「水路不通，只有從水閘頂離開一法，就算我們不怕箭矢，卻不易過李元吉和可達志、梅珣等衆多高手這一關。」

寇仲低聲道：「我們雖不可命令老天爺下雪，但可放火，對嗎？」

徐子陵微笑道：「好計！」

李元吉等離馬騰空，落在東岸石堡的台座上，人人掣出兵器，蓄勢以待。把守永安渠北口關防的城衛，加上增援而至的長林軍，人人彎弓搭箭，瞄準不斷接近的雙桅風帆。所有投石機、弩箭機無不準備就緒，只候李元吉的命令。水閘正緩緩降入水內，絞盤傳出「吱吱」難聽的磨擦尖音，爲本已綳得千鈞一髮的形勢更添緊張的氣氛。三十丈、二十八丈——忽然其中兩個艙房冒出火勢濃煙，接著是另兩個房間。李元吉想不到他們有此一著，濃煙往四方擴散，可想見兩人必是向枕褥被舖一類的易燃物品點火，否則煙火不會起得如此迅快濃密。李元吉別無他法，大喝道：「進攻！」號角聲起。巨石、弩箭、勁箭像雨點般往目標灑去。一時桅折船破，火屑激濺，水花冒起，碎片亂飛，整個渠口區全陷進濃煙去。

「轟！」風帆重重撞在水閘上，船首立即粉碎，兩枝帆桅同時斷折，朝李元吉等人站立處倒下來，還加送一團夾雜著火屑的濃煙。衆人四散躲避，亂成一團。「砰！」渠水和斷桅的牽引，帶得船身打轉，船尾再狠狠撞在水閘上，岸上的人亦可感受到那狂猛的撞擊力。堅固的船體終於破裂傾側。箭手盲目的朝濃煙裏的船放箭，沒有人知道自己在射甚麼。

火勢更盛。就在此時，寇仲和徐子陵從煙火中沖天而起，瞬眼間四足同時點在閘頂，然後騰空飛掠，投往閘口外的渠水去，消沒不見。任李元吉等如何人多勢衆，實力強橫，仍只能眼睜睜的瞧著兩人逃之夭夭，徒嘆奈何。

寇仲和徐子陵仰躺雪坡上，看著藍天白雲，不住喘氣。

寇仲辛苦的笑起來，道：「李元吉那小子今晚肯定睡不著覺。」

徐子陵笑道：「他不是睡不著覺，而是不肯睡覺，我們至少要兩天時間才可離開關中，他怎會甘心放我們走，只好犧牲睡覺的時間。」

寇仲道：「你有否覺得我們的功力確是深厚了，換過以前，這麼在水內潛游近半個時辰，上岸後又一口氣趕五十多里路，早該筋疲力盡，可是我現在仍是猶有餘力。」

徐子陵點頭道：「我們該占了邪帝舍利的甚麼便宜，亡命飛奔下，功效立竿見影。」

寇仲坐起來道：「我們仍未離險境，下一步該怎麼走？」

徐子陵仍優閒的躺在雪坡上，感受積雪的冰寒，道：「若我們只是一心逃走，現在當然須立即上路。但我們目前的任務是要牽引追兵，該趁機好好調息，養精蓄銳的看看會是誰先找上我們。」

寇仲環目掃視，整個遼闊無邊的關中平原盡被大雪覆蓋，白茫茫一片，他們留在雪地上的足跡似從無限的遠處延展過來，怵目驚心，禁不住苦笑道：「這世上不是有種輕功叫『踏雪無痕』嗎？我們的輕功雖非如何了不起，但比起天下第一輕功高手雲帥理該相差不遠，爲何仍要踏雪留痕呢？」

徐子陵駭然坐起，皺眉瞧著雖淺淡仍是明顯可見的足印，嘆道：「雲帥的輕功比之天上飛鳥如何？雪泥上也要留下鴻爪，何況是人。唉！這次是天公不做美，若不再來場飄雪，又或刮點大些的風，確是誰都可找上我們。」

寇仲抓頭道：「我們雖是想牽引敵人，卻非這種自尋死路的方式，眼前唯一之法，似乎只有再落荒而逃。」

徐子陵搖頭道：「走得力盡筋疲，對我們並無好處，這處始終是李元吉、龐玉等人的地頭，他們可沿途換馬，而我們跑來跑去仍是那四條腿子。」

寇仲指著東南方，道：「那邊就是把長安和大河連接起來的廣通渠，中間有兩座大城新豐和渭南，由這裏到渭南的一段路會是最危險的，因爲敵人可從水路趕在我們前頭，再布下天羅地網等我們送上去。」

徐子陵沉吟道：「我們只有抵達大河始有脫身的機會，屆時買條船兒，順流東放，一天便可出關，想在大河上攔截我們豈是易事。且必要時可棄船上岸，要打要逃，非常方便。」

寇仲道：「那就往北直上，照我估計，今晚該可抵達大河。」

徐子陵跳將起來，笑道：「看！」斜飛而起，掠上坡頂，足尖到處，只留下淺淡至僅可辨認的足痕，此時在雪原吹拂的和風雖不強勁，已足可在短時間內把痕跡消除。

寇仲依樣畫葫蘆的掠到他旁，一拍他膊頭道：「陵少果然有智慧，我們雖不能千里不留痕，卻可十里或五里不留痕，短暫的辛苦，卻可換回下半生的風光，有甚麼比這更便宜的。」

徐子陵道：「不過這樣是要冒點風險，因爲會令我們眞元損耗，若給寧道奇在這段時間截上我們，我兩兄弟就要吃不完兜著走。」

寇仲倒抽一口涼氣道：「你猜這老小子是否會高明得在大河南岸喝酒賞月恭候我們呢？」

徐子陵道：「這個非常難說，我們對他可說一無所知，他會用甚麼手段只有老天爺才曉得。盛名之下無虛士，何況是被譽爲中原第一人的老寧。」

寇仲嘆道：「我有個不祥的預感，就是無論我們這兩大逃命專家如何施盡法寶，最終仍逃不過他的仙掌。」

徐子陵微笑道：「不是害怕吧？」

寇仲雙目神光大盛，嘴角逸出一個充滿自信的笑容，淡淡道：「不是害怕，而是敬重，不過想想我們竟能驚動他老人家，足可自豪。」又道：「你猜師仙子是否捨得對你陵少出手？」

徐子陵露出苦澀的表情，道：「我們的所作所爲，令她對我們徹底失望，以她大公無私的性情，再不會對我們論甚麼交情，你認爲呢？」

寇仲遠眺雪原盡處，點頭道：「她肯定要被迫出手，因爲無論寧道奇如何厲害，仍沒法在我兩兄弟聯手下把我寇仲殺死。但我仍不明白，她爲何會徹底失望？舍利落在石之軒手上確是我們的失著，不過卻達到令邪道各派分裂的目標，有過亦有功。」

徐子陵嘆道：「你似乎忘記在她眼中我變成言而無信的人。你寇少帥得不到寶藏我仍不勸你放手，又沒有依諾和你分道揚鑣，你說她會怎樣瞧我這個人？」

寇仲陪他嘆一口氣，伸手搭上他肩頭，安慰的用力把他摟緊，苦笑道：「人與人的交往就是這樣，皆因只能從自身的立場和角度去了解真相，即使仙子仍難窺全豹，致誤會叢生，是我害你。」

徐子陵灑然一笑，道：「大家兄弟說這些話來幹甚麼。少帥有沒有興趣比比腳力，看誰先抵達大河。」

寇仲放開手，猛提一口眞氣，掠下丘坡，笑道：「先發者制人，後發者制於人，此乃兵家至理。」

徐子陵放開懷抱，追在他身後飛馳而去。兩人在雪地留下一個個淺淡的印點，微風拂來，轉瞬被雪花掩蓋。

兩人駭然伏往雪地，在夕陽的餘暉襯托下，一頭獵鷹姿態優美的在他們上方繞圈，下降至離他們四十丈許的高處，又振翅高起，望大河方向疾飛過去。寇仲和徐子陵你眼望我眼，無言以對，甚至失去爬起來的意志。在以極度損耗眞元的「踏雪無痕」趕近七里路，再不停腳的全速走了三個多時辰，眼看大河就在前方五十來里的腳程內，卻慘被康鞘利的扁毛畜牲發現，這打擊沉重得令人沮喪！除此之外，兩人心頭均感到陣陣從未有過的煩悶躁熱，只是誰都沒說出來。好半晌，寇仲苦笑道：「康鞘利等人該仍在船上。」不舒服的感覺更強烈，全賴冰寒的雪鎮著神志。

徐子陵明白他的意思，這一路追兵該是優閒的乘船出渭水入黃河的追來，放出獵鷹沿南岸搜索他們的蹤影，在現時這一片雪白的天地間，一頭鷹兒比之千軍萬馬的搜弋更稱職。敵人是以逸待勞，他們卻是筋疲力盡，且對這高空的銳目無從隱蔽沒計可施，優劣之勢，清楚明白。徐子陵把臉伏在雪地上，冰寒的感覺使他冷靜些兒，又抬頭望往遠方，道：「康鞘利該助趙德言去窮追石之軒，哪有空管其他閒事，照我看這頭獵鷹的主人該是可達志，追兵應是長林軍才對。」

寇仲點頭道：「對！毛色確有點分別。」

徐子陵道：「你不是精通山川地理嗎？告訴我最接近的城市在哪裏？」

寇仲駭然道：「我們剛從一個城逃出來，難道又自投羅網的進另一個城去。唉！若繼續往前走，渡河後有萬年和高陵兩座城池，掉頭就是渭南，但那處肯定有追兵在恭候我們。」他們目前處身的雪原，夾在黃河和渭水兩河之間，敵人若兵分兩路，坐船追來，剛好把前後去路封死。若沒有獵鷹這威脅，他們尚可玩些惑敵的把戲，現在卻是一籌莫展，處於絕對的劣勢下。

寇仲道：「若我們自埋雪地之下，你認爲可捱多久？」

徐子陵沉聲道：「假若敵人大駕即臨，以我們現在的情況，能捱一刻鐘已非常了不起，但之後將完全失去戰鬥的能力。」

寇仲苦惱道：「我們現在的戰鬥力又剩下多少，只要想想可達志那小子飽經沙漠磨練的身手，可知他必像老跋般是追蹤尋跡的大行家，走也是白走，不如博他娘的一鋪。我們盡量爭取復元的時間，當鷹兒在天邊出現，我們立即溶進雪內下藏身，只要收縮毛孔，對方出動獵犬亦嗅不到我們。」

徐子陵往後瞧去，雪地的足印直延至身後。

寇仲陪他回首觀察痕跡，勉強壓下體內的躁熱，笑道：「這叫虛者實之，實者虛之，對聰明人特別有用。」

徐子陵彈起身來，笑罵道：「去你的實者虛之，無痕無跡才是最高明的招數。」

寇仲吃驚道：「再施展踏雪無痕，不到半里我們便要完蛋大吉。」

徐子陵沒好氣道：「這世界有高手的踏雪無痕，也有低手的踏雪無痕，來吧！」就那麼大踏步的朝東行，每走十步，發出掌風，刮起積雪，把腳印掩蓋。不過催動眞氣，心中的煩躁更熾盛。寇仲大喜，與他並肩而走，如法輪番施爲，不片刻，兩人進入一片雪林裏。

徐子陵找到一處積雪特厚的林間空地，坐下道：「讓我兩兄弟施展天下獨一無二的和氏璧加邪帝舍利加長生訣的絕頂回氣大法，不成功便成仁。」

寇仲在他對面盤膝坐下，伸手抓著徐子陵平舉的雙手，欣然道：「盜得舍利內不知是甚麼的甚麼後，我們尚未有空鑽研，就趁這機會揣摩一下吧！唉！」

徐子陵自身難保，沒暇深究他爲何嘆氣，道：「你把眞氣從左手送進來，我把眞氣從右手送給你，走遍全身經脈一百周天後，再左右掉轉，看看會發生甚麼後果。」

四掌相觸，接著兩人同時劇震，寇仲頂門和徐子陵足心的兩大先天竅穴同時中門大開，充盈宇宙的先天之氣直貫而入，再一點一滴的轉化爲元氣，隨著眞氣的周遊流轉，愈趨澎湃，也把他們帶進險境。

武林史上從未發生過的異事正在進行中。兩人多年來的練功過程，可說是曲折離奇。他們由於練功過遲，本難窺上乘之道。不過對長生訣來說，卻正是兩塊未經雕琢的美玉。歷代從沒有人能成功從長生訣得益，原因之一當然是因訣義深奧難解，使人誤入歧途，更重要是練功者由於本身的功底以致積習難返，像「推山手」石龍般得到長生訣時早練了數十年外功，就像一張密麻麻寫滿字的紙張，哪還有可書寫之處。

兩人卻完全沒有這方面的問題，傅君婥的九玄大法適足爲他們打下基礎和作出上乘氣功的正確指引，令兩人誤打誤撞下分別學成訣內最後兩幅總括長生訣精華的秘圖，成爲歷史上練成長生訣氣功的首兩人。他們雖資質過人，但始終起步太遲，本終生無望進窺寧道奇那種境界，卻來了塊和氏璧，天然轉化的擴闊他們體內的經脈，使他們在練功上進步神速。可是這種進步到某一時間就會緩慢下來，那是源頭和水流的關係，也是元精和元氣的關係。無論川流多麼遙長敞闊，若欠水源，仍是乾涸的川流，永遠不會變成黃河和長江。所以他們的內功，不能與石之軒、祝玉妍等相比，較之婠婠亦要遜上一兩籌，全賴長生氣勁的奇異功法和自創的招式與敵抗衡。邪帝舍利正好天衣無縫的彌補此缺陷，由兩人直接碰觸邪帝舍利的一刻，舍利內近七成儲藏十多代邪帝的元精，竟給兩人分享。

水能載舟，亦能覆舟。把元精據為己有，只是事情的開始，要到將元精盡化作可以應用的元氣，變成自己的功力，才是大功告成。那是個艱險悠長的過程，以石之軒的才智功力，又深悉向雨田的練精化氣大法，仍要為自己定下一年的時間。上乘先天氣功，最重心法，有為而作，均易淪於下乘至乎走火入魔。猶幸兩人根本不曉得從舍利汲取過來的是甚麼，一切順乎天然，反合乎無為之道。但危機仍在，兩人體內就像分別藏著個火藥庫，一旦引發，後果實不堪想像，隨時會斷經爆脈而亡。尚幸曾被和氏璧改造過經脈，否則元精甫進體內，足可令他們一命嗚呼。

寇仲和徐子陵在雪原一口氣趕了幾個時辰的路，眞氣不停運轉，元氣損耗，神妙的長生氣再壓不下蟄伏的元精，開始蠢蠢欲動，令兩人生出諸般難受的感覺，如非遇上獵鷹，使他們坐下來設法回復功力，說不定未抵黃河，已遭元精衝擊倒斃途上。「轟！」眞氣運轉不到十周天，兩人腦際如受雷擊，龐大無匹的元精像山洪暴發般奔騰釋放，破堤缺川的充塞他們每一道經脈，更如脫韁的野馬般在他們體內橫衝直撞，使他們氣血翻騰，五臟六腑像給撕裂開來般難受。但最令他們痛不欲生的是他們的腦神經，整個腦袋像要爆炸似的，那種難以忍受的狂猛爆烈的感覺，實非任何言語筆墨能形容其萬一。腦內位於眉心內的泥丸宮，正是元精藏處。眞氣再不受控制，在貫頂穿足而入的先天能量引發結合下，元精以驚人的速度化作元氣，在他們愈來愈難負荷如此折騰的經脈內闖蕩，卻無法宣洩。猶幸兩人經歷過和氏璧的珍貴經驗，在全無化解方法下，只好謹守靈台一點澄明，咬緊牙齦抵受一次比一次更狂猛的衝擊，看看能撐到甚麼時刻。

緊握著的四手變成兩條眞氣往來的通道，令徐子陵偏於陽熱的眞氣和寇仲偏向陰寒的眞氣，在兩人體內如輪運轉，一陰一陽的眞氣漸相融匯，若非如此，元精難以化作元氣，而兩人亦早走火入魔慘死當場。縱在冰天雪地中，兩人仍渾體冒汗，全身濕透，茫不知時間的飛逝，更不曉得夕陽被明月替代，月色灑遍雪林。他們就像在怒海中的兩葉孤舟，隨著風浪不住轉強，仍在浪峰上掙扎求生，力圖避免舟覆人亡的大禍。對外界他們不聞不問，更沒能力去顧及，只曉得力保靈台間僅有的一點清明，苦抵經脈即將爆裂前錐骨噬心的痛楚。若他們的耳朵能聽到聲音，當聽得狗吠聲不住接近；若眼能視物，更可見火把的光芒把天邊地平染紅。

兩人逐漸接近崩潰的邊緣，鮮血漸由眼耳口鼻甚至皮膚滲出來，若非他們經過改造的經脈的容忍度遠超乎任何練氣之士，那捱得到這一刻。先天眞氣早停止進入體內，元精這禍源卻被完全發動，化氣的速度則逐漸遲緩下來，當化氣完全停頓時，元精將像氾濫的洪水般衝破不能再承受半點壓力的堤防，侵進五臟六腑去，置兩人於死地。兩人直覺感到這無可避免的悲慘結局，偏是回天乏術，全無解救辦法。逢此生死關頭，雖隱隱知道與邪帝舍利有關，事實上兩人仍未把握到體內發生了甚麼事，就算完蛋亦是死得不明不白。

眞氣的運轉愈趨緩慢，忽然完全停止下來，靜得就像大風暴來臨前的死寂。「轟！」渾身經脈一齊顫動，接著膨脹開去，正心叫吾命休矣時，驀地兩人頭背手多處地方傳來剜心劇痛。「蓬！」元精元氣像洪水找到缺口般立即往外洩出，兩人全身一鬆，壓力盡減，神志回復清明。同時睜目，發覺正身陷敵人重圍之內，火把光將他們照得纖毫畢露。

呻吟聲在四周響起。七、八名敵人兵折人傷的倒在四方，口鼻全滲出鮮血，兩人定神一想，再看看自己身上的多處傷口，始曉得這些偷襲的敵人成爲救回他們小命的犧牲品。他們從地上彈起，迎上李元吉、可達志等一眾人等驚疑不定的眼神，暗叫好險，身上的傷口只是皮肉之傷，可見在敵人兵器甫砍入肉，眞氣立即把兵器反震開去，將敵人重創。如此驚世駭俗的功夫，恐怕寧道奇都辦不到，難怪一舉把敵人全鎭懾住。

寇仲運功止血，只覺體內眞氣旺盛，無有窮盡，知道功力又深進一層，且此一步跨幅之遙，實是非同小可。哈哈一笑道：「齊王、可兄、梅兄爲何不早點來，累小弟等得心焦。」

齊王李元吉一振手上裂馬槍，喝道：「這次你們將插翼難飛，識相的就自作了斷，本王敬你們是兩條漢子，定會給你們保留全屍。」

徐子陵傲然卓立，環目一掃，林內人影幢幢，除李元吉、可達志、梅珣、宇文寶、邱文盛這幾個特級高手外，尚有其他好手逾二百之眾，任他們功力如何突飛猛進，力拚下去將全無倖理。幸好這是不利群戰的雪林，不像雪原平地般全無逃走突圍的機會。

可達志這時悠然拔出背上狂沙刀，從容笑道：「小弟愈來愈佩服兩位，竟敢在此亡命時刻，仍有膽色心無旁騖的練功修法，令小弟眼界大開。不知少帥可肯賜教指點，更請齊王破格賜准此戰，在分出生死前，不容第三者插手。」

李元吉一聽知其意，他們一方雖占盡人多勢眾的上風，但寇徐兩人則有雪林地利的優勢，參照對方屢次成功突圍的輝煌紀錄，誰敢寫保單今晚他們不能殺出重圍。兼且在兩人四周尚有八名重傷倒地的手下，一旦混戰首先遭殃的肯定是此八人，在情在理他好該爲他們設想。若可達志能一舉擊斃寇仲，當然是最理想，就算可達志不幸陣亡，亦必損耗寇仲大量眞元，又或使其受傷，他將更有把握圍殲兩人。遂即應道：「就如達志所請，只不知寇少帥敢否接受挑戰，本王絕不會食言，你們聽到嗎？」眾手下齊聲應喏，喝聲整齊劃一，如雪林中無端響起一個焦雷，震得樹的積雪涔涔灑下，冰掛斷折，恰恰抵銷徐子陵和寇仲以眞氣震傷八名偷襲者營造出來的壓人氣勢。梅珣和宇文寶則心中叫好，他們一向對可達志的強橫霸道看不順眼，最好他和寇仲來個兩敗俱傷，將是一舉兩得。不過心中亦佩服可達志對自己的信心和豪氣。

寇仲先和徐子陵交換個眼神，兩人心意相通，立時對另一方心內的想法看個清楚無遺。這實在是寇仲渴求的一戰，可惜時間地點無一適合。寇仲迎上可達志充滿挑戰意味的眼神，淡淡一笑道：「假設可兄肯單獨隨小弟到林外，小弟不但樂意奉陪，更是求之不得。」

徐子陵接著道：「在分出勝負前，在下保證留在林內，絕不突圍。」

可達志朝李元吉瞧去，徵詢他的意見，只看他神情，敵我雙方都感到他渴求一戰的意向。李元吉聽得眉頭大皺，暗忖假設在這個己方占不到半點便宜的情況下可達志不幸戰死，自己如何向李建成或突厥人交代。雖說可達志刀法蓋世，可是對手乃名震天下的少帥寇仲，更兼剛目睹他以「護體眞氣」不懼兵刃的震傷八名手下的駭人異象，哪能使他不爲之猶豫。林內寂然無聲，人人屏息以待李元吉的決定。月色從天際灑下微弱色光，輕照雪林。李元吉緩緩舉起裂馬槍，遙指寇仲，大喝道：「原來寇仲只是膽小如鼠之徒，殺！」「殺」字才起，手中長槍化作芒虹，人槍合一的朝刀尚未出鞘的寇仲疾射過去，其他人立即蜂擁而上，大戰展開。

寇仲掣刀出鞘的同一剎那，徐子陵拔身旋轉而起，衣袖拂掃，帶起一捲捲的勁風，吹得樹上積雪四散激濺，製造出一場人造的大雪，且此雪不同彼雪，蘊含他的眞勁，若不幸被擊中穴位，護身眞氣較弱者肯定吃虧。「鏘！」寇仲狠狠一刀劈在李元吉攻來急疾如風的裂馬槍頭上，李元吉渾身劇震，竟被他劈得往後退開，後面的招式完全施不出來。同樣的一槍，當日寇仲被殺得汗流浹背，今日卻隨手破解，就算寇仲再不明白邪帝舍利於他的作用，也知自己功力大進，若此時乘勝追擊，肯定可占盡上風。梅珣的槍，可達志的刀，邱文盛的劍，分從三方攻至。寇仲哈哈一笑，借李元吉槍擊反震之力，追在徐子陵腳下騰空而上。

悶哼四起，包圍圈內圍的十多束火把大半熄滅，僅餘的亦被雪粉刮得明暗不定，雪林變得有如鬼域。積雪仍不住灑射，隨著徐子陵往上升起，一篷一篷的雪粉狂暴的激濺襲敵。獵犬狂吠，戰馬尖嘶。「噹！」「叮！」寇仲左右開弓，分別硬擋可達志的刀和梅珣的金槍，又以足尖踢歪邱文盛攻來的一劍，看似氣勢如虹，其實卻是體內血氣翻湧，只好借勢加速上拔，後發先至的越過徐子陵。可達志三人被震得掉回地上，心下駭然，益感寇仲的功力深不可測。徐子陵由於淩空發勁，此時一口氣已盡，更無能換氣，幸好寇仲大手伸來，兩手相握，帶得他續往上攀，倏忽間來到一株大樹頂的橫幹上。李元吉重整陣勢，待要上騰，只見林木間盡是飛舞的雪點，竟失去兩人的蹤影，心叫不妙，硬是拔身而上，純憑直覺攻向上方。其他人紛紛上撲。

寇仲和徐子陵暗喜捱過最艱苦的一刻，沒有給敵人纏死，前者用力一揮，揮得徐子陵打了個轉，接著輪到徐子陵發勁，就在李元吉裂馬槍攻來之前間不容髮的一刻，兩個人變成一個急旋的風車，橫飛開去，帶起一捲狂飆勁風，樹上積雪像遇上大風暴般四散飛射，一時間漫空風雪，像煙霧般爲他們提供最佳的掩護。火把光被濺得明明滅滅，兼之狗吠馬嘶，驚呼叱喝，視野難清下形勢混亂至極點。兩手放開。寇仲和徐子陵在樹頂幾個縱躍，硬闖出陣腳大亂的敵人包圍網，往雪林深處逃逸。敵方武功較高者從地上躍起攔截，卻給兩人見招拆招的轟回地面去，遇上攔截者衆，他們就以剛領悟回來的「護體眞氣」，加上借勁卸勁的本領拚著受點皮肉之傷，只選前方廓清障礙，不肯被纏上片刻，若非如此，給正從後方窮追不捨的可達志、李元吉等大幫人馬趕上，休想有脫身的機會。由於樹頂高低有異，大大有利於他們縱躍逃走。在這種形勢下，他們凌空換氣的看家本領更發揮出神效。

「鏘鏘！」兩名突厥高手突然從藏身的樹枒竄出偷襲，長矛像兩道閃電般猛攻徐子陵的下盤，而徐子陵正忙於應付凌空攻截的三名刀手，後方的寇仲見勢不妙，猛轉一口眞氣，一個倒栽葱，變成頭下腳上，井中月猛砍兩刀，刀無虛發的命中兩把長矛。兩突厥高手被他劈得矛折人傷的墜跌下去，寇仲就借此反震之力，順手一把抓著徐子陵背後的衣服，借力騰升，讓左右攻來的敵人全撲個空。抵達樹頂上兩丈許的高空，輪到徐子陵換氣，就那麼帶著寇仲橫空而去，終於成功突破包圍網，躍回地面，越樹穿林的溜之夭夭。

兩人踏著溪流往東疾走近五里路後，前方是連綿的山脈，雪林隨山勢往上延展，愈高愈是陡峭。他們不驚反喜，朝上攀爬，不片刻來到半山危崖處，往下瞧去，只見幾條火龍閃爍明滅的向著他們上山處趕來，犬吠馬嘶聲破壞了雪林荒嶺的寧靜。兩人借林木的掩護，先往夜空探索，找尋獵鷹的蹤跡。

寇仲笑道：「那扁毛畜牲定是累透哩！再無力在天上飛來飛去。」

徐子陵道：「你可能只說對一半，鷹兒該在主人的肩上歇息，需要時定會出動。」

寇仲搖頭嘆道：「若我是李元吉，早就鳴金收兵回長安睡覺，在剛才的情況下，仍讓我們突圍逃走，何況現在的地勢環境？」

徐子陵搖頭道：「李元吉好勝喜功，怎肯罷休。可達志則習慣了在塞外艱苦作戰的環境，不會輕易認輸，除非我們能離開關中，否則這些吊靴鬼絕不肯放過我們。」

寇仲大感頭痛，道：「有甚麼方法可撇掉那頭討厭的扁毛畜牲？」

徐子陵沉吟道：「只有一個辦法，也是最危險的辦法。」

寇仲雙目亮起來道：「你是指大河。」

徐子陵斷然道：「只有借水遁一法，我們才有希望避過獵鷹的銳目，否則一旦走出山林，鷹兒會發現我們。來吧！」

天色微亮時，兩人越過七、八座大小山丘，抵達樹林邊緣的疏林區，外面是一望無際的雪原。依寇仲估計，若折北而行，午後時分可抵達黃河南岸，但這段路卻難掩蔽行蹤，在光天化日下更難避過鷹兒的搜索。可以斷定黃河沿岸乃敵人重兵所在，因為那是離開關中最直接便利的捷徑，順流而下，兩天即可出潼關。潼關雖為天險，可是只針對東來的敵人而言，從西放流疾下，只要捱得過矢石，片刻即可過關。

徐子陵把目光從天空收回來，低聲道：「你的情況如何？」

寇仲仍在搜索鷹蹤，答道：「我的力氣比以前好多哩！走了這麼大段路，仍不覺氣喘，陵少有甚麼提議？」

徐子陵笑道：「我是個懶人，只能有懶人的提議。你有沒有把握憑內呼吸閉氣藏在雪下個把時辰呢？待敵人走後我們痛快的睡一覺，入黑後再潛往大河。」

寇仲道：「我也只能想到這個辦法，在這裏還是到外面呢？」

徐子陵道：「這下面說不定樹根交錯，來吧！」

兩人覷準十多丈外兩個小丘間積雪特厚的一片雪地，展開「踏雪無痕」的功夫，電疾而去，接著平躺雪地上，先肯定天空沒有鷹蹤，再運功往下沉去。

徐子陵嘆道：「還記得當年離開滎陽，我貪玩沉進雪下，後來還因此擊退宇文成都。」

寇仲正運功逼出熱力，融解臥處的冰雪，想起當日情景，不由得滿懷感觸，當時的六個人，崔冬當場被殺，素素雖逃過大難，後來終為香玉山憂困鬱病而亡，前塵往事，一幅一幅掠過心頭。剎那間兩人沒入雪層下，為怕給狗兒嗅到衣服上的血腥味，直沉至深達五尺的積雪底，貼到實地，他們才罷休。雪層下一片寧靜，只有他們的心跳和血脈流動的聲音，點綴著這奇妙的世界。

事實上他們是在別無他法下行險一博，假設敵人來到他們上方，有很大機會發現上面雪融的痕跡，又或高手如可達志之輩，對他們的存在會生出感應。他們運功封閉全身毛孔，使體熱不致外洩，亦令寒氣不能入侵，口鼻之氣斷絕，內呼吸循環不休，進入胎息境界。兩人渾渾沌沌，似若返回母體胎懷內那種先天至境裏。這是從未有過的感覺。驀地響音把他們驚醒過來。徐子陵和寇仲功聚雙耳，聲音立時變得清晰可聞。

可達志的聲音道：「他們逃向關西雪原，卡娜必能找到他們。」

梅珣的聲音道：「雪地上怎能沒半點痕跡？」

徐子陵和寇仲大懍，他們剛藏身雪底，敵人立即追至，可知敵人中必有擅長追蹤的高手，一直盯在他們身後沒有追失，聽口氣當是可達志無疑。更奇怪爲何在雪層下五尺，仍可把遠在十多丈外地面上敵人的對話，聽得這麼一清二楚。

李元吉咬牙切齒的道：「這兩個小子狡變百出，幸好有達志領路，否則恐早把他們追失。」

可達志冷哼道：「想逃過我可達志的追蹤，他們尚未夠道行。」

邱文盛道：「足跡從山上一直延伸到這裏來，是否會是他們的疑兵之計，要騙我們相信他們是逃往雪原去，事實上卻是從樹頂離開，故此這片雪地上全無足印。」

梅珣附和道：「邱當家的話不無道理。」

可達志道：「要不在雪地留下足印，短程內我們也可辦到，咦！卡娜竟沒有發現。」寇仲和徐子陵此時才醒悟「卡娜」是那頭獵鷹的名字。

連李元吉亦信心動搖，道：「我們千萬勿要被那兩個天殺的小子愚弄。」

可達志斷然道：「我敢肯定他們是逃進雪原去，否則血腥氣不會至此而斷，即使他們從樹頂離開，必仍留下氣味，只有直闖雪原，血腥氣才會像現在般往雪原的方向逐漸消散。」

雪層下的寇仲和徐子陵聽得倒抽涼氣，可達志的鼻子說不定比狗兒更厲害。足音雜起，大批落後的敵人趕上來。李元吉下令道：「你們在林內四處搜搜看。」足音散開。接著又是由遠而近的足音，顯示李元吉一眾人等走出樹林，來至近處。兩人除求神拜佛外，別無他法。

李元吉道：「這處一望無際，除非他們自埋雪內，否則能躲到哪裏去？」

可達志道：「他們既可入水不出，當然有長久閉氣的本領，極有可能他們是藏身積雪之下。」

寇仲和徐子陵心中叫苦，這回確是自作孽不可活。他們的內呼吸非常損耗真元，若肯定敵人會守在上方，唯一方法是趁早竄上地面，與敵人決一死戰。

梅珣道：「練內家氣功者，都是氣脈悠長，等閒閉氣一刻鐘絕不成問題，何況當時正下大雪，視野不清，他們若潛入水底可利用永安渠的形勢隨時浮上水面換氣，但若埋在雪內，無論功力如何深厚，能捱得半個時辰已非常了不起。」

邱文盛亦道：「聽說精通水性的高手，能在水內通過皮膚的毛孔呼吸，所以能長時間留在水裏，說不定兩個小子精通此術。」

梅珣又道：「小弟非是要和可兄唱對台，只是怕坐失良機，我們在這裏苦搜，他們卻從容逃往關外。」

可達志嘆道：「達志只是說出自己的想法吧！當然由齊王決定。」

李元吉斷然道：「我們就兵分兩路，由達志率人在這裏留守一個時辰，如無發現，才再與我們會合。若我是他們，會躲在山林裏等待天黑。唉！又下雪哩！」

兩人在雪層下鬆一口氣，首先他們怎樣都捱得過一個時辰，其次灑下的雪會滅掉上面僅留的痕跡，令他們躲得更安心。

兩個雪頭從雪內鑽出，天地盡是茫茫飄雪。

寇仲貪婪地深吸兩口氣，轉向徐子陵道：「怎麼辦？」

徐子陵就像個雪人般，仰首望天道：「你猜像我們現在這模樣，卡娜能否從空中把我們辨認出來？」

寇仲道：「只要你不抬頭望天，神鷹都看不到你，我們是否就這樣子等待黑夜的來臨？」

徐子陵道：「我有種感覺，可達志絕非肯輕易放棄信念的人，所以他是詐作離開，其實仍留在附近，看看我們是否會現身。」

寇仲朝山林方向瞧過去，剛被微微凸起的一座雪阜擋隔視線，假設可達志藏在林內，勢將看不見他們。如他們爬上地面，會立即暴露形跡。

寇仲道：「你的直覺肯定錯不了。可達志正是這種人。剛才眞是險過剃頭，若非梅珣與可達志抬槓，大批人死守在這裏，我們肯定凶多吉少。」

雪花不住落在他們頭上，四周的積雪緩緩增加。

寇仲笑道：「我有一個大膽的想法，不如就那麼跳將出去，引那小子追來，我們腳程快，待拋掉其他人後，回頭把那小子宰掉。沒有可達志，我們成功離開的機會將大增。」

徐子陵苦笑道：「要殺死可小子怎會像你說的輕鬆容易，最糟是若因此給他們曉得我們的閉氣大法，那時就得不償失。」

寇仲皺眉道：「那該怎麼辦才對？」

徐子陵淡淡道：「現在敵人是疲於奔命，意亂心焦，我們卻是以靜制動。不如好好養精蓄銳，把損耗的眞元補充回來，到入黑後，就是我們的天下哩！」

寇仲欣然道：「我有個更好的提議，剛才我們練功只練到一半就給人打斷，趁現在閒著無聊，繼續下去如何？」

徐子陵嚇了一跳，道：「你還敢試嗎？」

寇仲哂道：「有甚麼不敢的，舍利的邪氣已義贈給那批笨蛋，剩下來的只有正氣，我們這次又有預防，絕不會出岔子。」

徐子陵在雪內的雙手與寇仲緊握，心中湧起強大的信心，道：「我們採取漸進的方式，若感到不妥，立即停手。」

寇仲緩緩把眞氣輸出，笑道：「放心吧！是龍是蛇，就要看這一舖。」

連寇仲亦不曉得，他這隨口說笑的一句話，道盡實際的情況。全因這次雪內的練功，把舍利的元精完全穩固下來，化爲己身的精元，令他們日後能屢作突破，上窺武道至境。

雪愈下愈密。

第六章

絕世高人

黃易 作品集

第六章　絕世高人

起始時只泥丸一竅不住跳動，接著是最頂的天靈穴和兩足的左右湧泉穴。兩人頓感通身發癢，四肢痠麻，那種感覺難受得沒法形容，幸好藏身雪內，冰冷的雪減輕他們的痛苦，否則不立即罷手分開才怪。此時當然更不能破雪而出，只好苦忍死守。體內眞氣綿綿，往返不休，俄而全身竅穴一齊跳動，兩人福至心靈，任由陰陽元氣上下升降，先天眞氣貫頂穿足而來，守得心靜如死灰，毫無掛礙。最妙的是早先兩人由於埋身雪內，眞氣幾致油盡燈枯的地步，眼前經過這般施爲，等於嚴冬後春回大地，涸竭的川流重新注進雨水，枯毀的草樹欣欣回復生機。元精結合本是個漫長的過程，先前他們在雪林內只是誤打誤撞的把釋放出來的元精勉強穩固，到現在才眞正把元精化出來的元氣納入各大小竅穴之內，據爲己有。更精采的是包圍身體的積雪形成一個密封的雪囊，令元氣安於本位，不會外洩，使兩人得益更大。

寇仲的眞氣愈趨冰寒，徐子陵的眞氣則愈趨火熱，一陰一陽，渾渾沌沌，兩人聽其自然，任其流通，不急不惑，不助不忘，以長生訣學來的修練方法，空無所空，寂無所寂，神炁渾然如一，恍恍惚惚，如若重返盤古初開前的太虛境界。深合道家「爐內火逼，白虎朝於靈台；鼎中水融，青龍遊於深淵」之境。風火同爐，水暖生霞。大雪不住降下，到把兩人頭頂蓋過，外呼吸自動轉回內呼吸，不但沒有眞元損耗之象，體內眞氣流轉更盛。忽然異象紛呈，魔相叢現，兩人心志何等堅毅，一概不理，守穩靈台，續向武道的至境邁進。也不知過了多少時候，兩人忽然「醒來」，體內衆竅齊息，經脈卻脹痛欲斷，兩人自然而然破雪而出，彈上地面，又重重墮下。「蓬！」「蓬！」兩人眞氣互相狠狠激撞，反方向往外拋跌，捲起漫天雪粉，蔚爲奇觀。他們這時才想到或有敵人在旁窺伺，駭然爬起來，經脈的脹痛消失得無影無蹤，渾體舒泰，說不出的受用安適。大雪收止，雪原上空一片灰濛濛。兩人又聚到一起，瞰察遠近，雪原荒空，山林虛寂，哪來敵人敵鷹的影子。

寇仲駭然道：「爲甚麼仍是白天？」

徐子陵明白他的意思，因兩人在雪內練功的時間頗爲悠長，現在即使不是深夜，也該是黃昏時分，此時雖然看不見太陽，仍感到太陽在烏雲後中天的位置，這是不合道理的。皺眉一想，道：「你肚子有甚麼感覺？」

寇仲下意識的摸著肚子道：「本來滿肚是氣，給你這麼提起，立時變得飢腸轆轆，只想大吃一頓。」接著大吃一驚，失聲道：「你是說我們在雪內過了一天一夜，現在是第二天的正午嗎？」

徐子陵道：「我們等閒三、四天粒米不進，亦不會餓得像目前這般厲害，初三日我們都吃得肚滿腸肥，初四清晨逃離長安，初五日出時來到這裏，今天說不定是初七或初八，你認爲這推斷有道理嗎？」

寇仲咋舌道：「若眞是如此，那必然有些很美妙的事發生在我兩兄弟身上，你有沒有增進了數十年功力的感覺？」

徐子陵展開內視之術，哂道：「世上哪有這回事。不過由邪帝舍利而來的東西確令我們更上一層樓，作出很大突破，體內眞氣運轉流通的情況大異往昔，但絕非忽然增長多年功力。」

「鏘！」寇仲掣出井中月，迅快無倫的疾劈三刀，每刀力道如一，速度卻一刀比一刀快，使來得心應手，痛快暢美。

徐子陵看得眼都呆了，不能置信的道：「這是怎麼一回事？」

寇仲橫刀而立，哈哈笑道：「這不是功力大進是甚麼？」

徐子陵搖頭道：「我不是指你功力猛增，而是你出刀那種舉重若輕，淺描淡寫的意態，比之你以前凶霸狠辣的刀法，完全是另一種味兒。」

寇仲愕然道：「你說得對，事實上我並不覺自己功力有甚麼長進，但體內眞氣的運行確是收放自如，隨心所欲。來！我們過兩招看看，瞧你的甚麼『有無之道』，究竟是甚麼厲害功夫。」

話尚未已，童心大起的徐子陵鬼魅般閃至他右側，學足石之軒的幻魔身法一肘往寇仲撞去，眞正的殺著卻是下面的一腳。

寇仲倏地橫移，運刀揮劈，大笑道：「想我中你的腳計嗎？」

徐子陵拇指按出，正中寇仲刀鋒，勁氣交觸，兩人都無以爲繼，朝反方向錯開。

徐子陵大訝道：「你怎曉得我要起腳？」

寇仲愕然停下，抓頭道：「你說得對，那純出於一種無法解釋的直覺，我的娘，我們這次的突破肯定非同小可，眞想找婠妖女或可達志來試刀。」

徐子陵喝道：「看拳！」一拳擊出。

寇仲見他此拳不帶起絲毫勁氣，笑罵道：「想用甚麼勞什子寶瓶氣來算計老子嗎？哈！咦！」

拳勁再非高度集中的一團，而是像一堵牆般直壓過來。寇仲感到擋無可擋，因不知該劈往何處，只好閃身避開。

徐子陵收拳笑道：「這是寶瓶氣的變種寶牆氣，是由石老軒親身臨場傳授，長生氣爲我們奠下根基，和氏璧改造我們經脈，而邪帝舍利大幅提升我們竅穴的效能，所以我們才能到達這種把眞氣玩得出神入化的境界。」

寇仲還刀鞘內，舒展筋骨道：「總言之是滌筋洗髓、脫胎換骨，大大有利於我們逃返彭梁。」

徐子陵沉吟道：「假設我們眞的在雪內度過兩三天，敵人肯定失去我們的位置，且會以爲我們到了潼關那方去，我們就依原定計劃，到黃河去看看有否便宜船坐吧！」

寇仲哈哈笑道：「便宜船其實絕不便宜，不知坐得多麼辛苦。」「鏘！」又再掣出井中月，道：「我的手癢得要命，邊打邊行如何？」

徐子陵往後飄退，大笑道：「儘管放馬過來，難道怕你嗎？」

寇仲人隨刀走，化作黃虹，往徐子陵追殺過去。兩人你追我逐，全無顧忌的在雪原上過招，他們既是功力相若，卻各自隨著自己的性格喜好和際遇發展出風格截然不同的武技，又同是天才橫逸的武學奇材，這麼放手練習，不用擔心錯漏破綻，自是精采紛呈，兩方大有裨益，把這些日子來的心得融會貫通，而最重要的是深切體會到目前臻達的能力和境界層次。這正是兩人能屢作突破的最大優勢。換過寧道奇、石之軒、祝玉妍之輩，傲視群儕，哪處可尋對手，故只能獨自苦思摸索，沒有他們兩人這得天獨厚、互相參研的方便。

他們就像適才埋在雪層內練功般渾然忘我，愈打愈痛快淋漓，寇仲把他的井中八法「不攻」、「擊奇」、「用謀」、「兵詐」、「棋弈」、「戰定」、「速戰」、「方圓」反覆使出，每施展新的一遍，都有新的體悟、不同的變化。自他因「天刀」宋缺悟得八法後，直至此時此地，始告成熟成形。徐子陵則成功把「九字眞言印法」不著形跡的融會在舉手投足間，變化萬千，更是天馬行空，勾留無痕。只從這風格已可判別兩人性格上的分歧，寇仲的刀法充滿入世的味道，就若兩軍對壘，講究的是陣勢兵法和戰略，鋒芒畢露。徐子陵則是滿盈佛道的出世禪味，若有還無，巧中見拙，平淡中見眞致，頗有見山非山，見水非水的妙韻。豪興大發下，兩人哪還記得要到黃河去，就那麼打打停停，到太陽再來到東山上，才力竭停下。兩人趺坐雪地，均感到前所未有的暢快。

寇仲笑道：「假若有一天我兩兄弟要作生死決戰，陵少猜勝負如何？」

徐子陵喘著氣道：「又來廢話，不過猜猜也有趣，照你看呢？」

寇仲微笑道：「肯定是兩敗俱傷之局，難道會有另一個結果嗎？」

徐子陵搖頭道：「應是我落敗身亡才對。」

寇仲大訝道：「你怎會有這令人意外的想法，我的確沒有絲毫擊敗你的把握和信心。」

徐子陵分析道：「假若我們眞要作生死決戰，那我們當然已反目成仇，水火不容。別忘記你有少帥軍，手下高手如雲，我無論怎樣混都是孤家寡人一個，去找你決戰不是等於送死是甚麼呢？」

寇仲肅容道：「先不說這情況絕不會出現，就算眞的發生，你要殺我，只是我們兄弟間的事，與其他人沒半點關係。哈！愈說愈遠哩！」

遠方忽然傳來一陣狼嗥聲。兩人跳將起來，循聲音來處掠去，不一會兒抵達一座小丘上，入目的情景令兩人不忍卒睹。一頭野鹿被五、六隻餓狼圍攻，咽喉被其中最粗壯的咬著不放，其他餓狼則對牠的肢體狂噬，可是牠仍苦撐不倒，拚盡生命僅餘的力氣。

寇仲摸上背上井中月，就要下坡去屠狼，給徐子陵一把扯著道：「牠完了，救回來只是讓牠多受點痛苦。」寇仲別過臉去，苦嘆無語。野鹿終於倒下，狼牙磨擦噬咬的聲音令人不忍去聽。兩人退至遠處，頹然坐下。寒風拂臉。

寇仲有感而發道：「大自然的野獸就是那樣，都是為生存而奮鬥，鹿兒吃草，狼則去吃牠，很難說誰對誰錯，只好怨老天爺的安排。不過看在眼裏卻令人非常不舒服。」

徐子陵道：「這叫弱肉強食，人與人間何嘗不是如此，只是形式更千變萬化，為的原因更複雜，規模大得多，像古時白起、項羽之輩，動輒將整批降軍活埋，不是更殘忍嗎？」

寇仲搖頭道：「我絕不會幹這種事。」

徐子陵道：「我知你不會這麼殘忍，卻想問你一個問題。」

寇仲奇道：「甚麼問題？」

徐子陵道：「我們看到一頭鹿兒被狼群殘害果腹，覺得痛心和不忍，可是為何我們對踏死一隻螞蟻卻完全無動於衷，兩者都是失去生命慘死，本質上沒有不同之處。」

寇仲抓頭道：「這個嘛——嘿！蟻兒和鹿兒不同嘛，鹿兒死得太慘哩！這麼活生生的給吃掉。」

徐子陵嘆道：「分別正在這種代入的感覺。鹿兒比細小的螞蟻更接近和類似我們，我們對牠的認識和了解比對螞蟻多出很多，見到牠給咬著咽喉，會推想到自己咽喉被噬的慘況，這種感同身受，正是惻隱之心的來由。若被狼群活吃的是我們同類，感受會更加深刻，因為我們可完全代進去，甚至從受害者的表情判斷出他死前的痛苦和恐懼。」

寇仲倒抽一口涼氣道：「不要說啦！實在太可怕。」

徐子陵道：「我只想提醒你，戰爭是人世間最可怕的事，不但沒有惻隱之心，更無天理，父子兄弟可互殘相害。」

寇仲苦笑道：「這可不是我寇仲發明出來的，自有歷史以來，戰爭從未停止過，你試試將這番話說給頡利聽，看他有甚麼反應？」

徐子陵道：「我不是責怪你，只是希望你謹記剛才生出的惻隱之心，將來行事時有個分寸。」

寇仲點頭斷然道：「多謝兄弟你的提點，我寇仲必會銘記心頭，不會令你失望。」

天色暗黑下去。寇仲長身而起，道：「我們耽誤不少時間，必須兼程趕路，去與占道等會合。」

兩人收拾情懷，全速朝黃河掠去。

新月下大河水流奔騰，朝東而去，寬達數十丈的河面兩岸杳無船蹤人跡，白雪蒼茫。兩人伏在一處亂石灘的陰暗處，均大感不解。

寇仲道：「我們等了足有大半個時辰，竟不見半艘便宜船，是否船兒都不再趕夜路呢？」

徐子陵道：「只有封河才會出現這種情況。」

寇仲愕然道：「這是否小題大作，竟為我們兩個小子截斷大河的航運，一天該有多少損失？」

徐子陵答不了他的問題，道：「你還有別的解釋嗎？」

寇仲凝望河水流奔過來的方向，搖頭道：「沒有。不過卻在想李元吉是否有這權力，出關之法最方便當然是由水道走，但亦可攀山過嶺，所以即使李元吉敢封河，仍未有把握趕絕我們，他該不會愚昧至此。」

徐子陵一震道：「你說得對，李元吉絕不會亦沒權這麼做，其中必有我們猜不到的道理。」

寇仲低聲道：「假若今天是初七，楊文幹復辟的陰謀該早有結果，是否會一個不好，李淵和李小子真的給宰掉。」

徐子陵沒好氣道：「若勝的是楊文幹，現在河上該擠滿逃亡的船和人，所以恰恰相反，現在河上無船的情況，正顯示李閥政權穩固。」

寇仲苦笑道：「楊文幹確非李小子的對手。石之軒又沒空去理閒事，假若殺不死周老嘆，他還要躲往百里之外，免給人找麻煩。我的娘！這究竟是怎麼一回事？」

徐子陵道：「希望李閥只是禁止夜航，那咱們明天還可搭上便宜船。」

寇仲抱頭道：「但願給你料中，要攀山越嶺的爬幾天幾夜的出關中，正犯上兵家勞師遠行的大忌。」

徐子陵一震道：「有船來哩！」

寇仲往西望去，倒抽一口涼氣道：「娘啊！還是這麼多船。」

十多艘三桅巨船，從長安方向順流駛至。

徐子陵看呆了眼，倒抽一口涼氣道：「你看清楚點，都是唐室的戰船。」

寇仲頭皮發麻道：「不是派大軍來圍剿我們吧？」

一共十七艘巨艦，在他們眼前駛過，全部烏燈黑火，透出神秘兮兮的味兒，甲板上不見兵員，亦沒有人對兩岸視察，船面堆放東一堆西一堆的物件，以油布覆蓋。直至巨艦去遠，寇仲神色變得無比凝重，沉聲道：「陵少看出甚麼來？」

徐子陵道：「李閥已收拾楊文幹，說不定李世民還當上太子。」

寇仲苦笑道：「這叫英雄所見略同。這批戰船吃水極深，裝的肯定是糧貨輜重。唉！李小子這招確是高明，借我們來作掩飾，實情是要去攻打洛陽。」徐子陵點頭同意。

要知李世民一直矢志攻打洛陽，以作東進根基，可是由於李閥內的權力鬥爭，李建成、李元吉等怕他出關後勢力大增，不受控制，甚至自立爲帝，所以一直極力阻他東征。楊文幹復辟一事失敗後，建成、元吉肯定受到牽累，李世民勢力復盛，只要李淵點頭，再無人可阻他策劃經年的東進大計，眼前正是鐵般的事實。三軍未動，糧草先行。李世民遂借口追搜兩人，禁止夜航，事實上卻是暗中把糧草和攻城器械運出關中，部署進攻洛陽的行動。假若洛陽失守，就算寇仲把整座楊公寶庫抬回彭梁只能是多此一舉，何況李世民認定寇仲沒有得到楊公寶庫。李世民命李世勣返回關外，非要截擊寇仲的運寶隊，而是他看清楚形勢，一旦殲滅內患，立即乘機趁勢進攻洛陽。如此氣魄胸襟，天下唯有李世民一人。建成、元吉肯定已失勢，關內是李世民的天下。若有人來對付他們，也將是李世民的人。

寇仲默思片晌，嘆道：「出關後，我們要分手啦！」

徐子陵點頭道：「我會與占道他們會合，爲你把寶物送回彭梁，你亦要小心點，與王世充交易，等於與虎謀皮。」

寇仲苦笑道：「這叫一子錯滿盤皆錯。李小子確是我寇仲最可怕的敵人，把寶物送返彭梁後，陵少可否到洛陽來見小弟一面呢？那可能是最後的一面。」

李世民最厲害處，是不讓寇仲有建立和擴展少帥軍的任何時間和機會。

徐子陵點頭答應，問道：「你有甚麼話要我對行之、長林他們說呢？」

寇仲猛地立起，斷然道：「告訴他們，若我寇仲不幸戰死洛陽，他們須立即把少帥軍解散，如不願投降李小子，就避往嶺南，宋缺定會看在我份上，庇護他們。」

滾滾河水不斷東流，代表著李家軍的聲威，正朝東席捲而去。

「叮！」碰杯後，兩人把烈酒一飲而盡，立即改向桌上豐盛的菜餚進軍，醫治差點餓壞的肚子。這是關外大河南岸桃林城的一間飯店，抵此後才知今夜竟是初十晚，計算時間，兩人在雪內至少練了三日三夜功夫，縱知事實如山，但兩人仍有點不肯相信。無論如何，三天的耽擱令他們避過敵人的搜捕，誰都誤以為他們已逃離關中。兩人遂憑在水中閉氣的絕技，附在一艘出關的戰船底部，無驚無險的逃出生天，過潼關後上岸，直抵桃林。桃林名義上歸降唐室，實質仍由地方幫會把持，沒有甚麼防衛，只要肯繳出入城關的買路錢，商旅不禁。

寇仲為徐子陵斟酒，笑道：「今晚別後，不知我兩兄弟是否尚有再見之日。」

徐子陵聽得心中一緊，皺眉道：「為何你這回如此缺乏信心，大異往昔。」

飯館內除他們外只有兩桌客人，頗為冷清。

寇仲苦笑道：「你旁觀者清，該比我更明白。我還在斤斤計較得寶運寶逃命這種小事時，李小子已在暗中運籌帷幄，作涉及天下盛衰的整體作戰部署，我比起他來，實是小河對汪洋之別。」

徐子陵道：「你少有這麼謙虛的。」

寇仲雙目精芒大盛，放下酒壺，凝望杯內盪漾的烈酒，沉聲道：「這叫自知之明。從今天開始，我要和李小子正面交鋒，故必須對他作出正確的評估。」望向徐子陵道：「你猜李小子須多少天才可發動東侵？」

徐子陵道：「這方面暫且不作無謂的猜想。你是否會疏忽了突厥人呢？趙德言肯定對楊文幹復辟不感興趣，而他仍肯參與，爲的當然是突厥人的利益。」

寇仲愕然道：「你是指頡利會大舉南下嗎？」

徐子陵搖頭道：「除非頡利別無他法，否則不會勞師遠征，深入中原。他有那麼多爪牙，最佳方法莫如借刀殺人，先鼓動我們漢人自相殘殺，到幾敗俱傷時，他將坐收漁人之利。」

寇仲點頭道：「說得對，聰明人出口，笨人出手。這笨人該是劉武周和宋金剛，假若李淵和李小子被殺，頡利就混水摸魚，大占便宜。」

徐子陵道：「李世民正是看穿局勢，所以命李世勣立即出關部署。」

寇仲皺眉道：「難道李世民的動員，竟非針對洛陽嗎？」

徐子陵笑道：「你這叫關心則亂，李世民的目標仍是洛陽。但李閥目前勢成衆矢之的，任何行動，牽一髮動全身，會惹起劉武周、竇建德和王世充三方面的關注和攻擊，亦只有這三股勢力，能與他們在關東有一戰之力。在南方因我們老爹歸降唐室，壓得蕭銑、李子通等動彈不得。在這種有利的形勢下，李世民不大展拳腳，更待何時？」

寇仲苦笑道：「你好像比我當少帥更適合和稱職。」

徐子陵道：「少說廢話。我是想提醒你，王世充始終難成大器，你仍要去助他守洛陽嗎？」

寇仲嘆道：「若有別的選擇，我豈會願意和那老狐狸多說半句話。」另外的唯一選擇，就是放棄爭天下。

徐子陵舉起酒杯，微笑道：「事在人爲。李世民這次東征頗有風險。兄弟！遲些到洛陽再找你喝酒吧。」

寇仲豪氣湧起，哈哈大笑的舉杯與他相碰，看著徐子陵把酒飲個一滴不剩，欣然道：「我忽然又再充滿鬥志，大丈夫馬革裹屍，只要能痛痛快快追求自己的理想，雖死何憾！」舉杯一口乾盡。

徐子陵與寇仲在桃林城外分手，各自上路，他連夜朝弘農趕去。弘農是與高占道約好會合的地點，由於有雷九指的關係，弘農幫的幫主陳式變成自己人，有這麼一個關東大幫照拂，當然有很多方便。他們計劃周詳，寶貨藏在城外，不會帶進城裏去，再由高占道與陳式接觸，看他是否肯幫忙，才決定接著的一套部署。

甫離桃林，徐子陵立即生出被人跟蹤的感覺，憑他的腳力速度，除非是婠婠、楊虛彥那級數的高手，否則誰都要給他甩掉。不過此刻他感到監視他的人是位於丘頂嶺巔的制高點，而非有人追在身後。這情況清楚顯示在他們前赴桃林途上，給敵人發覺行蹤，於是布下天羅地網，只要把握到他的路線，將在某處對他展開圍攻，置他於死地。他立即肯定對方是天策府的人，道理非常簡單，因為沒有人能猜到他和寇仲會在桃林城外分道揚鑣，他們此時的功力當然足夠對付李閥的人，可是若一分為二，則又是另一回事。換過是李元吉的一方，必選擇寇仲而非他徐子陵，只有天策府才會挑他來對付。因為他們曉得「散人」寧道奇會親自侍候寇仲。他差點想掉頭回去追寇仲，旋又放棄這想法，以寇仲的腳程，又是全速趕路，想追上他根本是不可能的事，惟有把心中焦憂強壓下去，希望他在武技猛進下，避過此劫。

徐子陵忽然避開官道，竄進道旁的密林中，這一著肯定令敵人陣腳大亂，露出形跡。

寇仲沿河疾行，全速飛馳，心中湧起萬丈豪情。能與威震天下的李閥中最出類拔萃的超卓人物李世民逐鹿中原，實乃人生快事。自離開揚州後，他和徐子陵一直在逃亡中過日子，在挑戰和磨練中成長。但擺在眼前卻是出道以來最嚴厲的情況，從未眞正敗過的李世民是否會在攻打洛陽這天下重鎭時吃大虧呢？彎月高掛空中，虎虎寒風陣陣從大河對岸捲來，吹得他似要乘風而去。照目前的速度，沒三、四天休想抵達洛陽，最便捷當然是有船代步。只恨茫茫大河，竟不見任何舟楫往來，應是受到李世民在關外集結大軍的影響，斷絕了至洛陽水道的交通。

轉一個彎後，寇仲來到一處高崖之上，在月照濛濛的光色下，磅礡浩蕩的大河從西滾滾而來，朝東迴延逶迤而去，氣象萬千，令人歎爲觀止。寇仲不由得停下腳步，兩岸林接丘，山接嶺的無限往四方擴展，大地蒼茫。古往今來，多少英雄豪傑爲這片美麗的土地征逐血戰，以決定誰是皇者。今天他寇仲將加入這行列去，只有這樣才不辜負此生。寇仲環目四顧，壯懷激盪。忽然發現下游遠方岸旁泊著一艘小漁舟，心中大喜，忙往目標趕去。

徐子陵藏身林木高處，收斂毛孔，凝神靜待敵人現身。換過他是對方，亦會給他這奇詭突變的一著鬧個手足無措。敵人已非常小心，只在制高點放哨，怎曉得他具有異乎常人的靈覺，能對遠距離的監視生出反應。現在放哨的會以特別的手法通知主事者，由主事者決定下一步的行動。在這種荒山野嶺，徐子陵又是逃亡的專家，誰都知道是把人追失了。果然不到一盞熱茶的工夫，風聲驟響，十多人沿官道從桃林的方向馳至。徐子陵不敢張望，對方既有把握收拾他，當然非是泛泛之流，任何動作，只會惹起對方的反應。衆敵抵達他剛才入林處停下來，離他藏身處只三丈許的距離。有人道：「徐子陵就是從這裏入林的。」

柴紹的聲音冷哼道：「好小子，竟曉得我們在追蹤他，不過他們的分開對我們更為有利，少費一番工夫。」

段志玄熟悉的聲音道：「走得了人走不了廟，他十成十是趕往與同興社的人會合，只要我們乘快馬趕去，可將他們一網打盡。」

徐子陵心中大為驚懍，曉得自己所料不差，同興社至少有一組兄弟逃不過他們的監視，唯一可堪告慰的是己方早有防範，仍未至一敗塗地。現在弄清楚這點，說不定可將計就計，導敵人於歧途。

龐玉冷然道：「這兩人行事往往出人意表，我們定要打醒十二個精神，否則將難向秦王交代。寇仲注定是慘淡收場，只要把徐子陵一併收拾，少帥軍將成無首之龍，對我們進攻洛陽，大大有利。」

一個陰柔的聲音道：「少帥軍只是略具雛形，即使有寇仲領導，何足懼哉？這回他們尋寶失利，可見我大唐運勢如虹，輪不到這些跳樑小丑來騷擾亂局，就依龐將軍的提議，立即全速趕往弘農，有陳當家站在我們的一邊，哪怕不能將徐子陵及其餘黨一網成擒。」

徐子陵聽得差點從樹上掉下來，皆因做夢也沒想過雷九指的結拜兄弟竟會因利益出賣他們。他初時只覺說話者的聲音很耳熟，卻認不出是誰，聽罷才從他文雅的語調，認出是「忘形扇」裴寂的聲音。裴寂乃李淵身旁近臣之一，與李淵的深厚關係只劉文靜一人可比，蕭瑀、陳叔達和封德彝都要差上一點。這次他與龐玉等天策府人馬一同出師來對付他兩人，可推知李世民得到李淵的全力支持。遙想當年他兩人仍是初出茅廬的小子，與李世民、裴寂和李秀寧等於盜得東溟派的名冊後在船上共進早膳，柴紹和裴寂全不把兩人放在眼內的舊事，現下卻成為水火不容的敵人，豈無感慨。

接著是另一個熟悉的聲音道：「事不宜遲，我們立即上路。」赫然是李閥的頂尖高手李神通的聲音。徐子陵倒抽一口涼氣，只憑李神通、裴寂、龐玉、段志玄、柴紹五大高手，已足可應付他和寇仲，何況更有其他隨行高手。忽然間他明白到這批人只是針對他而來，務要令他不能支援寇仲。現在他唯一的希望，就是寇仲能從寧道奇的指隙逃脫，否則一切休提，連這仇都不知應否去報。

一葉輕舟，橫在浪濤洶湧的大河離岸五丈許處，隨著浪濤搖擺起伏，竟沒被水流沖帶往下游去，船上坐著一位峨冠博帶的老人，留著五縷長鬚，面容古雅樸實，身穿寬厚錦袍，顯得他本比常人高挺的身形更是偉岸如山，正凝神垂釣，頗有出塵飄逸的隱士味兒。寇仲看得眉頭大皺，心中叫苦，忽然一個聳身，落在輕舟另一端，向安閒寧適坐在船頭的高人微笑道：「小子寇仲，特來向你老人家請安問好。」

被譽為中原第一人的「散人」寧道奇嘴角逸出一絲笑意，仍凝神注視手中垂絲，忽然面露喜色，像小孩子得到寶物般嚷道：「上鉤啦！」魚竿上提，釣到的魚肯定重達數十斤，整條魚竿竟吃不住牽力的彎曲起來，看得寇仲目瞪口呆，心想又會這麼巧的，是否因自己運道好，屁股尚未坐穩即有大魚上鉤。寧道奇腳旁的魚簍仍是空空如也，這顯然是寧道奇釣到的首尾大魚，不過若此魚確如釣竿呈示的重量，保證塞不進小魚簍去。

釣絲緩緩離水，赫然竟是空絲，沒半個鉤子。寇仲駭然瞧著仍是給扯得彎曲的魚竿，渾身發麻，背脊直冒涼氣。世間竟有如此玄功。魚絲在半空盪來盪去，寧道奇就像真的釣到大魚般一把揪著，手中還呈示出大魚掙扎，快要脫鉤，魚身濕滑難抓的動作景象，全無半點做作，真實至令寇仲懷疑是否確有尾無形的魚，給鉤在無形的鉤子上。一番工夫後，寧道奇終把無形的魚解下，釣竿回復本狀，寧道奇熟練的把「魚」放進魚簍去，封以簍蓋，然後朝寇仲瞧來。

寇仲從未見過這樣的一對眼睛。那是一對與世無爭的眼神，瞧著它們，就像看進與這塵俗全沒關係的另一天地去，彷彿能永恆地保持在某一神秘莫測的層次裏，當中又蘊含一股龐大無匹的力量，從容飄逸的目光透出坦率、眞誠，甚至帶點童眞的味道。配合他古雅修長的面容，有種超乎凡世的魅力。

他悠然輕拍腳旁的竹簍，露出垂釣得魚的滿足微笑，仰首望天，柔聲道：「看！星空多麼美麗，在人世間不可能的事，在星宿間將變成可能。」

寇仲隨他仰觀壯麗的夜空，坐下小舟在浩蕩的河面隨波起伏，點頭道：「今晚的星空確是異乎尋常的動人。」心忖若看的人是徐子陵，必可點出每顆亮星的名字，或星屬何宿。

寧道奇仍目注星空，悠然自若的道：「少帥聽過相呴以濕，相濡以沫，不若相忘於江湖的故事嗎？」

寇仲知他想點化自己，苦笑道：「請恕小子愚昧無知，從未聽過這麼一則寓言。」雖是各處敵對立場，但對這近百年來最超卓的大宗師，他仍是打心底生出仰慕之情，故虛心問道。

寧道奇的目光再回到他身上，溫文爾雅的微微一笑，道：「有一處小泉乾涸了，魚兒都給困在旱池上，只能互相吹著濕氣，互相以唾沫滋潤，其中雖見眞情，但怎及得上各自在茫茫大湖中自由自在的任意遨遊？」

寇仲虎軀一震，薑是老的辣，更何況是這道家至高無上，智慧深廣的大宗師。而這番話更是寇仲目前處境最精確的寫照，他雖未至困於旱泉，但亦離此不遠，在大唐軍的威脅下，只能與王世充等相濡以沫，更不幸是其中還欠缺眞情。目光落在寧道奇腳旁的魚簍上，沉聲道：「前輩釣魚，始有得魚之樂，而簍中實在無魚，卻不減釣魚妙趣。可知得魚失魚，全在乎寸心之間，既是如此，何用計較旱濕得失？」

寧道奇訝道：「何處有魚？」以寇仲的才思敏捷，雄辯滔滔，亦要為之語塞，寧道奇一句「何處有魚」，充滿機鋒禪理，發人深省。寇仲感到鬥志被大幅削弱。

寧道奇又露出充滿童真意趣的動人笑容，循循善誘的柔聲道：「以前天下有三神，南為南帝，北為北君，中央之神名渾沌，待南帝北君極厚，於是南帝北君聚在一起商議報恩之法，想出人皆有七竅，以作視、聽、飲食和呼吸，於是為渾沌每天鑿一孔，七日後渾沌開七竅而亡。少帥能否從此事領會到甚麼道理？」

寇仲嘆道：「小子明白前輩是要開導我，要小子順乎自然行事，不過人各有志，前輩感到自然不過的事，小子卻另有不同看法，如斯奈何。」

寧道奇發出一陣長笑聲，搖頭嘆道：「看著你就像看著年輕時的自己，從不肯屈服於權威，不肯拘於成法，少帥是否有耐性再聽老夫最後一則故事？」

寇仲脊肩一挺，雙目神光電閃，態度仍是那麼謙虛恭敬，點頭道：「請前輩指點。」

寧道奇閒適自若的道：「古時有甲乙兩君，一道放羊，結果走失了羊。問甲幹嘛失羊，甲答是忙於讀書；問乙為何失羊，原來去了賭博。他們做的事截然不同，結果卻全無分別，都失掉放牧的羊。」

寇仲迎上寧道奇充滿智慧的眼神，心中翻起滔天巨浪，寧道奇這則故事確命中他要害。一直以來，他均感到自己爭天下的動機與別人不同，這亦是支持他向此理想邁進的原動力，而寧道奇卻借這故事生動的描述出對一種行為的判斷，只能從結果去看，並暗指他的行為，可能會為天下帶來災難性的結果。

兩人互相對視，寧道奇仍是那副與世無爭，清淨無為的仙姿逸態，寇仲的目光則變得像刀刃般明透鋒利。寧道奇好話說盡，如寇仲不肯回頭是岸，勢將是動手見眞章之局。船身輕顫，開始順流東放。

寇仲微微一笑道：「前輩爲何偏要把這番話對小子說？」

寧道奇以笑容回報，淡然道：「少帥既有緣學道於《長生訣》，老夫自視你爲同道中人，才不厭囉嗦。」

寇仲沉聲道：「自然之道，不外弱肉強食之道，現在只因李世民勢大，又得師妃暄欽點支持，我寇仲才會淪爲佛道兩門喊打喊殺的喪家之犬，假若異日小子有幸成爲最有資格問鼎中原的霸主，佛道兩門仍要死撐李世民嗎？」

寧道奇拈鬚微笑道：「問得好，我們正是順應形勢，預計後果，希望少帥能爲天下萬民著想，及時罷手。」

寇仲哈哈笑道：「若前輩話止於此，請恕小子無暇奉陪。」一個翻身，遁往艇後的河水去。這是他唯一能逃脫他仙掌的方法，更是他唯一可爭取主動和上風的法門。寧道奇的武功，實在太可怕了。

寇仲爲怕給寧道奇攔阻，故盡量縮短離艇入水的時間，他坐在艇尾是早有預謀，貪的是一仰身即可墮進水內的方便，豈知朝後一翻，艇子忽向下一沉，心叫不妙時，頭肩觸處赫然仍是船尾木板，原來在這剎那工夫，艇子竟逆水後移數尺，剛好把他接個正著，由於艇往下沉，令他變得身體凌空，無法發力，一個倒栽葱，「砰」一聲硬撞在船尾處，狼狽至極點。他的苦況尚未止於此，艇身被撞的一刻，傳來一股沛然莫測的反震力道，轟得他眼冒金星，不辨方向，差些暈厥，幸而他新得舍利元精之助，底子大幅增厚，否則只此失著，足可令他一敗塗地。寇仲猛一咬牙，雙掌閃電推出，正中船尾，立時頭下腳上的騰空斜彈上天，就在此刻，寧道奇柔和而莫可抗禦的勁氣像一陣長風般刮至，寇仲避無可避下只好運起護體眞氣，硬擋他這一招。

「蓬！」他就像給狂風吹起的落葉，身不由己的在空中翻滾不休，拋得往遠方掉去。寇仲雖給撞得渾體痠麻，卻不驚反喜，暗忖只要掉進河水去，就算十個寧道奇追進水來自己仍有機會脫身。然瞬間後他發覺自己的想法大錯特錯，原來他雖是遠離小艇，卻是給送得往岸上拋跌。這根本是不可能的，小艇面東背西，他理該掉往水去，但眼前鐵般的事實，說明寧道奇用勁操艇之巧，和武功的出神入化，確出乎他料想之外，使他的如意算盤完全打不響。寇仲足踏岸地，剛好背對大河，勁氣從後捲來。他此時渾身痠痛，哪敢招架，連忙提氣慌不擇路的朝眼前斜坡騰掠，先避此劫，再圖謀後計。

豈知寧道奇的勁氣如附骨之蛆，無論他如何騰挪閃躍，始終不即不離的威脅著他後背，直奔出近十里，穿山越林，這情況仍無絲毫改善。他連回頭瞧一眼的空隙都沒有，那種窩囊無奈的感覺，實不消提。如讓這情況繼續下去，最後定是他眞元耗至油盡燈枯，倒地就擒的結果。寇仲大動腦筋，倏地加速，朝一座山丘奔去，寧道奇的勁氣像一把枷鎖般硬附於他身上，只要他護體眞氣減弱，又或速度放緩，保證可襲得他吐血倒地，絕無倖理。

高手相爭，就在一著之差，從仰身下水的一刻開始，他處處失著，落在絕對的下風，以致陷於現下的困局。寇仲心忖是龍是蛇，就要看這一舖，雙足猛撐，往丘頂橫空疾飛。寧道奇從後如影附形的凌空追來。寇仲默默耕耘，猛換一口眞氣，施出迴飛之術，奇蹟的往左彎去。驀地身子一輕，終於脫出寧道奇的威脅。寇仲心知肚明此著因大出寧道奇意料之外，才能得手，但好景將只曇花一現，哪敢怠慢，右手拔出背後井中月，反手朝寧道奇劈去。「轟！」刀鋒到處，發出勁氣交擊，似悶雷般的激響。寇仲心叫好險，知道剛好迎上寧道奇轉向催至的驚人氣勁，雖給震得手臂痠麻直侵肩膊，仍像久旱逢甘霖般心中狂喜，忙借勢飛退，落往丘坡外的草原上。

寧道奇神態從容的自天而降，狀如仙人。寇仲不待他立定，大喝一聲，人隨刀走，施出「井中八法」的「擊奇」，井中月化作一道黃芒，閃電般往寧道奇劈去。井中月在夜空中劃出一道超乎任何俗世之美的弧線，還不住作微妙變化，精采紛呈的攻向這位中原的首席蓋世武學大宗師。寧道奇被刀風拂得鬚髮飄揚，衣袂拂舞，臉上露出凝重的神色，身體忽然生出非任何筆墨能形容的微妙玄奇變化，似是兩袖揚起，倏地晶瑩如玉的手從左袖探出，漫不經意的指尖合攏，掃在寇仲刀鋒處。寇仲立即攻勢全消，還被帶得往外旋開，連轉三匝，才在離寧道奇五丈處，橫刀而立。

寧道奇像幹了件微不足道的事般，拈鬚含笑，悠然道：「少帥果是曾得『天刀』宋缺兄指點，此刀盡得其神髓，至難得是能別出樞機，也令老夫好生爲難。」

寇仲乘機回氣調息，道：「寧大師有何爲難之處，是否怕幹掉我後，宋缺會找你算賬。」

寧道奇啞然失笑道：「宋缺兄一直不肯放過老夫，只是苦無藉口，這當然是顧慮之一，但仍不被老夫擺放心上。」

寇仲訝道：「然則難在何處，願聞其詳。」

寧道奇負手身後，仰望天上明月，淡然自若的道：「問題在少帥的刀法已臻技進乎道的大家境界，能化繁爲簡，似拙實巧。回想老夫當年，也要在四十歲大成後，始達此成就。就算少帥與道門全無關係，老夫又豈能無憐才之意，少帥的造詣，確令老夫大大失預算。」

寇仲心中湧起對這絕頂高手的崇高敬意，只有這種心胸氣魄，才配稱中土第一人。苦笑道：「前輩若仍想勸小子洗手引退，最好省回這口氣。」

寧道奇微笑道：「少帥早明示心跡，老夫怎會再嘮叨不休。老夫年近百歲，這三十年來早失去逞雄爭勝之念。這回出手，實非所願。少帥的迴飛之術，究竟從何練得，老夫尚是初次得睹。」

寇仲謙虛的道：「此術一半受西突厥國師波斯人雲帥啓發，一半出於自創。」

寧道奇搖首輕嘆，道：「所謂人外有人，此話絲毫不爽。若非少帥懂此奇技，恐怕早落敗遭擒，省卻老夫很多氣力。閒話少提，請少帥出招！」

寇仲苦笑道：「還是請你老人家先賜教吧！坦白說，我一直想出手，只恨總找不到機會，正難過得要命。」

寧道奇哈哈笑道：「難怪妃暄一直無法對你們狠下心腸，皆因你們的坦率實在討人喜歡，造化弄人，請恕老夫不客氣啦！」

寇仲雙目精芒大盛，脊挺肩張，顯示出強大無匹的信心，渾身散發著堅凝雄厚的氣勢，沉聲道：「前輩請。」

寧道奇負手背後，往左側跨出一大步。寇仲大吃一驚。要知他一直以氣勢緊鎖寧道奇，此刻更催發刀氣，對方若有任何行動，在氣機牽引下，必會惹得他狂攻猛擊，豈知寧道奇這簡單的一步，竟能把整個對峙的氣場轉移重心，偏又能令他欲攻無從，且陷進劣境。就像兩人角力，硬被對手突然扭得身子歪往一方，有力難施。寧道奇微笑道：「少帥小心啦！」一袖揮出。衣袖在寇仲眼前擴大，竟看不到寧道奇的身形步法，本是袍袖飄拂，忽然又化爲修長晶瑩的仙手，其神妙處怎樣都形容不出來。寇仲別無選擇，橫移揮刀擋格。手和刀相互變化，最後掌沿和刀鋒毫無花假的硬拚一記。寇仲悶哼一聲，給震得踉蹌跌退，氣血翻騰，心中叫苦；若如此給寧道奇逼得著著狠拚，對方是近百年功力，不用十多記，他就只有棄刀認輸的了局。

寧道奇又把攻來的手收到背後，沒有乘勝追擊，悠然道：「老夫剛才並沒有留手，少帥仍可硬擋老夫一擊，令人難以相信。」倏又欺近，左掌橫切寇仲咽喉，明明是平實無奇，毫無花巧的招式，但被這大宗師施展出來，卻有變化無方，令人無法捉摸的迷幻感覺。但寇仲卻像早曉得他會如此攻來般，準備充足的以拙制拙，刀鋒舉重若輕，虛飄無力似的往前疾挑。「蓬！」螺旋勁發，寧道奇猝不及防下，竟用不上全力，難以借勢追擊，讓寇仲往外退開。寇仲微弓身體，雙目射出凌厲神色，刀鋒遙指這可怕的大敵，像豹子般凝視敵人，沉聲道：「請恕小子無禮。」直至此刻，他才勉強扯平均勢，怎肯錯過進招良機。

但寧道奇一手負後，一手探前，合指撮掌打出問訊般的手勢，站得穩如山岳，使人生出難以動搖其分毫的感覺，立即破去寇仲的「不攻」。寇仲一聲長嘯，井中月劈往空處，正是「井中八法」中領悟自弈劍術的「棋弈」。寧道奇首次露出訝色，如此奇招，他尚是首次遇上，掌往後收，在胸前似動非動，玄奇深奧至極點。寇仲完全摸不透他的底子，「棋弈」再使不下去，立變爲第六法的「戰定」，刀勢開展，像長江大河般往寧道奇捲去。寧道奇只以單手應戰，瀟灑隨意的撥、掃、揮、劈，沒有絲毫花巧，卻守得使寇仲難越雷池半步。令寇仲水銀瀉地式的攻勢全不奏效，在刀光包裹下，兩道人影閃電般移形換位，進退起落，令人目眩。「蓬！」寇仲給寧道奇一掌重劈在刀背上，震得他挫退近十步。

寧道奇仰天嘆道：「假若少帥有子陵與你同行，即使老夫也奈何不了你們。」

寇仲拭去嘴角血漬，鬥志昂然的道：「前輩爲何只用單手？」

寧道奇豎起拇指讚道：「少帥確是英雄了得，不但敢提出此問題，還隱含怪責之意。老夫亦不怕明言，這是老夫肯答應妃暄出手對付你的條件，如有選擇，老夫豈願與你爲敵。」

寇仲笑道：「多謝前輩愛惜，不過請撤除這令前輩縛手縛腳的條件，讓小子能領教前輩的高明絕學。」

寧道奇欣然道：「單手雙手，對老夫其實分別不大。今夜之戰，令老夫獲益非淺，皆因同屬道源，使我從少帥身上體會到《長生訣》的精義。」

寇仲愕然道：「我倒沒想過前輩會從我身上學到東西？難怪前輩剛才似未有使盡全力。」

這次輪到寧道奇露出苦笑，道：「少帥錯了。我實已竭盡全力，問題在我不能對你痛下殺手，故處處留有餘地。少帥心志之堅，精氣之盛，乃老夫平生僅見。」

寇仲喜道：「前輩若不能狠心殺我，恐怕只餘任我離開一途。」

寧道奇回復負手身後的仙姿妙態，氣定神閒的淡然道：「精者身之本，兩精相搏謂之神，隨神往來謂之魂，並精出入謂之魄，心之所倚謂之意，意之所存謂之志。武道之極不外天人交感，陰陽應象。少帥去吧！請謹記一念可爲惡，一念可爲善，善惡只是一念之差。」

寇仲露出深思的神色，體會到寧道奇是因從他身上領會到《長生訣》的精義，故以此番法訣回贈，半晌後一揖到地，飛也似的走了。

徐子陵晝夜不停的急趕了三天路，天未亮踰牆偷進弘農，在約定地點留下暗記，高占道寅時初依指示與他在南門的一所茶寮碰頭。兩人於離開長安後首次見面，頗有劫後重逢之感，非常欣慰。

徐子陵解釋過寇仲的去向，問道：「弘農幫的人知否你來見我？」

高占道道：「陵爺的暗記說明必須秘密行事，我怎會那麼糊塗，是否陳式有問題？」

徐子陵點頭道：「陳式靠向天策府的一方，合謀來對付我們。他們騎馬我跑路，頂多只比他們快上幾個時辰。」就算以徐子陵的腳程，在長途比拚下仍快不過健馬，不過他優勝在能攀山走捷徑，先一步抵達弘農。

高占道色變道：「那怎麼辦好呢？」

若沒有那批黃金珍寶，他們說走便走，乾淨俐落，但現在不但行動不便，且不能讓人知曉他們得到寶藏，以免洩漏秘密。

徐子陵道：「壞消息外亦有好消息，我們的兄弟裏該沒有被收買的內奸，所以敵人仍未曉得我們有寶貨隨身。」

高占道吁出一口氣，整個人輕鬆起來，道：「這就易辦，我們在離此東面百多里的伊水支流有個中途站，有十多個兄弟在那裏做水運生意，從那裏可開上洛陽，經大河駛往彭梁，那是王世充的地頭，李閥的勢力是沒法擴展到那裏去的。」

徐子陵道：「這百多里路並不好走，因仍在弘農郡的範圍內，很難避過弘農幫內的耳目。」

高占道冷哼道：「除非是天策府的高手，否則弘農幫還不給我同興社放在眼內。枉陳式那老傢伙擺出一副義薄雲天的姿態，開口仁義，閉口道德。他奶奶的，不若臨走時白刀子進紅刀子出，順手把他幹掉。」

徐子陵見他露出原有的海賊本色，苦笑道：「小不忍則亂大謀，陳式只是小事，天策府的追兵才是大問題，你先告訴我眾手足情況如何？」

高占道道：「現在我們把人分成三組，由我們三個各領一組，我那組人數最少，只有二十五人，居於城內陳式安排的地方，另兩組藏在附近隱秘的山林裏。」

徐子陵道：「陳式知否這兩批人的所在？」

高占道道：「這個當然不會讓他知道，我告訴他其他手足先一步到彭梁去，我們這二十五人則留在這裏等你們的消息。」

徐子陵道：「做得非常好，你現在立即回去，找個藉口出城，稍後我再和你們會合。」

高占道眉頭大皺道：「陵爺何不和我們一道離開？」

徐子陵微笑道：「天策府對弘農幫是誘之以利，我的方法則是脅之以懼，只要弘農幫陽奉陰違不敢全力插手，我們方有可能安然抵達伊水的中轉站。」

高占道倒抽一口涼氣，駭然道：「時間無多，天策府的人可在任何時刻趕至，陵爺太冒險哩！」

徐子陵從容笑道：「明刀明槍的對陣硬撼，我肯定應付不來，但只是突圍而去，我仍有八成把握。只有讓陳式清清楚楚看到天策府的人攔不住我，我徐子陵的威嚇始能生效。」

高占道露出尊敬的神色，嘆道：「陵爺確是渾身是膽。」

徐子陵道：「我這方法未必奏效，時間無多，你們立即依計行事，我會負責爲你們收拾吊在你們身後的奸細。」

高占道把碰頭地點及諸般細節交代清楚後，匆匆離開。徐子陵清掃桌上的早點，心中好笑，自己本是最不願恃強橫行的人，但對著陳式這種出賣朋友的無義之徒，卻別無更好的選擇。只要陳式乖乖聽話，總好過大開殺戒，傷害弘農幫眾。

寇仲目前身在何處，情況如何呢？連一向不問世事的寧道奇也要被捲入爭天下的漩渦中，他徐子陵稍使一下非常手段，當不爲過吧。

寇仲趕抵洛陽，向城門守將求見王世充，報上寇仲之名，立即驚動郎奉親來接待，寒暄一番後，郎奉陪他坐馬車入宮。寇仲重遊舊地，見到天街仍是繁華興盛，想起不久後這座比長安更偉大的名城將飽受戰火的摧殘，心中豈無感慨。

郎奉口不對心的道：「聖上這幾天不時提起少帥，定因預感少帥會大駕光臨。」

寇仲心中暗罵，王世充諸將中數郎奉和宋蒙秋兩人最得其愛寵，非因兩人有甚麼本領，只因他們擅長捧迎吹拍的官場之道，又贏得太子王玄應的歡心。秦叔寶、程咬金已去，只有大將張鎮周和楊公卿堪稱將才，可惜卻被王世充起用的親族排斥。在王世充族內，只有年輕的二公子王玄恕似有點作爲，其他的實不屑一提。一旦大唐軍攻來，天曉得有多少人會叛鄭歸唐？王世充刻薄寡恩，李世民則厚待賢才，良禽擇木而棲，單是這方面，已非他寇仲能力挽狂瀾，唯一方法是先贏取第一場大戰，以穩住離心將士，使他們覺得跟李小子亦不那麼穩妥。但要勝李小子縱橫無敵的黑甲精騎親衛和其氣勢如虹、裝備精良、訓練優越的雄師，又談何容易。思忖間，郎奉道：「楊公寶庫虛有其名，失之不足惜，只要少帥肯爲聖上効力，不是等於坐擁寶庫嗎？何況舊隋三都中，以洛陽的庫藏最厚。」

寇仲心想郎小子你消息倒靈通，曉得楊公寶庫內有甚麼東西，順口問道：「楊文幹之亂究是如何了局？」

郎奉冷哼道：「文幹豎子，以區區慶州總管之位，挾一地方幫會之力，竟敢興兵造反，當然落得慘敗收場之局，現在京兆聯被列為叛黨，再不容於關中。」

寇仲道：「李世民是否坐上太子寶座？」

郎奉陰惻惻的笑道：「李建成這回確被楊文幹累得很慘，幸好有諸貴妃為他求情，大臣封德彝等亦向李淵為他開脫，結果是建成叩頭謝罪，奮身自投於地，幾至於絕，始得勉強保住儲位。最後李淵只歸罪於中允王珪，右衛丞韋挺和天策兵曹杜淹，找幾個替死鬼代罪了事。」

寇仲糊塗起來，不明白此爭與王珪、韋挺有何相干，想必亦像杜淹般是楊文幹的內奸。再問道：「楊文幹又如何？」

郎奉道：「楊文幹的叛軍被李世民率兵擊潰，全軍覆沒，只楊文幹孤身突圍逃走，不知所終。」

聽得李世民當不上太子，寇仲燃起新的希望，試探道：「淑妮小姐不會受到牽連吧？」

郎奉愕然道：「李淵對她只有寵愛日增，怎會受牽連？」

輪到寇仲大惑不解，奇道：「淑妮小姐與楊虛彥關係密切，這個——」

郎奉壓低聲音道：「淑妮小姐剛有孕在身，懷下李淵的骨肉，李淵那色鬼對她愛憐只嫌不夠，怎會冷落她？楊虛彥雖與楊文幹有淵源，卻沒有參與這次叛亂，李淵是念舊的人，所以他的地位仍是非常穩固。」

寇仲差點衝口指出李淵已曉得楊虛彥是石之軒的徒弟，心想李淵確是糊塗，或其中另有些微妙的內情，是他不曉得的。馬車駛進皇城，寇仲收拾心情，作好應付老狐狸王世充的準備。

徐子陵大搖大擺的入城，依高占道的指示，來到弘農幫總壇的大宅外，報名求見。事實上不用他表露身分，早在進城時把關的已認出他是徐子陵，暗中派人去向陳式通風報訊，當然瞞不過徐子陵的耳目。亦可知他和寇仲的圖像早給分發往弘農幫的各處分舵，藉以偵察和監視他們的行蹤。陳式在內堂見他，這弘農幫之主，雷九指的結拜兄弟，大約五十上下的年紀，留著一撮濃密的山羊鬚，身材中等，稍見瘦削，五官端正，眼神靈活，確有點幫主的氣度。他表現出過分的熱情，客套過後，兩人坐下喝茶說話。

徐子陵微笑道：「在下有幾句話，想和陳幫主說。」

陳式是老江湖，明白他的意思，吩咐手下退往廳外，肅容道：「徐爺是我陳式一向景仰的人，縱然沒有九指的關係，我陳式仍以能爲徐爺效犬馬之勞爲榮，何況九指是我上香立誓的拜把兄弟。」他說得言辭懇切，若非徐子陵曉得眞相，肯定不會對他起疑心，眼前則只覺他虛假得好笑。陳式又漫不經意的問道：「少帥沒與徐爺同行嗎？」

徐子陵淡淡道：「少帥另有要事，故沒同行，在下這回來弘農，只是要通知占道他們一切無恙，可以放心離開。」

陳式皺眉道：「貴屬剛離城去接應另一批兵馬，不知何時回來。」

徐子陵微笑道：「他們走了！」

陳式失聲道：「甚麼？」

徐子陵好整以暇的笑道：「陳當家得聽清楚我徐子陵說的每一句話，若非我徐子陵念在當家是雷九哥的結拜兄弟，又曾幫過在下的忙，我們就只有憑武力解決一途。」

陳式色變道：「徐爺這話是甚麼意思？」

徐子陵雙目神芒大盛，盯著陳式道：「陳當家是漢子的話，該敢作敢認，不要浪費我的唇舌。更何況天策府的人隨時來到，趁這機會我們先研究出個兩全其美的好辦法，豈非勝過變成你想我死，我要你亡的敵人。」

陳式愕然無語。弘農幫說到底仍只是州郡的小幫會，儘管有天策府在背後支持，但惹惱上像徐子陵、寇仲此等名懾天下的頂尖人物，仍是非常不智。

徐子陵來完硬的，又來軟的，好讓對方下台，壓低聲音道：「我當然曉得陳當家是迫於無奈，怕開罪李家，異日唐軍東來，要吃不完兜著走。所以縱使我知道陳當家暗助李世民，我們仍是諒解你的。不過一錯不能再錯，我和寇仲素來是有恩必還，有仇必報。」「有仇必報」根本不是徐子陵的作風，但為達到目的，只好照說出來。

陳式像忽然衰老幾年般，眼往下垂，頹然道：「唉！叫我怎還有面目見九指？興昌隆的卜廷和田三堂親自來見我，陳說利害，我若只是一個人，還可能逃多遠就逃多遠，但怎忍心讓跟我的衆兄弟家破人亡。」猛又抬頭道：「徐爺快走，他們恐怕已進城！」

徐子陵悠然道：「我若走掉，陳當家如何交差？放心吧！我能從關中來到這裏，自然也能從這裏到任何地方去。只希望陳當家能懸崖勒馬，高抬貴手，放過占道他們，否則縱使我明白陳當家的為難處，寇仲亦必不肯罷休。」同時暗怪自己和寇仲疏忽，定下弘農作會合的地點，渾忘李世民可從興昌隆追查出他們和弘農幫的關係。

陳式斷然道：「徐爺能以德報怨，我陳式一定會有回報。徐爺請立即離開，我會應付天策府的人。」

徐子陵忽然向他打個眼色，表示有敵人潛至，略提高聲音道：「既然同興社的手足已離開，在下必須立即上路，趕往冠軍與他們會合。」冠軍在弘農之南，是朱粲的地頭，李閥勢力難達的地方，他們逃往該地，是合乎情理的。

陳式走慣江湖，知機道：「徐爺遠道來此，怎都要讓陳式盡點地主之誼，吃過午飯方上路。我還可安排車馬，保證徐爺可趕上貴屬。」

徐子陵長身而起道：「事不宜遲，陳當家的好意心領啦！他日有機會，再來找當家喝酒歡聚。」暗中打出手勢，著陳式找藉口離廳。

陳式也算腦筋轉得快的人，立即道：「徐爺請稍待片刻，我有點東西要麻煩你帶給九指，這就去拿給徐爺。」說罷憂心忡忡的去了，雖說徐子陵名震天下，可是天策府有備而來，若徐子陵在這裏有甚麼三長兩短，寇仲不血洗弘農才怪。

徐子陵重新坐下，瞧著陳式消失在門外，驀地大喝道：「陳式你竟敢出賣我！」

窗門紛紛破碎，敵人潮水般湧進廳內。

王世充在皇宮與近臣議政的別院接見他，陪在左右的尚有王玄應、王玄恕兩兄弟和宋蒙秋，加上郎奉，都是王世充最親近的人。

賓主坐下後，寇仲劈頭就道：「大唐軍終於出關哩！」

王世充微一錯愕，皺眉道：「少帥可否說得清楚點。」

寇仲道：「大唐軍已把輜重糧草運往關東，準備大舉東侵。」

王玄應帶點不屑的道：「少帥入關久矣，所以並不曉得關外形勢的最新發展，唐軍的動員，是因宋金剛借得突厥戰馬，在太原北并州邊境結集兵馬，隨時南下直搗李家發跡的老巢太原。據聞李淵派李元吉出鎮太原，當然須繼續在物資上作出支援。」

寇仲早猜到東突厥的爪牙會乘機發難，只沒想過會是李元吉去應付，頓感李世民的手段莫測高深，大為頭痛。

王玄恕道：「這回李家的形勢並不樂觀，皆因蒲坂的王行本向東突厥稱臣，大幅削弱李家在太原的力量，而王行本與宋金剛互為聲援，更令太原的李軍兩面受敵。」

宋蒙秋幸災樂禍的道：「宋金剛對時機看得很準，趁關內因楊文幹之亂攪得亂糟糟時，驟然發難，深合兵家攻其不備的要旨。」

王世充反是最不敢輕視寇仲才智的人，問道：「少帥有甚麼看法？」

寇仲尚未把消息完全消化，順口問道：「王行本是甚麼人？」

郎奉答道：「王行本是舊隋的將領，在蒲坂擁兵自重，名義上歸順唐室，李淵曾數次命他到長安，均被他拒絕，現在終於造反。」

寇仲肯定李元吉非是宋金剛的對手，所以最後終須李世民出面應付，哪還有餘力進犯洛陽？但又隱隱感到實情非是如此，只好顧左右而言他道：「瓦崗軍的餘孽形勢如何？」

王世充道：「瓦崗軍現只剩下歸降唐室的李世勣部隊，仍控制著東至海、南至大河、西至汝州、北至魏郡的廣闊土地，不過只要竇建德擊垮宇文化及，在竇建德和我們南北夾擊下，他肯定捱不了多久。」

寇仲忽然腦際靈光閃現，劇震道：「我明白哩！」衆人愕然朝他瞧來。寇仲道：「李世民是故意要讓李元吉吃敗仗。」

王世充皺眉道：「兵敗如山倒，哪有故意吃敗仗之理。」

寇仲分析道：「在一般情況下，李世民當然不會做這麼愚蠢的事。可是基於內外兩個因素，李世民卻不得不行此險著，險雖險矣，卻是非常高明，眞虧李小子想得出來。」

衆人不解的待他續說下去。寇仲道：「先說外的因素，假若李世民出守太原，會是怎樣一番局面？」

王世充微顫道：「說得對，若守太原的是李世民，此子守城的能力天下無人能出其右，宋金剛雖強，仍只會是僵持不下之局。」

寇仲道：「但這對唐室沒半點好處，一旦李世勣給聖上和竇建德聯手擊垮，太原和關中的聯繫勢將斷絕，李世民只有棄守太原一條出路。」

王玄恕色變道：「少帥是否指派李元吉去吃敗仗，竟是李世民誘敵南下深入之計。」

寇仲斷言道：「假若劉宋按兵不動，由於偏處北陲，與東突厥接壤，在李閥避與頡利正面衝突下，北征劉宋實智者所不為。可是一天不解決劉武周和宋金剛，李世民仍難安心東進。唯一的方法，是誘劉宋的大軍深進太原，再以李世民一貫的手法築壘堅守，斷其糧道後路，待其糧盡才起兵擊之，聖上認為如何？」

王世充深吸一口氣道：「這是外的因素，內的因素又怎樣？」

寇仲道：「內在的因素牽涉到唐室的內部鬥爭，從現在的情況看，楊文幹之亂並沒有動搖李建成的太子寶座。建成元吉一向反對李世民東征，怕他聲勢坐大，出關後更難控制，所以李世民以退為進，任得李元吉去太原碰釘子，自己好作支援。」

王玄應奮然道：「攻打關中，正其時也。」

寇仲嘆道：「假若竇建德已擊潰宇文化及，李世勣自顧不暇，確是攻打關中的最佳時刻。若我所料不差，李世民屯軍關外，實是一舉三得的策略。既可支援太原，又牽制聖上的大軍，令聖上難對李世勣施展全力，最厲害是若引得聖上派軍往攻，那就正中他下懷。」

王世充笑道：「少帥是否太長李世民的志氣？我們只要把李世民逼回關內，往守太原的李元吉將成孤軍。倘若少帥肯屈就再作朕的軍師，那時何愁大事不成。」

這正是寇仲來洛陽的目標，可是自猜到李世民暫時志不在洛陽，頓感形勢逆轉，若鄭軍攻唐，李世民表面似是被動，事實卻剛好相反，主動權全在他手上。寇仲自己知自己事，無論武功兵法，他都是善攻而不善守，就算守城，也以奇兵突擊為主。李世民不但善攻，更是善守。以寇仲的攻對付李世民的守，會是怎樣的結果？苦笑道：「聖上信得過小弟嗎？」

王世充坦然道：「唇亡齒寒，現在朕和少帥利益一致，不信任你信誰呢？」

寇仲振起精神，斷然道：「好！就這麼決定，一天關中未破，我們仍是並肩作戰的盟友。」

王世充傳諭道：「給朕立即把張鎮周、楊公卿召來，大鄭的興衰，就要看此戰的成敗。」眾人轟然領命。

最先攻至的是李神通的雙拳和裴寂的忘形扇，兩大高手聯擊之威確是不同凡響，分從正門和南窗破入，勁氣隔遠把徐子陵鎖緊。換過是吸取舍利元精前的徐子陵，唯一可採之法就是往上破頂而出，若是如此，便正中敵人下懷。徐子陵不能不冒這個孤單作戰之險，最有用的是讓敵人曉得高占道等是往冠軍去這句話。只有這樣，才可令敵人追失方向，最妙的是可逼陳式這地頭蛇爲他圓謊。徐子陵微微一笑，兩手按往圓桌，桌子立時離地飛起，先撞得桌邊幾張椅子四散激飛，然後急旋著往從大門殺進來的李神通猛撞過去。徐子陵同時騰身疾起，右足尖點在桌面中心處，雙掌迎往李神通的雙拳。

激飛的椅子在空中爆成紛飛的斷木殘片，累得裴寂和其他強攻入廳的幾名高手應接不暇，無法與李神通形成聯手之局。徐子陵敢肯定敵人的主力是在瓦頂之上，那無論他從哪扇窗或門逃走，他們仍可居高臨下看個一清二楚，布置攻擊。加上伏在外圍的箭手封擋他的去路，能輕易把他重重圍困。適才進來時，他曾用心看清楚廳堂形勢，內廳的大門有長廊通往前方主宅的大堂，大堂正門外是廣場、外牆和大街，只要闖到外街，他逃走的機會將增至最高。在一般情況下，李神通絕不會懼怕徐子陵的雙掌，無論如何也可把他截停、纏困或擊退，但任他自視如何高，仍不敢在力擋他雙掌之際同時應付急旋著當胸撞來的桌子，無奈下只好往旁閃開，狂喝道：「他要從正門出逃！」

「轟！」桌子沒法飛過大門，給門框撞得粉身碎骨，門牆亦給撞塌。徐子陵如脫籠之鳥，先往桌面撲去，到身體與桌面成三十度斜角，腳尖用力撐向桌沿，迅似炮彈般往長廊另一出口射去，門外的攔截者雖刀劍齊施，哪猜到他的去勢如此迅捷，全砍劈在空處，連他的衫角都沾不上。

徐子陵撲進大堂，竟空無一人，顯然早給清場，好方便對付他。守在大門外的柴紹領著十多人殺進來，徐子陵從地上彈起，往橫掠開，一個觔斗，破側窗而出，落到大堂側和外牆的空地上。箭弦疾響。

伏在牆頭瓦頂的十多名強弓手衆弩齊發，勁箭從各方交叉射來。徐子陵知道敵人給他弄得陣腳大亂。這樣倉忙射箭對他根本不構成威脅，反而因搭箭需時予他喘息之機。足尖一點，騰空直上。環目一掃，龐玉和段志玄正從瓦面領著二十多人撲至，李神通和裴寂此時可能追進大堂去，故不見蹤影。正是此時不走，更待何時。凌空換氣，在十多丈的高處改向橫移，避過敵人第二輪勁矢，越過布滿敵人的外牆，落往街心。足尖一點，再騰雲駕霧的升上對街的屋頂，一溜煙跑得無影無蹤。

由於張鎭周身在偃師，往返需時，所以寇仲給安排在城南一處小院落休息。王世充本想把他留在皇宮，卻給寇仲婉拒，更謝絕派來婢僕侍候。送他到該住處的郎奉給他打發走後，他唯一要做的事就是大睡一覺，到被叩門聲驚醒，已時近黃昏。來訪的是老朋友兼戰友楊公卿，久別重逢，當然非常高興。

楊公卿沒帶任何隨從，坐下後問道：「秦叔寶和程咬金為何一去不返？少帥若不方便說出原因，我絕不會介意。」

寇仲苦笑道：「聖上有否把這事算到我頭上來？」

楊公卿道：「這事相當奇怪，我曾在他面前兩次提起他們，都給聖上岔到別的事情去，似乎不願深究。」

寇仲道：「這叫問心有愧。」接著把來龍去脈，王世充為何要借宋金剛之手企圖把兩人和突利一併害死的事，解釋一遍，笑道：「我和小陵亦是聖上加害的目標，幸好我們及時曉得，將他的毒計化解於無形，否則突利恐怕永遠回不到家鄉。」

楊公卿扼腕嘆道：「程咬金和秦叔寶都是身經百戰的猛將，只因生性率直，不肯逢迎太子，還在戰略布置上與太子意見相左，故不爲太子及聖上所喜，可是人才難得，總不能因這種小爭拗棄之如敝屣，還陰謀加害。唉！對著這樣的主子，誰不心寒。」

寇仲大吃一驚道：「心寒歸心寒，現在大戰迫近眉睫，楊公最緊要撐著大局，否則洛陽危矣。」

楊公卿凝神盯著他好半晌後，沉聲道：「你是否知道程咬金和秦叔寶在李靖引介下，已投向李世民。」

寇仲失聲道：「甚麼？」

楊公卿搖頭道：「我有時眞不明白，你若助王世充擊敗李世民，於你有何好處？」

寇仲正容道：「首先，我怕的是李世民而非王世充；其次，我要爭取喘一口氣的時間，以建立我的少帥軍。你當我不清楚王世充是甚麼貨色嗎？」

楊公卿猶豫片刻後，壓低聲音道：「少帥有興趣收留老夫嗎？」

寇仲嚇了一跳，低聲應道：「這可非說笑，不過在目前的形勢下，楊公考慮選擇的人該是李世民或竇建德，何時輪到我寇小仲？」

楊公卿爽然失笑道：「少帥太謙虛啦，老夫環顧天下豪雄，只有你寇少帥始有與李世民一較高下的能耐，想我楊公卿自大業十年在邯鄲起義，縱橫不倒，甚麼人物沒見過，卻從未見過像你寇仲那麼高瞻遠矚，詭變百出卻不失忠厚之道的人，爲你効力，本身已是一種稱心的樂趣。」

寇仲給讚得尷尬起來，苦笑道：「楊公的讚賞，小子愧不敢當。我當然希望能和楊公並肩馳騁沙場，只是眼前形勢於我大大不利，故實不想楊公陪我一起吃苦。」

楊公卿微笑道：「既是如此，少帥何不索性解散少帥軍，樂得逍遙自在，無憂無慮？」

寇仲虎目閃亮，沉聲道：「我自出道以來，早習慣不斷掙扎求存，與強權的鬥爭，就像呼吸般自然。正因所遇事情都幾近不可能成功，到頭來仍爲我與子陵一一擺平，我才從艱苦中感覺到其中的樂趣。這回長安之行，更堅定我認爲高門大族已腐朽入心，沒有資格爲人民帶來幸福安穩的信念。看看李淵、李建成、李元吉等人，誰都該明白我的感受。李閥裏只李世民像個人樣。」

楊公卿拍掌道：「說得好！我楊公卿自被李建成害得家破人亡後，一直是孑然一身，爲的就是沒有任何牽累，做甚麼都不會有所顧忌。」

寇仲一震道：「李建成害得楊公家破人亡？」

楊公卿若無其事的道：「此事勿要再提，只問少帥對老夫的提議是否願意接納？」

寇仲伸出大手，肅容道：「難得楊公這麼看得起我寇仲，寇仲只有感激和歡喜。」

楊公卿一把握緊他的手，雙目神光閃閃，道：「這事我思索良久，非是出於一時衝動，少帥今後要老將怎麼做？」

寇仲道：「當務之急，是借王世充的力量以抗唐軍，楊公手下有多少可用的人。」

楊公卿道：「我手下將兵給王世充左削右減，剩下不夠五千人，但都是追隨我多年的親信精銳，忠誠方面全無問題。」

寇仲道：「我們的事，只許我們兩人心照不宣，楊公切勿在言行上洩露出來，免致惹得王世充起疑。」

楊公卿用力再緊握他一下後，放開手點頭道：「少帥放心，老夫自有分寸。」接著嘆道：「少帥有多少成把握保住洛陽？」

寇仲苦笑道：「原本還有一兩成，現在半成也沒有。」

楊公卿愕然道：「何有此言？」

寇仲盯著他嘆道：「楊公你正是活生生的例子，說明大鄭人心離散，除非我們初戰能大破李世民，否則唐軍東來，不用傷一兵半卒，可像收割禾草般接收向他們歸降投誠的城市，到洛陽變成一座孤城，還能捱得多久呢？」

楊公卿點頭道：「的確會有這種情況，張鎮周私下曾在我面前多次臭罵王世充的排斥舊部，大封親族，他極可能是第一個向李閥投降的人。」

寇仲失聲道：「甚麼？」

楊公卿聳肩道：「有甚麼奇怪的，我比他不是早行一步嗎？只不過對象非是李世民吧！」

寇仲聽得哭笑不得。旋又想起一事，問道：「王世充有否把榮鳳祥收拾？」

楊公卿憤然道：「這是另一宗教人不滿的事。我眞不曉得王世充爲何對榮鳳祥有那麼多的顧忌，不過自榮鳳祥被少帥行刺後，久未露面，但洛水幫的控制權，仍操在他手上。」寇仲亦苦思難解。

楊公卿離開後，寇仲回到廳內，正思忖是否該到街上逛逛，微響傳來。寇仲大感愕然。難道這麼快便有敵人摸上門來，尋他的麻煩嗎？

第七章

復仇之旅

黃易 作品集

第七章　復仇之旅

「篤篤！」窗門敲響，就像楊公卿剛才叩門般。寇仲微一錯愕，移到窗前，把窗推開，竟是龜茲美女「胡姬」玲瓏嬌活色生香的俏立窗外，身穿夜行衣，清減少許，卻另有一股打骨子裏惹人憐愛的味兒；不知是因她再沒有像以前般冷若冰霜的神態，還是因多添在眉眼間的一絲淡淡哀怨。

玲瓏嬌輕柔的道：「少帥你好！」

寇仲冒起把她擁入懷裏的衝動，那必是非常醉人的享受，特別是憶起她一貫拒人於千里之外的可恨姿態！不過他只是在腦袋中騰起幻想，卻不會付諸行動。他有點不知說甚麼好的道：「很久不見啦！」

玲瓏嬌橫他一眼，秀眉輕蹙的微嗔道：「爲甚麼那麼目不轉睛的盯著人家？是否因早把我忘掉呢？」

寇仲暗吃一驚，心想當女人說這種怨懟的話時，肯定是大有情意，迫自己表態。不由得想起在長安向尚秀芳道別而苦候不果的傷心往事，乾咳一聲道：「怎會忘記嬌小姐？進來再說好嗎？」

玲瓏嬌搖頭道：「我奉聖上之命要立即到常平探察唐軍的動靜，起行前特來向少帥打個招呼而已！」

從潼關到洛陽，水路經黃河，陸路則由潼洛官道，常平位於潼洛官道中途，緊扼黃河南岸，同時控制著水陸兩大要道，更是洛陽西面最大糧倉的所在，無論在經濟上或軍事上，都是兵家必爭之地。在關東諸城紛紛向李閥投誠之際，常平仍牢牢控制在王世充手中，但若落入李世民之手，關中唐軍將可直出潼關，經弘農到常平，或從水路抵洛陽之北登岸，又或循唯一的陸上要道攻打洛陽西潼洛官道上兩大重鎮澠池和慈澗。

寇仲道：「嬌小姐怎知我在這裏？」

玲瓏嬌白他一眼道：「在這裏發生的事，很少瞞得過我的。唉！眞不明白聖上這般待你，你仍肯來助他。」

寇仲苦笑道：「這就叫利害關係。嬌小姐應明白王世充是怎樣的一個人，爲何仍戀棧不去？一旦洛陽失陷，可不是鬧著玩的？」

玲瓏嬌聳聳香肩，迷人嬌態不經意的益發流露，皺起鼻子道：「人家是奉命行事嘛。他若完蛋，我將可回復自由，到時轉到你旗下當個小探子吧！」

寇仲頹然道：「希望我還有命享受那個福分。」

玲瓏嬌微嗔道：「少帥怎可對自己這般沒有信心，不跟你說哩！」一個翻騰，靈巧如狸貓的抵達牆頭上，不忘對他打出道別的手勢，迅速消失牆外。

寇仲搖頭苦笑，對李世民的雄才大略，用兵之奇，他有深刻的體會。除非王世充立刻讓位予他，又或把兵權盡託付於他寇仲，那說不定仍有少許逆轉的生機。這並非他自以爲韜略超群，足可抗衡李世民，而是至少他能安撫王世充麾下早有離心的諸將，量才用人，而不是像王世充般只懂任用親族。由現在開始，到洛陽城破，對他的少帥軍將是最重要的一段時間。這時期愈長，對他愈是有利。他將透過楊公卿與宣永、白文原、卜天志等見面，安排攻守大計。只有奪得他的老家江都，他才有希望問鼎天下，與所向無敵的李世民逐鹿中原。

接著的十五天，寇仲足不出戶，專心一意的把從寧道奇處領悟回來的寶貴體會消化，更深入的去提升「井中八法」的精微玄奧。每當楊公卿找上門來，則和他研究洛陽的地理形勢與兵法的應用，生活安靜而充實。第十六天，王世充沒理由地延遲了至少五天的軍事會議終於召開。

楊公卿奉命來接他入宮，甫登馬車，楊公卿憤然道：「你知道王世充爲何硬要把會議拖延了幾天？」

寇仲忙問其故。

楊公卿狠狠道：「王世充今早下詔公告，王弘烈鎭守襄城，王行本守虎牢，王泰守懷州，王世惲守南城，王世偉守寶城，玄應太子守東城，王玄恕守含嘉城，王道徇守曜儀城，他自己則率兵三萬，抗擊唐軍。」

寇仲聽得愕然以對。這批鎭守洛陽八方重城的將領，全是王世充的宗親，顯示他根本不信任外姓將領，如此舉措，肯定會令外姓諸將進一步離心。王世充可能是因李密前車之鑑，知道一旦兵敗，手下諸將會出現連鎖式的降敵反應，不過這麼任親不任才，調兵遣將，只會把鄭軍置於必敗之地。這安排亦曾使王世充爲之大動腦筋，費盡心力，致使會議延遲。

寇仲道：「張鎭周來了嗎？」

楊公卿道：「鎭周六天前已抵達，來的尙有顯州總管田瓚和管州總管楊慶。但李密的降將段達和單雄信並沒被他召入京來，因爲王世充更不信任他們。唉！少帥你說吧，這場仗不用打也可知輸贏。」

寇仲苦笑道：「王世充就是那個唯一不曉得自己會輸的人，我們對他的期望是想他能捱久一點。」

楊公卿點頭道：「捨此之外，對他尙有何求？」

馬車進入皇城。

當三艘風帆從黃河駛進通濟渠，朝梁都開去，徐子陵已知道不負寇仲所託，成功把寶貨運回彭梁。由於同興會一向做足工夫，定期孝敬，兼之信譽良好，所以沒遭鄭軍任何留難。衆人興高采烈，急忙換上少帥軍的雙龍旗號，免致惹起不必要的誤會。離梁都尚有個把時辰的水程時，卜天志聞風而至，親率戰船相迎，各人久別重逢，當然欣慰異常。船隊浩浩蕩蕩的順流而下，徐子陵、卜天志、高占道、牛奉義、查傑聚在艙內說話，互道別後情況。高占道等見到卜天志如此人才，亦投靠寇仲，更是信心倍增。

卜天志道：「少帥已安抵洛陽，正與老狐狸交手，希望他能穩守洛陽，四天前少帥傳來消息，說子陵和高大將等隨時會到。」

衆人正擔心寇仲近況，得知此事，立即放下心頭大石。卻只有徐子陵曉得寇仲成功地由寧道奇手底下溜掉，更曉得從那刻開始，如若單打獨鬥，天下間已數不出多少個人可奈何寇仲。

高占道訝道：「卜先生爲何稱我爲大將？」

卜天志微笑道：「這是虛軍師的安排。少帥確有眼光，虛軍師眞是難得的人才，把我們這盤散沙組織成眞正的少帥雄師，治理經濟民生等方面更是井然有序。高兄現在正是我少帥軍八鎭大將之一，等於少帥的得力肱股，牛兄和查兄則分別爲左右飛將，一鎭的兵力暫時是三千五百人，日後當然會大爲擴充。」

高占道等做慣海賊，有二百多人聚衆縱橫，已感非常了不起，聽到一下子有三千多人撥給他們指揮，立時精神大振，喜出望外。

卜天志壓低聲音道：「少帥的口訊對楊公寶庫隻字不提，究竟情況如何？」

徐子陵道：「你們聽到甚麼傳聞消息嗎？」

卜天志嘆道：「收到的全是壞消息，據說你們尋寶出了岔子，反被李閥把寶庫據爲己有。不過錢財兵器始終是身外物，只要人能安全無恙，其他實不用介懷。」

徐子陵壓低聲音道：「事實剛好相反，在我們這三艘船的底艙中，運載的黃金加起來足可夠彭梁全區軍民至少三年的花用。此乃少帥軍的秘密，切不可傳洩出去。」

卜天志不能置信的瞪著他，經徐子陵扼要解釋後，卜天志拍腿嚷道：「這將解決了虛軍師最頭痛的問題，我們把曹應龍各地密藏起出來後，虛軍師依少帥意思還富於民，免去彭梁區所有稅項一年，又通過龍游幫的澤岳從各地購得大批糧貨建材，把庫存用得零零落落，現在得到這批黃金，當然又是另一回事啦！」

牛奉義問道：「彭梁目前情況如何？」

卜天志欣然道：「在虛軍師的治理下，彭梁萬衆歸心，欣欣向榮。就算唐軍明天便到，我們也有信心撐上一段日子。」

查傑興致盎然的問道：「八鎮大將除高大將外，尚有甚麼人？」

卜天志答道：「現在只得六鎮大將，尚有兩個空位待賢，另五位大將就是宣永、陳長林、白文原、焦宏進和小弟，各領一鎮，總兵力在二萬人間。」

徐子陵奇道：「當日我離開之際，總兵力應過此數。」

卜天志道：「這正是我佩服行之的一個原因，以前我們是兵民不分，裝備兵器馬匹都不夠分配，人數看似有四、五萬，其實只是烏合之衆。行之於是大事興革，先把全軍解散，再從有意參軍効忠者中選拔精鋭，組成六鎮大軍，嚴加訓練，又把彭梁分爲六區，每區一鎮，既可維持治安，又可協助地區農事生產，建屋修路，並加強各區防禦軍事。少帥軍再非以前的少帥軍哩！」

徐子陵暗讚寇仲行運，更明白李世民爲何對寇仲日增忌憚，皆因彭梁的情況，必會經探子之口向他詳報。

卜天志談得興起，續道：「在內政方面，行之創立四部督監，由任大姐任戶禮督監，掌六區田戶、度用、錢帛、倉庫、禮儀、主客、膳飼等各部；陳老謀任工部督監，掌土木建造、屯田、拓田、山澤苑囿、舟楫河渠等司職；行之自己則兼刑吏督監和兵部督監，管官吏銓選、考謀、勛賞、刑律、兵事各項。由於大家都非常齊心，整體運作既精簡又有實效。」

徐子陵聽得不知是何滋味。少帥軍在虛行之等苦心經營下，終具備規模，若給大唐軍趁其仍未成氣候下以泰山壓頂的強勢摧毀，人亡軍散，他徐子陵絕不好受。

查傑興奮的道：「少帥有甚麼指示，我們會否出兵助王世充守洛陽呢？」

卜天志苦笑道：「我們名義上雖有二萬兵力，實際上能作戰者只有萬二、三人，其他的是囊括各式人才的工事和輜重兵，且因尚要派人留守彭梁，免得被虎視眈眈的李子通乘虛而入，實質能抽調的人手絕不過三四千。幸好少帥明言我們只須守穩大本營，並囑我們偕子陵同赴洛陽與他碰頭商議。」

徐子陵道：「準備甚麼時候去？」

卜天志道：「若你不反對，我們今晚立即起程。」

徐子陵點頭道：「好吧！我們今晚走。」

決定鄭國興亡的軍事會議在議政殿內舉行，由王世充親自主持，包括王玄應、王玄恕、王弘烈、王行本、王世惲、王世偉、王道徇等太子、王子及親王，外姓將領則有楊公卿、張鎮周、宋蒙秋、郎奉、楊慶和田瓚，勉強加上寇仲，才能兩邊人數相等。王世充顯然消化了寇仲初來通報的震撼，顯得胸有成竹，從容不迫。不過至少在表面上仍尊重寇仲，讓他坐在右首的上座，與對面的王玄應並列。寇仲本以為會見到玲瓏嬌，這位龜茲美女卻沒有出現。

王世充開腔道：「剛接到消息，宋金剛以二萬精騎突襲榆次，擊潰了唐將姜寶誼和李仲文的部隊，下一個目標非平遙則為介州。」

眾皆嘩然，只有王玄應臉含冷笑的觀察寇仲，與其他人反應截然不同。寇仲心中納悶，王玄應不感驚訝，自因早曉得此事。但對自己表現得這般不友善，卻是耐人尋味。究竟有甚麼地方不妥當？

王玄恕不解道：「宋金剛雖是猛將，不過唐軍仍不該弱至如此不堪一擊的地步。」

王玄應得意洋洋的道：「王弟是有所不知。這回宋金剛南侵太原，後面有頡利全力支持，不但供應戰馬裝備，還以突厥精銳喬裝宋金剛的手下，豈是唐軍所能應付。」

寇仲開始明白李淵為何對突厥如此忌憚，不敢公然開罪頡利。如若扯破臉皮，頡利毫無顧忌的聯手與宋金剛揮軍南下，誰架得住他們？還幸現在仍未致如此明目張膽。

張鎮周道：「宋軍一旦攻陷平遙和介州，將可直接圍攻太原本城，太原不但是李淵的老巢，更是唐室的後援糧倉，不容有失，不知李淵有何對策？」

王世充朝寇仲瞧來，神態輕鬆的道：「假若真如少帥所猜，李世民是故意讓李元吉吃敗仗，以誘宋金剛深入，那他極可能犯下令李家由盛轉衰的大錯失。」

寇仲淡然道：「錯在甚麼地方？」

王世充提高聲音，字字鏗鏘有力的道：「錯在低估敵人，現在李淵以李元吉出守太原，又命裴寂爲晉州道行軍總管，率軍援助李元吉，可知李淵覺察危險。一旦太原失守，宋金剛部可沿汾水南下，循李淵當年入關舊路，渡黃河直指長安，否則何有裴寂往援之舉？」

王玄應陰惻惻地笑道：「只要我們能牽制李世民在關外的大軍，當宋金剛順利南下，任李世民三頭六臂，也要在腹背受敵之下覆亡，沒有人可改變他的命運。」

寇仲聳聳肩頭，沒有答話。

田瓚道：「李世民兵力如何，屯駐何處？」

王玄應搶著道：「李世民的主力大軍目前集中在弘農西北的稠桑，行軍兩天即可抵桃林，看情況是想進犯常平，這回我們定要他來得去不得。」寇仲心中暗嘆，以王玄應的低能無知去猜李世民的能耐，等於夏蟲語冰，不知所云。

張鎭周皺眉道：「以李世民的精明，怎會蠢得妄開兩處火頭，誰都知道縱然洛陽剩下一座孤城，亦非一年半載所能攻克的。」

王玄應不悅道：「他不來攻我，何如由我去攻他，務要令他泥足深陷，不能分兵去對付宋金剛，等到宋金剛與李軍兩敗俱傷，我們乘虛而入，盡收漁人之利。」

王世充乾咳一聲，打斷王玄應洋洋自得的滔滔話河，轉向寇仲道：「少帥對此有甚麼意見，請放言直說，不用有絲毫避忌。」

寇仲心中暗罵，王世充雖擺出禮賢下士的姿態，事實上卻早有安排，使各親王出掌洛陽四周的戰略重鎮，目的是要確保洛陽安全及糧道暢通，並防止手下叛變。倘要圍困洛陽，首先得清除重重屏障。當下徐徐道：「李世勣一方有何動靜？」

王世充道：「李淵任命淮安王李神通為山東道安撫大使，助李世勣攻打魏縣宇文化及的軍隊，希望能比竇建德早一步攻陷宇文化及，好阻截竇建德的大軍。」

寇仲拍案嘆道：「這正是李世民屯軍稠桑的作用，目的是牽制聖上的鄭軍，使李世勣能向北擴展。」

張鎮周點頭道：「少帥之言有理。」

王玄應冷笑道：「我卻認為李世民是自尋死路。宇文化及滅亡在即，這是無人能挽回的事實，無論是哪一方攻陷宇文化及，在失去緩衝下夏唐勢將正面交鋒，對我們更是有百利而無一害。」王弘烈等一眾王玄應的「自己人」紛紛交相讚許，對他作出支持。

王世充再乾咳一聲，把所有人的注意力扯回他身上，沉聲道：「今天我們這個會議，是要決定應否出兵攻打李世民，此事關係重大，干戈一動，我們將正式和李淵扯破臉皮。」

王玄應斷然道：「此乃千載一時之機，我們絕不可錯失。」

張鎮周和楊公卿交換個眼色，沒有說話。田瓚和楊慶兩人地位低於他們，更不敢作聲。宋蒙秋自己先表態贊成，郎奉和其他宗親亦相繼附和。

王世充見寇仲像呆了般皺眉苦思，奇道：「少帥是否有別的想法？」

寇仲猛地醒過來般，點頭道：「確是另有想法，愚見以為在現時的情況下，絕不宜出軍攻唐。」

「砰！」王玄應重重一掌拍在几上，大怒道：「早知你是李世民派來的奸細，還不露出狐狸尾巴。」包括王世充在內，衆皆愕然。

王世充喝道：「王兒勿要胡說。」

王玄應猛地起立，瞪著另一邊的寇仲戟指道：「大丈夫敢作敢認，寇仲你在長安時，是否在李靖穿針引線下，早向李世民投誠？」

寇仲仍是好整以暇的閒適模樣，微笑道：「太子何必這麼動氣！似此關係重大的謠諑，小弟尚是首次得聞。不知消息是否源自我們洛陽大美人榮姣姣的探報？」

王玄應顯然給他說中，其理直氣壯之勢立即打個折扣，仍色厲內荏的撐下去道：「消息從甚麼地方來不用你理，你敢答我的問題嗎？」

殿內鴉雀無聲。寇仲神態輕鬆的哈哈大笑道：「我寇仲是何等樣人，天下自有公論。別人若不了解，我亦不必白費唇舌。」

張鎭周沉聲道：「太子怕是誤會了，少帥絕不是這種人。」

王玄應見王世充沒說話，膽子大起來，忿然道：「若眞是誤會，爲何他力主我們不要對李世民用兵？」

寇仲暗忖不宜與王玄應鬧得太僵，乘機讓他下台，一拍額頭道：「原來太子因此而致誤會小弟，太子請坐下，且聽小弟說幾句話。」

王世充向王玄應點頭示意，王玄應雖深感不忿，仍無奈地坐下聽寇仲解說。衆人目光集中到寇仲處。

寇仲正容道：「我這人最愛切身處地為人設想，假若小弟是李世民，絕不會在這情況下與聖上全面開戰，因為必須留力以應付聲勢逼人的宋金剛。」

王世充訝道：「既是如此，李世民為何要屯兵關外？難道只為牽制我們，令我們不能干涉李世勣的活動？」

寇仲道：「這是其中一個原因，另一個原因在試探聖上的心意。假設我沒有猜錯，李淵現在絕不願對洛陽動武，至少希望把事情延至十個月後。」

衆皆愕然，更不明白這十個月的期限是如何定出來的。

連楊公卿亦忍不住道：「少帥何有此言？」

寇仲微笑道：「道理非常簡單，皆因董貴妃剛懷了李淵的骨肉，若唐鄭開戰，董貴妃說不定會惶然失措，傷了胎兒。以李淵的性格，當不會希望發生這情況。」衆皆恍然，又感難以置信。

王弘烈不解道：「少帥不是說過唐軍要來攻打洛陽？現在又說出這番話，是否前後矛盾？」

寇仲道：「攻打洛陽是勢在必行，但次序卻有先後之分。只看唐軍兵分兩路，一抗宋金剛，一攻宇文化及，李世民則留守後方，可知李世民的策略是要先鞏固黃河北岸，始圖謀潼洛官道，倘官道落入李世民手上時，唐軍將從水陸兩路掩至，先蠶食洛陽外圍的所有城池，當成功截斷糧道，始會直接圍攻洛陽。」

王玄應振振有詞的道：「既是如此，我們難道仍坐以待斃，任得李世民張牙舞爪，耀武揚威嗎？」

寇仲從容不迫道：「假若我們此時發兵攻唐，會白白幫李世民一個大忙，使他不用再理會李淵的旨意，李淵亦有話可向淑妮小姐交代。屆時李世民只要把大軍渡過黃河，請問太子敢否渡江追擊？」

王玄應爲之語塞。他們雖在黃河北岸取得幾個據點，但均在洛陽之北，且被李世勣的軍隊壓得不能動彈，若把主力大軍調往進攻稠桑，勢將首尾難顧，說不定北岸的據點亦要失守，而另一邊則撲個空，當然非是良策。

王世充沉吟道：「那少帥是否認爲我們該按兵不動，靜觀其變？」

寇仲道：「鄭唐之戰，事實上聖上是占盡地利的優勢，若能再得人和，使上下一心，李世民在久戰力疲下，極可能重蹈李密覆轍。聖上又宜與竇建德結成聯盟，共抗唐軍，如此將更萬無一失。」這可說是寇仲對王世充最後一個語重心長的警告和提示，點出他最大的弱點。張鎮周等外姓將領，無不心內稱許，臉上卻不敢作出任何表示。

王世充點頭道：「與竇建德的聯盟，是勢在必行。他曾親到洛陽跟朕談了一晚，不過因在一些利害上有分歧，始終談不合攏。」

寇仲訝道：「分歧？」

王世充有點尷尬，乾咳一聲道：「自徐圓朗歸降竇建德，夏軍的勢力直達通濟，使我們跟徐世勣、竇建德在滎陽之西發生過幾起衝突，弄得很不愉快。」

寇仲聽他語焉不詳，隱隱猜到說不定事情與他有關。因爲通濟渠南下便是梁都，正是他寇仲的地盤。因劉黑闥的關係，竇建德早視他寇仲爲自己人，說不定王世充對他少帥軍有圖謀，卻被竇建德反對，所以夏鄭才談不合攏。他當然不會揭破，提議道：「此事包在我身上，只要聖上同意，我可到樂壽向竇建德說項，向他痛陳利害，保證他肯共抗唐軍。」

這提議正中王世充下懷，要知寇仲自大破李密後，已在鄭軍中確立了崇高的聲望和地位，故後來王世充與李世民聯手對付他和徐子陵，曾惹來軍中激烈的不滿。以王世充的自私自利，當然怕寇仲聯同其他外姓將領，將他取而代之，所以寇仲肯離開洛陽，王世充實是求之不得。哈哈笑道：「只要少帥能說服竇建德，唐軍又有何懼哉。」寇仲陪他笑起來，心中想到的卻是趁宇文化及尚未給李世勣或竇建德化骨之前，他和徐子陵須好好把握機會，替娘報仇。

在楊公卿的安排下，寇仲和徐子陵在陳留碰頭，與徐子陵一道來的尚有虛行之、宣永、卜天志三人。他們在一艘泊在碼頭的船上議事，寇仲把北方的形勢交代後，問道：「南方的情況如何？」

虛行之道：「李子通表面看來聲勢大盛，不但重創沈綸，杜伏威亦暫時退兵。李子通更率兵渡江攻打沈法興，進占京口。沈法興遣部將蔣之超迎戰，被李子通當場格殺，逼得沈法興放棄毗陵，逃奔吳郡，丹陽亦陷落李子通手上。」

寇仲道：「這確是聲勢大盛，為何行之只說是表面看來大盛？」

虛行之分析道：「李子通是不得不冒險進攻沈法興，因他北方老巢東海被我們占領，西方則有杜伏威縱橫無敵的江淮勁旅，所以唯一發展的矛頭就只有江南的宿敵沈法興。」

徐子陵訝道：「比起沈法興，少帥軍明顯兵微將寡，為何李子通選強捨弱，不作反撲，反圖江南。」

虛行之道：「捨弱選強正點出其中關鍵。李子通曉得我們無力進犯江都，所以先全力收拾對他構成威脅的沈法興。」

寇仲點頭道：「江淮軍由於杜伏威和輔公祏兩大巨頭出現嚴重分歧，暫時無暇理會李子通，難怪他這麼放肆。」

宣永道：「少帥認為洛陽可守多久？」

寇仲道：「王世充的任用宗親亦非一無是處，他本身又是身經百戰的統帥，現在更在城內拚命堆積糧草，就算洛陽變成一座孤城，至少亦可守一年半載。」

虛行之嘆道：「那李世民極可能會吃敗仗，他不但要先克服混雜突厥精銳的宋金剛部隊，還要應付竇建德的雄師，加上關中戰士久戰思家，攻打洛陽又必傷亡慘重，形勢對他非常不妙。」

卜天志道：「李世民大可在擊破宋金剛後，改攻為守，鞏固收復的失地。」

宣永道：「這是下策，一旦宇文化及被滅，竇建德大軍將如決堤的潮水般沿大河北岸席捲而來，假若李世民不能於這形勢發生前奪取洛陽，將盡失關外辛苦經營的優勢，被迫退守關中，那就變成只能坐看竇建德雄霸關外之局。」

寇仲道：「李小子正因深知此中關鍵，所以採取目前似令人費解的戰略，不過任他李世民是武侯再世，孫武轉生，要攻陷洛陽亦將是一年半載後的事，且不論誰勝誰負，除非我們肯棄械投降，否則火頭接著就燒到我們，行之對此有何應付妙法？」

虛行之灑然笑道：「少帥早胸有成竹，何須行之獻醜？」

宣永沉聲道：「攻打江都？」

寇仲道：「只有取得江都，我們方有希望抗北圖南。現在我們盡得寶庫黃金，不虞財政短缺，可趁洛陽失陷前，全力擴軍備戰，但切勿盲目擴軍，那不但損害地方生產，加重庫房負擔，更會令少帥軍質素下降。」

宣永拍胸保證道：「這個包在我們身上，所有不合水準的士卒都會被淘汰，絕不濫收新兵。」

卜天志道：「我們可對外宣稱從曹應龍處得到大批黃金，那就算我們手頭充裕，亦不致惹人懷疑。」

虛行之微笑道：「彭梁的發展非常理想，少帥放心去對付宇文化及吧！」

寇仲拍案讚道：「行之定是我肚內的蛔蟲，竟能摸通我的心意。」

徐子陵笑道：「只看你約我們在這裏碰頭，就知你老兄暫無意思返回彭梁哩！」

寇仲苦笑道：「陵少又來耍我。」轉向虛行之等道：「在備戰期間，有兩件事必須分頭進行，首先是要與竹花幫的桂錫良取得聯繫，透過他們掌握江都和南方的形勢；另一方面則設法向飛馬牧場秘密買一批第一流的戰馬，這是商秀珣曾親口答應的。我寇仲重返彭梁之日，就是進擊江都之時。」

三人轟然應喏。

與虛行之三人辭別後，寇徐扮成漁人，操漁舟北上。天氣忽然轉壞，風雪交襲，不得已下他們把漁舟泊往岸旁暫避。兩人不懼寒冷，坐在船篷外欣賞通濟渠的雪中景況。

寇仲道：「再有一個時辰就可北抵大河，然後轉右順流東下，兩天可抵宇文閥的老巢許城。當年煬帝尚未歸西，想宇文閥何等威風八面，現在卻是窮途末路，徐圓朗歸降竇建德，注定宇文化骨敗亡的命運。」

徐子陵目注一陣狂風刮得雨雪像堵牆般橫過廣闊的渠面，沉聲道：「自宇文化骨攻打梁都損兵折將而回，他們就只剩下待宰的份兒，徐圓朗投靠竇建德，更令他們四面受困，逃走無路。」

寇仲道：「現在宇文化骨親率大軍在永濟渠東岸的魏縣力抗李世勣和李神通的大軍，爭奪永濟渠的控制權。照我看宇文化骨該捱不了多久，我們這麼直撲魏縣，大有可能會撲個空。」

徐子陵皺眉道：「若不到魏縣，該到甚麼地方去？」

寇仲分析道：「我們欠缺的是消息情報，所以有無從入手之嘆。」

徐子陵道：「你想找劉黑闥幫忙？」

寇仲苦笑道：「我早晚要見竇建德，只因我和你之間的關係曖昧不清，所以小弟要兜幾個圈說出來試探陵爺的反應。」

徐子陵啞然失笑道：「這叫作賊心虛。不過找劉黑闥並不比找宇文化骨容易，且往來費時，假若宇文化骨給李世勣幹掉，我們就悔之莫及。」

寇仲抓頭道：「我總說不過你的——」

徐子陵截斷他道：「因爲你有私心，所以說不過我。」

寇仲失聲道：「私心！我寇仲會爲娘的事別有私心？」

徐子陵開懷笑道：「想認識一個人絕不容易，能無偏地認識清楚自己更加困難，我還未有機會問你，寧道奇那一關你是怎麼過的？」

寇仲狠狠道：「好小子！擺明是不給我辯白的機會，好！老子大人有大量，不和你計較。」

徐子陵捧腹笑道：「大人有大量的怕是寧道奇而非你這小子吧？」

寇仲事實上給徐子陵抓著痛處，乘機「見好即收」，點頭道：「寧道奇確是仙道輩的超卓人物，全無好勝之心，有如流水，無論過石穿林，都是那麼逍遙自在，無拘無束，收放自如。坦白說，若果他眞如早先我們以爲的那樣不擇手段對付我，我應該不能在這裏和你說此番對他表示最高崇敬的話。」

徐子陵沉聲道：「你是否故作謙虛？」

寇仲大力拍他的肩頭，暢懷笑道：「又給你看穿，但除最後那句外，其他都是眞話。當我接著寧道奇全力劈來的一掌時，我就知道自己確有一拚之力。」

徐子陵道：「有用他的『散手八撲』嗎？」

寇仲道：「沒有！肯定沒有！」

徐子陵生出興趣，問道：「你老哥既從未見過散手八撲，如何曉得他有否用過？」

寇仲聳肩道：「散手八撲應是一套完整的武道精華，招與招之間自有其連貫性，這包括精神和實質上表現出來的法度，就像小弟的井中八法。咳！哈！我之所以要八法而不是九法或十法，正是對他八撲的一個致敬。」

徐子陵道：「另一個問題，寧道奇爲何不使出他最拿手的絕技？看來你也不可能擋得過他的八撲。」

寇仲苦笑道：「因爲他限自己只可以用一隻手來對付我，還如何八撲？」

徐子陵道：「以寧道奇那種智慧卓越的人，豈肯放虎歸山？若是如此，根本不該答應師妃暄出手，師妃暄亦不會請他出手。」

寇仲露出思索的神色，沉吟道：「對！其中定有些我們不知道的變化。」

徐子陵雙目閃耀著智深如海的光芒，緩緩道：「那些變化，我們應是知道的，若我沒猜錯，師妃暄這回並不絕對看好李世民，所以放你一馬。眼前情況李世民仍是首選，寇少帥則是副選。」

寇仲劇震道：「竟有此事？」

徐子陵分析道：「你想想吧，連楊文幹叛亂如此嚴重的事，建成仍可免去罪責，可知太子貴妃黨的聯合力量多麼強大。李世民現在只有兩條路可走，一是在外擁兵自立，要走這條路必須攻陷王世充的地盤，否則只是自尋死路。」

寇仲接下去道：「另一條路就是在長安策動政變，那更不容易。在突厥人的支持下，建成、元吉合起來的力量比李世民只強不弱，何況建成、元吉更有李淵的支持。哈！你說師妃暄不看好李小子確有道理！」

徐子陵道：「仍令人不解的是，既然如此，寧道奇爲何還要出手？」

寇仲道：「爲的怕是我們的長生訣吧！寧道奇借此機會，迫我拚盡全力，讓他可窺探長生訣的虛實。」

徐子陵點頭同意。

寇仲一拍額頭道：「我眞蠢，竟忘記了楊公卿，我們大可請他幫忙，提供有關宇文化骨的情報。」

徐子陵眉頭大皺道：「豈非又要折往洛陽？」

寇仲道：「楊公卿目前該在滎陽而非洛陽，找他只是路過之便。」

徐子陵道：「就這麼辦。」

寇仲苦笑道：「爲娘報仇後，陵少會到哪裏去？」

徐子陵道：「我想去探看大小姐和小陵仲。」

寇仲嘆道：「我也想看看他們。」

徐子陵搖頭道：「除非你懂得分身術，否則哪來餘閒？之後我會到塞外走一趟，見識一下老跋的大草原和可達志鍾情的沙漠。」

寇仲默然無語，明白到徐子陵是要避開中原，俾能置身他的事之外，否則若聞得他寇仲遇險遭困的消息，徐子陵能袖手不理嗎？

寇仲和徐子陵順利地在滎陽的原密公府找到楊公卿，舊地重遊，想起當年與素素歷盡艱劫下逃出大龍頭府，再逃出滎陽的諸般往事，境遷物異，素素已去，李密則虎落平陽，沈落雁嫁作人婦，不勝唏噓。

楊公卿沒想過兩人會聯袂而來，大喜道：「我正為找你們頭痛。」

寇仲訝道：「甚麼事？」

一人從內堂大步走出來，哈哈笑道：「人生何處不相逢。想不到兩位老兄竟會送上門來，免去小弟尋尋覓覓之苦。」來人瀟灑風流，正是「多情公子」侯希白。驟見故人，兩人欣悅非常。

寇仲大笑道：「還以為你會躲往深山窮谷之中，哪想得到你會四處亂跑呢？」

徐子陵微笑道：「大隱隱於市，侯兄乃不甘寂寞的人，沒有紅顏知己作伴，如何過日子？」

侯希白道：「子陵說笑啦！這些日子來小弟絕跡紅樓楚館，心中只在惦念你們，且想得很苦。」

寇仲誇張的驚呼一聲道：「吓！我和陵少可都是不好此道的。」

侯希白啞然失笑道：「少帥又來耍我，小弟只是把話說得誇張點，否則如何表達心中感激之情。」

寇仲故意板起臉孔道：「但你那秀秀氣氣的相公模樣會教人思疑嘛！」

三人六目交投，同時笑得前仰後合。楊公卿亦給他們的互相戲謔惹笑，感覺到三人之間沒有機心，充滿眞誠的交情。無論在官場上或江湖中，都是難能可貴的，忙道：「坐下再說。」四人圍桌坐下，楊公卿親自替各人斟茶。

徐子陵道：「侯兄怎懂得通過楊公找我們？」

侯希白道：「離開長安後，我先抵洛陽，住了十多天才到滎陽，在這一帶小弟亦算有點人面，可是直至少帥離開洛陽後，我才收到風，曉得楊公與少帥關係較密切，遂不嫌冒昧的請楊大將軍幫忙。」

兩人記起當日滎鳳祥擺壽酒，侯希白是座上客之一，足證他在洛陽非常吃得開。在這種文化大邑，只憑他多情公子的畫技，肯定廣受歡迎，何況他技不止此。

寇仲道：「楊公是自己人，沒有話須隱瞞的，侯兄的不死印法練得如何？」

楊公卿從未聽過不死印法，故沒有甚麼反應。

侯希白欣然笑道：「欲速不達，我是一切隨緣，現在可說已有小成，多謝少帥關心。」

寇仲嘆道：「我是不能不關心你。因為舍利已落在令師手上，他宣告閉關潛修一年，一年後隨時會來考較你的功夫。」

侯希白俊臉微微變色，苦笑道：「這消息會令小弟更加努力。」

楊公卿終忍不住問道：「甚麼舍利？侯公子的師尊是誰？」

寇仲解釋一番後，楊公卿始曉得眞寶藏落入兩人手中，更對寇仲的推心置腹，非常感動。

侯希白聽得目瞪口呆，搖頭嘆道：「我從沒想過你們眞能攜寶離開長安，還可令天下人以為你們尋寶失敗。」

徐子陵道：「我們的成功，其中實有很高的僥倖成分。」

侯希白道：「你們是否準備去找宇文化及算舊賬？」

寇仲大訝道：「你怎會曉得的？」

侯希白哂道：「凡知道你們出身的，哪個不曉得你們跟宇文化及仇深似海，現下宇文化及覆亡在即，以兩位大哥一貫的作風，自不會假他人之手爲你們了卻血仇吧！」

寇仲大力一拍他肩頭道：「有你的！敬你一杯茶。」四人興高采烈的舉茶互敬。

侯希白飲一口熱茶後，微笑道：「既是如此，我們又可並肩作戰哩！」

徐子陵不解道：「你和宇文化及有甚麼過節？」

侯希白聳肩道：「他和你們有過節，等於和我侯希白有過節。前幾天宇文化及的頭號心腹，也是我的舊識張士和到洛陽找我，央我去爲宇文化及的愛妃衛夫人畫肖像，代價是一幅漢代的美人掛軸。」

楊公卿奇道：「兵臨城下，隨時國破家亡，宇文化及仍有此等閒情逸致。」

寇仲和徐子陵心中亦湧起怪異的感覺，一直以來，他們心中的宇文化及都是冷酷無情，沒有甚麼人性的，豈知竟有此溫馨多情的一面。

徐子陵沉聲道：「他們請你到甚麼地方去？」

侯希白道：「當然是魏國的都城許城哩！」

寇仲問楊公卿道：「宇文化及目前的情況如何？」

楊公卿道：「能守過正月，已相當了不起呢。照李世勣一向的作風，若攻陷魏縣，必會乘勝全力追擊，不讓宇文化及有回氣的機會。」

徐子陵道：「竇建德一方有沒有動靜？」

楊公卿道：「可用虎視眈眈來形容。竇建德正在靠近魏境的幾座城池集結重兵，任何一刻也可發兵侵魏。」

寇仲抓頭道：「眞教人頭痛，不過照我看，宇文化及該沒這般容易死掉，就算兵敗也會敗返許城，對嗎？」

徐子陵道：「侯兄當時怎樣回覆那張士和？」

侯希白微笑道：「老朋友的事就是我侯希白的事，小弟當然樂於答應。」

寇仲拍桌道：「那就成啦！」

楊公卿道：「尙有一事，我們最新收到一個消息，原來頡利本準備親率大軍，偕劉武周、宋金剛聯袂入侵太原，最後卻因突利返國，向頡利發動戰爭，使頡利無法分身，只好仍用現在這種送人送馬的方式增強宋金剛軍力。」

侯希白道：「這麼說，少帥和子陵確幫了李世民一個天大的忙。」

楊公卿道：「該說幫了中原所有人一個忙。突厥人做慣馬賊，殺人放火，姦淫擄掠當作家常便飯，若讓他們長驅直搗中原，會造成極嚴重的破壞。」

徐子陵苦笑道：「照現時的形勢發展，突厥人終有一天會從北疆殺進來的。」

寇仲岔開話題向侯希白道：「侯公子！請問我們該以甚麼方式混進許城去？」

侯希白「嚓」的一聲張開美人扇，優閒的輕輕搖撥，微笑道：「你們知否獅豹是怎樣獵食的？」

寇仲愕然道：「我連獅豹也沒有見過，怎知牠們如何覓食？」

侯希白道：「這是石師訓練我時說的一番話，令我留下非常深刻的印象。」

寇仲和徐子陵知是石之軒說的，均露出注重的神色，因愈能摸清楚石之軒的底子，將來愈有機會保命。現在仍有破綻的石之軒已這麼厲害，一年後出山的石之軒會如何了得更令人難以想像。

楊公卿興致盎然的道：「我曾遇過一個被豹傷的人，傷口非常可怕。」

侯希白道：「除非是老獅餓豹，否則極少傷人，牠們都是有了固定的目標，把獵物的習慣反應摸通摸透，才進行襲擊以增加成功的機會。」

寇仲露出深思的神色，道：「此正合兵家之旨，所謂知己知彼，百戰不殆。」

侯希白沉聲道：「獅和豹是獵狩的高手，分別在獅子聯群結隊的出動，像草原上的無敵雄師；豹子則是荒野的幽靈，獨來獨往，大有獨行夜盜的風範。」

徐子陵道：「令師該像豹多一點，侯兄亦是獨來獨往。」

楊公卿道：「那少帥和子陵就該是兩頭雄獅哩！」

侯希白搖頭道：「他們是兩條龍，龍不但變幻莫測，既能潛游淵海，又能翱翔於九天之上，本是獨自逍遙，現竟結成夥伴，故能縱橫天下，無人能攖其鋒銳。」

徐子陵最怕給人當面稱讚，尷尬的道：「侯兄誇獎，不如說回獅豹的事吧。」

侯希白道：「獅群出動時，都是養精蓄銳，處於最巔峰的狀態下，牠們從不魯莽行事，而是有精確的戰略部署，因應不同的形勢而有不同的策略。首先是觀敵，把族群分作二至三組，伏在獵物所在的外圍，可隨時等上幾個時辰。」

寇仲咋舌道：「厲害！那些牛馬羊鹿，不被牠們嚇得心悸神懾才怪。」

侯希白道：「當他們瞧準獵物虛實，就由其中二、三頭獅子撲前驅趕，把獵物衝散隔離，當獵物陷入牠們的死亡陷阱，獅子會空群而出，以輪番追截、惑敵亂敵、伏擊等種種手段，把比牠們跑得更快的獵物變成果腹的美食。」

楊公卿倒抽一口涼氣道：「眞可怕，只是聽聽已教人毛骨悚然。」

徐子陵想起逃離長安途中，群狼攻襲野鹿，雪地血跡斑斑的恐怖情景，問道：「豹子又如何？」

侯希白道：「在短途內沒有動物能跑得快過豹子，牠的戰略是如何接近獵物，所以豹子無一不是潛蹤匿跡的高手，只要到達某一範圍距離，差不多是每擊必中。」

寇仲一對虎目閃閃生光，點頭道：「難怪希白對令師這番話留下深刻的印象，對我們也有很大的啓發。宇文化及的魏軍等於被群獅獨豹監視的羊群，注定成爲獅豹果腹之物的命運。問題是究竟被獅擊還是豹襲？」

侯希白道：「我們抵許城後，分頭混入城內，我負責深入敵陣探察敵情，看看如何把獵物隔離，只要獵物進入你們兩條龍的獵程內，你們該不會比獅豹遜色吧？」

徐子陵和寇仲在武陽東南的黃河渡口登岸，踏上通往武陽的官道。武陽西北約三百餘里是宇文化及抗擊唐軍的魏縣。從武陽朝東走，經過元城、莘縣、武水三城，就是宇文化骨的魏國京城許城。侯希白的旅程寫意得多，乘船順流直赴許城，作他們的先鋒。兩人則以本來面目，大搖大擺的在官道上昂首闊步。

寇仲笑道：「當宇文化骨曉得我們來尋他算舊賬，會有一番甚麼滋味呢？侯公子雖以羊來形容他，但我總感到把宇文化骨想像爲一頭受驚嚇的小羊是很困難的一件事。」

徐子陵欣賞著沿途雪景，微笑道：「我們大可視這次行程是修練的一個過程，以殺死宇文化骨爲終點，沿途以戰養戰，由宇文閥供應養分。在現今的情況下，宇文化骨是既無暇更無餘力對我們進行大規模的圍剿，只能坐看我們時獅時豹的逼近。我也很想知道他的感受，只恨這是沒法知道的。」

寇仲雙目閃著深刻的仇恨，道：「這一天我們苦候太久，若只是把宇文化骨驟然刺殺，只是白白給他一個痛快，豈能洩我們心頭之恨！所以我們要和宇文化骨玩一個死亡的遊戲，看看誰的拳頭更硬。」

徐子陵啞然失笑道：「應說是誰的命更硬，所謂百足之蟲，死而不殭，何況宇文化骨的冰玄氣已達登峰造極的境界，他後面尙有個宇文傷，所以我們必須玩得聰明點。」

寇仲哈哈笑道：「誰能攔得住我兩兄弟，咦！」

前方異響傳來，聽清楚些，竟是車輪、足音和人聲。兩人你眼望我眼時，大群農民裝束的人拖男帶女，扶老攜幼的以牛車騾車載著家當，哭喊震天，從彎角處轉出來，無不神色倉皇，一看便知是正在逃離家園，避禍他方的難民。忽然官道擠滿數以千計逃難的老百姓。

寇仲隨意抓著其中之一問道：「發生甚麼事？」

那人答道：「魏縣失守啦！」言罷匆匆隨大隊遠去。

徐子陵抓著另一人問道：「你們要躲避唐軍嗎？」

對方見他一面正氣，心內稍安，哂道：「唐軍有甚麼可怕，我們怕的是敗退的軍兵，所到處雞犬不留，你們還不回頭？」

寇仲道：「你們要到哪裏去？」

另一人答道：「大河之北再沒有安全的地方，只有逃到少帥軍的地方方會有好日子過。」

寇仲一震道：「甚麼？」

對方哪有閒情理他，匆匆上路。兩人立在一旁，直待隊尾經過。

徐子陵笑道：「看來虛行之把彭梁治理得很好。」

寇仲欣悅的道：「將來得天下，不如把皇帝讓給他來當，我和你到塞外找老跋喝酒。」

徐子陵忽又嘆一口氣道：「我有些怕朝前走。」

寇仲容色一黯，點頭道：「你是怕重見敗軍姦淫擄掠，生靈塗炭的可怖情景。」

徐子陵道：「走吧！」

蹄聲響起，沙塵翻滾中，二十多騎全速馳來，正是宇文化及的魏軍。兩人卓立官道中心，把道路截斷。敵騎終見到兩人，被他們氣勢所懾，不敢硬闖，逐漸減速，最後在兩人丈許外停下，馬兒呼呼噴氣，不住踢蹄。領前的軍頭雙目怒睜，大喝道：「何方小子，還不給我滾開！」

寇仲仰天哈哈大笑道：「本人行不改姓，坐不改名，寇仲是也。我身邊的就是我的兄弟徐子陵，有本事就逼我滾開。」

衆騎無不色變。寇仲、徐子陵之名，天下誰人不知。

軍頭與手下們交換幾個眼神，瞧出人人心怯，乾咳一聲道：「原來是寇爺和徐爺，請恕小人冒犯之罪。」勒轉馬頭，想掉頭離去。

寇仲喝道：「且慢！」

軍頭登時不敢移動，勉作鎮定的道：「兩位爺兒有甚麼吩咐？」

徐子陵道：「你們匆匆趕來，所爲何事？」

軍頭心驚膽戰的道：「我們是奉大將軍之命，向民間徵收糧草。」

寇仲大怒道：「甚麼徵收糧草，分明是強奪老百姓的糧貨，大將軍是誰？」

軍頭低聲下氣道：「是宇文仕及大將軍。」

宇文閥以宇文述、宇文傷兩兄弟聲名最著，前者是舊隋重臣，後者在閥主排名僅次於宋缺之下。宇文述有三子，分別是宇文化及、宇文仕及和宇文智及；宇文傷有二子，就是宇文成都和宇文無敵，兩人均在梁都之戰中死於寇仲手上。宇文仕及更曾是隋煬帝的駙馬。

徐子陵喝道：「你們立即滾回去通知宇文仕及，告訴他著宇文化及好好保管他的小命，待我們來摘取。若給我們再見到你們搶奪民糧，必殺無赦。滾！」衆兵如獲皇恩大赦，匆匆溜了。

寇仲瞧著遠去的塵頭，搖頭嘆道：「宇文閥眞的完了。我從未見過這麼沒有鬥志的部隊，只求活命，竟沒有一試我們眞僞虛實的勇氣。」

徐子陵道：「照我看這批該是逃兵，所以不肯爲宇文化骨賣命，如想敵人曉得我們來了，恐怕要鬧大點才行。」

寇仲笑道：「那就要到武陽去喝杯好酒哩！」

燒烤狼肉的香氣，惹來五、六頭被主人遺棄的狗兒，饞涎欲滴的在一旁等待徐寇的垂憐。當他們進入這舉村遷離的村落時，牠們對徐子陵和寇仲並不友善，直至他們在村屋間的空地燃起篝火烤狼，衆犬的態度才從張牙舞爪變得溫馴起來。這頭惡狼也是自招其禍，竟夥同其他餓狼襲擊兩人，被寇仲一掌拍死，驅散狼群。在來此途上，難民潮一波一波的往黃河方向湧去，看得兩人心酸難過，偏又毫無改變他們苦況的能力和辦法。

徐子陵以寇仲的井中月割下狼肉，分給狗兒，讓牠們大快朵頤，吃得不亦樂乎。此時寇仲提著兩罎米酒來到他旁坐下，笑道：「果然不出我所料，找到兩罎私釀的米酒，吃起來痛快得多。」

徐子陵目光掃過吃飽後臥在四方休息的狗兒，嘆道：「牠們也是戰爭的受害者。」接過寇仲遞來的米酒。

寇仲拔起罎塞，痛喝兩口後，喘著氣道：「好酒！」

徐子陵道：「我們把狼肉留下，你道牠們可吃得多少天？」

寇仲目光落在被狗兒吃掉四分之一的狼餐，道：「該可多捱兩天吧？唉！給你說得我心中難過，我們改吃隨身攜帶的乾糧吧！狼肉全送給牠們好了。這群狗兒就像我們兩兄弟般，不會因爭食而打鬥，眞難得。」

徐子陵道：「若只是一大塊肉，牠們說不定會爭吃，讓我把狼肉割開平均分配，好減少牠們的磨擦。」

寇仲露出深思的神色，瞧著徐子陵刀起刀落爲狗兒作安排，心中湧起深刻難言的感覺，把酒遞給徐子陵道：「你這招對人來說並不管用，否則李世民就不會攻打宇文化及，突厥人也不用覬覦中原這塊大肥肉。」

徐子陵痛飲兩口，道：「因爲人的思想複雜得多，其欲望更是層出不窮，永無滿足。即使世外高人，亦不過因別有懷抱理想，非代表他們一無所求，不作他想。」

寇仲道：「陵少又如何？」

徐子陵坐下苦笑道：「現在我最渴望的，是避開眼前所見的苦難，不用去想狗兒將來的命運。無論狗兒遇上的是宇文化骨的敗軍又或逃難的飢民，都注定不能活命。不過縱使我的人能避開，心卻避不開。」

寇仲似乎有話要說，卻沒有說出來。掏出楊公卿為他們準備的乾糧，遞給徐子陵。

徐子陵搖頭道：「我不餓！」忽地雙目精芒一閃。

寇仲同時生出警覺，兩眉上揚，沉聲道：「何方高人大駕光臨，請現身相見。」

一陣長笑聲在村後的林木間響起，只聽有人道：「寇兄徐兄果然名不虛傳，小弟一向自許精於潛藏匿隱之術，仍瞞不過兩位。」

衆犬此時頸毛聳豎，喉嚨「胡胡」作響，徐子陵連忙喝止，一人悠然從林木間走出來，予人勇猛堅毅的慓悍感覺，膚色黝黑，容貌樸實，若不是雙目電芒爍閃，顯示出高明的功力，與道地的農民無異。不知因他優閒的姿態，還是徐子陵的喝止有效，衆犬停止咆哮，斂止戒備的狀態。其中兩隻趨前嗅他，來人露出微笑，探手輕摸牠們的頭，欣然道：「都是又乖又馴的狗兒，給遺棄在這裏太可憐哩！」他的表情說話均有種發自眞心的味道，使兩人對他生出好感。

寇仲道：「兄台坐下再說。」

那人在篝火另一邊盤膝坐下，道：「小弟張金樹，乃燕王高開道座下的衝鋒小卒。」

寇仲和徐子陵想不到會在此處遇上高開道的人，均感愕然。更從此人的談吐風度，肯定此君非是小卒而是權臣大將。高開道是滄州陽信人，在北疆與「鷹揚雙將」劉武周和梁師都齊名，武功高強。隋末時聚衆起義，先後攻取北平、漁陽等郡，自立爲燕王，建都漁陽。由於北聯突厥，所以竇建德聲勢雖遠勝於他，仍不敢對他輕言用兵。

張金樹接過寇仲遞給他的米酒，「咕嘟咕嘟」的大喝幾口，放下酒罈嘆道：「不知是否因是少帥請喝的酒，飲來特別夠味道。」

寇仲笑道：「好酒就是好酒。」見他仍不忘撫摸坐到他旁的狗兒，點頭道：「張兄很愛惜狗兒啊！」

張金樹目注狗兒，射出愛憐神色，道：「小弟自少對牲畜深有喜愛，樂與牠們交朋友，所以見到兩位爲狗兒費盡心思，心中感動，忍不住走出來和兩位說話。」

徐子陵道：「張兄確是潛蹤隱跡的高明人物。」

寇仲卻道：「聽張兄口氣，本不願與我們交談見面，不知何解呢？」

張金樹道：「我正在武陽作客，聞風而至只是想一窺兩位過人的風采，本無意捲入兩位與宇文家的爭端去，可是見到兩位如此善待狗兒，曉得遇上同道中人，哪還有甚麼顧忌。」

寇仲哈哈笑道：「來！喝酒。」

三人輪番痛飲，暢快異常。

張金樹舉袖拭去唇邊酒漬，目注竄閃不停的火燄，道：「兩位這回平白幫了宇文仕及一個大忙。」

寇仲忙問其故。張金樹道：「宇文仕及正動腦筋看如何能體面的投降唐室，兩位卻於此關鍵時刻大駕光臨，宇文仕及當然是求之不得。」

徐子陵聽他說話有趣，笑問道：「甚麼是有體面的投降？」

張金樹道：「體面的厚薄，由投降後得官的高低而定。」

兩人恍然而悟。寇仲皺眉道：「想不到宇文仕及會出賣家族！這麼一來，魏國西面的防線勢將全面失守，宇文化及只有逃回許城等死一途。」

張金樹壓低聲音道：「宇文仕及不僅沒有出賣家族，還是爲家族作出最佳的抉擇。」

兩人初聽得一頭霧水，旋又醒悟過來。張金樹確有非凡的洞察力，覆巢之下，焉有完卵！現今宇文化及的魏國四面受敵，絕無倖理，與其整個家族隨魏朝覆亡，不如由其中身分特別的宇文仕及向唐室投誠，那宇文閥仍可繼續風光下去。在眼前的情勢下，宇文仕及肯定可以向李世民換回優厚的投降條件。首先他乃煬帝的女婿，與李家有親戚關係，其次是唐室急於在竇建德大軍南下前攻取魏地，宇文仕及拱手讓出武陽這西線最重要的大城，自然受到歡迎，最後加上寇仲和徐子陵這另一份大禮，更是姣婦遇上色鬼，一談便攏。至於宇文化及，則注定戰死的命運，皆因身負弒煬帝奪位的包袱，絕不容於李淵這類起兵時打著捍衛隋室旗號的隋朝大將。且李家一向與宇文閥明爭暗鬥，嫌隙甚深，宇文仕及因是駙馬爺才能置身事外，投降亦較易爲李家接受。宇文仕及的降唐，該是取得宇文傷、宇文化及暗中同意的。

寇仲沉吟道：「請恕小弟交淺言深，張兄這次到武陽來，是否有特別的任務？」

張金樹愛憐地瞧著迷醉在他的輕撫下的狗兒，淡淡道：「小弟是奉燕王之命，到此來看看唐軍的形勢。」

寇仲聽得差點抓頭，皆因弄不清楚他這話的含意，可是因事情牽涉到高開道的策略，只好按捺下好奇心，不再追問。

徐子陵想起一事，順口問道：「塞外的形勢如何？聽說頡利和突利大興干戈，張兄該比任何人清楚。」

張金樹道：「雙方的確打了幾場硬仗，突利還占點上風，但主動卻在頡利手上，因爲突利實力上始終差頡利一大截，無力擴大戰果。照目前的形勢發展下去，頡利會請出畢玄擺平此事，平息內訌分裂。唉！我們剛好夾在中間，深切體會到甚麼是叫左右做人難。」

寇仲皺眉道：「燕王難道不曉得突厥人對我們有虎狼之心？」

張金樹嘆道：「曉得又如何？邊塞四支部隊，不論是劉武周、郭子和、梁師都又或我們燕軍，首要是求存。若開罪突厥人，被他們大舉來犯，突厥精騎的鐵蹄踐踏下，城市會變成廢墟，農村將化成荒地，誰敢冒這個險。」

寇仲道：「突厥軍這麼厲害？」

張金樹道：「突厥人在馬背上長大，他們的驍勇善戰是與生俱來的，又遠比我們漢人團結，作戰時的聯手配合如有神助，來去如風，一千人的兵力足可抵我們漢軍萬人之衆，若非北疆有高山長城阻擋，中原恐無半寸安樂的土地。」

徐子陵道：「剛才張兄說若頡利收伏不了突利，會請出畢玄說服突利雙方和好，張兄認爲突利肯否接受？」

張金樹道：「突利爲何不接受？東突厥東有高句麗和契丹，西有薛延陀和回紇，近年都是聲勢大盛，假如頡利和突利苦戰不休，首先遭殃的將是力量比頡利薄弱的突利，迫於形勢下，突利只有見好就收一途。」

寇仲乘機問道：「這回宋金剛偕突厥人進侵太原，張兄對勝負有何看法？」

張金樹斷然道：「如正面交鋒，即使李世民也要吃敗仗。」

徐子陵和寇仲聽得面面相覷。

張金樹微笑道：「兩位勿要怪小弟說得武斷，這確是由衷之言。不過戰爭千變萬化，並非一兩場交戰可決定最終的戰果。宋李之戰將是對李世民最大的考驗，希望他可以過關，否則後果不堪設想。」

兩人聽得啞口無言，更不明白張金樹內心的想法，照道理他不該希望李世民獲勝的，但聽他口氣又似非如此。

張金樹壓低聲音道：「不知是否因大家是愛護狗兒的人，所以小弟對兩位有一見如故的感覺，這才不怕坦言直告，北疆諸雄中，除梁師都外，被突厥利用者誰非懾於其淫威，更曉得若突厥大軍眞的南下，中土將是生靈塗炭，大禍臨頭，沒有人能倖免。小弟這次奉命來作旁觀者，正是要對唐軍的實力作出判斷。」

寇仲心中一懔，暗估到高開道有降唐之意，關鍵在於李世民能否擊退突厥人借劉武周和宋金剛的間接入侵。高開道這種心態代表部分勢力較次的割據群雄的心態，就是在大唐軍兵臨城下，趁有資格講條件前先一步投誠。

徐子陵奇道：「爲何只有梁師都希望突厥入侵，劉武周和宋金剛竟不被算在內？」

張金樹道：「在北疆諸豪中，以梁師都與突厥人關係最密切，兼且梁師都有突厥人血統，他早把自己視爲突厥人而非漢人。」頓了頓續道：「至於劉宋兩人，若有選擇，會待唐軍攻打洛陽時才發動攻擊，好坐收漁人之利。」

寇仲和徐子陵想不到表面簡單的事，內裏原來如此複雜。頡利因知悉楊文幹密謀叛亂的事，故不理劉宋兩人意願策動他們南犯太原，豈知楊文幹給李世民輕鬆得像吹一口氣般蕩平了，李閥沒損半根毫毛，反令李世民聲勢擴大，壓下太子嬪妃黨的凶燄。頡利本打算親率大軍入侵，卻給突利牽制著動彈不得，只好由爪牙出手。

張金樹嘆一口氣道：「與突厥人爲鄰的日子絕不好過，頡利苛索無道，今天絲綢絹帛，明天錢財美女，誰應付得了？」

徐子陵沉聲道：「一天不能清剿突厥人，我們休想有安樂的日子過。」

寇仲問道：「張兄的燕國鄰近高麗，對他們的事該較清楚，不知『弈劍大師』傅采林究竟是怎樣的一個人？」

張金樹皺眉道：「傅采林在高麗人心中已是神而非人，充滿神秘的色彩，據小弟零零碎碎得回來的資料，他是個愛講求完美的人，到晚年收下三位女弟子，位位貌美如花，以幼徒傅君嬙最出色，亦最得他寵愛。」

兩人聽得你眼望我眼，想不到娘除傅君瑜外，尚有位小師妹。

寇仲道：「有個叫金正宗的人，武功高強，張兄有否耳聞？」

張金樹道：「金正宗是高麗王的御前首席武教習，專責訓練御衛，聽少帥的口氣，似和他交過手，對嗎？」

寇仲點頭道：「確和他過了幾招，勝負未分，大家齊齊船破墮海。」

張金樹道：「高麗與契丹爲對抗頡利，結成聯盟，契丹人在沒有後顧之憂下，不時喬裝馬賊，侵擾邊疆，對邊塞的百姓造成嚴重的傷害和破壞，他們不但要錢更要擄人，若非顧忌突厥，恐怕早大舉入侵。」

寇仲對此已有深刻體會，心想若給自己統一中原，必揮軍北征，直搗突厥和契丹的老巢，條件是必須國富民強，否則只會重蹈煬帝的覆轍。倘能收服突厥和契丹，便可與高麗人講和平共處之道，看在娘的份上，怎樣都不能對高麗用兵。

張金樹又道：「看兩位老兄的優閒姿態，似乎一點不把宇文仕及勾結李世民等來對付你們的事擺在心上，可是兩位早有對付計劃？」

徐子陵笑道：「我們別的不行，逃跑卻有點心得，故從不怕被人算計。今日得會張兄，令眼界開闊，乃人生快事，不知張兄下一個行程，是否以太原爲目的地？」

張金樹拍腿讚嘆道：「徐兄確把小弟看通看透。」長身而起，環視四周狗兒，道：「這幾頭狗兒令小弟與兩位結成知交，把牠們留在這裏實於心不忍，幸好小弟在這裏尚有點辦法，可把牠們從水道運往敝處。」

兩人大喜，忙站起來道謝，事實上兩人亦正爲此惆悵。只從這點，已使兩人打心底願交上這樣一位朋友。逢此兵荒馬亂之時，張金樹仍肯爲狗兒揹上麻煩，可見這人的愛心。

張金樹又壓低聲音道：「兩位要往許城找宇文化及算賬一事，現已轟傳四方，兄弟僅在此祝兩位旗開得勝，了結心事。」說罷竟脫下外衣，把狼肉包裹，道別後灑然領著群狗去了。

兩人看得胸懷大慰，自行分頭上路。

第八章

造化弄人

黄易 作品集

第八章　造化弄人

徐子陵和寇仲避過武陽，直趨元城，豈知宇文化及的敗軍亦採同一撤退路線，且沿途大肆擄掠，燒殺搶奪，元城、莘縣、武水等三座位於許城之北的城池和附近鄉村的百姓紛紛逃往大河或避入山區，不幸天降大雪，使逃難者不少凍死途上，屍骸滿野，令人不忍卒睹。遇上燒村奪糧的散兵遊勇，兩人毫不留情，出手殲滅，搜得的財寶，盡濟難民，希望他們能在魏境外得到美好的生活，所以抵達許城外時，兩人已不名一文。寇仲不脫「神醫」本色，取出沙芷菁的九針，在徐子陵協助下，以長生氣爲冷病受傷的難民治病。

大雪暫時舒緩魏軍的困境，令唐軍無法啣尾窮追。不過任誰都曉得宇文化及大勢已去，否則怎會縱容自己的部隊，任得他們荼毒地方城鄉，顯是人心離散，再不受軍紀約束，重演當年隋兵令人髮指的暴行。照兩人觀察，魏軍在敗返許城途上，不斷有人離隊逃竄搶掠，能隨宇文化及返回許城者，恐怕只剩下宇文化及的子弟親兵。兩人來到一座山丘之上，俯視坐落東方的魏京許城，途上所見的城池，以此城最具規模，城高牆厚，兼有護城河，雖遠比不上洛陽、長安那種大城池，仍有一定的防禦功能。通往許城的官道上不時有魏軍往返，卻再不見逃走的難民，當然更不會有商旅遊人。天上烏雲密布，似在醞釀另一場大雪，兩人在一處草叢藏身，靜候黑夜的來臨。

寇仲雙目凝注許城，沉聲道：「入城後我們立即找老侯，只要摸清宇文化骨所在，覷準機會，全力擊殺，然後我們找個地方喝酒慶祝。」

徐子陵搖頭嘆道：「我真不明白宇文化骨腦袋內想的是甚麼東西？以前殺死煬帝後，率兵返北方時已是沿途搶掠，弄得自己聲名狼藉，不得人心，現在更變本加厲，究竟是他的性格使然，還是有別的原因？」

寇仲想起沿途所見的淒涼慘況，頹然道：「宇文化骨直接繼承了楊廣的軍隊，亦直接統承了舊隋軍暴戾驕橫、殘民以自肥的風氣。假若宇文化骨與李密之戰是勝方，他或可借此聲勢整頓軍隊，偏偏老天爺與他對著來幹，不給他這個機會。李密之戰後再有攻打我們梁都的大敗仗，宇文化骨根本沒有翻身的機會。」又道：「你看吧！這樣的城不要說比不上長安、洛陽，連梁都也將它比下去，既失人心又欠地利，你看他能守多少天？」

徐子陵嘆口氣。

寇仲訝道：「你在想甚麼？」

徐子陵苦笑道：「你曾想過宇文化骨會有這麼的一天嗎？」

寇仲給他勾起感觸，點頭道：「你說得對，無論是他當年追殺我們和娘，又或後來造反弒殺煬帝，都是氣燄沖天，不可一世的模樣，恐怕他自己也沒想過有這麼窮途末路的日子。雖說爲娘報仇勢在必行，亦總覺有點不是滋味。」

兩人英雄了得，慣於與強權和惡勢力周旋，這麼乘人之危，落井下石的情況，尚是首次遇上。若非傅君婥之仇不能不報，說不定會掉頭就走。

徐子陵雙目閃過銳芒，沉聲道：「宇文化骨壞事做盡，今天是惡貫滿盈，死不足惜！別忘記言老大亦因他而死，揚州尚有不知多少人給他害了。殺了他，魏國冰消瓦解，說不定可免去百姓受戰爭之苦。唉！這只是我一廂情願的想法。」

寇仲只要想想樹倒猢猻散，亂軍四處流竄搶掠的可怕情況，當然明白徐子陵的心情。忽然一隊魏軍從城門開出，約二百之衆，只看裝扮，便知準備作長途之行，朝西馳去。

寇仲道：「他們定是往西探查唐軍的動靜。」

徐子陵道：「認得他嗎？」

寇仲定神一看，道：「原來由宇文智及領隊，我們要不要來個攔路突襲，好預作通知，獵羊的獅豹已大駕光臨。」

徐子陵哂道：「你有把握在曠野之地，應付二百人組成的騎隊？」

寇仲苦笑道：「那就放過他們吧！」

徐子陵「咦」的一聲，只見宇文智及的隊伍忽然偏離官道，繞過他們的小丘，從另一邊往北奔馳。

寇仲一震道：「宇文化骨派宇文智及向竇建德投降哩！否則何不由北門出城，正是要掩人耳目。」

徐子陵同意點頭。李淵身為舊隋大將，初入長安還擁立舊隋宗室，打著討伐宇文化及的旗號，在情在理都難接受宇文化及的歸順。可是竇建德卻沒有這心理的障礙，此乃宇文化及唯一生路。

徐子陵沉聲道：「我們必須在竇建德大軍南下前，先一步宰掉宇文化骨。」

天色逐漸暗沉下來，點點雪花，開始從天上降下。兩人正要行動，驀地四、五個漢子趁城門仍是敞開，吊橋未被拉上之際，狂奔出來，城樓的守兵衆箭齊發，逃走者未過吊橋，早給射成刺蝟般的慘狀，看得兩人睚眦欲裂，偏又援救無從。接著有守兵衝出，把屍身拋進護城河，然後若無其事的返回城裏，起橋閉門。

寇仲沉聲道：「我們討債去！」

許城一片蕭條，十室九空，店舖關閉，僅餘的居民亦躲在屋內，街上不但行人絕跡，巡兵也沒多少個，沒有人清理街上的積雪，橫街窄巷更是烏燈黑火，部分民居商舖都有被搶掠過的遺痕。兩人踰牆而入，來到一所民房頂上，觀察形勢。

寇仲環目四顧，低聲道：「魏縣一役，宇文化骨的部隊肯定折損嚴重，致沒有足夠人力守衛京城，否則我們只是入城就要大費周章。」

徐子陵的目光落在穿過城心、蜿蜒曲折的河道上，房屋橋樑依著寬約三丈許的河道築在兩岸，在雪粉飄飛中只有幾點燈火，死氣沉沉。暗忖在太平興盛的日子裏，此城當自有其風姿特色。現在則只似個臨危的重病者，苟延殘喘至最後一口氣。輕嘆道：「根本是士氣不振，毫無鬥志，肯留下與宇文化骨共生死的，只是宇文一族的子弟兵。」

寇仲道：「陵少請在這裏稍息片刻，小弟即去即回。」迅即翻下瓦面，消沒在長街的暗黑裏。

道旁遍植松樹，在雨雪下配上靜似鬼域的長街，說不出的淒慘荒涼，掛在松枝上的雪團，彷彿被松針刺穿似的，活像整群爬到樹上去的白刺蝟。徐子陵不由得回想當日與師妃暄在雪地上並肩飛馳，趕往拯救雷九指的動人情景，更憶起在石之軒搶去邪帝舍利後，她對兩人說出充滿決絕意味的話，然後不顧而去。他深吸一口寒冷的空氣，卻揮不去縈迴腦海的深刻回憶。

在這改朝換代，群雄競起爭霸的戰爭年代，天下再無樂土，充斥著殺人與被殺，有人掙扎求存，有人擴張侵略，陰謀詭計，血腥手段，無所不用其極，不要說好友可以反目，甚至父子兄弟亦因利益要置至親於死地。面對這座孤城的荒寒末日景象，他忽然感到所有名利權勢都沒有絲毫意義，沒有任何價值。腦海裏浮現跋鋒寒所描述的塞外千里無人草原似海的美景，暗忖只有到那裏去，或可忘情於草原大漠中。可是這種逃避的心態是否過於消極，旋又想到留下來又可幹甚麼？難道助寇仲去打天下？這豈非又置身於征逐屠殺之中！只有到與中原消息隔絕的外域，始能避開一切。包括與他恩怨難分的師妃暄。

徐子陵暗嘆一口氣，隱隱感到自己的遠赴他方，除避世外，尚含有對師妃暄報復的複雜矛盾心情。

驀地心生警兆，朝城牆方向瞧去時，一道女子的身影鬼魅般從牆頭掠下，身法迅捷近乎婠婠那般級數，體型姿態亦優雅至完美無瑕，轉瞬沒入遠方暗黑中。徐子陵雖看不見對方面貌，卻生出一股熟悉的感覺，但肯定自己從沒見過她，心中驚疑不定。

片刻後寇仲回到他旁，興奮道：「找到小侯留下的暗記哩！」徐子陵把剛才所見說出來。

寇仲訝道：「誰家姑娘功夫如此了得？這處空城一座，有甚麼熱鬧可湊的呢？」

徐子陵苦笑道：「我有種不祥的預感，這位姑娘與我們似有微妙的關係。」

寇仲皺眉道：「不祥？」

徐子陵聳肩道：「這純是感覺，沒有甚麼道理可言，來者不善，善者不來，我們最好莫與她碰頭。」

寇仲道：「讓小弟略作分析，陵少之所以生出不祥感覺，皆因她的身手出奇地高明，且因她極可能是衝著宇文化骨而來，所以渾身殺氣騰騰，令你老哥生出不祥的感覺，對嗎？」

徐子陵搖頭道：「她沒有半絲凶騰騰的味道，動作更美如行雲流水，悅人眼目。唉！可是她的姿態身法，卻總有點似曾相識的味兒，究竟在甚麼地方見過？」

寇仲陪他苦思，喃喃道：「既是為宇文化骨而來，她的身法你又感到熟悉，會是誰？」

兩人同時劇震，面面相覷。

寇仲倒抽一口涼氣，道：「不會這麼巧吧！一說曹操，曹操就到。」

徐子陵道：「肯定是她，不過她比娘更要高明。」

兩人想到的正是傅君婥的小師妹，「弈劍大師」傅采林的關門弟子傅君嬙，只有她符合條件。若非不久前張金樹說及她，他們怎樣都猜不到是她。傅君嬙也像他們般，要趁宇文化骨滅亡前尋宇文化骨的晦氣。

徐子陵扼腕嘆道：「早點想起是她就好啦！現在卻是失之交臂。」

寇仲苦笑道：「別忘記你不祥的感覺，高麗人對我們漢人不會有好感的。何況更誤會是我們把娘累死，現在還多一條盜去寶藏的罪名。」

徐子陵道：「最怕她逞一時之勇，硬闖皇宮，碰上宇文傷便大大不妙，宇文化骨亦非好對付的角色。」

寇仲道：「多想無益，入宮找到我們的侯公子再說。」

宇文化及的皇宮，規模只有洛陽宮城的四分之一，是由前隋的總管府擴建而成，特別把外牆加厚增高，設置哨樓。寇仲和徐子陵先依指示，在宮城後的一株樹旁起出埋下的魏宮形勢圖，展卷一看，左右赫然是兩條龍，其一威猛騰撲，另一逍遙雲端，好不自在的情景，繪得栩栩如生。

寇仲啞然笑道：「好小子，畫得我像要吃人的樣子，待會定要尋他晦氣，看看他的不死印法練出甚麼東西來。」

徐子陵哂道：「你這叫作賊心虛，爲何不認爲騰雲駕霧那條龍是自己呢？」

寇仲苦笑道：「這既是作賊心虛，更叫有自知之明，我自幼便是有野心的人，終日慫恿你去投靠義軍，又迫你去偷學武功，聆聽白老夫子教人讀聖賢書，今天更捲進爭霸天下的鬥爭去，有啥資格作一條逍遙遊戲的舒適龍。」

兩人躲在樹影的暗黑裏，功聚雙目，研究魏宮的形勢和侯希白的所在。魏軍的兵力顯是嚴重不足，即使以宮城重地，外圍守衛只是虛應故事，在兩人眼中等於毫不設防。寇仲和徐子陵踰牆入宮，仍不敢輕疏大意，因爲侯希白在圖內標示出宮內十多個暗哨的位置，一個不小心就會被發現。片刻後兩人潛到侯希白住宿的北苑小築，精緻的兩層小樓隱隱傳出人聲。他們越過一片柳樹林，來到屋後，定神竊聽，剛聽得侯希白的聲音道：「再有一天工夫，就可完成哩！」女子的聲音「嗯」了一聲，卻沒有說話，接著是離去的輕巧足音。

能這麼順利的找到侯希白，兩人均感興奮，待女子和侍從由正門離開，忙穿窗進入廳內去。廳堂東壁被一幅從天花板垂下的帛畫完全遮蓋，繪有以一眞人大小比例的女子爲主的彩畫，女子衣飾華貴，皺褶紋樣無不精巧細緻，迎風而立，背景是生機勃勃的春夏郊野，點綴以鹿、羊、兔、鳥等溫馴的動物。美人圖完成得七八成，勾勒出面形，獨欠眼耳口鼻的輪廓，留下面部奇怪的空白。在侯希白的生花妙筆下，圖中美女盡展輕盈優美的體態風姿，雖未能得睹她的面目，已感到是位非常動人的美女。

侯希白此時送走那衛夫人，跨入廳內，驟見兩人，大喜道：「兩位終於到哩！」

寇仲指著帛畫奇道：「你是否要留到最後才畫她的樣貌？若稍有失誤差錯，豈非前功盡廢。」

侯希白來到兩人中間，嘆道：「寇老兄你有所不知，小弟有個很壞的習慣，作畫必須一氣呵成，始能得其神韻，可是一旦掌握得其神韻，便像一鼓作氣般再而衰三而竭，難以繼續下去，所以這回採取先形後神的策略，做好繁重瑣碎的工夫，最後摘取神韻，這也是沒有辦法中的辦法。」

徐子陵道：「侯兄的美人彩畫又是一絕，不過我仍是比較喜歡你的水墨寫意美女像，似你的美人扇上的肖像那樣子。」

侯希白壓低聲音道：「這可能是掛在墓穴內的陪葬品，當然要色彩艷麗，極盡奢華。」

兩人聽得面面相覷。

寇仲倒抽一口涼氣道：「宇文化骨要自殺嗎？」

侯希白道：「我只是瞎猜，唉！那衛夫人——那衛夫人確是我見猶憐，難怪宇文化及對她如此眷戀愛惜。不瞞兩位，對著她作畫時，我曾有過能躲多遠就躲多遠的念頭，只因不想見到當宇文化及給你們宰掉時她痛不欲生的淒慘景況。」

徐子陵體諒的道：「真難爲侯兄，無端端給捲進我們和宇文化骨的恩怨中，侯兄若要遠離此地，我們絕不會怪你。」

侯希白苦笑道：「此是老毛病，見不得女兒受難，兩位放心，我侯希白出身花間派，殺人算甚麼一回事。人常有稀奇古怪的念頭，只罕有付諸實行，我更曾有過拿起名貴易碎的古朝陶皿時，產生把它擲成粉碎的衝動，幸好純是在腦海中想想。還爲這種瘋狂的念頭戰慄。」

寇仲拍腿道：「說得好，少年時在街上見到美女，我也有摸她一把的念頭，只因感到後果嚴重，故不敢動手。與希白的想打碎寶皿如出一轍，還以爲自己是大壞蛋，原來是人之常情，能抑制始算正常。」

侯希白同意道：「暴君就是這麼來的，皆因不怕任何後果，更沒有人制止他，最後遂變成像楊廣那般的狂人。」

徐子陵道：「宇文化骨在哪裏？」

侯希白答道：「他前天從魏縣敗返許城，我尚未有見他的機會。」

寇仲道：「宮內似乎沒多少人，嬪妃宮娥到哪裏去呢？」

侯希白道：「照我探聽回來的消息，宇文閥的上下人等，大部分移往武陽，看來駐守武陽的宇文仕及會投降唐室。」

寇仲道：「你猜個正著，宇文傷那老傢伙有否隨著保命團趕往武陽？」

侯希白道：「宇文傷該不在這裏，此人武功在四大閥主中僅次於『天刀』宋缺之下，遇上他時兩位大哥須小心一點。」

寇仲舒一口氣道：「宇文化骨肯定是惡貫滿盈，現在魏宮既乏高手，有如一座不設防的空屋，我們今晚就把他幹掉，與他還有甚麼話好說的。」

侯希白待要說話，忽然宮內另一邊傳來鑼鼓鐘鳴，接著人聲鼎沸，更有人高呼「有刺客」。

寇仲一震道：「娘的厲害小師妹來哩！」

在雨雪紛飛，燈火黯淡的魏皇宮內，一道人影彷似充滿無窮無盡的爆炸性力量，在瓦頂廊道間忽然閃掠如鬼魅，忽然對追截的魏軍狂攻猛擊，劍氣凌厲，招法出人意表，魏軍雖占盡地利和人多勢衆，一時間竟無法搶得合圍之勢，任那人縱橫宮殿亭閣園林之間，所到處，總有人中劍倒地受傷。藉著雪光映照，此時看出來人赫然是個妙齡女郎，手底雖非常狠辣，可是她的舉手投足，均充滿力學的美感，優雅好看。最令人駭異者是她的進退移變，落點總是敵人追截網的弱點破綻處，有如弈棋，每步落子，均教敵手意想不到，把敵人牽著鼻子走。她的武技縱使在生死決戰中，仍透出一種閒雅自若，瀟灑輕盈，使人賞心悅目的味兒。

「噹！噹！」兩枝向她攻去的長槍給她以長劍盪開，接著一個旋身，移入兩敵之間，左手掌尖先後掃中敵人面門，兩敵同聲慘呼，滾下瓦脊，掉往地面。在敵人兵器臨身前，她大鳥般沖天而起，連續三個翻騰，落在魏宮的主殿上，三名魏方高手緊躡其後，尚未站穩，竟給她反撲回來，重創其一，迫得其他兩人倒竄回地上。箭如雨發，從地面和鄰近的瓦頂朝她立身處勁射而去。那女郎騰挪閃躍，輕輕鬆鬆的避過，最後卓立瓦背，掣起護身劍芒，箭矢無一漏網的被她擊落。雖說魏軍人手不足，士氣消沉，不過看那女郎的身法、劍術與戰略，無一不是高明至駭人聽聞的境界。箭矢稍歇，駐守皇宮的三百魏軍把高出附近其他建築物逾丈的主殿凌霄殿重重圍困，不過目睹她驚人的身手，誰都沒把握把她留下。失去士氣的魏軍，更沒人肯搶上凌宵殿頂冒險。那女郎俏立在大雪紛飛的殿脊處，有如天仙下凡，懾人與動人之極。躲在外圍遠處的寇仲、徐子陵和侯希白都看呆了眼，給她的花容風采所震撼。

此女年紀在十八、二十許間，生得嬌嫩若盛放的牡丹芍藥，烏黑如雲似瀑的秀髮長垂至後背心，自由寫意的隨著動作在風雪中飄揚拂舞，瀟灑之極。身型更是優美高挑，風姿綽約。秀麗如彎月的長睫毛下修長明朗的美目靈光閃爍，更美得教人屏息，柔和的眼窩把她的眼睛襯托得明媚亮澤，秀挺筆直的鼻子下兩片櫻唇豐潤鮮紅，時盈笑意令她更顯眉目如畫，且帶點孩童的嬌稚。握劍的手膚色嫩白，手指修長，清秀美麗，若單獨去看，該似是一雙精於弄琴操箏的纖手，誰都想不到揮起劍來如此狠辣老到。

「住手！」正猶豫是否該搶上殿頂冒險的一衆魏軍中的好手正恨不得有這句話，忙散往鄰近樓殿較低的瓦面。徐子陵和寇仲兩人交換個眼色，心中湧起無法抑止的仇恨，因這正是宇文化及的聲音。當年把傅君婥埋葬後，對宇文化及的仇恨亦深深種在他兩人內心的至深處。只因其時人小力弱，報仇變成妄想奢望，故不得不把衝動以理智抑制下去，但殺死宇文化及以償還傅君婥在風華正茂的年華香消玉殞的血債那仇恨之火，卻從沒有一刻不在他們心中燃燒著。現在他們分別成為能與三大宗師頡頏，年輕一代中最出類拔萃的武學高手，如肯拚死力戰，即使在眼前的形勢下，他們仍有八成把握可擊殺宇文化及。縱然付出生命作代價，他們亦永不言悔。到這一刻，他們才眞正體會到傅君婥在他們心中的地位，那是沒有任何東西能替代的！亦由此可推知他們對宇文化及的恨意之深，即使傾盡長江黃河之水，亦不能沖淨。

傅君婥為他們付出生命，他們也願為她作出同樣的回報。只要能殺死宇文化及。

當他們露出一意出手的神態，首先大吃一驚的是侯希白，劇震道：「兩位老哥是在開玩笑吧！這裏的魏兵足有數百人，且有不少高手，我們殺得多少個呢？說不定尚有個宇文傷。」

寇仲探手摟上侯希白的肩頭，用力一緊，微笑道：「老子起始時雖看不順眼你這小子，但現在眞的很喜歡你。哈，不要誤會或興奮，因為這只是朋友式的喜歡。老白！不如我們約定在某處青樓碰頭，待我們斬下宇文化骨的臭頭後，再趕去與你會合如何？」

侯希白尚未及回答，一個清越嬌柔的聲音在漫天風雪的魏宮群殿上空響起道：「發言者何人？」雖字正腔圓，仍微帶外國口音，形成一種充滿異國情調的軟柔風格。

侯希白一時忘記回答寇仲，現出心神皆醉的模樣，搖頭晃腦的讚嘆道：「聽其聲知其人，這是位才貌雙全的異族佳人。」

寇仲放開摟他肩頭的手，向另一邊伏在樹叢後的徐子陵苦笑道：「我肯定這傻子不會走，勸也是白勸。」

徐子陵聳肩道：「由他吧！只要他懂四、五成不死印法，該不會有負《不死印法》的盛名。」

宇文化及的聲音，從內園後宮的遠方傳來，並沒有蓄意提高聲音，仍是字字清晰，氣脈悠長，如在每一個人耳邊訴說，可見他的冰玄勁確練至登峰造極的境界。道：「本人乃大魏之君宇文化及，姑娘硬闖我皇宮，是否欺我大魏無人耶。」他雖說得冠冕堂皇，但有心人都聽出他梟雄氣短，無復昔日叛隋弒帝時的迫人氣燄。

身穿緊身夜行勁裝，盡展嬌軀美麗線條的高麗美女發出一陣銀鈴般的笑聲道：「我是高麗『弈劍大師』傅采林的弟子傅君嬙，這次來是要討回大師姐傅君婥的一段血債，宇文化及你是否敢依足你們中原的江湖規矩，與我單打獨鬥一場。」

寇仲和徐子陵均聽得熱血上湧，有如驟然碰上從未謀面卻有血緣關係的親人。宇文化及沉默下去，整座魏宮靜至落針可聞，等待他的答覆。外則兵敗，內則刺客臨門，屋漏更兼逢夜雨，在這淒風苦雪的深夜，魏宮被末日的氣氛重重籠罩。

宇文化及的聲音再次遙傳過來，嘆道：「姑娘走罷！換了令師親臨，我宇文化及必定奉陪。」

寇仲三人聽得面面相覷，一向霸道專橫的宇文化及難道在國破家亡的威脅突然轉性，竟肯在傅君嬙殺傷這麼多魏軍後，仍放走敵人。他如何向手下交代？

傅君嬙冷笑道：「就順帶向你說一聲，我師尊已決定南下中土，與『散眞人』寧道奇會面，領教他的『散手八撲』，我傅君嬙只是師尊的先鋒小卒，就以你宇文化及的頭顱爲師尊開路祭旗，以壯他老人家行色。」

寇仲等三人心中無不掀起滔天巨浪，傅采林乃名震天下三大宗師之一，若眞的南來，加上漢族和高麗族間的許多仇恨，必會翻起干戈風雲，令多事的中原更添風波。更從而推知高麗人立心推波助瀾，火上添油，使已被突厥虎視眈眈的中原更添亂勢。

宇文化及發出一陣長笑，道：「姑娘既要自尋死路，我宇文化及尙有何話可說——」

寇仲和徐子陵於此時從藏身處長身而起，前者大喝道：「且慢！今晚來尋你宇文化及晦氣的，尙有我們兩兄弟。」包括傅君嬙在內，人人都大感驚異的把目光朝他們的方向投來。

侯希白哈哈一笑，起立道：「假使宇文兄肯賜戰，與我這兩位兄弟其中之一單打獨鬥一場，我侯希白保證只作旁觀者。」

就在衆魏軍準備分出人手，應付三人時，宇文化及與八名宇文閥的核心高手，忽然現身在正殿對面的鄰殿頂上，他先喝止手下，目光掃過傅君嬙，再投到三人身上，連說三聲「好！」他明顯消瘦了，面容蒼白憔悴，但雙目仍閃爍有神，雖不像以前的盛氣凌人，仍有一定的威懾力。傅君嬙一對美目落在三人身上，閃動著好奇的采芒。

徐子陵目不轉睛盯著這死敵，心中掠過如在昨日才發生的與傅君婥相處時諸般令人肝腸欲斷的情景，想到一抔黃土，長埋香骨，沉聲道：「請問你做這皇帝究竟何好之有，童山、偃師、梁都三戰，早注定你宇文氏的敗亡。當日你殺我娘時，可想到會嘗今天之果。」

傅君嬙嬌軀輕顫，終猜到三人中有兩人是寇仲和徐子陵，一對秀眸晶光漣漣，對兩人顯然不像傅君瑜般深存誤會或惡感。

宇文化及雙目厲芒一閃，冷笑道：「我宇文化及殺的人多不勝數，哪有空閒每殺一人都去想想將來會有甚麼後果。你們要報仇，我亦要爲死去兄弟找你兩人算賬，難得你們送上門來，今晚一併解決吧。」

「鏘！」井中月離鞘而出。誰都知道此刻難以善罷，唯一的方法是以武力解決。魏軍齊聲吶喊，在宇文化及的激勵下，決意護主死戰。傅君嬙一聲嬌叱，人劍合一的翔空而下，化作芒虹，率先往宇文化及攻去。寇仲三人亦騰身而起，朝蜂擁而至的魏軍衝殺。刺殺終演變爲毫無轉圜餘地的正面硬撼。寇仲一方唯一取勝之法是速戰速決，否則若惹得城內守軍來援，他們只有力戰而亡的結局。剎那間，寇仲和徐子陵萬念化作一念，一念化作無念，進入萬念一空的井中月境界。仇恨轉化成死戰的決心，再不縈繞在他們澄明清澈的心頭。

後方的侯希白頓生出非常奇異的感覺，在他眼中，兩人氣勢陡然間攀升至莫可測度的巔峰境界，每一個縱躍挪閃，以避開疾射而來的十多枝勁箭，都透出龐大的自信，只有這種絕對的自信，能令他們浪費最少的氣力，恰到好處的避過箭雨。侯希白登時受到感染，亮出從不離身的美人摺扇，倏地橫移，避開兩把迎面刺來的長矛，落在長廊旁的草地上，扇子斜揮，蕩開橫腰斬來的一刀，借去三成敵勁，在丹田內化爲己用，美人扇再張時，隨著他玄奧的步法，扇邊剛好割在另一名擊空的敵人頸側處。敵人應扇拋跌，告別塵世。他一出手就用上剛有小成的不死印法，因爲只有此法，才有希望令他保住性命奉陪至兩人殺死宇文化及的一刻。侯希白從沒想過自己肯爲朋友付出生命，但他現在正那麼義無反顧的做著。四個人是絕沒可能勝過數以百計的武林高手且銳卒如雲的宇文閥子弟親兵團的。

寇仲、徐子陵和侯希白，在一道長廊處與敵人展開慘烈的遭遇戰，無盡的魏軍由前方和兩側潮水般湧過來。倘能走畢長廊往右轉去，就是淩霄主殿所在處。寇仲發出他第一刀，硬把敵劍斬斷，再劈中敵人胸口，來襲者應刀墮地，恐怕到了陰曹仍摸不清自己是如何死的。徐子陵深切體會到戰爭的殘酷。平時江湖間的打鬥招式在這裏全派不上用場，只能採用最原始、最直接、最簡單而最見效的方法去殺人和避免被殺。那是一種看誰傷得更重的死亡遊戲。

沒有人能避免受傷的！徐子陵想到這裏，心中一動，一個旋身，竟嵌進敵陣去，身上最少中了兩刀一矛，但都給他的護體眞氣彈開，大喝道：「少帥！甚麼水是不會臭的？」說話時，擊出兩拳一腳，三名敵人立即中招倒地。寇仲的井中月在只吸一口氣的高速下共劈出十三刀，刀勢淩厲無匹，但覺體內眞氣生生不息，無有窮盡，十三名敵人竟無一倖免，立斃刀下。不過他心中並無快意，若可選擇，他絕不會殺第一次碰面，且並無仇怨的人。這就是戰爭的本質和眞面目。背後一陣火辣，刺中他的是長矛，但尚未有機會戳破他的肌膚，已給他護體眞氣的反震之力，震得滑離肩胛，只能劃破他的衣服。這並非說寇仲到達刀槍不入的境界，那要看持矛的是誰，像這個矛手就夠不上傷他的資格。

徐子陵的聲音剛傳到，寇仲大笑道：「當然是滾動的流水，就像希白公子的不死印法。」

侯希白的聲音從遠處傳回來道：「內則周天之造化，外則斗柄之循環，不死在其中矣。兩位老哥，我們是否應設法重歸於一呢？」

通往主殿的要道塞滿前仆後繼殺過來的魏軍，把原本聚在一起的三位年輕高手衝得各自爲戰，兵器從四面八方襲至，使他們沒有半分喘息調氣的餘暇，每一刻時間都要應付多件襲體的兵器，能閃躲活動的空間不住收窄，敵人雖剛吃過大敗仗，士氣低落，但平時的嚴格訓練和豐富的作戰經驗，就在眼前這關係生死存亡的時刻，展露無遺，組成血肉的長城，奮不顧身的對三人狂攻猛擊。三人因各有絕技，故在甫接觸下占盡上風，不過這種優勢並不能持久，一旦眞氣的回復緩於眞氣的消耗，他們的眞元在這種情況下會迅速損耗，而負傷流血，更會加快眞元損耗的過程。所以侯希白有此提議。聚則力強，分則力散。

徐子陵一掌掃出，撥開敵人的大斧，同時送出螺旋眞勁，震得那人中門大開，遂一腳蹴出，閃電般命中斧手胸口，此腳勁力十足，那人離地倒跌，撞倒後方另三名魏軍。大腿和肩胛一陣火辣，是給敵人兵器擊中，雖給護體眞氣反震滑開，由於正全力集中對付斧手，仍是入肉半寸，肌膚受創。這樣纏戰下去確非辦法，終要力竭血盡而亡。徐子陵大喝道：「左方瓦面。」側撞而出，硬生生把兩名魏軍撞得變作滾地葫蘆。

長廊左側是三丈許寬的草地花圃，此時鋪上厚軟的白雪，接連的是另一座建築物，魏方好手不斷從瓦面躍下，加入圍攻他們的戰陣，情況慘烈至極點，死傷累累，鮮血濺得雪地斑駁驚心，生命似再不值半個子兒。寇仲的井中月旋飛一匝，刀光爍閃，黃芒耀目，殺得四周敵人心寒膽落，一仆一跌。他此際亦多處負傷，連運勁制止淌血的空閒也沒有，猛喝一聲，人隨刀走，往侯希白的方向殺去，所到處擋者披靡，竟無人是一合之將。侯希白立即壓力大減，拚著捱劍，美人摺扇開闔間兩敵應扇倒地，拔身而起，脫出重圍，翻騰至寇仲上方。寇仲長刀劃出，迫開敵人，拔身而上，一手抓著侯希白的腰帶，勢子已竭的侯希白給他帶得再往上升，朝徐子陵的所在投去。

徐子陵見兩人凌空而至，知道生死關鍵，就看此時，不理往他身上招呼的兵器，騰身而上，蓄意施爲下，攻來的兵刃只能劃破衣服，多添數道血痕。在此種埋身血戰的情況下，這是脫身必須付出的代價。三人在空中會合，徐子陵這生力軍兩手分抓兩人背心衣服，帶得他們改變落點，同往左旁樓房的瓦頂上方疾掠而去。十多名守在瓦面的敵人正嚴陣以待，其中一敵長刀生出點點刀芒，迎著他們罩來，刀勢的凌厲，乃開戰以來敵人最有威脅的攻擊，三人知是遇上敵方的高手。徐子陵大喝一聲，凌空換氣，兩手送出眞勁，寇仲和侯希白連忙借勢騰升，避過刀擊，投往敵人後方瓦面。徐子陵卻往地面落下，一旦再陷身敵人的重圍，就算以他的武功，亦休想能像剛才般輕易脫身，因爲已變成孤軍苦戰之局。他拇指按出，正中敵人刀鋒，那人驚覺對手拇指生出了黏貼之力，駭然下猛把刀回收，始知中計。徐子陵就借那麼一點黏力，翻越敵人，與寇仲和侯希白安然落在屋脊處。同時看清楚整個形勢。

宇文化及仍負手立在原處，身後高高矮矮的站著八名護駕高手，看樣子應是宇文閥的內圍精銳人物。傅君嬙仍採遊戰之術，飛馳於殿頂廊林之間，牽制著大批敵人，殺得伏屍處處，死狀千奇百怪，連樹上也掛有敵屍，可見戰情之慘烈，不過她剛才對宇文化及的進擊，顯是無功而還。這高麗美女身上亦多處負傷，情況並不樂觀。透過號角，宇文化及親自指揮手下對四人展開圍堵和攔擊。

三人掠上殿頂，在瓦面相聚，立即出現另一局面，當四下的敵人瘋狂來攻，三人亦往外迎戰，自然而然的形成一個三角戰陣，由於沒有後顧之憂，三人遂得放手狂攻前方殺至的敵人，殺得敵人屍橫遍瓦，血肉濺射，鮮血染紅了積雪的殿頂，包括從他們新舊傷口淌出的鮮血。「噹！」寇仲一刀疾劈，殿頂積雪本就滑不留腳，攻來者雖是敵方中的好手，武功高強，勉強擋住寇仲一刀，但腳底卻不聽話，就那麼滑下瓦坡去，掉往地上。忽然間，瓦頂再無敵人，只遺下令人怵目驚心的血跡和幾十具擱在屋脊瓦沿的屍體。

號角聲起，已趨散亂的敵人依令重新在主殿和宇文化及立身的殿堂前的廣場間布防，人數大減至百來人。廣場寬達四十丈，要殺宇文化及必須先硬闖此關。宇文化及確是老謀深算，見勢不妙，立即改變策略，寬敞開揚的廣場對有組織訓練的魏軍自然大大有利。雪花紛飛下，傅君嬙與追擊她者激戰的兵刃交擊聲從宇文化及立身殿堂的後方看不見處遙傳過來，顯示她亦暫時未能直接威脅這邊的宇文化及。火把在廣場中熊熊燃起，照得廣場明如白晝，更添淒風苦雪下魏皇宮的肅殺意況。寇仲、徐子陵和侯希白卓立瓦背，遙觀宇文化及指揮若定，心叫不妙。宇文化及擺明是採拖延的戰略，好待把駐守外城牆的魏軍抽調回來，只要來上兩三千人，他們休想能夠脫身。

三人亦有苦自己知，殺到此處，單是剛才衝上主殿頂的激戰，使他們身上多添十多個傷口，雖是皮肉之傷，仍對他們的戰力大有影響，眞元的虛耗漸趨加速，故不得不調息回氣，一時不能再發動第二輪猛攻。而更不利的情況，是在殺傷敵方近七十個高手後，銳氣漸消，打從心底泛起殺人後的惻隱與勞累，大幅削弱他們的鬥志，假若戰爭仍在繼續下去，爲求保命他們反沒暇產生這種感受。此刻血戰稍停，身心疲憊下，若非熾烈的仇恨在支持著，恐怕早突圍逃走，放棄殺戮。

忽然一道人影落到宇文化及旁，低聲說話，宇文化及立即色變，吩咐幾句後，報告者立即離開。寇仲心中一動，喝過去道：「宇文化及，是否唐軍已兵臨城下，無法抽調人手回來保你的狗命？」布陣廣場的魏軍立時一陣騷亂，顯是被寇仲這番話擾動軍心。

宇文化及發出一串隱含荒涼味道的笑聲，暴喝道：「就算我宇文化及要死，定會拉你們作陪葬，放箭！」

魏軍前排的二十多名箭手彎弓搭箭，弦聲急響，漫空箭矢穿破雨雪，朝他們射來。寇仲搶前，井中月化作萬道黃芒，一個人擋格射來勁箭，如非箭矢集中從前方射來，以寇仲之能亦無法如此威風八面。

後面的侯希白低聲道：「我們繞道攻去，他們的陣勢將不攻自破。」

徐子陵凝視隔著廣場另一殿堂頂上的宇文化及，不放過他任何微細的表情，沉聲道：「他正希望我們這般做，那他就可抽身向外城牆溜去。」

侯希白雙目亮起來道：「我有一將計就計之法，若我所料不差，宇文化及必會與衛夫人一併離開，子陵明白我的意思嗎？」

寇仲退到他兩人間，低聲道：「博得過！」

就在第二輪箭矢臨身前，三人翻下殿頂，往敵陣撲去。他們就像投進水面的石塊，立即激起戰爭的浪花。前排的箭手往兩邊散開，後面搶上十多名盾斧手，左盾右斧，在另二十名槍矛手助攻下，以雷霆萬鈞之勢往三人鉗形般攻至。三人至此更深切體會到戰陣的威力，這些巨斧每個重量不下百斤，鋒光爍閃，若給劈中，任他們護體眞氣如何厲害，由於是正面硬撼，絕不只肌膚之傷。而他們的長盾卻把頸、胸、腹和下陰要害周密保護，令他們更能把力量集中在攻敵上。配合的槍矛手攻勢更使他們殺傷力倍增，一長一短，無論近搏遠攻，占盡優勢。

寇仲當先搶出，人隨刀走，刀化黃芒，像一道激電般斜刺入敵陣中央處，發出「噹」的一聲巨響，聲震全宮，似爲宇文閥的敗亡敲響喪鐘。鐵盾四分五裂，敵人大斧甩手，往後拋跌，兩名在他左右的矛手發覺失去盾牌的屏護時，尚未及時舉矛反擊，寇仲的井中月劃中他們頸側，立斃當場。這凌厲得令人難以相信的刀法，令敵人立即心膽俱寒，自問設身處地，亦只有慘遭擊殺的下場。

寇仲井中月再展千百道光芒，迫退攻來的槍、矛和刀斧，長笑道：「我知來的是誰啦！竇建德是也！對嗎？皇上！」敵陣又一陣騷亂，既給寇仲的正面強攻震懾，又因寇仲的說話影響，竟齊齊後退。

寇仲亦往後疾退，回到徐子陵和侯希白間。「鏘！」井中月回到鞘內，寇仲雙目射出兩道電芒，遙盯隔著廣場戰陣的殿頂上的宇文化及。

徐子陵冷喝道：「宇文化及你算哪碼子的人物，與其待竇建德掩殺，不如來碰碰機會能否殺死我們，尚能趁機逃走，但只懂驅使手下來爲你送死，確令人齒冷。」

侯希白同爲才智高絕之輩，立時明白兩人在展開心理戰術，力圖擾亂宇文化及手下的軍心，貪生怕死是人之常情，有多少人能眞正置生死於度外。只要這裏有一半人被影響，他們不但有可能殺死宇文化及，更能在事後從容逃生。不要看剛才寇仲一下子就在敵陣破開一個缺口，好像毫不費力似的，事實上寇仲付出很大代價，就是大量的眞元損耗。在現時的情況下，要他依樣葫蘆的多來三幾次，保證他累得要躺下來。

既不能力勝，當然要智取。想到這裏，侯希白張開美人扇，瀟灑地爲左右的寇仲和徐子陵搧涼，此動作於這苦雪淒夜是絕對不協調的，可是侯希白卻做得那麼自然閒雅，沒有絲毫造作。嘆道：「只有一個理由可解釋皇上不親自出手，就是竇建德正兵臨城下，皇上既可以從魏縣退回來，自然亦可從許城避往別的地方去，所以只要待手下纏死我們，皇上將會乘機開溜。」這番話更是厲害，有力地點醒衆魏軍莫要做宇文化及的替死鬼。

寇仲暴喝道：「魏國已在剛才覆亡，你們還不逃命？」聲音在魏宮的上空迴盪。雪粉灑在廣場中衆魏軍的身上，人人呆若木雞，鴉雀無聲。寇仲的聲音過去後，仍在他們每一個人的心中激盪著。

宇文化及雙目厲芒劇盛，動了眞怒，「呸」的一聲喝道：「竟敢妖言惑衆，亂我軍心。有我宇文化及在的一天，大魏就沒有亡。」

徐子陵針鋒相對的道：「皇上爲何稱『我』而不稱『朕』，是否不敢再厚顏稱孤道寡呢？」

宇文化及差點語塞。在目前有分量的各方霸主間，以他的稱帝最爲勉強，原因是自弒煬帝後，一直吃敗仗，能生存的呼吸空間，每日都在萎縮中，梁都一戰竟被兩個他以前不屑一顧的毛頭小子弄得鎩羽而歸，且賠上宇文成都和宇文無敵兩條命，導致與親叔宇文傷反目，後者率衆離開，誓要找寇仲和徐子陵算賬，令他實力進一步削弱，眼下已到了日落西山，苟延殘喘的地步，哪還有顏面稱皇稱帝。他愣了一愣，勉力擠出一絲自信的笑容，冷哼道：「本人沒閒情再和你們說廢話，上！」

寇仲叱喝一聲，如若平地起個焦雷，登時鎮住正不知該動手還是逃命的魏軍。連宇文化及亦覺得不妙，知道軍心已給對方動搖，故不立即執行自己發出的命令。

寇仲微笑道：「諸位請聽小弟一言，竇建德兵臨城下一事肯定千眞萬確，所以你們的守城兄弟無法分身來援。我和——」

宇文化及見勢不妙，狂喝一聲道：「休要受他蠱惑，縱有敵人來攻，我們也可先幹掉他們才去應敵，殺！」

手下衆親兵你眼望我眼，卻再無人動手。自魏縣被唐軍所破，衆兵士氣已低沉至極點，現在更由宇文化及親口間接證實竇軍來攻，僅餘下許城的魏國在兩面受敵的情況下，其結局路人皆見，再沒有任何希望。位於戰陣前列的戰士人人目睹寇仲剛才一舉擊斃己方三人的威勢，誰敢先攖其鋒？火把獵獵作響，雪花飄灑下，百多人組成的戰陣，洩了氣般呆在難堪的沉默中。傅君嬙與魏軍的追逐打鬥聲，仍不斷從宇文化及立身殿堂後的遠處間歇的傳過來。

「誰敢違背皇上的命令？」宇文化身旁的高手，其中之一厲喝道。前排的魏軍終於動了，緩慢的往三人推進，神色既不情願又是無可奈何。此時只要有一個人帶頭開小差，保證整個戰陣立時一窩蜂般散去，偏是沒有這樣的一個引子。就在這戰雲再起的關鍵時刻。「咚！咚！咚——」密集有力的戰鼓聲，在城北方向震天響起，直敲進每一個人的心坎底裏去。剛移動的魏軍立即停下，人人面面相覷。鼓聲斂去。「咚！咚！咚！」戰鼓聲再起，這次來自城東遠處。

寇仲振臂大喝道：「還不快溜，你們的父母妻兒正在家中等著你們哩！」

徐子陵亦喝道：「大魏再沒有了，我們和宇文化及間的事，只依江湖規矩解決。」

不知誰先帶頭，當西方鼓聲震鳴之際，廣場上這屬最後一支忠於宇文化及的親兵團，終於一哄而散，走得乾乾淨淨。再沒有打鬥聲音傳來，奇怪的是不見傅君嬙現身。三人無暇理會，宇文化及率八名親衛高手從瓦頂躍下，雙目凶芒電射，顯見他動了眞火，再不理其他好歹，務要殺死三人。

待宇文化及逼近至三丈的距離，寇仲笑道：「尙有一事差點忘記告訴你，適才在城外見到令弟宇文智及領著二百多人先往西走，然後繞道往北，還以爲他是要代你向竇建德講和投降，現在始知他是要出賣你。」

宇文化及終於色變，體會到當年煬帝衆叛親離的滋味，大喝道：「休再說廢話，這裏每個人都肯爲我宇文化及拋頭灑血。」

八大親衛高手同聲叱喝，整齊如一，決意死戰。寇仲和徐子陵自傅君婥死後，一直等待這機會，哪還壓抑得下心中的滔天仇恨，同時搶出，向以宇文化及爲首的敵方攻去。侯希白張開摺扇，並不隨兩人加入戰圈，反往敵陣後方繞去，從後夾攻，造成更大的威脅。

宇文化及放開一切顧慮，身上龍袍寸寸碎裂，露出裏面的黑色勁服和瘦挺威武的體型，兩手箕張，腳踏玄步，排衆而出，一無所懼的朝兩人迎去，獰笑道：「就看你們有否討命的資格？」

「蓬！」「蓬！」三人像三道電光般交擊在一起，宇文化及軀體劇震，雖封擋住兩人攻勢，卻承受不起兩人聯手無可抗禦的勁力。若非兩人眞元耗洩，只此接觸肯定可令宇文化及吐血受傷，現在卻只能震得宇文化及踉蹌跌退。八大親衛分出四人，往寇仲和徐子陵攻去，阻止他們乘勢進擊，另四人攻向侯希白，以免陷腹背受敵的劣勢。寇仲和徐子陵心中大懍，試出宇文化及的冰玄勁不愧宇文閥的鎮閥絕活，即使兩人聯手，殺他亦要費一番工夫。攻來的四人無一不是眞正的好手，其中使槍的中年留鬚大漢更是招數凌厲，功力深厚，一槍疾刺寇仲，帶起的勁冽風聲，足可令人膽寒，另一人運劍橫斬寇仲腰脇，亦是劍出如風，快如電閃，與中年槍手配合得天衣無縫。

寇仲心知肚明這是決定成敗的關鍵，若不能在宇文化及回氣之前，收拾兩名高手，不但會失去殺死宇文化及的機會，他們三人極可能反成敗亡的一方。攻向徐子陵的兩人一使鉤一用刀，年紀均在三十許間，太陽穴高高鼓起，功架步法無懈可擊，勁道十足。徐子陵打的主意與寇仲無異，明白掌握時機的重要性，竟一個翻騰，來到兩敵上方，左右兩手同時施出寶瓶印，化繁爲簡的硬撼敵人。寇仲左手切出，強擋橫斬而來的利劍，右手健腕一抖，井中月化作黃芒，疾挑敵槍。宇文化及仍留不住勢子往後跌退之際，侯希白且戰且走，以遊鬥之術，把四名追擊他的高手引得遠離戰圈。復仇之鬥，終於拉開戰幔。

「嗆！」井中月挑中敵槍，那人非常了得，長槍只盪開少許，豈知寇仲的井中月竟趁剎那的空隙稍一迴勢就奔雷掣電般疾劈進去，直取對手面門，刀法迅快精妙得令人難以置信。長鬚漢魂飛魄散下長槍撒手，拚命後閃，直退至丈許開外，胸口才現出一道血痕，接著仰跌雪地上。宇文化及悲吼一聲，往寇仲撲去，喝道：「由我取他性命！」與死去的長鬚漢聯攻的劍手剛硬被寇仲以手刀震開，聞言改往援助進攻徐子陵的同夥。「蓬蓬」兩聲，兩敵吃不住寶瓶印高度集中的氣勁，鉤刀盪開，人往外跌，眼耳口鼻同時滲出鮮血。

徐子陵與寇仲心意相通，均明白在眼前的形勢下，絕不容留手的餘地，必須以雷霆萬鈞之勢，務求在幾個照面下清理宇文化及的護駕高手，趁敵方心神散亂下全力出手。如讓對方再站穩陣腳，勝負之數實難逆料。來援的劍手使同夥延長敗亡的時間，因徐子陵須放過乘勝追擊的機會，先要把他解決。一個觔斗，徐子陵腳踏雪地，再一個旋身，以毫釐之差避過敵劍，來到敵人左側劍勢難及處，橫肘撞向敵人脇下去。刀手和鉤手又再攻來。劍手竟沖天而上，不但避過他的肘撞，長劍還從上疾刺而來，不愧宇文化及的親衛高手。徐子陵暗捏不動根本印，剎那間完全掌握到敵兵及體的時間、速度和位置，一拳沖天而上，硬撼敵劍。

那邊的寇仲卻陷於挨打的局面，非因宇文化及武功比他高明，而是剛才折斧碎盾和擊斃長鬚漢先後消耗他大量的眞元，尚未回復過來就給被手下的死亡激起凶性的宇文化及狂攻猛擊，一時之間只有仗著精妙的刀法支持，好待宇文化及的銳氣消滅，再伺機反擊。寇仲進入井中月的武道至境，有如熊熊燃燒的戰場上一點永不融解的冰雪，無論形勢如何凶險，死神如何接近，他仍以冰冷自若的心境去應付化解。宇文化及恨不得在下一招置寇仲於死地，故每一招都是全力出手，且覷準寇仲弱點，逼他不住硬拚，務令他沒有回氣的機會。無論寇仲如何閃躍躲避，他或近身搏擊，又或隔空施勁，不予寇仲任何喘息的時間。寇仲則沉著應戰，且戰且退，移往離開另兩個戰場，亦即廣場間靠主殿的一方，每一刀擊出，他都把精氣神完全貫注其中，以全心全靈去應付這死敵驚濤駭浪式的強攻。卸氣借勁之法對著冰玄勁完全不起作用，皆因若讓冰玄勁進入經脈內，絕對有害無益。雙方的戰鬥愈趨激烈，沒有片刻緩衝的空隙，彼此見招拆招，以快打快，凶險凌厲至極點。

只一口熱茶的工夫，掌刀交觸近三十招，井中月忽然劈往宇文化及左側前空處，正是寇仲井中月八大奇招的「棋弈」。以宇文化及的身經百戰，見慣場面，心中亦湧起無比怪異的感覺。寇仲此刀有惑敵的作用，他亦看破是虛招，可是寇仲這一刀劈下處竟產生一個把他籠罩的渦漩和力場，牽制得他無法漠視。那就像大海裏的漩渦，在漩渦旁的魚兒都給牽扯進去。以宇文化及的見多識廣，尚是首次碰上如此奇異駭人的刀法，自然而然往橫移離刀勢所及的範圍，攻勢終緩了一線。這一刀可說是逼出來的，當日對上寧道奇，此招被對方舉手間輕易破解，使寇仲事後心生不忿，苦思下想出以螺旋勁配合施展的辦法，終在此刻派上用場。至此「棋弈」一招始告大成，讓他爭取到反敗爲勝的契機。

一聲輕「咦」，從側旁某處傳來，寇仲不用看也知是傅君嫱躲在暗處觀戰，見自己此招深得「弈劍術」的神髓，故失聲驚嘆。此時不容多想，否則機會一閃即逝，忙往後退開，井中月遙指宇文化及，變化叢生，由「棋弈」改爲「不攻」。宇文化及首次生出寒意，感到寇仲雖不斷拉遠與自己的距離，而其遙制自己的刀氣刀勢，竟是不住增強，完全不合乎常理。無從抽身下，宇文化及一聲厲叱，騰空飛撲，凌空吐出兩股冰玄拳勁，照頭照面向寇仲攻去。寇仲心內無驚無喜，一刀劈出，劈入兩股拳勁中央處，帶起另一個眞氣的渦漩，竟硬把兩股拳勁融渾化解，發出勁氣交接的激響，精妙玄異。「蓬！」寇仲借勢從後門飄進主殿內，朝後翻騰，躍上大殿北端的台階，落足點正是宇文化及面向大殿的龍座。

刀鋒剛在他鼻端前分毫之外劃過，侯希白摺扇張開，先往對方面門搧去，惑其眼目，殺著卻是底下的一腳，正中敵人下陰。接著肩胛劇痛，給另一個敵人長劍刺中。侯希白卸開敵劍，使對方不能傷他筋骨，前方敵人已應腳拋飛，發出臨死前驚心動魄的慘嘶。侯希白雖付出代價，肩胛傷口深入盈寸，鮮血四濺，心兒卻安定下來。

圍攻他的四名高手，如若單打獨鬥，無人是他十合之將，但因合作慣了，聯手的威力遠超四人加起來的總和，殺得他差點支持不下去。猶幸花間派絕技層出不窮，配上魔門最厲害功法之一的不死印，苦心經營下，終於成功除去其中一名敵手。侯希白聽風辨位，向左旋蕩，美人扇由開變闔，看似隨手打出，卻精確無倫的掃在攻來的長槍鋒尖處，不死印先汲取敵人勁力，剎那間反輸回去，槍手硬是給他震得踉蹌側跌。侯希白哈哈一笑，展開美人扇法，殺得早已心寒膽裂的三名敵人左支右絀，再無還手之力。

「叮！」長劍寸寸碎折。完全出乎使劍高手意料之外，長劍是全力下插往徐子陵的天靈穴，遇上的卻非徐子陵名震天下的赤手而是他從袖內探出的一對短護臂，這招袖裏乾坤要比杜伏威名列奇功絕藝榜上的成名絕活更上一層樓，護臂一端黏上劍鋒，完全化掉對方劍內貫注的眞氣，接著另一手的護臂閃電橫掃在劍鋒上，硬把沒有眞氣保護的敵劍擊碎。敵人魂飛魄散，給徐子陵再送出的另一股力道帶得往高處拋滾，還是徐子陵手下留情，否則必然立即嗚呼哀哉，不保小命。

徐子陵護臂建功後回到袖內，以內外獅子印應付左右攻來使鉤和使刀兩大高手狂風暴雨般的攻勢，這兩個宇文化及的親衛高手武功高於其他各人，僅次於被寇仲斬殺的長鬚漢之下，但要勝徐子陵仍未夠級數，給他一一擋格，只要待他們銳氣過後，立可制敵取勝。

寇仲就在龍椅的窄小空間移動，一步不讓的硬擋宇文化及全力以赴的凌厲攻勢，長笑道：「這張龍椅有點眼熟，是否就是老煬被殺前在江都坐的那一張？」

宇文化及冷哼一聲，並不答他，心底暗叫不妙，只喘幾口氣的時間，此子功力立即大幅增強，像換了另一個人似的。寇仲「唰唰唰」連劈三刀，刀刀妙至毫顛，再次把宇文化及逼開，搖頭嘆道：「化骨你為何如此不智，此乃不祥之物，你竟還千里迢迢的從江都抬到這裏來，令自己步上老煬的後塵，太蠢哩！」「蓬！」忽然出拳，迎上宇文化及的拳頭，兩人毫無花假的硬拚一招。冰玄勁氣給寇仲的螺旋真勁迫得往四外激濺，一時勁氣橫空。寇仲被宇文化及震得往後仰晃，似要墮離龍椅。宇文化及大喜，矮身探手，抓往寇仲下陰。

寇仲哈哈一笑，真勁從腳底送出，龍椅四足立斷，井中月黃芒迸射，疾挑宇文化及陰險毒辣的一抓。宇文化及哪想得到他不但能硬拚他積四十年功力的冰玄勁，還令他看不破的施出誘敵之計，改變高低位置下，變成自己把手往對方刀鋒送過去，駭然下抽身急退。寇仲雙目電芒激閃，厲喝一聲，井中月化作長虹，人刀合一的施出井中月八法中的「擊奇」，反客為主的往宇文化及攻去。宇文化及正退下龍座的台階，驀感寇仲的刀氣把自己完全緊鎖籠罩，避無可避下只好全力擋格。「轟！」宇文化及應刀踉蹌退落台階，兩人嘴角同時滲出鮮血，戰況慘烈。看著宇文化及往殿心退去，寇仲卓立台階最上的一級，井中月遙指死敵，另一手拭去嘴角血漬，心中豈無感慨。想起自己由當年不配跟宇文化及提鞋的小子，到今天成爲直接導致宇文化及敗亡的人物，其中經歷的曲折，變化的多姿多采，就他本人亦難以逐一描述。

宇文化及終於退至殿心，距寇仲達四十步之遙，可是寇仲的刀氣仍隱隱把他鎖緊，如此內功刀法，已臻駭人聽聞之境。心中湧起絕望的感覺，曉得自己銳氣已竭，心志被奪，兼受內傷，雖仍有一戰之力，卻肯定沒有勝望。長嘆道：「罷了罷了！想不到我宇文化及英雄一世，最後竟失手在兩個小混混手上。」舉掌就往天靈蓋拍去。寇仲哪想到他有此一著，大吃一驚下收刀往大仇人衝去，連他自己亦不曉得能幹甚麼。宇文化及一聲長笑，在擺脫寇仲的刀氣下，騰身而起，撞破殿頂，橫空而去。一聲嬌叱，躲在一旁的傅君嬙凌空截擊，兩人在空中擦身而過。傅君嬙給他的冰玄勁震得從空中墮下，宇文化及左臂亦給她寶劍刺個正著，傷上加傷，往後宮方向投去。

寇仲來到主殿頂時，侯希白仍給敵人纏著，徐子陵則成功擊倒敵人，忙喝道：「小陵快來！」領先往宇文化及遠遁的背影追去。

兩人從瓦面躍下，來到一座位於後宮庭院的月洞門前，均心中訝異，不明白宇文化及爲何不有多遠逃多遠，竟只躲進後宮的庭院去。進入月洞門後是個小庭園，雪花紛飛下，一片雪白寧和，使人怎樣都沒法把眼前景物與血腥暴力聯想在一起。三進的樓房中門大開，燈火通明。雖摸不清內裏玄虛，但兩人武功蓋世，又在仇恨火燄的催動下，哪管得這麼多，並肩入屋。十多名宮娥太監軟倒地上，瑟縮一角，面無人色。徐子陵看得心中不忍，柔聲道：「不關你們的事，我們絕不會傷害你們，走吧！」說罷追在寇仲身後，直入內堂。

面色慘白的宇文化及呆坐在西窗旁的椅子上，雙手緊擁著伏在他身上，身穿妃嬪麗服的一名女子，再無其他人。兩人面面相覷，怎想得到會是這麼一番情景。英雄氣短的宇文化及，像是另一個人似的，心神全放在懷中女子身上，似茫不知死敵臨門而至。

寇仲一振手上井中月，喝道：「是漢子的就站起來一戰，我兩兄弟可保證不傷無辜。」

宇文化及露出慘笑，把手移到女子香肩處，似要把她推開，女子緩緩起立，別轉嬌軀，面向兩人，身上沾滿宇文化及臂膀淌下的鮮血。寇仲和徐子陵虎軀劇震，同時失聲道：「貞嫂！」

竟是當年在揚州，不時以菜肉包子救濟他們，在南門開膳食舖子賣包子老馮的妾侍貞嫂。煬帝入城，把老馮徵召入宮，而老馮後來因開罪煬帝被處決，貞嫂則不知所蹤，哪想得到今天竟成爲宇文化及臨死亦不忘一見的愛妃。在華服襯托下，貞嫂更是姿容秀美，氣質高貴。她玉容出奇的平靜，柔聲道：「小陵、小仲，你們終於來哩！」

寇仲和徐子陵頭皮發麻，完全失去方寸。在他們的生命中，與他們關係最密切的三個女人，就是貞嫂、傅君婥和素素，後兩者均香消玉殞，而貞嫂竟變成他們恨不得食其肉煎其皮的大仇家宇文化及的愛妃，他們該怎麼辦。

風聲驟響。兩人駭然後望，傅君嬙終於尋至，俏面含煞的提劍而來，目光落在呆坐椅上，半邊身被血染紅的宇文化及，奇道：「你兩人爲何不取他狗命？」他們不知從何說起，被她質詢得啞口無言。以前兩人無論遇上甚麼場面，總有方法解決應付，獨是眼前死結，卻令他們一籌莫展。

「衛夫人！」侯希白現身在傅君嬙後方，失聲呼叫。他的呼喚像一把鐵鎚般痛敲在兩人心坎上，原來貞嫂竟是宇文化及最寵愛的衛夫人，宇文化及還特別邀侯希白來為她造像，讓她的花容能永遠的留在畫帛處，其中充盈著至死不渝，繾綣纏綿的悲壯滋味。傅君嬙停在兩人身後，回頭先瞥侯希白一眼，像首次看到貞嫂般對她打量起來。

恍如忽然衰老十多年的宇文化及從椅子站起，右手溫柔地按上貞嫂香肩，深情的道：「一人做事一人當，唉！我本不該回來看你的。」接著望向寇仲和徐子陵，冷然道：「我們的事到外面解決。」

戰鼓聲再起，這次非是在某處傳來，而是集中在城北的一方，不斷逼近。

貞嫂堅定地搖頭，張開一對纖手，平靜的搖頭道：「不！要死我也要和皇上一塊兒死，小仲小陵，你們可以成全我們嗎？」以這種語氣說出這番話，比任何呼天搶地更要令聞者心酸震撼，何況寇仲和徐子陵對她有著崇高的敬意和感激之情。

傅君嬙終發覺到兩人和宇文化及這妃嬪關係大不尋常，玉容一沉，輕描淡寫的道：「她是誰？」

戰鼓聲不住接近增強，壓得人心頭煩躁，以毫不含糊的形式，喻示大魏的國運，正往盡頭靠近。

寇仲苦笑道：「她可算是我們另一個娘。」

徐子陵頹然點頭，忽然間他對宇文化及再硬不起報仇雪恨的心腸，這個一手令大隋覆滅、曾叱吒風雲的人物，和很多人一樣，在狠辣無情的形象下竟有其溫柔多情的一面，只因他和寇仲從未接觸過，故從不認識這樣的宇文化及。現在他已家破人亡，衆叛親離，下場悲慘，難道他們此時還要當著貞嫂眼前置他於死地嗎？

傅君嬙冷冷道：「你們既下不了手，就讓我來成全他們吧！」劍光疾閃，從兩人間穿出，朝貞嫂後的宇文化及面門射去。

第九章

難解死結

黃易 作品集

第九章　難解死結

寇仲大吃一驚，閃身護著貞嫂和大仇人宇文化及，井中月疾挑傅君嫱寶劍，叫道：「嫱姨請聽小姪一言。」傅君嫱玉臉微紅，啐道：「誰是你的嫱姨，滾開！」蠻腰輕扭，寶劍生出精奧至包括全無欣賞心情的宇文化及在內都大爲驚嘆的變化，以毫釐之差避過寇仲的井中月，接著嬌軀像陀螺般立定轉動，長劍迴繞，疾刺寇仲臉門，毫不留情，狠辣至極點。寇仲不敢冒犯她，縛手縛腳下，只好見招擋招，把井中月攻勢收回，橫刀格架。傅君嫱竟大嗔道：「哪有這麼差勁的招數，滾！」神態嬌美無倫，充滿天眞爛漫的少女味兒。一腳飛出，毫不避嫌的朝寇仲下陰踢去。

她右旁的徐子陵，後方的侯希白均爲她動人的情態怦然心動。但只有徐子陵明白她對寇仲的怨懟。弈劍術專講料敵機先，先決的條件是要掌握敵手武技的高下，摸清對方的底子，從而作出判斷。她對寇仲的評價顯然非常高，豈知寇仲因不敢冒犯她，使不出平時五成功夫，令她的弈劍術因「料敵失誤」大失預算，無法展開，等於下錯一子。

「蓬！」寇仲左掌下壓，封著傅君嫱不念姨姪之情的一腳。但她的內勁卻分八重湧來，寇仲拚盡全力才不致被她震得撞到後面貞嫂的嬌軀去。駭然對這比他還小上一兩歲的姨姨叫道：「嫱姨把九玄大法練至第八重啦！厲害啊！」

傅君嫱亦想不到寇仲能硬擋她全力的一腳，竟發出一陣輕笑，道：「這一掌還像點樣子，看！我要割下你瘋言亂語的舌頭來。」先往後退，旋又旋捲回來，寶劍化作萬千芒虹，雨點般往寇仲吹打過去，奇幻凌厲。侯希白竟取出隨身攜帶的筆墨，張開美人扇，就在畫有婠婠和尚秀芳那一面疾寫起來，可見傅君嬙美態對他震撼之大。

貞嫂忽然轉身，把宇文化及摟個結實，對她來說，宇文化及是這世上唯一全心全意愛她疼她的男人。宇文化及肝腸寸斷的把他的衛夫人擁入懷裏，以他的自負和長期處於權勢巔峰的身分地位，哪曾想過有連自己的女人亦無力保護的一天。也不知是否前生的冤孽，宇文化及第一眼見到衛貞貞，便不能自已。以前他也曾爲別的女人心動，但得到手後總可棄之如敝屣，只有這次是情恨深種，與往昔任何一次不同。

戰鼓聲倏地停下，像開始時那麼突然。徐子陵卻無暇理會，但對眼前的難題仍是束手無策，怎樣可使傅君嬙明白他們正處於左右兩難的境地？寇仲知道若再留手，不要說保護貞嫂和宇文化及，自己恐怕亦要小命難保，因爲這位比他年輕的嬙姨實在太厲害，招招奪命。暗嘆一口氣，肩脊一挺，變得威猛無匹，井中月斬瓜切菜的連續劈出，每一刀都把傅君嬙的長劍準確無誤的震開，像是預先曉得傅君嬙寶劍的招式變化似的。竟是以弈劍術對弈劍術。傅君嬙驀地退開，劍回鞘內，俏目緊盯寇仲，道：「我打不過你。」衆皆愕然。

寇仲忙還刀入鞘，躬身道：「嬙姨大人有大量，恕小姪不敬之罪，唉！請容小姪解釋內中情由。」

傅君嬙俏面霜寒，冷得像外面的雪雨，語氣卻非常平靜，道：「不用解釋，師尊南來時，自會找你們說話。」再往後退，來到侯希白旁，仍有閒心探頭一看，神態嬌憨的道：「好小子，竟在繪畫奴家，是否想討打？」

寇仲和徐子陵聽得你眼望我眼，這位美人兒姨姨一時狠辣冷靜，一忽兒天眞爛漫，教人糊塗得難以捉摸。可惜兩人已失去欣賞的心情，暗忖這個誤會後果嚴重，偏無法補救。

侯希白受寵若驚的尷尬道：「我是死性不改，確是該打！」

傅君嬙嬌笑道：「見你尚算畫得不錯，你那顆頭暫時在脖子上多留一會兒吧！」續往後掠，消沒在內堂大門外。

寇仲頹然向徐子陵怪道：「你爲何不幫手說話？」

徐子陵苦笑道：「我可以說甚麼呢？」

寇仲以苦笑回報。

宇文化及的聲音響起道：「兩位眷念與貞貞的舊情誼，我宇文化及非常感激。」

寇仲聽他語氣異乎尋常，一震轉身，訝道：「你曉得我們和貞嫂的交往嗎？」

宇文化及緊擁著貞嫂，神色平靜答道：「我知道貞貞所有的事，怎會不曉得你們和貞貞的關係。本人有個最後的心願，希望你們能看在貞貞份上，成全我們，讓我和貞貞能共埋於一穴。」

三人同時大吃一驚，知道不妙，往兩人撲去。宇文化及往後坐入椅內，雙手仍緊抱貞嫂，鮮血同時由眼耳口鼻流出，竟是自碎經脈而亡。密集的足音在堂外響起。寇仲和徐子陵更駭然發覺貞嫂早毒發身亡，登時手足冰冷，腦袋內頓感一片空白，茫然不知身在何處，眼前的慘事是如此殘酷而不能改移！

侯希白探手摟上兩人肩頭，悽然道：「這或者是把他們此生不渝的愛情延續下去的唯一方法。」

貞嫂的面容仍是那麼平靜祥和，似在訴說死亡對她是最好的歸宿。

劉黑闥雄壯的聲音在大門響起道：「恭喜兩位老弟得報大仇。」

寇仲和徐子陵四目相投，想哭卻哭不出來，心中對宇文化及再無絲毫恨意，無論是愛是恨，一切該在此時此地結束。

寇仲和徐子陵駕著載上宇文化及和貞嫂棺木的密封馬車，從東門出城，劉黑闥親自護送一程。許城換上大夏的旗幟，城外曠野軍營廣布，燈火處處，陣容鼎盛，充盈著戰勝者的氣氛。此時離宇文化及和貞嫂自盡只有個把時辰，天尚未亮，雪雨仍是漫無休止的從黑壓壓的夜空灑下，兩人的感覺仍是麻木空白。由於宇文化及乃弒殺煬帝楊廣元凶，雖然身死，他的首級依然有很大的利用價值。若非提出要求保他全屍秘密安葬的是寇仲和徐子陵，劉黑闥怎肯答應。所以宇文化及因貞嫂的關係，死後總算有點運道。

劉黑闥此時馳至兩人之旁，道：「我在這裏待兩位老弟回來喝解穢酒如何？」兩人答應一聲，逕自駕著靈車，往前方被白雪覆蓋的山野馳去。

寇仲別頭瞥負責操韁的徐子陵一眼，見他直勾勾的呆看前方被雨雪模糊了的原野，嘆道：「命運實在難以測度，誰猜得到貞嫂竟成爲我們大仇家的愛妃，弄至今天的田地。」

徐子陵朝他望來，露出一絲苦澀的笑意，沉聲道：「貞嫂是早萌死志，在她轉身擁抱宇文化及時，把暗藏的毒丸服下，可當時只有宇文化及曉得。唉！瞧著心愛的女人死在自己懷裏，究竟是甚麼滋味？」

寇仲心如刀割，說不出話來。蹄聲響起，從後追上。寇仲回頭看去，竟是剛才宣稱有事，未能隨行的侯希白。

侯希白策騎來到馬車旁，欣然道：「成哩！」

兩人腦袋的靈活度大減，捉摸不到他的意思，寇仲愕然道：「成甚麼東西？」

侯希白道：「我終完成那幅帛畫，帶來作他兩人陪葬之物。」

寇仲馬鞭揚起，輕輕打在馬屁股上，拉曳靈車的四匹健馬立即加速，朝白雪茫茫的天地深處馳去。

許城南門大道旁一間空置多時的酒肆內，劉黑闥、侯希白、寇仲和徐子陵圍桌進酒。太陽剛沒在西山下，安葬宇文化及和貞嫂的喪事，用盡他們一個白天的時間。

酒過三巡，劉黑闥低聲向寇仲和徐子陵兩人道：「入土爲安，誰也難免一死，只看誰先走一步。假若死後有另一個世界，他日我們不是也可以在那裏聚首嗎？到時或許會發覺生前所有恩恩怨怨，只是一大籮的笑話。」

侯希白「颼」的一聲張開美人扇，以畫有婠婠、尙秀芳、傅君嬙的一面向著三人，另一手擊枱讚道：「最後那兩句說得眞好！可見劉帥不但是個胸懷廣闊豁達的人，更是視死如歸的好漢。」

寇仲瞥侯希白的摺扇一眼，捧頭道：「這三個女人任何一個都可令我患上頭痛症，三個聚在一起更他老爺子的不得了。」

劉黑闥和侯希白正努力開解他們，忽然發覺寇仲如此「正常」，似是毫無悲戚之情，爲之面面相覷。

徐子陵淡然自若的舉杯道：「我們確中了毒，幸好有解藥在此，就讓我們四兄弟多服一劑解藥。」

衆人轟然歡呼中，把四杯解穢酒喝個一滴不剩。

劉黑闥豎起拇指讚道：「好！不愧我的好兄弟，提得起，放得下。那我們不如閒話少說，直入正題如何？」

寇仲一拍額頭道：「幸好你提醒我，我差點忘掉自己是王世充的特使，奉他的臭命來巴結劉大哥你的老闆。」

劉黑闥啞然失笑道：「哈！老闆，不過竇爺會喜歡這個稱謂，因為是由名震天下的寇少帥奉贈的。」

一個豪雄沉厚的聲音在街上傳進來道：「黑闥說得一點沒錯，只要是少帥奉贈之物，我竇建德無不欣然領受。」

四人慌忙起立迎迓。竇建德昂然而入，一行人風塵僕僕，顯是長途跋涉的趕來。隨從依他吩咐守在舖外，竇建德跨過門檻，目光掃過三人，最後落在寇仲身上，長笑道：「見面勝似聞名，寇兄弟果是人中之龍，幸會幸會。」寇仲連忙謙讓。

劉黑闥引見過徐子陵和侯希白後，五人杯來杯往的喝掉半罈酒，竇建德微笑道：「唐軍知我們攻占許城，開始從魏縣撤軍，我們是否應乘勢追擊呢？」

寇仲心中一震，唐軍撤走，魏地將盡入竇建德手上，令他聲勢更盛，且與唐軍再無緩衝之地，大戰一觸即發。

劉黑闥沉吟道：「李神通還不放在黑闥眼內，李世勣卻是當代名將，只看他在李密入關投降，仍能力抗王世充，便知是個人才。他這回聞風而退，固是懾於我軍威勢，亦不無誘敵之意。愚見以為目前當務之急，是先鞏固戰果，向舊魏子民宣揚我軍仁愛之風，待萬眾歸心，我們才揮兵西進，剷除李世勣的瓦崗舊部。」

侯希白不由聽得打從心內讚賞。

竇建德道：「現在宋金剛先後攻克晉州、龍門兩大重鎮，李元吉、裴寂棄并州敗逃，太原告急，若我們不趁此機會擊潰李世勣的山東軍，待李世民穩住太原，我們將坐失良機，少帥以爲如何？」

寇仲正喝酒喝得昏天昏地，酒入愁腸，滿懷感觸，只是不表現出來。聞言勉強打起精神，訝道：「李元吉竟這麼快敗陣，是否李世民在拖他的後腿？」

竇建德手摸酒杯，定神瞧著寇仲道：「有裴寂做監軍，李世民焉敢作怪。」裴寂是李淵關係最深的親信大臣，李淵特別派他隨軍，正是要作李世民和李元吉之間緩衝的人。

寇仲朝徐子陵瞧去，見他心不在焉的默然聽著，曉得貞嫂的自盡，對他造成永不磨滅的打擊，強壓下心中的傷痛，道：「在李世民擊敗宋金剛前，竇公你必須擊潰李世勣的山東軍，否則李世民乘勢攻打洛陽，李世勣可輕易把竇公隔斷在大河之北，眼巴巴的瞧著李世民鯨吞洛陽。」

竇建德望進杯內的酒去，露出深思的神色，教人對他產生莫測高深的感覺。

侯希白微笑道：「聽少帥的口氣，宋金剛是必敗無疑。」

寇仲想岔開徐子陵的注意，把話題向他拋過去道：「陵少有甚麼意見？」

徐子陵苦笑道：「各位請不要見怪，我並沒有留神你們的對話，寇仲這一招擺明是耍我。」

劉黑闥心中暗嘆，他當然明白徐子陵是個怎樣的人，打圓場的把話題向他重複一次。

竇建德饒有興趣的道：「這確是個有趣的討論。」

徐子陵佩服的道：「我同意寇仲的看法，宋金剛和李世民均爲精通兵法的戰爭高手，兩人本是不相上下，分別在宋金剛只是一頭視突厥爲主人的狗，不得人心，而李世民必能洞悉和利用他這弱點，令他全軍覆沒。」

「砰！」竇建德擊桌讚道：「好一句不得人心！現在我也深信不疑宋金剛絕非李世民的對手。既是如此，我們要作好西攻唐軍的準備，立即揮軍迫李世勣決戰。」

劉黑闥雙目異光暴盛，舉杯道：「黑闥敬竇爺一杯，祝我軍旗開得勝，馬到功成。」

兩人轟然痛飲。徐子陵卻是心中暗嘆，竇建德的一句話，不知又有多少人要因戰爭而流離失所，甚至陳屍道旁。因貞嫂的死亡，寇仲的雄心壯志一時大打折扣，尚未回復過來，呆看意氣昂揚的竇建德和劉黑闥，欲語無言。

竇建德又輪流與寇仲等對飲，道：「三位行止如何？」

寇仲曉得這名震一方的霸主是要看自己有否跟從他的意思，答道：「我和小陵想去探望翟大小姐。希白要到哪裏去？」

侯希白道：「我去找雷老哥，看他康復的情況。」

劉黑闥道：「想不到我們兄弟匆匆一聚，又要分開，不過已是痛快至極，我敬三位一杯，祝你們一路平安，很快大家又會碰頭飲酒。」

寇仲和徐子陵心中感激，曉得劉黑闥暗示他們須立即離開，連忙舉杯回應。

雪粉又從夜空往大地灑下來。

夜色蒼茫下，兩人遠離許城達百里之遙，雨雪仍下個不休，他們抵達一座小山之頂，山野河流在下方延展至無限的遠處。

寇仲酒意上湧，嘆道：「人世間的恩恩怨怨，是否眞如劉大哥所言，只是一大籮的笑話？」

徐子陵苦笑道：「假如你眞可把香玉山或魔門諸邪當作朋友或笑話，你不但不用再去爭天下，更可出家做和尙。不過照我看就算空門中人，仍未能對人世漠不關心，否則師妃暄就不用和我們反目。」

寇仲頹然坐下，點頭道：「還是你清醒點，只要想起香玉山，我心中立生殺機。即使人生只是一場春夢，但夢境太眞實啦！一天未破醒，我們仍要身不由己的被支配。」

徐子陵在他旁坐下，喟然道：「我們是因眼看著貞嫂自盡的刺激，才會生出對生命的內省，試想想在當時仇恨高燒下，我們一心一意就是要殺死宇文化及，哪會想到其他。由此可以推想，一段時間之後，我們會回復正常，再無暇去想生命是否只是一場春夢。」

寇仲嘆道：「可是我現在確有萬念俱灰的感覺，對甚麼都提不起興趣，只想去看看大小姐和小陵仲，更不願於此與你分道揚鑣，各自上路。」

徐子陵道：「問題是你老哥背上肩負無數的責任和別人的期待，你不但是宋缺的欽選女婿，更是他的功業繼承人。寇少帥又是少帥軍的領袖，彭梁的軍民等著你回去領導和保護他們。」

寇仲一呆道：「你好像是首次鼓勵我去爭天下。」

徐子陵道：「可以這麼說。一旦李世民出漏子，又或李建成得勢，突厥的大軍便會南下，那時就要靠你少帥軍力挽狂瀾。這是寧道奇放你一馬的眞正原因。」

寇仲沉吟道：「如果大獲全勝的是李世民，竇建德、王世充全被擊垮，你對我會有甚麼忠告？」

徐子陵目注地平盡處的茫茫白雪，輕輕道：「那時我將難以知道。」

寇仲劇震道：「你想到哪裏去？」

徐子陵雙目射出斬之不斷的傷感神色，搖頭苦笑道：「我的好兄弟要去爭天下，中原還有甚麼值得小弟留戀之處？」

寇仲愕然道：「我以爲你要到塞外去只是隨便說說，雷老哥不是要靠你去對付香家嗎？唉！至少你該到巴蜀見見石青璇，這麼形單隻影的到塞外流浪，實教兄弟心傷。」

徐子陵灑然笑道：「事實上我非常享受孤單的感覺，只有遠離人世，我才可以更接近大自然，感受生命的存在和意義，香玉山現在已找到最強橫的靠山，將來假若李世民坍台，我必回到你身邊，與你並肩作戰，把突厥趕回老家，這是承諾。」

寇仲雙目閃亮起來，哈哈大笑道：「我聽到啦，這是對我最大的鼓勵。我絕不會讓李小子攻陷洛陽，照你看竇建德究竟是怎樣的一個人？」

徐子陵搖頭道：「我不清楚。他的行事總透著點莫測高深的味道，若沒有李世民，唐軍絕非他的對手。」

寇仲忽然叫道：「糟哩！」

徐子陵摸不著頭腦的道：「糟甚麼？」

寇仲苦笑道：「剛才竟忘記向劉老哥或小白借幾兩銀子，現在我們兩兄弟身無分文，如何捱到樂壽找大小姐？」

徐子陵笑道：「把你的井中月變賣不就成？只要有賭本，我可多變幾兩銀子出來給你花用。」

寇仲長身而起，下意識地拂掃身上的雪漬，啞然失笑道：「若要變賣，我們尚各有一顆夜明珠，你捨得嗎？那可是無可替代的紀念品，每回拿在手上把玩，就像重歷長安城內裝神扮鬼那段難忘的日子。」

徐子陵聳肩道：「那就邊走邊想辦法吧！我們年輕力壯，做苦工大概可賺幾個子兒。」

寇仲豪情奮起，道：「從無到有，從有到無，自離開揚州後，我們是首次被打回原形，重新做窮鬼。就讓我們這對窮鬼兄弟，再闖江湖，以天為被舖，以地為臥蓆。哈！有了！我們為何想不到去獵兩頭猝鹿來換賭本？」

徐子陵悲傷稍減，叫聲「好主意」，往山下掠去。寇仲連忙跟隨其後，兩人迅速去遠。

歷亭在永濟渠南岸，是竇建德的屬土，為水陸交匯的大城鎮，由此往樂壽，可坐船沿永濟渠北上，到另一城鎮東光登岸，往西兩天快馬，可抵目的地。另一個方法是渡過永濟渠，西行至漳水，乘船亦是兩天可抵樂壽。不過無論選擇哪個方法，在實行上都有困難，皆因兩人身無分文，在這紛亂的時代，少個子兒也寸步難行。他們晝夜不停的急趕三天路，仍沒有半粒米飯下過肚，若非他們功力深厚，早凍僵途上，午後時分來到城門外，見到設於城外的幾個食舖茶寮擠滿商旅途人，更感飢腸轆轆，份外難捱。

徐子陵一把扯著寇仲，道：「除非你想打進城去，否則我們須於此止步。」

寇仲記起入城必須繳稅，笑道：「我們既是他們老闆的小兄弟，寇仲和徐子陵兩個名號又那麼響，索性向城門的兵大哥要求見駐守這裡的文官武將，向他們亮出名號，借點盤川，醫飽肚子，不是甚麼都迎刃而解嗎？」

徐子陵沒好氣的道：「你既不肯跟隨竇建德打天下，卻要受他的恩惠，算甚麼英雄好漢？」

寇仲拍額道：「我是餓得糊塗，受過他的恩，將來怎好意思和他爭天下，唉！那些饅頭眞香。」

徐子陵別頭一看，最接近他們的食舖正在蒸包子，熱氣騰升，香氣四溢，不由得想起當年貞嫂經常義贈菜肉包的情景，歷歷如在眼前，蓄意壓下去的傷情，湧上心頭。

店主見兩人目不轉睛的盯著蒸籠，還以爲生意來了，嚷道：「一文錢一個，趁熱吃最鬆香美味。」

寇仲拍拍空空如也的腰囊，苦笑道：「要不要請人做粗活，我們不要工錢，只要饅頭。」

店主露出鄙夷之色，不耐煩的道：「這裏不請人，到別處去！」

寇仲不以爲忤，哈哈一笑，灑然聳肩，朝徐子陵道：「看來還是要餓著肚子上路，不若潛進河裏捉兩尾鮮魚，憑我兩兄弟的身手，該只是舉手之勞？」

店主再不理他們，侍候棚內的幾桌客人去了。

徐子陵心忖這不失爲一個解決飢腸的辦法，欣然道：「去吧！」正要離開，有人叫道：「兩位仁兄請留步。」

兩人愕然回頭，喚他們的人是棚內其中一個食客，獨據一桌，是個臉孔圓嘟嘟的中年胖漢，一看便覺是個做生意的人。

胖子起立笑道：「四海之內皆兄弟，讓我管平作個小東道如何？」

徐子陵感激的道：「好意心領，怎可要管老闆破費。」

管平欣然堅持道：「兩位仁兄怎都要賞管平些許薄面，千萬不要客氣，請入座。」

寇仲向徐子陵打個眼色，示意他不要錯失機會，領頭朝管平的桌子走去，徐子陵拿他沒法，只好隨他入席。

管平喚來麥粥饅頭，供兩人大快朵頤，忽然壓低聲音道：「兩位是否練家子？」

寇仲一邊把饅頭塞進口裏，一邊豎起拇指讚道：「管老闆眞有眼光，我們都懂兩下子。」

管平欣然道：「我別的不行，但鑑人之術卻頗有點心得。雖對兩位姓名來歷一無所知，可是只看兩位龍行虎步的風采雄姿，直已心折。最難得是兩位並不恃強橫行，寧願挨餓仍不偷不搶，實乃眞正的英雄好漢。」

徐子陵怕寇仲又給他亂起些甚麼小晶、小暄、小璇一類的名字，忙自我介紹道：「我叫傅傑，他叫傅雄，來自餘杭，想到樂壽探望親戚。」

管平嘆道：「實不相瞞，現在我的小命危如累卵，隨時會給惡人害死，兩位如肯相助，我願以黃金二兩酬謝兩位。」

寇仲一對大眼立時閃亮，道：「誰人竟敢隨意傷人害命，難道不懼王法？」

管平愕然道：「王法？」旋即苦笑道：「官府在遠，拳頭在近，兼且群雄各自割據稱王，在這裏犯事，逃往別處便可逍遙法外。坦白說，若在平遙，誰敢動我半根毫毛，但來到這裏人地生疏，唉！」

徐子陵同情心大起，問道：「管老闆乃精明的生意人，爲何會陷身這種局面？」

管平壓低聲音道：「皆因信錯了人。這次我隨大夥到山海關做生意，請得大道社的人作保鏢，本來一切妥當，豈知途中始發覺大道社的人與我的仇家暗中勾結，一時令我進退兩難，不知如何是好？」

寇仲不解道：「既然生命受到威脅，何不一走了之。」

管平慘然道：「問題是我隨夥附運的五百疋上等綢緞，有一半是行家託付的貨物，如若一走了之，自己損失慘重固不在話下，回去還要賠個傾家蕩產，且信譽受損，以後勢將難再做生意。」

寇仲皺眉道：「山海關不是遠在邊塞的不毛之地？管老闆有信心能把這麼大批絲綢賣掉？」

管平解釋道：「在北疆最吃得開的是北霸幫，北霸幫的大龍頭『霸王』杜興在長城兩邊都是同樣吃得開，無論契丹人、突厥人、高麗人多少給他一點面子。故能把從山海關出口運往塞外諸夷的生意壟斷，以前是抽佣了事，近年則自己大做買賣勾當。我這批綢緞是他派人來訂購的，還付了一成訂金。只要我把貨運到山海關，便可收取議定的黃金貨值。」

寇仲大訝道：「北疆竟有如此厲害人物，突厥人為何要賣他的賬。」

管平道：「一來因他武功高強，被譽為北疆第一高手，更因他有突厥人和契丹人的血統，所以突厥人或契丹人並不視他為外人。」

徐子陵和寇仲交換個眼色，暗感不妙，這『霸王』杜興極可能是突厥入侵中原的一只厲害棋子，等於以前鐵勒人培養的任少名。

寇仲道：「你們請作保鏢的大道社又是甚麼路數？」

管平愕然道：「你們行走江湖的人，竟未聽過山西最大的幫會大道社嗎？自大隋亡後，天下紛亂，盜賊四起，道路不靖，大道社於是在各省市遍設鏢局，收費雖然昂貴，卻是物有所值。據我所知他們只曾失過三趟鏢，事後都能追回部分物資，更把劫鏢者趕盡殺絕。」

徐子陵皺眉道：「鏢局最重商譽，若他們監守自盜，以後誰敢信任他們？」

管平苦笑道：「在一般情理言確是如此，故這回若非我親耳聽到，絕不肯相信。」

寇仲奇道：「這樣的事，管老闆怎會親耳聽到？」

管平道：「事情是這樣的：我們的兩條大船泊在這裏的碼頭後，我循例到船艙檢看貨物，忽然聽到負責這次護鏢的大道社副社主『夜叉』馮跋和手下孟得功、蘇運三人在艙門處說話的聲音，內中提到收取了存義公的百兩黃金，要在抵達山海關前把我害死，吞掉我的綢貨。我嚇得躲起來，到他們離開才敢潛逃出來，連忙離船，來到這裏，正不知如何是好時，卻有幸碰上你們。」

徐子陵問道：「存義公是甚麼人？名字這麼古怪的？」

管平道：「存義公是山西最大的布行，與我的蔚盛長和賣顏料的日升行並稱山西三大商號。存義公一直想兼營綢緞，我們曾因此和存義公鬧得很不愉快。」

寇仲道：「你們的貨船何時繼續上路？同行的尚有甚麼人？」

管平道：「明早才起行，一起附運的尚有山西另外十多間商號的貨物，包括存義公和日升行在內。每個商號都派出代表多人隨貨北上，負責交收的事務。附運的全是北霸幫訂的貨。」

寇仲嘆道：「管老闆你中計哩！」

管平愕然道：「中計？」

寇仲道：「這叫『出口術』，馮跋等人根本曉得你在艙內點貨，所以故意在艙門附近說話，好讓你聽個一清二楚，嚇得逃之夭夭。我敢包保不關存義公的事，若你就這麼趕回平遙向存義公興問罪之師，就正中大道社的下懷。事後大道社更可推個一乾二淨，還諉過於你身上。而管老闆你則完了，以後再不用幹綢緞生意啦。」

管平聽來半信半疑，忽明忽暗，臉色變得更爲難看，想得呆起來，喃喃道：「我和大道社社主丘其朋往日無冤，近日無仇，他爲何竟要害我？」接著探手抓緊寇仲的手，顫聲道：「兩位好漢定要助我，我決定立即退出團夥，取回貨物，再另想辦法運往山海關。」

徐子陵道：「我們助你取回貨物只是舉手之勞，不過禍根尚未消除，因爲摸不清大道社爲何要針對貴行下手。」

寇仲問道：「下一站你們會到甚麼地方去？」

管平道：「我們正是要到貴親所在的樂壽去，因尚有一批貨物會在那裏附運，唉！該怎辦好呢？」

寇仲心忖又會這麼巧的，笑道：「從這裏到樂壽尚有幾天路程，我兩兄弟暫作你的私人保鏢，到樂壽後再說。」

管平反猶豫起來，道：「這裏是竇建德的地頭，加上有你們壯我聲勢，我尚或有機會把貨物取回來，諒大道社亦不敢當著其他商號的人公然害我並強占我的貨物，可是一旦離開歷亭，大道社人多勢衆，情況又有不同，倘若連累兩位，我管平於心難安。」

寇仲拍拍吃飽的肚子，長身而起道：「管老闆放心，不要看我們窮得發霉的樣子，事實上我們是能應付任何場面的高手。出來江湖行走亦是本著替天行道的心。來！讓我們先到船上好好睡他娘的一覺，只要你不離我們左右，保證到什麼地方都像在平遙般沒人能動你半根毫毛。」又一拍背上井中月，笑道：「要鑾來嗎？先得問問我另一個兄弟肯不肯。」

管平疑信半參，又不好意思表示懷疑寇仲的能力，爲難至極點。

徐子陵扯著他站起來，湊到他耳旁低聲道：「管老闆，該付賬哩！」

三人在黃昏時分上船，大道社包括馮跋在內的幾個頭兒均到城內尋樂子去了。管平此時只好硬著頭皮，擺出大老闆的派頭，認寇仲和徐子陵爲趕來會合的表姪，不理大道社的人反對，逕自帶兩人入房。

寇仲見房內有兩張床，問道：「誰人和你同房？」

管平道：「每個商號獲分配一間房，我本來有個護院同行，可惜他離開平遙不久就病倒，得返平遙就醫，我只好孤身上路，現在回想當時情況，我那夥計該是被人下毒，否則懂武功的人怎會那麼容易病倒。」

寇仲點頭同意，向徐子陵笑道：「我們又要擠在一起睡覺啦！」

徐子陵踢掉靴子，毫不客氣往床上躺下去，困倦欲死的道：「馮跋快回來，你去應付他，勿要吵醒我。」

管平驚魂未定的道：「你怎知馮跋快回來呢？」

寇仲扯著管平在靠窗的椅子坐下，伸個懶腰道：「馮跋的手下見到管老闆忽然帶兩個壯漢上船，當然會立即入城通知馮跋回來。」瞥徐子陵一眼後，笑道：「好傢伙！要睡即睡，果然是睡覺的高手。」

徐子陵慢、長、細的呼吸聲輕輕響起，似有若無。

管平心驚膽戰的道：「待會兒馮跋回來，真不用喚醒他嗎？多個人幫手總好過少個人吧！」

寇仲打個呵欠，道：「我肯去和馮跋說話，已不知多麼給他面子。若非怕管老闆將來難做人，我肯定會把大道社的人全擲進永濟渠去，自行駕舟北上。」

管平忍不住道：「坦白說，我也見過江湖上不少名家高手，但像兩位般完全不把敵人放在眼內的，尚是首次遇上。若非見兩位成竹在胸、思慮縝密，真要懷疑你們是不知天高地厚的初生之犢？」

寇仲隔几一拍他肩頭，笑道：「我最喜歡坦白的人，咦！來哩！大道社的人確有點效率。」

管平愕然道：「有人敲門嗎？爲何我聽不到的。」

寇仲道：「馮跋剛上船，管老闆當然聽不到。」

管平半信半疑，正想說話，十多個人的足音在艙廊入口處響起，直逼而來。「砰！砰！」沙啞的聲音在門外道：「馮跋求見，管先生請出來說兩句話。」

寇仲哈哈笑道：「二當家你好，本人傅雄，是管老闆的遠房疏堂表姪。」接著輕踢管平一腳。

管平乾咳一聲，道：「二當家有甚麼話要說，就和我的遠房——嘿！表姪說吧！他說的就等於我管平說的。」

馮跋隔門陰惻惻的道：「管老闆要知道和我說話是要講資格的，這趟鏢由我大道社負責，依規矩絕不容任何陌生外人中途加入，管先生竟然不加理會，是否別有居心。」

寇仲啞然笑道：「誰眞的別有居心，馮老哥你該比誰都清楚。」

馮跋默然片晌，語氣忽然變得沉著平靜，淡淡道：「有膽色！傅兄請到船樓來說話。」足音遠去。

寇仲再伸個懶腰，長身而起，羨慕的瞥一眼深酣夢鄉的徐子陵，道：「早點解決，早點睡覺。無論發生甚麼事，管老闆千萬別離開小傑之旁。」

寇仲拉開房門，只見廊道通往船面的一截兩邊站了近十名武裝大漢，人人目光不善的打量寇仲，殺氣騰騰。寇仲目光一掃，眼神到處，衆漢紛紛被懾，眼睛垂下或移開視線，皆因寇仲的眼神銳利如箭，如有實質，瞧得大道社諸人無不心悸意亂，不能堅持。寇仲哈哈一笑，跨過門檻，關上房門，穿過林立兩旁的敵人，往船面方向悠然步去，自然而然有股迫人的氣勢，教人魄爲之奪，不敢輕舉妄動。在風燈照射下，近二十名大道社的人聚在船尾舵樓處，爲首的中年大漢，身子紮實，中等身材，招風耳獅子鼻，容貌醜陋，雙目凶光閃閃，目不轉睛的盯著寇仲，背上一對長約四尺的鐵叉交叉的從左右兩肩露出叉尖，頗有點高手的強橫氣勢。能坐上大道社副社主之位，當然有些斤兩，換了是一般江湖好手，見到如此聲勢，不立即打退堂鼓才怪。

寇仲只覺有趣，剛踏上船面，人影一閃，守在艙門左邊的大漢拿肩往他撞來。寇仲暗忖這種手段老子盡有得出賣，乃江湖慣用的手法，借此秤秤對方斤兩。為施下馬威，移動的速度倏增，敵漢登時撞在空處，在他身後往另一方踉蹌錯撞，碰在守著艙門右邊的大漢身上，狼狽不堪。馮跋一方人衆齊露出驚愕神色，因為他們竟看不到寇仲如何增速閃避，感覺非常怪異。寇仲好整以暇的來到馮跋前丈許處立定，原本在艙內的敵人擁出艙面，封死寇仲後路。馮跋迎上寇仲精芒電閃的雙目，心中一寒，本有千言萬語，忽然說不出半句話來。

寇仲深明見好就收的道理，他當然不會害怕大道社，可是如若與大道社結下解不開的仇怨，對管平這種正當商人，將是後患無窮。所以必須軟硬兼施，把問題解決。艙內隱隱傳來人聲，是其他商號的人出來看個究竟，卻給大道社的人攔住。寇仲逼近兩步，待到馮跋兩旁手下全把手按到兵器上方才止步，露出他招牌式有若燦爛陽光的笑容，從容自若道：「君子動口不動手，冤家則宜解不宜結，大家出來只為混飯吃，二當家乃明白事理的人，該不用小弟教你老人家怎麼做吧？」

馮跋兩旁大漢同聲怒叱，幸好馮跋攔住，沉聲道：「兄台是哪條線上的朋友？」

寇仲啞然失笑道：「當然是管老闆的親戚線。」說罷肩脊一挺，登時生出一股令人膽戰心寒的氣勢，包括馮跋在內，無不下意識的後移半步。

寇仲灑然道：「規矩是人訂出來的，亦會因形勢而改變，否則就是食古不化，因循苟且。我們蔚盛長的馬先生因病不能成行，中途退出，所以表嬸命我兩人日夜兼程趕上來隨侍表叔，此事天公地道，合乎情理。不過最後決定權當然在二當家手上，如不獲接納，我們蔚盛長立即退出團夥，那時二當家可不要怪我們不識分寸，只知討回公道。」他的話暗示如一旦反目，將會把馮跋的奸謀公諸其他商號成員，令大道社聲名掃地。大家都是聰明人，管平沒理由冒開罪大道社的嚴重後果，指控和誣衊大道社。

馮跋臉色再變，悶哼道：「你敢威脅我大道社？」

寇仲裝作謙恭的答道：「二當家萬勿誤會，小弟只是依江湖規矩行事。」

馮跋旁的大漢雙目凶光迸射，陰惻惻的道：「你依的是哪門子江湖規矩？」

寇仲皺眉道：「這位老哥是——」

大漢傲然道：「本人是大道社『左手劍』孟得功。」

寇仲欣然道：「既有『左手劍』，必有『右手劍』，對吧？」他這句充滿戲謔的話，立時激起馮跋一方人馬的怒火，個個躍躍欲試，反是馮跋不敢輕舉妄動，約束手下。

馮跋另一邊的大漢道：「本人就是『右手劍』蘇運。」

寇仲說了幾句言不由衷的江湖人相見時什麼「久仰」一類的廢話後，回應孟得功剛才的話道：「我所依的江湖規矩就是你敬小弟一尺，小弟敬你老哥一丈，明白嗎？諸位大哥要對付的是來劫鏢的人，而非小弟，倘若我們一旦動手，任何一方若有死傷均非好事，對吧？」

馮跋臉色陰晴不定，顯是猶豫難決。敵人處處透出莫測高深的味道，令他難知其深淺，且來人又精於江湖門道，辭鋒占盡上風。就在此僵持不下之際，一老一少兩人從艙口步出。老的一個年紀在五十上下，神態隨和自若，既不畏縮，也不盛氣凌人，自然而然透出一股大商家的身分，中等身材，頭髮稀疏，他開口打圓場的道：「老夫剛和管兄談過，他兩位表姪亦非外人，二當家可否給老夫點面子，破例讓兩位小哥兒中途加入？」年輕的一位頗有公子哥兒的味道，年紀和寇仲相若，只比寇仲矮少許，也是身材高大，衣著講究，作文士打扮，額角寬廣，目光銳利，長得一表人材。接著道：「這位傅兄一臉正氣，二當家請——」

馮跋愀然不悅的打斷他道：「既然存義公和日升行都認爲沒有問題，我馮跋還有甚麼話好說，若將來貞從他兩人身上出漏子，我大道社絕不負責。」言罷領著手下拂袖入艙。

寇仲這才曉得兩人分別代表存義公和日升行兩大商號，此時更肯定存義公沒有和大道社暗中勾結，連忙向兩人道謝。管平出來介紹寇仲與兩人認識，老的是日升行大老闆的親弟羅意，年輕的是存義公老闆的長子歐良材。

客氣話說過後，寇仲回房在徐子陵旁倒頭大睡，不管天塌下來的好好休息回氣。只有在夢鄉裏，他們才能暫別這充滿傷心事和煩惱的人間世。

天尚未亮，貨船起錨開航。睡得天昏地暗的寇仲和徐子陵同時醒來，另一床的管平仍是鼾聲如雷，熟睡如死。

寇仲爬起來坐在床沿，反手拍拍徐子陵道：「輕鬆的就你做，粗活則由我幹，你這兄弟對我眞好。」

徐子陵坐到他旁，呆望窗外永濟渠西岸的雪景，沉聲道：「昨晚我夢見娘。」

寇仲衝口問道：「娘好嗎？」

徐子陵搖頭道：「我不曉得，她在前面走著，我追在她身後喚她，她沒理睬我，亦沒有回頭。」

寇仲道：「她或者在怪我們沒親手殺宇文化及！唉！就算事情重新發生一遍，我們仍只是那個選擇。眞奇怪，我對宇文化及似再沒有仇恨，事實上他和你我並沒有分別，同樣是有血有肉有感情的人，亦像我們般有時會做些蠢事。」

徐子陵苦笑道：「蠢事？究竟現在我做的是蠢事，還是少帥爺做的是蠢事？」

寇仲嘆道：「仍是那一句，輕鬆的你去做，粗活全是我的。你說誰蠢一點？但現在若我說放棄爭天下，你大概會勸我三思吧？」

徐子陵哂道：「說得可憐兮兮的，不過假若他日我和你並肩與突厥入侵的大軍決戰，會是很痛快的一件事。突厥的魔爪已伸進中原來，其他外族亦虎視眈眈，否則我們娘的師傅不會到中原來找寧道奇，眞令人頭痛。由於娘的關係，我們除避開他外，尙有甚麼辦法？」

寇仲痛苦的道：「最怕是避無可避，所以最佳的方法，是自強不息，像天之行道，不斷邁進。天啊！有甚麼方法可令我們在短時間內功力突飛猛進，進步至連寧道奇、祝玉妍、石之軒都不怕？」

徐子陵苦笑道：「我想到時，會第一個通知你。」

寇仲搖頭道：「這辦法只有不怕幹粗活的人才想得到。」

徐子陵皺眉道：「說來聽聽。」

寇仲雙目明亮起來，壓低聲音道：「當然是老跋的武道修行，又或你陵少的以戰養戰。還記得那高開道的手下張金樹說的突厥人的馬戰多麼厲害嗎？耳聞不如目見，橫豎你陵少要到塞外去，我就送君一程，順道去跟頡利學點東西。」

徐子陵默然片晌，頹然道：「在昨夜的夢境中，我回到揚州我們廢園裡的破屋，貞嫂竟在那裏爲我們收拾打掃，還罵我們的屋內亂七八糟。出門後竟見到娘在路上踽踽走著。唉！你明白嗎？我現在對甚麼事都心灰意冷提不起興趣。」

寇仲苦笑道：「好吧！那就到樂壽後我們分手吧！唉！怎會變成這樣的。」仰身躺回床上，以充滿苦澀味道的語氣輕輕道：「我第一次感到自己有點恨你。」

徐子陵啞然失笑道：「你不是恨我，而是逼我，不過武道修行和以戰養戰是兩回事，前者是苦修，後者則是應敵的手段。所以跋鋒寒離開我們，形單影隻的進行孤獨的旅程，一個人去應付所有艱難的事，一個人去思索和內省所遇的事。我們的以戰養戰還不夠多嗎？現在該是修行的時候哩！」

寇仲駭然坐起來，道：「照你這麼說，我豈非沒法修行，在眼前的情況下，我是不可能獨自一個人的。」

管平仍在大扯鼻鼾，爲他們的低聲私語提供最佳的掩護。

徐子陵探手搭著他的寬肩，搖頭道：「孤獨是一種心境，我們一天不分開，一天不能成爲像寧道奇般那種獨當一面的高手，以你仲少的資質才智，該明白我的意思。」

寇仲頹然道：「好吧！但你要流浪多久，才肯回來探我或爲我收屍呢？」

徐子陵失笑道：「不要說得那麼可憐兮兮。我實在不曉得甚麼時候回來？或者有一天，我忽然心中一動，便會回來。」

寇仲百般感觸的苦笑道：「我兩兄弟自懂事以來一直拍檔秤不離鉈的闖蕩，忽然就要分手，怎不教人惆悵不捨。」

徐子陵不悅道：「你怎能以『忽然』來形容這件事，我們不是約好取得寶藏後，你去打你的天下，我則去過我夢想中的生活嗎？」

寇仲盡最後的努力道：「可是如今形勢有變，李世民隨時坍台，突厥則入侵在即，你陵少好該因應形勢作出改變，先陪小弟看清楚情況，始決定去留。」

徐子陵苦笑道：「好傢伙，自己言而無信，還說得振振有辭。」

寇仲嘆道：「我這叫不屈不撓，絕處求生，坦白說，縱使以前我被迫答應放你走，總覺得那只是空口白話的說說而已，而不會真的發生。到現在分開一事迫在眉睫，當然又是另一回事。」稍頓後道：「送你一程亦遭拒絕，還算甚麼兄弟？」

徐子陵苦笑道：「你等於有家室的人，整棚的人在彭梁待你回去，你更應作好準備，未來的一年將決定你少帥軍的存亡，你怎能置家室於不顧？」

寇仲聽了竟露出興奮神色，欣然道：「這個你倒不用擔心，準備工夫自有虛行之、宣永等給小弟辦妥，李世民要收拾宋金剛至少要一年半載的時間，我現在完全自由自在，適宜到外地旅行。」

徐子陵尚未有機會回應，船速陡增。兩人你眼望我眼，均曉得發生不尋常的事情。

三艘輕型風帆從後追來，速度遠勝大道社的兩艘吃水較深的貨船，雙方距離不住收窄。寇仲和徐子陵鑽出船艙，來意不善的風帆逼至五十丈內，每船載有七、八名武裝大漢，人數遠比不上大道社兩船合起來的百多名人數，不過只要看對方來勢洶洶、有恃無恐，便知來人不把大道社放在眼內。馮跋在孟得功、蘇運等十多人簇擁下，立在船尾，神色凝重的緊盯著不斷接近的風帆。其他人均手執弓箭兵器，分布船上各處，進入隨時開戰的狀態，嚴陣以待。晨光照耀下的永濟渠，一時殺氣騰騰，形勢緊張得像繃緊的弓弦，一觸即發。把守艙門的兩名大道社鏢師因見識過寇仲的手段，不敢攔阻兩人，卻把其他商號的人勸阻留在艙內。

寇仲和徐子陵來到馮跋等人身後，馮跋揚聲喝過去道：「來者可是黃河幫的朋友，小弟大道社馮跋，敝社大當家丘其朋一向和貴幫副幫主『生諸葛』吳三思吳先生有交情，有甚麼事，貴幫只要一句話，馮某自會登門請罪。」

寇仲和徐子陵當然聽過黃河幫的威名，乃黃河水域最大的幫會，名列天下八幫十會的第一幫，聲勢尤在海沙幫、巨鯤幫和大江會之上。他兩人雖不把這類幫會放在心上，亦知事情大不簡單。要知這種大幫大會，絕不會幹攔途截劫的盜賊勾當，且最注重江湖上的人脈關係，一切依足江湖規矩，只有如此才能吃得開和財源滾進。

來船同時減速，保持在三丈許的距離，此時可清楚看到雙方的容貌表情。

敵船中間的風帆一名二十七八歲許的壯漢排眾而出，卓立船頭，抱拳道：「原來這回鏢貨是由二當家親自押運，那就更好說話。本人『紅纓槍』奚介，乃敝幫主『大鵬』陶光祖座下左鋒將，這次要來煩擾二當家，是情非得已，請二當家見諒。」

馮跋聽得眉頭大皺，訝道：「五湖四海皆兄弟，何況我們一向和貴幫有交情，有甚麼事，奚兄請直言無礙。」

直到此刻，寇仲和徐子陵仍抱著看熱鬧的輕鬆心情，心忖必要時才出手，保證可殺得黃河幫的人夾著尾巴走。

長相粗豪的奚介叫一聲「好」後，道：「此事實難一言盡述，二當家若真當我們是朋友，就請把敝幫死敵美艷夫人的手下段褚交出來，兄弟掉頭就走。」

馮跋下意識地回頭，瞥了寇仲和徐子陵各一眼，才向奚介道：「我們船上並沒有姓段名褚的人，不知他長得是何模樣？」

寇仲和徐子陵聽得不知好氣還是好笑，曉得馮跋懷疑他們其中之一是段褚。不過美艷夫人的名字還是首次聽到，充滿香艷誘人的味兒，不禁大感興趣。

奚介道：「我們也是只聞其名而未見過其人，消息來自敝幫一個可絕對信任的眼線，肯定此人會混進貴社的鏢隊內，陰謀不軌，如能把此人拔掉，對貴社實有利無害。」

馮跋哈哈笑道：「誰是美艷夫人的手下我不曉得，但疑人卻有兩個，奚兄可否移駕到船上來分辨。攔住他們！」後一句卻是向眾手下說的。

寇仲和徐子陵心中暗叫不好時，早給團團圍著，他們本可不顧而去，甚至帶走管平，但蔚盛長一舉開罪兩大幫社，後果卻是嚴重至極點，船上托運的五百疋綢緞是另一個頭痛的問題。馮跋更可肆無忌憚地進行他的「奸謀」。最大問題是兩人確心中有鬼，冒充管平的遠房表姪，一旦對質下必然無所遁形。這可不是以武力能解決的事。

風聲響起，奚介由五名手下陪伴，躍登貨船，來到馮跋身旁。假公濟私的馮跋戟指兩人暴喝道：「就是這兩個自稱傅雄傅傑來歷不明的人，硬要在中途加入，嫌疑最大。」

奚介雙目精光閃閃，用神打量兩人。寇仲迎上他的眼神苦笑道：「奚老兄找的那個段褚是甚麼年紀，假若誤把馮京作馬涼，只會白便宜奚老哥的仇家。」

奚介冷笑道：「休要賣口乖，我黃河幫一向恩怨分明，絕不會錯怪好人。」轉向馮跋道：「他們既是來歷不明，二當家怎會容他們在船上？」

馮跋道：「他們是這趟鏢隊其中一個客人臨時招攬回來的，還說是甚麼遠房親戚？哼！我才不信。」

奚介皺眉道：「可否把貴客請出來說話。」馮跋點頭答應，自有手下應命入艙找管平。

寇仲和徐子陵你眼望我眼，一時想不到甚麼應付辦法。徐子陵暗嘆一口氣，最壞的情況就是動武，這只會令誤會加深，害慘管平，盡最後的努力友善的道：「奚兄究竟何時得到消息，曉得鏢團有奚兄的仇家混進來，因爲我們是昨晚登船的，此事二當家和船上任何一個人都可作證。」

奚介冷然道：「不怕告訴你，我們收到的消息乃我幫一位兄弟臨死前說的，只有一句話，就是段褚混在大道社這個鏢團內。」

寇仲愕然道：「誰人下毒手害死奚兄的幫中兄弟？是在甚麼地方發生的呢？」

奚介聲色俱厲的喝道：「不要和我稱兄道弟，任你們舌燦蓮花，今天亦休想善罷。」

此時臉色青白的管平給押送到船面來，顫聲道：「發生甚麼事？」

寇仲忙提醒他道：「表叔莫要慌張，只要把我們的關係照實——」

馮跋厲喝打斷道：「住口！」

奚介雙目凶芒劇盛，瞪著管平道：「本人黃河幫奚介，管先生若有一字謊言，我奚介絕不會放過你。現在你從實招來，這兩個人究竟是否你的親戚？」

管平嚇得差點軟倒地上，結結巴巴的道：「大爺饒命，我不知道，眞的不知道。」

寇仲和徐子陵聽得瞠目結舌，他們一心一意來助管平，而管平竟在這關鍵時刻把他們出賣。而他表現出來的窩囊相，亦大出他們意料之外，與早前認識的管平像是兩個不同的人似的，心中暗叫不妥。馮跋大爲得意，臉含冷笑。

奚介雙目更明亮了，叱道：「甚麼不知道，給我說清楚些。」

管平顫聲道：「我是在城外碰上他們的，他們說要賺些盤川，唉！我見他們好眉好貌，又身強力壯，似乎會兩下子，於是──」

寇仲和徐子陵同時失聲道：「甚麼？」

管平躲到奚介身後，大嚷道：「你兩人騙得我好苦，想累死我這正經的生意人嗎？」

「鏗鏘」之聲不絕如縷，包括奚介和馮跋在內，人人掣出兵器。

奚介一擺紅纓槍，大喝道：「你們還有甚麼話好說？」

寇仲反而平靜下來，搖頭苦笑道：「還有甚麼話好說的。請了！後會有期。」就在衆人一擁而上之際，兩人拔身沖天直上，不理他們叱喝震天，凌空換氣，往西岸投去。

兩人頹然在遠離永濟渠的一座雪林內坐下，四目交投，同時捧腹大笑，笑得嗆出淚水。

寇仲喘著氣道：「枉我們一向自負聰明才智，竟給個騙棍累得我們七葷八素，差些兒永不超生。」

徐子陵挨後靠著結霜的松樹樹身，嘆道：「好傢伙，說得七情上面，感動了我們兩個傻子來給他揹黑鍋。他娘的，我敢說甚麼大道社要殺人吞貨，是由他生編白造出來的。除非大道社打算以後退出江湖，否則哪會蠢得自己去打爛自己的飯缽，鏢行講的是信用，爲何我們偏深信不疑？」

寇仲思索道：「可是馮跋確像心中有鬼的樣子。」

徐子陵大力一拍他膝頭，微笑道：「管平肯定是我們所遇過的騙子中最高明的，騙得我們暈頭轉向，連他究竟是蔚盛長的老闆還是受僱的這麼一個問題，都忘記去問。事實上我們對他真是一無所知。這是否叫輕敵呢？」

寇仲苦笑道：「我們從沒將他當過敵人，何來輕敵？唉！偏偏這正是最棋差一著的輕敵。他娘的！這口氣我肯定嚥不下去的。照你看，管平是否正是奚介找的甚麼美艷夫人的手下那個段褚呢？美艷夫人，好一個香噴噴色香味俱全的名字，聽聽已引死人。」

徐子陵失笑道：「窮心未盡，色心又起，別忘記我們的財政並沒有半個子兒的改善，仍是不名一文，幸好總算塡飽肚子，可多捱幾天。到樂壽後我們再去找管平算賬，那是大小姐的地頭，我們做起事來亦輕鬆方便點。」

寇仲開懷笑道：「我們這回眞是陰溝裏翻船，被人家窺見我們最大的弱點，就是行俠仗義的性格。」

徐子陵沒好氣的道：「不要說笑了，啓程如何？」

寇仲打出要說話的手勢，沉吟道：「鏢貨本身是否會有問題？我是指杜興訂貨的事，貨根本不是杜興訂的。」

徐子陵點頭道：「這是個巧妙布置的騙局，團內有個騙子隨行，不知如何地這秘密給黃河幫曉得，而騙子亦知走漏風聲，於是找來兩個傻小子作替死鬼，管平啊！你厲害得教人難以相信。」

寇仲道：「他是否知道我和你是寇仲和徐子陵呢？今早在艙房內說話時，他可能只在裝睡。唉！愈想愈不服氣，我們就以騙制騙，和美艷夫人玩一鋪。」

兩人兩手相握，齊聲喝道：「以騙制騙。」他們英雄了得，不屑憑武力對付段赭，故想出這別出心裁而公平的報復方法。在江湖上，最受憎厭鄙視的正是騙子。

樂壽位於沱水和漳水兩河之間，乃北疆著名山城，控制著廣大地區與兩河及永濟渠上游的交通，地理位置頗爲重要，緊扼通往漁陽和山海關的陸路官道。城牆四周連環，堅固雄偉，以磚石嚴實包砌，再以箭樓甕城加強防衛的能力，又把溪水引進，內則爲河道，外則成護河，附近山巒起伏，其氣勢確非一般築在平原上的城廓可比。雖只有洛陽、長安那種大都會一半的規模，卻自有其恢宏壯大的氣勢，令人留下深刻的印象。亂山環繞，山川夾流，崎嶇險阻，實乃邊方用武之地。城中更是廛里繁盛，房舍鱗次櫛比，樓閣相望。兩人抵達樂壽，剛好是二月初二，天氣解寒，雪融後城裏城外樹木葱蘢，一片大地春回的美景。隨著夏國的聲勢日強，樂壽商業發達，成爲北疆政治、經濟和文化的中心，竇建德又於兩河一渠建造子城和堡壘，以道路與樂壽相連，自成一個貫通河渠的交通體系，益增其戰略和經濟上的重要性。城內最主要的是貫通四道城門的南北大街和東西大街，核心處就是夏宮所在的內城，其他較次街道依這十字軸心井然分布。

寇仲和徐子陵躲在一批農民隊伍的貨物中裏，避過繳稅，偷進城內。再依劉黑闥的指示，來到城北一所巨宅前，只見門衛森嚴，不時有江湖人物出入，門庭熱鬧，顯見翟嬌在樂壽非常吃得開。兩人懷著興奮的心情，來到外院門處，把門的其中一名大漢，見到他們大喜欲呼，寇仲曉得對方見過他們，慌忙制止他喚出他們名字，道：「我們這回行蹤保密，大小姐在嗎？」

大漢吩咐其他人幾句，立即領他們進入宅院，邊行邊道：「大小姐行動不便，小人領兩位爺兒直接到內堂見她，唉！兩位大爺能在這時候來眞好，我們所有兄弟都非常景仰兩位大爺。」

徐子陵和寇仲吃了一驚，前者關心問道：「大小姐爲何行動不便？發生甚麼事？」

大漢完全把他們當作自己人，壓低聲音沉痛的道：「大小姐在邊塞遇伏受了腿傷，又折損大批兄弟，所以心情極壞，唉！幸好兩位大爺駕到，可以爲我們討回公道。」

寇仲雙目殺機大盛，狠狠道：「誰人如此斗膽？屠爺呢？」

大漢慘然道：「屠爺爲救小姐，受傷更重，其他的由大小姐親自告訴兩位大爺。」

寇仲和徐子陵大爲懍然，要知屠叔方乃當年翟讓麾下的首席高手，武功高強，兩人的點穴截脈手法就是從他處學來，令兩人受用無窮。若他也落得身負重傷，那敵人的實力確是不可輕侮。且翟嬌的手下全是瓦崗軍舊部的精銳親兵，非一般烏聚的幫會可比，這麼慘吃大虧，敵人的厲害可想而知。

寇仲忽然有點尷尬的問道：「楚楚姑娘沒事吧？」徐子陵記起翟嬌的貼身美婢楚楚，當年在滎陽大龍頭府內與楚楚等年輕婢女擲雪球爲樂的情景，登時重現腦海。

大漢答道：「楚大姐幸好因要照顧陵仲少爺，沒有隨行。」

三人此時來到內堂的石階前，翟嬌憤怒的聲音從堂內傳出叱道：「沒用的傢伙，這麼一點小事也辦得一塌糊塗，給我滾。」寇仲和徐子陵聽她無論中氣、火氣仍是那麼盛，反放下心來，湧起久別重遇的歡悅，忙加快步伐，登上入門的長階。

五名漢子垂頭喪氣的走出大門，與三人撞個正著，見到寇仲和徐子陵，五人中有三人認出他們，無不露出驚喜神色，其中一人高呼道：「大小姐！是寇爺和徐爺來哩！」

翟嬌的聲音暴喝出來道：「甚麼寇爺徐爺，是否那兩個小子來了？」衆漢見翟嬌對這兩位名震天下的高手如此不客氣，又尷尬又興奮。

兩人哪還按捺得下關心思念之情，同時搶進堂內，衆漢急急追隨，鬧烘烘一片，氣氛熱烈。

翟嬌半躺在一張臥椅上，右腳包得似豬蹄，堂內充滿藥酒的氣味，而翟嬌臉上更有種失血後的蒼白，人仍算精神，背後立著四名壯漢，不失其派頭氣勢。見到眞是兩人來訪，大喝道：「你兩個傢伙滾到哪裏去？到今天才懂得來見我，信否我著人打斷你們的狗腿。」

寇仲一揖到地，恭敬的道：「大小姐罵得對，我這兩個傢伙探望來遲，請大小姐恕罪。」

徐子陵趨前道：「大小姐的腳傷——」

翟嬌長眼一瞪，打斷他道：「放心吧！我翟嬌豈是那麼容易死得去的。」

寇仲問道：「屠公傷勢如何？」

翟嬌道：「他當然也死不去。你兩個小子來得正好，我要你們去爲我殺三個人。」接著目光掃過在兩人身後陪笑的大漢，怒道：「你們站在那裏嬉皮笑臉的想討打嗎？給我滾出去，以爲他們來了你們便可白吃飯嗎？沒這麼便宜的事，滾。」衆人慌忙退出堂外。翟嬌又對身後四衛喝道：「你們也滾，有我這兩個兄弟在，誰還敢來行刺我。」

到內堂只剩下三人時，翟嬌開恩賜兩人在她左右坐下。

寇仲問道：「大小姐要我們爲你殺哪三個人？」

翟嬌沉吟片晌，語氣轉柔，道：「聽說你們丟失了楊公寶藏，爲甚麼這般沒用？」

寇仲不敢騙她，壓低聲音解釋清楚。

翟嬌顯是為他們高興，點頭道：「這就算了吧！小仲你一定要爭爭氣氣的，勿要讓舊隋的貪官得到天下。」

兩人在翟嬌前只有點頭的份兒，由於素素和小陵仲的關係，他們早視翟嬌為親人。

翟嬌忽然兩眼微紅，咬牙切齒的狠狠道：「我這回輸得眞慘，死去十五個多年來追隨我的兄弟，又失去一批貨，還要賠錢。」

這次連徐子陵亦動火，沉聲道：「究竟是誰幹的？我們定會替大小姐討回公道。」

翟嬌再發脾氣，怒道：「世上有何公道可言！誰的拳頭硬誰就可橫行作惡，第一個要殺的是『霸王』杜興，我要你們把北霸幫連根拔掉，否則怎出得我這口鳥氣。」接著罵出大串說慣粗話的他們仍聽得會臉紅的粗話。他們從翟嬌口中，始證實杜興確有其人，非是管平胡謅出來的。

寇仲道：「是否杜興的人伏擊大小姐？」

翟嬌不悅道：「草原上那麼黑，我怎曉得突襲我們的是甚麼人？不過若非杜興，就是契丹的馬賊頭呼延金，還有是來自高麗的韓朝安，不出這三者之一，我要你們拿這三個狼狽為奸的人的首級回來見我。」

寇仲雖曉得事情不易辦，仍拍胸道：「此事包在你兩個好兄弟我們身上，大小姐失去的那批貨，我們定逼他們嘔出來。」

翟嬌毫不客氣的道：「那就要快點上路，那批上等羊皮我是從回紇購回來的，至少可為我賺幾千兩黃金。現在不但沒有貨交給人，更要賠錢，氣死我哩！」

徐子陵道：「我們明早立即啓程，今晚尙有機會從長計議，我們想先去看看屠公和小陵仲。」

翟嬌點頭道：「我也要為你們安排北上的事宜，晚膳時再坐到一起說吧！」

屠叔方身上多處負傷，但差點要他命的是拍在肩胛的一掌，重創他的五臟六腑，害得他要長臥榻上休息。見到兩人於此時刻駕臨，自是老懷安慰，放下心事。他最清楚翟嬌的性格，若非腿傷不良於行，早領人重返邊塞尋找敵人算賬。事有緩急輕重之分，寇仲和徐子陵雖急於見小陵仲這個他們的心肝寶貝，仍得先為屠叔方療傷，當下寇仲取出「神針」，在徐子陵輔助下，用大半個時辰為屠叔方療治受傷的經脈，打通淤塞的氣竅。

他們的長生眞氣確是非同小可，治效神速，一番工夫，屠叔方立大見起色，著兩人把他扶得挨坐床頭，道：「這次遇襲，我們實是損失慘重，大傷元氣，且對我們的生意影響深遠，最慘是不敢讓人知道，但紙終包不住火，到瞞無可瞞時，我們義勝隆辛苦建立起來的聲譽，將大受打擊。」

寇仲安慰道：「屠公放心，我們怎樣都會設法把那批羊皮奪回來，唉！希望那些賊子尚未把貨賣掉。」

屠叔方訝道：「大小姐沒告訴你們，杜興向我們開出價錢，要我們拿五千兩黃金去把八萬張羊皮贖回來嗎？坦白說，縱使過程平安順利，我們頂多只能賺二千兩黃金上下，現在若再付贖金，前前後後至少要白賠近萬兩黃金，實非我們所能負擔。」這等於楊公寶庫內藏金十分之一之數，確是筆大數目。

徐子陵憤然道：「這是欺人太甚。」

寇仲道：「羊皮既在杜興手上，當然是他派人劫走的，現在更來敲詐贖金，還有天理嗎？」

屠叔方道：「是否杜興所劫，仍是難下定論。表面上杜興和我們義勝隆一向關係不錯，而每逢遇上賊劫失貨，杜興都充當中間人和事佬的角色，從中抽佣取利，不過五千兩確是獅子大張口，大小姐為此有兩天氣得睡不著。」

寇仲道：「杜興知否大小姐和我們的關係？」

屠叔方沉吟道：「這個很難說。」

寇仲和徐子陵交換個眼神，隱隱感到事情非想像中般簡單，極有可能是針對他兩人的一個行動。

徐子陵道：「杜興背後是否有突厥人在撐腰？」

屠叔方點頭道：「突厥人和契丹人都在背後撐杜興的腰。不過杜興和契丹的呼延金關係較為密切，在山海關一帶，亦以契丹人的力量因較集中而比突厥更強大，尤其突利和頡利正內爭不休，契丹人遂恃勢橫行，任何想做塞外生意的人須看他們的臉色行事。」

寇仲想起被自己打得棄甲曳兵，狼狽逃返契丹的窟哥王子，心中大感不安，翟嬌極可能是被自己連累。故為翟嬌討回公道一事，更是義不容辭。

徐子陵沉聲道：「這可能是香玉山針對我們的行動，亦只有他那麼清楚我們與大小姐的關係。」

屠叔方一震道：「香玉山！我倒沒想過是他從中弄鬼，他──他有那麼大的影響力嗎？」

寇仲把香玉山成為趙德言的弟子，以及突厥人和契丹人與他們的恩怨扼要地解釋一遍。

屠叔方道：「看來你們的猜測不無道理，回想當時的情況，敵人實有生擒大小姐之心，幸好給我和一眾兄弟拚死把她救出來，借夜色落荒逃走。現在他們要求贖金，正是一計不成又出一計，看死我們付不出來，只好向你們求援。」

寇仲咬牙切齒道：「好小子，我不來對付你，你卻來算計我，我寇仲不殺你就誓不為人。」

屠叔方道：「既明知是陷阱，你們絕不可踩進去。」

徐子陵微笑道：「剛剛相反，現在就算前面是刀山油鑊，我們也要硬闖。」

寇仲笑道：「屠公放心，用兵伐謀，我們絕不會只逞匹夫之勇，何況突利是我們肝膽相照，曾同生共死的戰友。」

屠叔方喜道：「若突利肯站在你們一方，當然是另一回事。」

兩人暗忖就算沒有突利這外援，此事依然不能不管。屠叔方露出疲態，兩人不敢擾他休息，又想去見小陵仲，告辭而出。奉翟嬌之命專門侍候他們的是個叫任俊的後生小子，人相當精靈，是翟嬌的心腹愛將。見兩人出來，知機的道：「小的立即領寇爺和徐爺去見陵仲少爺。」

寇仲探手搭著他肩頭道：「你聽過美艷夫人的名字沒有？」

任俊受寵若驚，不迭點頭道：「當然聽過。在北疆她可說艷名遠播，吸引了大批圍繞裙邊的不貳之臣。不過眞正見過她的人絕不多，因她行蹤飄忽，居無定所。」

三人穿過花園，朝後院走去。

徐子陵問道：「她是否漢人？」

任俊道：「聽說她是伊吾族的人，武功非常高明，兩位爺兒不是和她有甚麼過節吧？」

寇仲停步道：「現在還沒有，遲些卻很難說。我想小俊替我們辦一件事。」

任俊欣然道：「寇爺請吩咐。」

徐子陵道：「你是否熟悉平遙的情況？」

任俊恭謹答道：「凡做生意貿易的人都知道平遙，那是太原最富庶的城市，平遙人既有魄力又勇於冒險，生意做得很大。」

寇仲道：「平遙三大商號，其中蔚盛長的老闆是否姓管的呢？」

任俊道：「蔚盛長的大老闆該是李姓，據聞還與李淵有親戚關係。」

寇仲向徐子陵苦笑道：「果然不出所料，中了那傢伙的奸計。」

徐子陵灑然道：「來日方長，橫豎我們要到山海關去，就看看他管平尙有甚麼法寶。」

寇仲微笑道：「不再拒絕與小弟同行了嗎？」

徐子陵啞然失笑道：「寇仲何時變得這麼心胸狹窄，斤斤計較。」

寇仲嘆道：「被自己兄弟傷害的滋味都不知有多麼難受，有機會當然要報一箭之仇。」

夾在中間的任俊聽得一頭霧水，但仍感到兩人間深厚的兄弟情意。

寇仲大力一拍任俊肩頭，指著前面林木環繞的建築物道：「小陵仲是否在裏面？」

任俊點頭應是，寇仲道：「你不用陪我們進去，我要你去查一件事，大道社由二當家馮跋帶頭，押一批平遙商家的鏢貨途經樂壽，小俊看看他們甚麼時候抵達，樂壽哪個商號有貨附運，資料愈詳細愈好，我們在這裏等你的好消息。」

任俊見能爲兩人出力辦事，大感光采，領命去了。

寇仲探手摟上徐子陵肩頭，微笑道：「這是命運，你不想和我一起去見識關外的風光也不行。」

徐子陵苦笑道：「我認命啦！」

兩人對視而笑，舉足往前邁步。

《大唐雙龍傳》（全套二十卷）卷十二終

新人間叢書 119
大唐雙龍傳修訂版〈卷十二〉

作　者—黃易
主　編—葉美瑤
編　輯—邱淑鈴
校　對—蕭淑芳・黃易・陳錦生
企　畫—王嘉琳
董 事 長
總 經 理—趙政岷
總 編 輯—余宜芳

出 版 者—時報文化出版企業股份有限公司
10803 台北市和平西路三段二四〇號三樓
發行專線—（〇二）二三〇六—六八四二
讀者服務專線—〇八〇〇—二三一—七〇五・（〇二）二三〇四—七一〇三
讀者服務傳真—（〇二）二三〇四—六八五八
郵撥——一九三四四七二四　時報文化出版公司
信箱—台北郵政七九～九九信箱
時報悅讀網—http://www.readingtimes.com.tw
電子郵件信箱—liter@readingtimes.com.tw
印　刷—盈昌印刷有限公司
初版一刷—二〇〇二年十一月十八日
初版九刷—二〇一六年七月二十二日
定　價—新台幣二五〇元
⊙行政院新聞局局版北市業字第八〇號
版權所有　翻印必究
（缺頁或破損的書，請寄回更換）

ISBN 978-957-13-3796-X
Printed in Taiwan

國家圖書館出版品預行編目資料

大唐雙龍傳修訂版／黃易著．--初版．-- 臺
北市：時報文化， 2002〔民91- 〕
冊； 公分．--（新人間；119）

ISBN 978- 957-13-3796-X（卷12：平裝）

857.9 91013842

編號：AK0119	書名：大唐雙龍傳〈卷十二〉
姓名：	性別：________ 1.男 2.女
出生日期： 年 月 日	身份證字號：
________ 學歷：1.小學 2.國中 3.高中 4.大專 5.研究所（含以上）	
________ 職業：1.學生 2.公務（含軍警） 3.家管 4.服務 5.金融 6.製造 7.資訊 8.大衆傳播 9.自由業 10.農漁牧 11.退休 12.其他	
地址：________ 縣（市） ________ 鄉鎮區 ________ 村 ________ 里 ______ 鄰 ________ 路（街） ____ 段 ____ 巷 ____ 弄 ____ 號 ____ 樓 郵遞區號 ________	

（下列資料請以數字填在每題前之空格處）

______ **您從哪裡得知本書／**
1.書店 2.報紙廣告 3.報紙專欄 4.雜誌廣告 5.親友介紹
6.DM廣告傳單 7.其他 ______

______ **您希望我們爲您出版哪一類的作品／**
1.長篇小說 2.中、短篇小說 3.詩 4.戲劇 5.其他 ______

您對本書的意見／
______ 內　　容／1.滿意 2.尚可 3.應改進
______ 編　　輯／1.滿意 2.尚可 3.應改進
______ 封面設計／1.滿意 2.尚可 3.應改進
______ 校　　對／1.滿意 2.尚可 3.應改進
______ 翻　　譯／1.滿意 2.尚可 3.應改進
______ 定　　價／1.偏低 2.適中 3.偏高

您的建議／

____

____

____

請沿虛線撕下後對折裝訂寄回，謝謝！

請沿虛線摺下裝訂，謝謝！

廣　告　回　信
台北郵局登記證
台北廣字第2218號

時報出版
CHINA TIMES PUBLISHING COMPANY
尊重智慧與創意的文化事業

地址：10803台北市和平西路三段240號3樓
讀者服務專線：0800-231-705・(02)2304-7103
讀者服務傳真：(02)2304-6858
郵撥：19344724 時報文化出版公司

請寄回這張服務卡（免貼郵票），您可以——
●隨時收到最新消息。
●參加專為您設計的各項回饋優惠活動。

新感覺・新人間・文學的新版圖

新人間

寄回本卡，掌握新人間系列的最新訊息